全国哲学社会科学青年基金资助项目
中央高校基本科研业务费专项资金资助

西方寓言文体和理论
及其现代转型

罗良清◎著

中国社会科学出版社

图书在版编目(CIP)数据

西方寓言文体和理论及其现代转型/罗良清著. —北京：中国社会科学出版社，2015.12
ISBN 978-7-5161-7393-0

Ⅰ.①西… Ⅱ.①罗… Ⅲ.①寓言—文学研究—西方国家 Ⅳ.①I057

中国版本图书馆CIP数据核字(2015)第313143号

出 版 人	赵剑英
选题策划	郭晓鸿
责任编辑	武兴芳
责任校对	董晓月
责任印制	戴　宽

出　　版	中国社会科学出版社
社　　址	北京鼓楼西大街甲158号
邮　　编	100720
网　　址	http://www.csspw.cn
发 行 部	010-84083685
门 市 部	010-84029450
经　　销	新华书店及其他书店

印　　刷	北京君升印刷有限公司
装　　订	廊坊市广阳区广增装订厂
版　　次	2015年12月第1版
印　　次	2015年12月第1次印刷

开　　本	710×1000　1/16
印　　张	19.75
插　　页	2
字　　数	303千字
定　　价	72.00元

凡购买中国社会科学出版社图书，如有质量问题请与本社营销中心联系调换
电话：010-84083683
版权所有　侵权必究

目 录

序 …………………………………………………… 赵宪章(1)
引言 …………………………………………………………… (1)
绪论 …………………………………………………………… (1)

上篇　文体篇

第一章　寓言文体的形态 ………………………………… (29)
　第一节　传统的寓言故事 ………………………………… (29)
　第二节　长篇诗体寓言 …………………………………… (35)
　第三节　寓言性小说 ……………………………………… (44)

第二章　寓言文体的审美特征 …………………………… (57)
　第一节　寓言的故事性、虚构性和寄寓性 ……………… (57)
　第二节　寓言的审美移情、审美距离和陌生化效果 …… (65)
　第三节　寓言的内涵和外延 ……………………………… (73)

第三章　寓言和神话的比较研究 ………………………… (77)
　第一节　寓言和神话的关联 ……………………………… (77)
　第二节　寓言思维和神话思维 …………………………… (82)
　第三节　寓言原型和神话原型 …………………………… (96)
　第四节　现代寓言和现代神话 ……………………………(112)
　小结　寓言文体的形式融合 ………………………………(129)

中篇　理论篇

第一章　寓言和象征 ………………………………………（133）
　　第一节　象征的概念及其特点 …………………………（134）
　　第二节　寓言和象征的比较 ……………………………（138）
　　第三节　寓言理论现代转型的必然 ……………………（146）

第二章　瓦尔特·本雅明：救赎的寓言理论 ……………（152）
　　第一节　寓言和悲悼剧 …………………………………（153）
　　第二节　寓言和辩证意象 ………………………………（159）
　　第三节　寓言和韵味 ……………………………………（163）
　　第四节　忧郁的"深海采珠人" …………………………（169）

第三章　保罗·德曼：阅读的寓言理论 …………………（173）
　　第一节　寓言的修辞学意义 ……………………………（174）
　　第二节　语言的修辞性和阅读的寓言 …………………（178）
　　第三节　意识形态的寓言 ………………………………（186）

第四章　弗雷德里克·詹姆逊：历史阐释的寓言理论 …（195）
　　第一节　历史的文本化和寓言化 ………………………（195）
　　第二节　文本的寓言阐释 ………………………………（203）
　　第三节　民族寓言 ………………………………………（209）
　　第四节　民族寓言和东方情调 …………………………（214）
　　第五节　意识形态的寓言 ………………………………（218）
　　小结　寓言理论的阐释学转向 …………………………（221）

下篇　实践篇

第一章　卡夫卡的寓言世界 ………………………………（229）
第二章　乔治·奥威尔的寓言式小说 ……………………（236）

目 录

第三章 卡夫卡和莫言的"变形"比较研究
　　——以《变形记》和《幽默与趣味》为例 ……………（246）

第四章 本雅明寓言和卓别林喜剧之比较研究 ……………（256）

结语 迈进 21 世纪
　　——图像时代寓言的现代转型 ……………………（265）

参考文献 ………………………………………………………（273）

后记 ……………………………………………………………（300）

序

赵宪章

　　罗良清博士2006年毕业于南京大学文艺学专业，本书就是她在博士论文的基础上反复修改、充实完善之后的最终成果，至今已花费了十多年的功夫，其中的甘苦只有她自己最清楚，我所看到的只是她毕业后每每前来会面，没有一次不讨论学问，有时还随手记下所思所想。特别是此题被国家社科基金立项之后，压力也随之而来，她更是全身心地投入到研究中，可谓孜孜矻矻、不懈探求。今天看到她这部即将面世的书稿，无论系统性还是理论深度，都大大超出了我的预期。作为第一部系统研究西方寓言问题的理论专著，相信她的这一成果能够经得起学界和历史的检验。

　　回想当年良清和我反复讨论这一博士论文选题，之所以确定这一鲜有研究的论域，可以说有多方面的考量。首先是良清的英语很好，此前已有西方美学的积累；更重要的是，"寓言"在20世纪突然超越了原本的文体概念，被提升到一个理论范畴而广泛使用，其中的缘由及其内涵却未引起学界注意。廓清这一问题不仅对于此论题本身，而且对于把握整个现代美学的精义及其趋向至关重要。良清博士的研究便是由此立意而铺展开来，在文体形式和理论范畴两个维度爬梳剔抉，将自古希腊至今的历史长卷呈现在了我们面前。另外，作为文体形式的寓言和作为理论范畴的寓言又不可截然二分，良清博士充分考虑到二者的内在关联，深入探讨了它们之间的学理逻辑，可谓令人耳目一新，富有启发性。

　　良清首先厘清了寓言的词源学意义及其原本内涵，发现"寓体"和

"寓意"是其两大要素,"言此意彼""意在笔先"是其基本表现形式,这是确切的。但在我们一般人的心目中,所谓"寓言",望文生义的话也可以解释为"寓理于言",即通过故事表征某种道理,近似现象学的所谓"本质直观"。如果这一理解不甚牵强附会的话,那么,这也就涉及20世纪西方思想界所关注的一个根本问题,即如何使用语言符号进行表意的问题。表意问题之所以成为20世纪西方思想界所关注的根本问题,源自人类此间所面临的主要矛盾是意识形态的矛盾,两次世界大战以及各种民族或宗教冲突的背后都是意识形态的冲突。而所谓"意识形态"问题,其实就是符号表意问题。于是,语言学成为20世纪的显学也就成为必然,文艺与语言的关系也就成了20世纪美学的主要话题。很显然,这和19世纪以阐释文艺与社会的关系为主旨的理论批评很不相同,因为当时人类所面临的主要问题是以劳资关系失衡所引发的社会矛盾。看来,这就是良清研究寓言问题的深意,也是寓言问题背后的问题;"寓言"这一貌似古旧的论域,实乃属于非常前沿的理论。良清走在了正路上,因为她在这一特定论域所延展的是20世纪学术史的话题。

寓言既然可以解释为"寓理于言",那么,此研究的关键就在于阐发"理"和"言"的关系,也就是以往我们常说的"言意关系"。其中必然要涉及"象"的问题,因为它是"言意"之间不可或缺的中介,"言·象·意"实则是一个不可分割的整体。这是因为,依照索绪尔的定义,语言的能指是"声音的形象"(images acoustiques),其中,"声音"是语言的物性载体,"形象"作为中介使其所指称的意义成为可以理解的,即黑格尔所说的使"感性的确定性"成为可能。究其原因,在于"感性"的身体属性,"空间"是其实现自身的存在方式;而声音作为时间存在物必须经由空间转换才可能被理解,这在康德的《纯粹理性批判》中已有非常明确的辨析。只有秉承这一理念,此研究才能在学理层面步步推进。好在良清在本研究的开篇就非常明确了这一主旨,"言意关系"就像一条阿里阿德涅之线贯穿始终,尽管在其中时隐时现、若隐若现。

当然,"言·象·意"语境中的"象"还属于心理之象,即所谓"心象""意象",并未涉及可见的图像,而在当今"图像时代"又不可能不考

序

虑后者。应当说，这是良清本研究中的未竟之论。于是，在该论著的"结语"部分，我们又看到良清的新设想，那就是将寓言研究进一步置于"图像时代"。令人惊喜的是，她以此为题而申请的后续研究再次获得国家社科基金立项。但是，良清此前并未过多关注图像问题，中外艺术史并不是她的长项，那么，她为什么要选择自己并不熟悉的论域，并且是一个跨学科的论域呢？显然是考虑到理论如何面向时代、回应现实的问题。就寓言的当下接受方式而言，"阅读"还是"观看"已经成为不可回避的现实，二者之间的联系和区别却没有得到充分阐释，其中所蕴含的学理关系更是鲜有问津。也就是说，在自己的学术研究面对"转场"的节点上，她选择了"应当如此"，而把"能够如此"，即困难和挑战放在其次。这是一个青年学者十分难得的学术品格，我特别赞赏。在以数量和速度取胜的当今学界，能够坚守这种学术操守十分难能可贵。

看来，良清不仅走在了正路上，还是一位敢于开路的青年。今后研究"图像时代寓言的现代转型"，我相信她也会一如既往，持之以恒，因为她的品格就像她的文风那样淳朴，内敛而不事张扬。追求真才实学而非迎合世俗应当是每位学者的操守。

匆匆草就，权为序。

2015 年仲夏于草场门寓所

引 言

现代社会，在文学创作、理论概括和日常生活中，人们越来越频繁地用"寓言"来表达某些特殊的感情或象征的、隐喻的意义。但由于人们对寓言的原义和转义没有清楚的认识，从而造成意义表达的含混和理解的偏差，导致概念术语使用的混乱和文本的误读；由于忽视了寓言文体和寓言理论之间的内在逻辑联系，导致未能全面地把握寓言的深刻寓意，或模糊了寓言与其他文体概念范畴的界限，由于未关注寓言的现代转型，即图像时代寓言的变体而忽略了寓言的丰富性、多元化和包容性。因此，在现代化语境中研究寓言的发展具有重要的意义和价值。

首先，西方寓言文体和寓言理论研究历史悠久。自古希腊古罗马以来，就有丰富的寓言创作和论述。寓言的特征之一是重视语言表层意义之外的精神寓意，人们很早就懂得用寓言来观察和解释自然现象以及人类的生存状况，从而使寓言成为宗教、文学、哲学等领域的重要表达形式。从荷马史诗、伊索寓言等故事叙述以及柏拉图对寓言的论述，到中世纪寓言被基督教推崇为解经释义的主要阐释方法，提出了"四重阐释说"理论，奠定了寓言阐释在文艺理论中的地位，进而影响了后来心理学、人类学、语言学、阐释学、结构主义、解构主义等理论流派的发展。中国古代自庄子开始就有大量的寓言创作，当时是作为一种说理、游说和论辩的工具得到广泛发展。可见，无论在中国还是在西方，寓言始终是伴随着人类发展的一种文化现象。因此，对寓言的研究是历史的必然选择。

其次，寓言自身是一个不断发展变化的过程，除了较早出现的传统寓言故事外，还有其他的表现形式。从作为一种文学样式、修辞方法、阐释方法到批评方法，寓言既有描述作用又有批评功能，对其研究就不能局限于某一点而不及其余。尤其现代社会瞬息万变，寓言的表现形式除了寓言故事、寓言小说、寓言性小说外，寓言与电影、电视、网络、手机等新媒体的融合呈现出新的形式，寓言在图像时代新的叙事策略及许多文化现象也被冠以寓言之名。对寓言的大量使用就要求我们重新进行分析和研究，努力阐明不同寓言之间的联系与区别，从而正确认识多元化的寓言表现形式。特别是发生了现代转型的寓言，重视碎片现象下隐藏的意义整体，重视第二、第三层面意义的表达和阐释，重视游戏表面和图像娱乐下的深刻内涵。通过对寓言变体的研究，我们可以看到现象遮蔽下的文学实质，而不是流于对图像视觉消费的愉悦和快感的满足。

最后，现代社会随着科技的迅猛发展，工具理性逐渐获得主导地位，技术文明广泛地影响着现代人的生活，满足了现代人的物质需求。但随着物的无限膨胀，物对人的控制不断加强，现代西方资本主义社会的一个基本准则就是拜物教，伴随而来的是现代人精神危机、主体的分裂、异化、物化等问题的涌现。因此，追求完美的浪漫主义文学的表达和理论概括，并不能很好地表征出现代社会分裂的主体意愿、无意识欲望和流动的社会状况。即艺术和现实关系之间出现了表达危机，艺术似乎越来越远离现实，无法很好地把握现实本质。正是在文学表达日常生活越来越困难的情况下，寓言为这种困境提供了一条出路。寓言字面义和精神义之间的非对应性，动摇了艺术作品是客观世界现实反映的传统观点。寓言要求人们关注言意之间复杂的、不稳定的结构关系，阐释出文本的深层寓意，使文学、美学的理论研究转向对文本阅读和阐释、互文本性和读者功能等理论问题的探讨。而且，寓言能指和所指的错位正是西方现代社会状况的生动写照，通过运用寓言式批评方法来阅读具体文本，乃至社会、经济、政治等泛文本，以便更好地揭示意识形态遮蔽下的社会真实。在现代社会破碎、堕落、废墟等异质多变的现实情况下，寓言意在笔先、言此意彼的寓指形式显示出了表达的特殊性和优越性；而浪漫主义美学一贯推崇的象征，追求文本内部世界的融合，已经不适应瞬息万变的现实。对于这种现

引 言

象,现代理论家如本雅明、保罗·德曼、詹姆逊、哈贝马斯、利奥塔、德勒兹等都给予了充分重视。对他们而言,寓言是一种对抗现代社会分化的强有力的工具,他们的理论是发展了的现代寓言理论。

可见,寓言从古至今都是文学创作和理论表达的重要问题。但迄今为止,虽然西方有不少研究寓言的著述,但大部分是对《圣经》的寓言式阐释,或从其他作品中阐释出与《圣经》有关的寓意,一方面认为作品中的主人公或事件是《圣经》《神曲》《失乐园》等寓言作品的综合再现或补充;另一方面认为这些寓言叙事包含着更深刻的精神意义,是人类社会现实状况的预言和表达。因此,用历史和逻辑相结合的办法,梳理出西方寓言文体和寓言理论发展的线索和主要问题,阐明寓言现代转型的内在逻辑关系的著作,在西方是不多见的。在中国,据笔者所掌握的文献资料来看,仍缺乏足够的关注和充分的论述。与寓言悠久历史和西方的研究成果相比,国内关于寓言的研究非常薄弱,除了对传统寓言故事的分类整理外,系统的寓言文体和寓言理论研究专著屈指可数。而且,我们对西方大量的寓言研究成果不够重视,几乎没有这方面的专门译介和理论研究,只是因为对某些西方理论家研究的兴起而涉及与之相关的寓言问题。例如,随着詹姆逊频繁访华及其旧作新作的大量翻译,国内出现了詹姆逊讨论热,尤其在我国,对其研究第三世界文学和文化关系理论尤为关注。换句话说,就是对"民族寓言"这一概念的敏感,使寓言理论研究得以重返理论家的视野。更主要的原因是,传统的文学理论已经无法完整地表达出流动的现代性特征和纷繁复杂的社会现实,而喜欢借助于寓言言意断裂的形式含蓄地实现新的表达需要。

基于以上情况,本书试图客观地描述"寓言"作为文体和理论范畴在西方的缘起、发展和演变,又集中研究各时期寓言的主要问题,及其现代转型后所具有的转义特征。本书将在绪论部分概括寓言的词源学意义,研究西方寓言文体和寓言理论从古希腊到图像时代以来的发展轨迹,指出不同时期寓言的文体和理论特征,阐明寓言的阐释学意义贯穿其始终。寓言有寓体和寓意两个构成要素,"言此意彼"是其形式特征,这也是寓言不同于一般艺术形式的独特性,及其内涵复杂多变的原因所在。

西方寓言文体和理论及其现代转型

上篇从寓言文体的角度探索传统的寓言故事、长篇诗体寓言、寓言性小说等寓言文体的演变及其特征；并对寓言和神话两种文体进行微观的比较研究，用历史和逻辑的方法研究寓言和神话的关系、类型特征及现代寓言的兴盛和神话的现代发展变化，进而阐明虽然寓言的文体形式发生了变化，但寓言寓意之间的相对独立性及在不同文本中言此意彼的内在特征没有改变，这也是寓言从文体概念转义为理论范畴的契机。寓言叙事指向别的意义，不同于象征叙述与意义所指之间的必然联系，而是一种偶然的、附加的联系，在这种能指和所指相分离的形式特征中，寓言揭露了现象表象遮蔽下的真实。现代理论家抓住寓言这种形式特征进行现代阐发，构建了各自独特的现代寓言理论，展现了寓言现代转型的特征。

中篇从寓言理论的视角来研究"寓言"作为概念术语所具有的理论的审美批判性。首先，对寓言和象征两个概念范畴的历史关系进行比较研究，指出寓言和象征对文本意义的表达和生成都具有同样重要的作用，以期改变学术界对寓言的偏见，说明在西方文学理论的历史长河中，寓言及其理论表述始终是有效的，是现代寓言理论发展的契机。其次，对本雅明、保罗·德曼和詹姆逊的寓言理论进行个案研究。通过系统分析指出，寓言不但表征出现代社会的瞬间性、偶然性，而且很好地反思了现代社会工具理性的消极影响，某种程度上实现了审美现代性批判；同时展现了寓言在现代社会的旺盛生命力，它在社会学、人类学、阐释学和文化学等领域都获得了广阔的发展空间。最后，从三者的寓言理论研究中指出，本雅明、德曼和詹姆逊作为马克思主义者，他们的理论都呈现了阐释学转向，在语言学影响下，分别从时间、修辞和历史的角度来论述寓言的阐释学意义及不同于宗教释义的对现代工业革命的审美批判。

下篇是对"寓言"作为一种文体和作为理论范畴的批评实践。通过对小说家卡夫卡、奥威尔作品的解读，对卡夫卡和莫言的寓言小说的比较，对本雅明的悲悼剧和卓别林电影的比较研究，对现代影像文本的图像阅读，深入细致地展示"寓言"的审美批判性；通过对寓言艺术作品和对作品的寓言式分析，在对不同寓言类型的阅读中我们更能深刻体会到寓言的多义性、流变性、丰富性、包容性和生命力，更好地探寻寓言

引　言

的奇妙世界。

　　结语部分在21世纪图像语境和新媒体语境下，从文学艺术发展史的角度探索寓言和图像之间的关系，阐明寓言迈进21世纪必然与新媒体和艺术相关联的新的转型，即寓言文体和寓言理论在图像时代获得了新的发展，寓言的图像及其传播必然是一个富有挑战性的新课题。

绪 论

不论是作为文体的寓言还是作为理论概念的寓言，我们都必须首先了解"寓言"的词源，才能更好地把握其内涵和外延。词源学的研究是一种比较客观科学的方法，虽然不能作为衡量文学艺术等感性领域的可靠标准，但能在一定程度上说明词语某些真实的本义。在古希腊人那里，"揭示词语的起源并进而揭示词语意义的起源，就是揭示自自然然的真理。"[①]"寓言"经过漫长的发展具有丰富复杂的意义，而词源是对事物本质追寻的一种本体论方法，因此，从"寓言"的词源开始，才能对寓言本质做出真正客观的、深刻的分析。本章将从寓言的词源研究出发，结合历史上的各种论述，详细区分英语语境中不同寓言概念之间的异同，以更为准确地界定寓言的内涵。同时，通过对寓言文体和寓言理论发展历程的回顾，阐明寓言从古至今复线式发展的内在逻辑和规律。

一 "寓言"的词源分析

"寓言"，人们常常用来指意在笔先的、言此意彼的、蕴含教育意义的故事，如西方文学史上著名的伊索寓言、拉封丹寓言、克雷洛夫寓言，中国文学史上的庄子寓言等。英文的 fable、parable、allegory 三个单词在汉语中都翻译为"寓言"，而且不加区别地使用在各种寓言故事的表述中。实际上，这三个词语还是有区别的。美国纽约标准参考读物出版公司 1963 年

---

① See John Lyons, *Introduction to Theoretical Linguistics*, Cambridge University Press, 1968, p. 4.

版《标准参考百科全书》对三者进行了解说：

> fable：是文学上表述虚构故事情节的术语；但更为经常的是特指那些用散文或诗歌写作的以一个故事来表达某一普遍道德观念或崇高真理的文学体裁。这道德观念总是用象征的方法表现出来，它常常是通过生物无生物之间特别是被赋予了人们理性特征的动物之间的矛盾斗争表现出来。fable 不同于 parable，fable 叙述的是在生活和自然界中不可能发生的事；而 parable 虽也是讲述道德真理的故事，却常常是有关可能发生的事。最早也最著名的动物寓言是伊索寓言。
>
> parable：这个名称最早系希腊学者提出用以说明文学现象的。在古希腊语及希腊文《新约》中，该词专用以表示有意传播神或宗教真理而虚构的短篇叙事作品。
>
> allegory：是一种叙述文体。它直接叙述某一情节而目的在于暗示另一件事，以使读者明确了解并得到教益。其运用的讽喻手法通常是象征手法和拟人手法。allegories 经常宣讲伦理道德或精神教训，而有时则是对文学、政治或个人的讥刺。parables，fables and morality plays（道德剧），都是 allegory 的同类型。由著名作家所写的英语 allegory 典范作品有：班扬《天路历程》，斯宾塞《仙后》，斯威夫特《格列佛游记》，德莱顿《押沙龙与阿奇托弗》。作为一种叙述方法，allegory 本身可以被认为是一种修辞方式。①

英国库顿《文学辞典》则指出了三者的联系与区别：

> allegory：相当于比喻，用一个故事（韵文或散文故事）表现双重含义（一个表面含义，一个深层含义）。它具有可读性，可以从两个层次进行理解和解释，其中有些具有三四个层次。它与 fable 和 parable 意义非常相近。例如：有一个 fable：一只青蛙与一只蝎子，在尼

---

① 转引自陈蒲清《世界寓言通论》，湖南教育出版社1990年版，第2—3页。

绪 论

罗河岸相遇。它们都要渡河。青蛙愿意背蝎子过河，条件是上岸之后不叮死它；蝎子答应青蛙的条件，只要青蛙不在河中淹死它。过河后，蝎子蜇了青蛙。青蛙临死前问："你为什么要蜇我？"蝎子说："难道我们不都是阿拉伯人吗？"如果把故事中的青蛙换成好心肠或小心的人，蝎子换成阴毒的两面先生，尼罗河换成一般的河，阿拉伯人换成一般的人。这故事就成了 allegory。如果青蛙与蝎子分别代表父亲和儿子，或代表船夫和乘客，表现宗教的道德教训。它就成了 parable。（按：西方常用"船"象征教会，它把教徒渡到彼岸。）①

简单地说，fable 主要是指以动物或植物为主角进行虚构的短小精悍的故事，parable 重视宗教寓意，allegory 除了包含它们所具有的意义外，其篇幅不受限制。也就是说，fable 和 parable 都包括在 allegory 的范围中，allegory 是包含了一个故事情节，并在故事内涵之外另有所指的叙事。实际上对寓言的词源分析有助于更好地把握其内涵，因为词源学的研究是一种比较客观科学的方法，虽然不能作为衡量文学艺术等感性领域的可靠标准，但一定程度上说明了词语的真实本义。

具体而言，allegory 来自希腊文 "allos" 和 "agoreuein"，前者指"其他""另外"（other），后者指"言说"（speaking），二者合在一起就是"另外一种言说"，可译为寓言、讽喻、寓意、寓指。因此，寓言指用诗或散文的形式写成的具有道德寓意的短篇故事。我们可以看到，寓言最初属于 Logos（讲话）领域，而且讲述的意思并不是要表达的意义，即寓言故事在书面意义之外，还有其他的所指含义，故事的关键不在于其本身，而在于某种观念，即某种外在于故事的东西，这种东西与读者的阅读紧密相关。叔本华说："寓意画（即寓言——引者注）是这样一种艺术作品：它意味着不是画面上写出来的别的什么东西。……因此寓意画总要暗示一个概念，从而要引导鉴赏者的精神离开画出来的直观表象而转移到一个完全不同的、抽象的、非直观的、完全在艺术品以外的概念上去。"② 寓言起到

---

① 转引自陈蒲清《世界寓言通论》，湖南教育出版社 1990 年版，第 3—4 页。
② ［德］叔本华：《作为意志和表象的世界》，石冲白译，商务印书馆 1982 年版，第 328—329 页。

修饰和诠释的作用，用彼事物使此事物（文中意思）的丰富内涵得以理解，套用索绪尔的术语，就是所指使能指得以充分的表达，但这种联系并不是直观且直接的一一对应。在中国古代也有"寓言"一词，最早见于《庄子·寓言》："寓言十九，重言十七，卮言日出，和以天倪。""寓言十九，藉外论之。"《庄子·天下篇》："以天下为沉浊，不可与庄语，以卮言为曼衍，以重言为真，以寓言为广。""寓言十九"，郭象注解说："寄之他人，则十言而九见信。"也就是说假托另外的故事来说理，即言此意彼容易使人们相信所说的道理。

从西方和中国寓言的产生来看，allegory 最早是一种叙事文体，是重视言此意彼关系的一种文学表达方式。同时，由于寓言故事的意义不在叙事本身，而在于指涉其他的意义内涵，即意味着寓言本身就具有阐释和批评的功能，其中一点就是强调寓言的道德教化。所以 fable、parable 一般指寓言故事或道德说教故事，这纯粹是指故事的、不包含其他的意义或功能。allegory 的内涵则要丰富得多，它不仅是具有教育意义的故事，更重要的是对其深刻寓意的阐释和说明。allegory 作为一种文学体裁，同时还是一种修辞方法和阐释方法在文本中的运用。这是寓言理论不断生成、变化，并具有旺盛生命力的原因，也是寓言从产生至今一直被人们争论不休的原因之一。

本书主要研究的是内涵丰富的 allegory，它既是一种文体，又是一个理论范畴。在西方的理论研究中，寓言开始确实是为了教育目的而得到发展，德国著名文艺理论家莱辛就说："要是我们把一句普遍的道德格言引回到一件特殊的事件上，把真实性赋予这个特殊事件，用这个事件写一个故事，在这个故事里大家可以形象地认识这个普遍的道德格言：那么，这个虚构的故事便是一则寓言。"[1] 莱辛的定义说明了寓言具有故事性、虚构性和普遍性，其寓言理论被赫尔德林称为"亚里士多德时代以来，人们对一种文艺形式所作的最简洁明晰而且一定也是最富哲学意味的理论"。[2] 因

---

[1] [德]莱辛:《论寓言的本质》引自《古典文艺理论译丛》(7)，古典文艺理论译丛编辑委员会编，人民文学出版社1964年版，第153页。
[2] [德]赫尔德林:《论绘画、诗歌和寓言》引自《古典文艺理论译丛》(7)，古典文艺理论译丛编辑委员会编，人民文学出版社1964年版，第160页。

为，莱辛的理论强调了寓言故事的虚构性和现实生活的关系，不是简单地随意凭空捏造，重视"从两者之中产生出来的是同一个真理"。也就是说，寓言故事的寓意在人类的现实关系中总能找到表达的对象，或者说相似的事件，并揭示具有普遍意义的人生哲理，从简单的叙述上升到哲学的高度。但莱辛认为寓言是为某个"道德格言"而作的看法，限制了寓言的发展和创作，甚至可能走向程序化，这也许是因为偏爱《伊索寓言》而忽视了其他寓言的特征所导致的。因此，他从普遍道德格言出发，容易把寓言视为"只是图解普遍观念的最直观的形式"。[①] 无论如何，莱辛对寓言的界定，较早把寓言的思想内容和教育意义提到一定的高度，对后来的寓言理论家产生了重要影响。

文学家、理论家们从不同角度谈论寓言的本质特征，如别林斯基认为"寓言是理性的诗歌"，[②] 用一个比喻性说法指出了寓言的哲理性和文学性特征。俄国19世纪末叶著名的寓言理论家波捷勃尼亚说，"寓言'属于取自人类生活领域的多变主词的不变宾词'"，[③] 所谓"主词"就是现实生活中发生的各种各样的真实事件，即人与社会、人与人、人与自然的复杂关系，所谓"宾词"就是用以影射、批判、讽刺这类事件的寓言故事，指出了寓言是现实生活关系中重视相似性的寓指方式。英国著名寓言作家戈尔丁则认为借用隐喻手段对人性作艺术评价的故事就是寓言，他的说法把寓言手段局限于"隐喻"，但指出了寓言故事与人事的密切联系，即说教的实用性。这些理论家都承认了寓言是在叙事层面之外具有寓意的表达，这种寓意可以是相似的也可以是相反事物之间的联系。古罗马修辞学家和教育家昆体良早就说过，寓意是一种倒置，寓言说的是一个意思，表达的却是另一个意思，甚至是相反的意思，即"寓，寄也"。[④] 我们要注意到寓言

---

① [苏]列·谢·维戈茨基：《艺术心理学》，周新译，上海译文出版社1985年版，第112页。
② 《克雷洛夫寓言》（短评），《别林斯基选集》第二卷，满涛译，上海译文出版社1979年版，第227页。
③ [俄]波捷勃尼亚：《文学理论讲稿》，转引自[苏]列·谢·维戈茨基《艺术心理学》，周新译，上海译文出版社1985年版，第112页。
④ （汉）许慎：《说文解字》，中华书局1998年版，第151页。

内容与寓意之间的关系，它们不是固定对应的，而是具有多种可能性，即阐释的多样性和多义性。

二　寓言的言意关系考察

在寓言诸种界定的分析中可以看到，寓言的基本要素是：寓言故事及寓意寄托，即寓言由寓体和寓意构成。拉封丹形象地说："一个寓言可以分为身体和灵魂两部分，所叙述的故事好比是身体，所给予人们的教训好比是灵魂。"[①] 因此，我们应该首先明确寓体和寓意之间的结构关系，才能进一步说明寓言与其他文学样式、其他概念范畴的联系和区别。

寓言故事主要来源于现实生活及情感表达的需要，它不像抒情诗那样直接抒发感受，直接描绘现实，而是把哲理概念形象化、故事化；也不像叙事作品那样创造客观的文学形象来反映具体的现实，而是借助于通俗易懂的故事来阐发深刻的哲理和寄寓道德教训。因此，寓言大多依据社会实践中得到的经验教训或哲理概念，创造出与其精神实质相适应的、能够表达这一概念的具体故事，以印证其合理性，加强说服力，使读者信服和接受这一哲理。这就是"把思想穿上衣裳，赋以血肉，而使之形象化"[②] 的创作手法。有人因此批评寓言的理性表达模式，在此暂不作具体讨论。可以说，寓言先有意义才有故事叙事，故事因概念的表达需要而生，二者之间没有必然的、内在的逻辑关系。正如前面在寓言词源分析中指出的，寓言是另有所指的表达，寓言的寓体言此，寓意在彼，构成了寓言意在笔先、言此意彼和示范喻人的特征。这一特征使它不同于神话、小说、叙事诗、戏剧等其他"言此意此"的文学样式。

神话、小说、叙事诗、戏剧等叙事作品，主要是讲述生活中已经发生的或可能发生的事情，围绕中心思想来展开叙述，目的是描绘出符合实际生活的典型性格，以反映现实生活的实质，反省人类自身的价值。如司汤达的《红与黑》围绕一个下层青年于连要改变地位，要获取成功，而不惜一切手段与社会抗争的故事来展开描述。巴尔扎克的《人间喜剧》写出了

[①] 陈蒲清：《世界寓言通论》，湖南教育出版社1990年版，第17页。
[②] 参见公木《公木文集》第四卷，吉林大学出版社2001年版，第548页。

绪　论

贵族阶级的没落衰败以及资产阶级上升发展时期人间的生活百态。这些作品中心思想的表达，随着人物、事件的发展而逐渐明朗和深化。抒情诗言意之间的直接关系则表现得更明显，它是心灵激起的感性印象的表达，述说着引起激动的事物及心中美好的情感愿望。如柯勒律治《古舟子咏》通过老水手和信天翁的故事，抒发了对爱的向往。雪莱的《西风颂》歌颂了自由和人民对美好未来的理想。在李白的诗中，我们更能切身体会这种一泻千里的情感表达。寓言表达抽象概念，往往需要虚构具体的故事来阐明道理；作者为了使读者领会寓意，往往在故事后面明确指出其所要表达的主旨，有时候在一开始就点明，有时候作者所作的结论也只是一种单纯的暗示关系而已。这种寓言的寓意表达具有较强的主观性，作者有意地通过故事的叙述来言说别的东西。如伊索寓言、拉封丹寓言、克雷洛夫寓言等作品，大部分因寓意表达的需要而创造故事。因此，寓言不同于一般的文学创作因感情表达需要开始创作，逐步上升到思想层面，它是从抽象概念出发，通过具体故事反映现实，是理性认知的感性表达，是抽象概念的具体化，相逆于大多数文学艺术作品的创作规律。德国古典诗人歌德曾明确指出：

> 诗人是从一般中寻取个别呢，还是在个别中领悟到一般呢？这两者有着巨大的差异。从前一类诗人中诞生出寓言，在这里个别只被视作一般的比喻和实例；而后一类诗人才真正具有诗的性质；诗人叙述个别现象时，并不想到也不提到一般。但是谁能生动地领会它所描绘的个别现象，谁也就会同时领会到一般，绝不是在这之后才能意识或认识到这一点。[①]

寓言就是歌德所否定的，为表现一般而寻找某种个别的东西。寓言和其他文学样式创作规律的差异，表明寓言不是以描绘生活为主，而是侧重于表现思想，赋予观念以形象。如《乌鸦与狐狸》简单地描述狐狸从乌鸦

---

① 《歌德文集·箴言和回忆》，转引自朱靖华《朱靖华古典文学论集》，吉林文史出版社2003年版，第830页。

嘴里骗到奶酪的小故事，深刻地指出吹牛拍马之人，是抓住了爱听奉承话的人的弱点，这就是要教育人们学会辨别真善。《狮子与蚊子》描写了弱小的蚊子对强大傲慢的狮子进攻取得胜利，后因自己的得意忘形掉入蛛网送命的故事，给我们指出了不要欺负弱小，也不要在小事上麻痹大意的教训。《狐狸与葡萄》讲述狐狸吃不到高高葡萄架上的葡萄，而自我安慰说葡萄是酸的，讽喻了世人自欺式的自我安慰……这些寓言故事都是为了表达思想而依据现实规律虚构而来的。即寓言的寓意存在于寓体（故事）之外，它可以通过完整的故事情节来表达，也可以通过不完整的故事情节来表达。简而言之，寓言言和意之间的关系是间接的，它先有"意"后有"言"，因"意"生"言"，即意在笔先。与中国古典诗论"言有尽而意无穷"或"言外之意"中的"言""意"有很大差别。这里的"意"由"言"生，二者有内在的逻辑联系，是直接的感情抒发。如杜甫的《春望》："国破山河在，城春草木深。感时花溅泪，恨别鸟惊心。烽火连三月，家书抵万金。白头搔更短，浑欲不胜簪。"此诗在景象、事件的描写中，说出了作者目睹安史之乱后京城破败景象的痛苦心情，花草、鸟儿不会因此而伤心，只因为诗人的痛苦而使之都有了人的感情色彩，而不只是对客观现象的描写。同时，这里的"意"不同于寓言的寓意是个抽象概念，它从"言"中可以生发出诸种意蕴。如陶渊明的"采菊东篱下，悠然见南山"，杜甫的"两个黄鹂鸣翠柳，一行白鹭上青天。窗含西岭千秋雪，门泊东吴万里船"等诗词，作者的意义没有限定，读者可以从中间接理解为诗人欢欣的情绪表达，可以理解为人生态度或其他别的意思。朱自清的《荷塘月色》、鲁迅的《秋夜》等都表达了多种意蕴。

然而，寓言意在笔先、言此意彼的表达形式和抽象概念、哲理的传达，都不是生硬的口号。寓言故事的材料是人民群众集体智慧的结晶，有着深厚的现实基础；它丰富的想象、夸张和拟人化的手法，凸显了作者的感情倾向，从而使抽象概念或理性认识具有诗意的光辉。这种诗意的表达也不是空泛的说教，它以生动的形象触动人的感情，以弦外之音来暗示或启迪人的睿智。因此，寓意的表达方式可以是影射暗指式的（通过类比、暗示普遍的社会现象和具体事件），也可以是直白式的（直接在寓言故事的叙述中表明作者的意图及所要表达的哲理），或者是两种方式的交错使用。但无论如何，寓言故事和寓意之间不是一种必然的逻辑关系，而是一种比喻联系。例如，斯威夫特的《格列佛游记》通过格列佛的游历见闻隐含地表达寓意，影射了英国当时的立法、司法、行政制度各方面的腐败，及其殖民掠夺战争。而《伊索寓言》中《乌龟和兔子》龟兔赛跑的故事，读者能直接把握作者的寓意，讽刺骄傲自大的人，赞扬谦虚努力的人；《猫和公鸡》通过猫要吃掉公鸡的小故事，形象地寓指坏人行凶作恶总是明目张胆，用不着寻找冠冕堂皇的借口。其实，在寓言作品中，影射社会现象的寓意和哲理说明的寓意并不能截然分开，二者本质上是相通的；普遍的一般的社会事件可以提升到理论的高度，所表达的哲理也能在具体的人际关系中找到类似的例证。

因为，寓意的获得有赖于寓体和其他事物相似或相反的关系。古罗马的昆体良注意到了故事和寓意之间的相反关系。亚里士多德在《修辞学》中则指出，寓言和比喻一样是虚构的，只要找到相似点就可以了，即寓意从类似事物的比较中显示出来。莱辛也认为寓意从两个事物之间的"相似之处"生发出来，但不是编造出来的。他把寓意作为区分简单寓言和复合寓言[①]的标准，认为简单寓言表达的是道德教训，没有寓意；复合寓言才可能具有寓意。"因为在复合寓言里是一个特殊事物和另一个特殊事物相类比。属于同一个一般事物范畴的两个或两个以上的特殊事物，它们之间必然会有相似之处，因而寓意也就可能发生。可是千万别说，寓意存在于寓言和道德格言之间。寓意是存在于寓言和给寓言提供契机的真实事件之间的，只要从两者之中产生出来的是同一个真理。"[②] 也就是说，我们要把握寓言是另有寄托的内容，至于另有所指的内容是道德教义、哲理分析、

[①] 简单寓言是从寓言虚构的事件里只引用出某一个普遍的真理。复合寓言则相反，它所要我们形象地看出的真理，还进一步用在一个的确发生过的事件之上；也即是说这样的寓言仿佛包含两个个别的事件，同一个教训所含的真理在这两个事件中都得到了证实。参见《论寓言的本质》引自《古典文艺理论译丛》（7），古典文艺理论译丛编辑委员会编，人民文学出版社1964年版，第127—128页。

[②] ［德］莱辛：《论寓言的本质》引自《古典文艺理论译丛》（7），古典文艺理论译丛编辑委员会编，人民文学出版社1964年版，第132页。

人生感悟还是历史事件都不重要了。如歌德所言："意蕴总是比直接显现的形象更为深远的一种东西，"而寓言"所含的教训就是意蕴"。①

通过对寓言定义的考察可以看到，寓言不同于一般直接言说情感、表达中心思想的文学体裁。寓言作为一种文体，必有所讽喻，或寄托一个教训，或阐发一个理念，在这个意义上说，它具有抒情性；寓言用故事情节和形象来比喻地实现其情感表达，在这个意义上说，它是叙事的。因此，寓言是一种另有寄寓的、特殊的表达方式，是一种意在笔先、言此意彼的表达方式，是蕴含哲理和富于教育意义的叙述，这些特征是寓言文体所特有的。同时，也是寓言外延发展的内在动因，即它转义为理论范畴的必然性。

三　西方寓言文体和理论的发展轨迹

寓言是包括寓言文体和寓言理论两大部分的丰富复杂的范畴，是具有悠久历史的文化艺术现象，需要深入细致地研究和分析。而西方寓言在不同历史时期的寓言文体和寓言理论既显现出不同特征，又叠合其他意义内涵，给人们正确认识寓言带来了困难。因此，我们必须首先宏观地把握寓言（寓言文体和寓言理论）的历史，才能更深入具体地分析寓言内涵的发展变化，纠正对寓言的误读，进而充分说明长期以来寓言文体和寓言理论对文学艺术创作和文学理论建设的意义和价值。

（一）古希腊时期的寓言文体和理论

古希腊时期由于生产力水平低下，普通民众情感的交流和表达以口头叙事为主，从而创作了许多短小精悍的寓言故事来宣泄对压迫者的不满，对现实生活的认知，总结社会生活经验等，形成了口口相传的、充满讽刺寓意的、短小精悍的寓言故事。据记载，现存最早的寓言是公元前8世纪至公元前7世纪之交，著名诗人赫希俄德在《工作与时日》中引用的"鹞子和夜莺"故事，而世界上最早的成体系寓言是《伊索寓言》，据说是由一个名叫伊索的奴隶创作的，事实上，应该是古希腊时期下层劳动人民集

---

① 转引自［德］黑格尔《美学》第一卷，朱光潜译，商务印书馆1997年版，第25页。

绪 论

体智慧的结晶。此时的寓言故事由于受到劳动者生活环境和认知水平的限制，故事常常通过非人类的动植物主角的叙事来讽喻现实的不合理性，形成了经典的寓言故事形态。

从历史发展来看，寓言作为一种理论范畴的起源具体来说可以追溯到公元前6世纪哲学家们对荷马史诗的阐释。前苏格拉底学派认为艺术就是寓言，他们把自己的阐释意义赋予荷马，目的是把诗歌的内容表现为抽象真理的图式。柏拉图的时代非常熟悉这种阐释方法，对荷马描写诸神的争吵、通奸和犯罪等现象进行批判，而要求表现道德完善的范型的神性概念的观点，成为以后希腊思想中反复出现的主题。柏拉图虽然批判了荷马史诗，但他的许多哲学观点是在寓言故事和阐释中表现出来的，并较早对寓言进行理论说明，可以说"柏拉图是熟悉寓言式解释办法的"，[1] "柏拉图是寓言之父"。[2]

柏拉图著名的"洞穴"寓言就是对最高的"善"的理念和灵魂提升问题的讨论：洞穴寓指可见世界，"太阳之光"寓指最高的理念——善，从可见的现象世界上升到可知的理念世界，最后获得智慧之光，实现灵魂的转向，需要破除幻象，需要花很大力气去学习，这对城邦国家的实践生活很重要，也是对"哲学王"和统治者的要求。在这一个寓言的描述中，柏拉图表达了关于理念、灵魂、善等哲学观点，阐明难以下定义、难以明说的哲学范畴的深刻内涵。然而柏拉图却首先表达了对寓言的反感，坚持认为，"它（寓言——引者注）跟反映现实本质的思维方式相反，也就是说，它反映的不是，或者说基本上不是感觉和理性所确认的论据。"[3] 事实上，这正是寓言这种文学样式的本质特征，讲述的故事与实际所指没有必然的联系，而是服务于其他目的，这种言此意彼的形式特征在重摹仿真实性的古希腊时期受到贬责是必然的。然而，当时哲学家的哲学阐释却又不得不依赖于寓言形式。正如柏拉图虽然不喜欢寓言，但其著作却自觉或不自觉

---

[1] ［英］鲍桑葵：《美学史》，张今译，商务印书馆1986年版，第65页。

[2] David Adams Leeming and Kathleen Morgan Drowne, *Encyclopedia of Allegorical Literature*, ABC-CLIO, Inc, 1996, p. 221.

[3] Honing, Edwin, *Dark Conceit: The Making of Allegory*, Oxford Up, 1996, p. 8.

· 11 ·

西方寓言文体和理论及其现代转型

地运用寓言来表达超出推论知识可达到的想象的真实，因为摹仿的艺术在柏拉图看来和真理隔着三层，是非真实的。柏拉图关于寓言的矛盾态度，在于寓言具有强大的阐释功能。它用一些事例来表达抽象观点，以此满足哲学论证的要求，但它的表现形式却充满了诗意。柏拉图生活的时代，诗与哲学的矛盾成为争论的焦点，他当然不希望自己的论说被认为是充满诗性智慧的代表。柏拉图虽然用了寓言的表现形式和阐释方法，却又要说这种方法在思想表达中可以忽略，在《斐多篇》结尾就表达了这种观点。柏拉图的确有意地否定了寓言表达和阐释，但偏偏是这种表达和阐释对后来寓言发展产生了重大影响。

与此同时，新兴工商业主向地主贵族阶级争夺政权，掌握知识和辩论的本领成为争夺政权者的必备条件，诡辩派应运而生，修辞学也获得很大发展，寓言的修辞功能也得以确立。如亚里士多德所言："寓言最宜用于政治言说；历史上的类似的例子很难找，寓言却容易编，只要像编比喻那样，能看出事物的相似之点就行了"。[①] 寓言作为一种辞格，开始只是一种简单的论辩方法，明确用来劝喻、说明，最初以讲故事的形式实现这种道德说教的目的，如较早的伊索寓言《学飞的乌龟》《北风和太阳比威》《吃不到葡萄说葡萄酸》等，就是当时劳动人民按事物的内在逻辑、习性编了一些故事来寄寓思想，用生动具体的事物来说明抽象意义的说服方式。我国古代的《易经》上有"修辞立其诚"一语，意思是立论要表现真理。可见，修辞学就是研究言之成理、合乎逻辑的论证方式，寓言正是亚里士多德认为的有效的修辞方法之一。亚里士多德对寓言的论述虽然很有限，但他从不同于柏拉图的论述角度，肯定了寓言作为一种修辞方法的重要性，为寓言的研究提供了新的视角。此外，古罗马修辞学家昆体良说寓言是一件事意指别的事的艺术，他把寓言和隐喻进行比较，认为寓言还有反讽的层面，这个观点给中世纪的思想观念造成了重大的影响。

可见，古希腊时期，寓言不论在哲学家、雄辩家还是文学家那里，都依托于故事叙述来寓指别的生活哲理，以适应当时统治者教育、驯化民众

[①] ［古希腊］亚里士多德：《修辞学》，罗念生译，生活·读书·新知三联书店1991年版，第110页。

的需要。同时，寓言还表达了劳动人民的情感，总结了生产、生活中的经验教训，讽刺了人性的缺陷。这时期的寓言主要还是词源意义上的，是一种表情达意的叙事方式；它的修辞运用只是论辩家的一种技巧，没有发展成后来文学作品的辞格或语言的修辞方式。古希腊时期出现了经典的短小精悍的寓言文体形态，寓言是一种具有修辞特征的文学样式，主要用于论辩、说理和抒发情感，寓言文体和理论的表达纠缠在一起，未完全独立地区分开来。

（二）中世纪的寓言文体和理论

中世纪是全世界封建制社会形成和发展的时期，特别是基督教文化在中世纪欧洲取得了统治地位，上到统治者下到普通百姓的生活都与宗教密不可分，一切都在宗教的框架内思考与生活，基督教文化影响了整个中世纪和文艺复兴时期的文学艺术创作和发展，以基督教内容为题材、以基督教思想为背景和以基督教教义来叙述的作品成为中世纪的艺术特色。寓言文体在中世纪的发展也凸显了宗教的色彩，笃信上帝，为基督教的统治及其宗教僧侣的宣传布道服务，同时伴随着市民文学的发展，新兴的市民阶级创作了用诗体写成的寓意作品。短小的寓言故事已经无法表达中世纪绚丽的生活，从而出现了长篇诗体寓言以适应表达复杂的宗教生活。如《列那狐故事》《玫瑰传奇》《巨人传》《金驴记》《木桶的故事》《天路历程》等都是从宗教生活出发来讽喻统治者，形成了流行的惩恶劝善的训诫寓意作品。而中世纪基督教的经典文本《圣经》成为寓言发展的重要表征，特别是对寓言理论的阐释性建构具有重要意义。

古希腊寓言故事和神话一样是虚构的，但不是彻底脱离现实，而是一开始就和自然、人事的解释联系在一起，是表达现实生活的形式，是对当时自然现象和原始生活的想象性解释。生活于公元1世纪初的斐罗（Philo）最早把对荷马史诗的寓言阐释法引入希伯来《圣经》的阐释，影响了中世纪基督教对《圣经》的阐释。公元2至3世纪的早期基督教教父长老奥利根（Origen）进一步把寓言阐释提升到理论化的高度。他们从寓言字面义和指涉义的区别出发，认为《圣经》的字面意义并不重要，经文解读追求的是精神意义。实际上，这些道德伦理的教义主要是基督徒赋予《圣经》或从中引申出来的，基督教正是掌握了这种话语权，从而掌握了制定社会规约的权力，实现他们教化民众和意识形态统治的目的。所以，中世纪基督教确定寓言为解经释义的方法，并强调寓言阐释的权威性。

中世纪神学盛行，推崇上帝，认为美就是善，美与善的最后根源就是上帝，寓言阐释是表达上帝精神的，因为"如果没有寓言，也许就没有上帝"。① 所以，中世纪的思想家们倾向于用寓言的方式来观察世界，认为自然自身是寓言的，通过思考自然人们就能够了解上帝的思想。从建筑、绘画到经典文本的阐释都是如此。如约翰·迈克奎恩（John MacQueen）所说，中世纪的教堂建筑都是"写在石头、玻璃和木头上的历史寓言"。② 司各脱·厄里根纳（John Scotus Eriugena）则在他的神学的世界循环图式中指出："所有可以看见的事物无不包含着一个隐蔽的神秘的意义。"③ 这就是说，寓言是理解上帝的一种方式，只有通过对至高的上帝的阐释才能理解这种神秘意义，因为上帝是一切的源头，自然界是上帝的影像和具体化。因此，对上帝之书——《圣经》不同比喻意义层的阐释就成为整个中世纪重要的社会现象。

《圣经》对整个中世纪来说具有特别的不可取代的重要性，它既是中世纪欧洲文化的一部分，又是基督教在欧洲确立权威、重建秩序的一种特殊方法；而且基督教认为《圣经》的作者是上帝，是真理之言，因此对《圣经》的解读和阐释也就相应成为一门学问，即"圣经阐释学"。关于《圣经》的解说、注释以及各种演绎，经过奥利金、约翰·卡斯恩、比德、托马斯·阿奎那和圣奥古斯丁的发展，由中世纪和新时代之交的诗人但丁在《致斯加拉大亲王书》第七节中对寓言内涵作了详细的说明，这就是诗的阐释的四重意义说——字面的、寓言的、道德的、奥秘的即神学意义上的，后面三种统称为寓言义，即超越字面的象征意义，这是诗的真义所在，但丁的诗的寓言意义，已经是从宗教的观点为诗辩护。

---

① Tzvetan Todorov, *Symbolism and Interpretation*, Cornell University Press, 1982, p. 129.
② John MacQueen, *Allegory*, Methuen, London and New York, 1981, p. 40.
③ ［爱尔兰］厄里根纳：《自然的区分》，引自阎国忠《基督教与美学》，辽宁人民出版社1989年版，第149页。

绪 论

　　这种寓言阐释方法在中世纪备受欢迎，主要因为，一方面，基督教在希腊化世界的兴起，用神的智慧否定了人的智慧，希腊哲学就逐渐没落了，《圣经》成为最高的教义和精神追求，"寓言释经"不仅是基督徒内在坚定的精神需求，也是宗教本身的需求。另一方面，基督教的严密统治，使人厌恶世界，寓言阐释则使整个世界变得可以接受，每一事物都与至高的上帝有着奇妙的联系，因而显出美和高贵。人的言行、个体的苦难、世俗的爱等都是上帝诸神受难的影子和再现，真善美的德行都是上帝的意旨和教导。对圣经的寓言式阐释，就把个人的受难和德行提高到普遍的意义上，预设了一个平衡基督教教义和个体利益追求之间的体系。《圣经》为基督教的发展提供了文本依据，使当时的教徒相信宗教能实现个体拯救。圣维克多的理查德（Richard of St. Victor）就说："历史是木头，而寓言或神秘意义则是黄金"。[①] 寓言阐释不但使《圣经》普及，为大众普遍接受，而且极大地影响了中世纪人们的思维方式，为字面意义寻找更恰当的更易于接受的寓意，在艺术上的表现就是展现了作品丰富的可阐释性。经过中世纪，寓言发展为一种阐释方法，并成为西方阐释学的源头，进而影响了20世纪以后文学的阅读和批评。

　　经典的阐释活动往往体现着某种权力意志，中世纪也不例外。适应特定时期意识形态统治的需要，中世纪的寓言阐释带有很强的宗教、哲学、道德或政治的色彩。然而在近代，教会力量、骑士制度在启蒙运动后逐渐走向衰落，在基督教土壤上生长起来的寓言阐释也慢慢失去了中世纪那种至高无上的地位。更主要的原因是，追求以上帝旨意为主要目的，符合统治阶级用于教育、劝诫的阐释模式，在中世纪后期走向程式化、机械化，成为为阐释而阐释。如认为十二个月与十二门徒相对，四季与《四福音书》相应，一年就好比基督等。寓言阐释仿佛变成毫无意义的智力游戏和理性思维，在文学上的表现就是限制了作家的能动性。所以中世纪晚期及后来很长时间里，寓言都获得了不好的名声。其实，中世纪的寓言和象征之间没有太大的区别，或者说在寓言占据统治地位的情况下，一切人、事、物仿佛都依附寓言而存

[①] Tzvetan Todorov, *Symbolism and Interpretation*, Cornell University Press, 1982, p. 129.

在，象征也变成了宗教象征或寻找圣经人物的象征寓意，如看到十字架就会想到基督。只是到了18、19世纪，特别是浪漫主义时期，寓言才被贬为没有意义内涵的外壳，直接指向自身之外的某种意义。此时的诗学和美学领域几乎把对寓言的贬斥吞没在对象征的赞扬声中。

中世纪的寓言理论主要是关于上帝的中心论，寓言成了理解上帝之言的一种阐释方法，其意义简单明了，在人们需要寻找精神寄托，卸下心灵包袱时就可以随时到上帝这里寻找安慰。如荷兰学者赫伊津哈所言，"所有中世纪意义上的现实主义都导致了一种神人同形同性论。它把实际存在归结为一种观念，人们总想目睹活生生的观念，这种效果只能通过拟人化来达到。由此产生寓言。"① 可见，中世纪的僧侣统治阶级通过寓言形式实现对上帝的膜拜，进而对劳动人民进行严密的思想控制。因此，中世纪的寓言阐释方法，一方面确定和巩固了《圣经》的经典地位，另一方面却使文学艺术模式化、类型化，这"必将导致人物性格的缺失"②。中世纪的寓言阐释由此蒙上了一层宗教的神秘色彩，僧侣阶层利用对《圣经》的寓言阐释掌握了话语权，实现其统治人民意识的目的。

（三）浪漫主义时期的寓言文体和理论

浪漫主义文学发生于18世纪末，到19世纪上半叶达到繁荣。而这时期欧洲革命和战争不断，政治的黑暗、社会的不平等使得思想家们努力寻找启蒙的力量和新的精神寄托，这种社会情绪反映在文学艺术领域形成了浪漫主义思潮。浪漫主义崇尚自然，把历史传说、神话故事、自然奇观和异域风情融合起来表达理想中的世界和人生，呈现出雄奇瑰丽的艺术特征；内容以追求"自由、平等、博爱"和个性自由解放为目的，反对古典主义的清规戒律，颇具骑士风格，骑士文学也获得了巨大发展。浪漫主义时期纷繁复杂的社会，新兴的城市工商业资产阶级的兴起和个人抱负施展的愿望等对寓言文体的发展产生了重要影响。寓言从短小精悍的寓言故

---

① [荷] 约翰·赫伊津哈：《中世纪的衰落》，刘军译，中国美术学院出版社1997年版，第213页。
② C. S. Lewis, *The Allegory of Love: A Story in Medieval Tradition*, New York: Oxford University Press, 1958, p.61.

事，长篇的诗体寓言向长篇叙事文体发展，以囊括丰富的社会现实，表征浪漫主义者饱满的情绪和伟大的抱负，寓言文体的虚构性和言此意彼以及隐含讽喻意味的表达方式在浪漫主义时期获得了新的发展。如美国作家纳撒尼尔·霍桑的《红字》中象征说法的运用，和"红字"符号的象征意义，批判了清教徒殖民统治的黑暗和教会的虚伪、不公。赫尔曼·梅尔维尔《白鲸》在亚哈船长和白鲸莫比·迪克斗争的叙述中，象征了人与自然的冲突，对人类欲望的批判性思考，等等。可见，浪漫主义时期长篇寓言小说已经逐步成熟，寓言小说成为寓言故事、诗体寓言之后，又一重要的寓言文体形态。

从理论层面来看，浪漫主义时期是寓言艰难踯躅、被边缘化的时期。因为大部分诗人、评论家把象征意象当作浪漫主义诗歌的本质特征，认为其表现了主客体统一和通过想象能实现完整性的表达，是可以独立存在的观念，其意义具有无限的丰富性；寓言则因为内容与形式的分离和抽象的哲理表达而受到批判，这一时期的寓言理论研究，也总是被作为象征的反面来言说的。

康德《判断力批判》论"美是德行—善的象征"[①]，充分肯定了象征在美学上的重要性，这为后来肯定象征概念的研究打下了基础。歌德在理论上首先把象征和寓言对立起来讨论。在比较自己和席勒对实现一般和特殊统一这一目标的不同出发点时，表现出了对寓言的贬斥。歌德批判了寓言在诗的形式表达上偏重于理性的思考；批判了寓言从概念到形象的逻辑发展方向，批评了寓言不符合诗的想象和显出特征的整体美的要求，从而认为席勒偏重于哲学思考的方式不适合于诗的创作。实际上，歌德对于寓言的贬斥只限于诗的领域，只看到诗的感性和寓言的理性思维之间存在的矛盾，而没有看到文学领域的任何创作都是感性和理性共同作用的结果，内容和形式也不是可以清楚地区分开来的。柯勒律治把歌德的观点发挥得淋漓尽致，他从古典主义的艺术摹仿说出发，认为艺术既是摹仿又是象征，摹仿的对象是自然的一般性和普遍性，需要借助象征手法。他说：

---

① [德]康德：《判断力批判》，邓晓芒译，人民出版社2002年版，第201页。

"艺术家必须摹仿事物的内核,它是通过形式和形象而发生作用的,凭借象征对我们说话。"① 而寓言则是机械的、非物质的、空洞的,不适合诗歌的情感表达,应该抛弃。英国浪漫主义诗人威廉·布莱克甚至把寓言看成是一种劣等的诗而对之极为厌恶。谢林在歌德的基础上用图式—寓言—象征三段式来讨论特殊和一般这两个基本范畴,从而赋予寓言新的用法即用特殊来指称一般,并认为可以用寓言的方法去阅读任何文本。谢林对寓言的分析较为详细和深入,看到了寓言在绘画、阅读等诸多领域更为广泛的意义,而不限于诗的领域。但谢林和整个浪漫主义传统一样贬低寓言,肯定象征是具体的,在具体形象之外还有象征的意义,能从众多的意象中寻找到共同的特征,实现个别事物和普遍本质的联系。所以,在浪漫主义者看来,象征基于理性和认知,是与总体性、明晰性、逻辑性联系在一起,一切事情都可以在象征的表达中得到确切的答案。英国马克思主义者伊格尔顿不无揶揄地指出这一点,"对于浪漫主义,象征确实成为解决一切问题的万应灵药。在象征之内,日常生活中无法解决的一系列矛盾冲突——主体与客体,普遍与特殊,感觉与概念,物质与精神,秩序与自发——都可以奇迹般地得到解决。"②

实际上,同期仍然有人给予寓言以肯定和支持。弗·施莱格尔似乎要挑战康德关于美的定义,认为:"一切美都是寓意","正因为其不可言状,所以只能通过寓意才能表现最高级的美",艺术于是成了神话,甚至"神圣的魔术。"③ 他从寓言和美具有不可准确言说的特征来确认寓言在文学艺术中的作用。约翰·高特夫利特·赫尔德林则认为原始人通过象征、寓意、比喻来思维,三者结合在一起便构成了寓言和神话。因此诗歌不是对自然的摹仿,而是"对创世和命名的神性的摹仿",④ 也就是说,诗歌象征

---

① [美]雷纳·韦勒克:《近代文学批评史》第二卷,杨自伍译,上海译文出版社1997年版,第210页。
② [英]伊格尔顿:《二十世纪西方文学理论》,伍晓明译,陕西师范大学出版社1986年版,第26页。
③ Tzvetan Todorov, *Symbolism and Interpretation*, Cornell University Press, 1982, p.21.
④ [美]雷纳·韦勒克:《近代文学批评史》第一卷,杨岂深、杨自伍译,上海译文出版社1997年版,第249页。

意义的表达要依赖于寓言和神话所包含的神性特征。诺瓦利斯从语言的角度肯定了寓言是适合诗的语言，是为表达而表达的。后来叔本华也捍卫诗歌中的寓言，他说诗中的概念是物质性的，直接给予诗人的任务在于从共相组成的语言中绅绎出具体的东西、视觉性的东西，因此是从一般中推出具体的个别的事物的艺术。①虽然他们努力证明寓言在文学中的作用，但由于在论证上并没有太多的新意，在当时对象征呼声很高的情况下，他们的观点没有得到人们的重视，寓言仍被看成是寄寓教义的空洞载体处于美学领域的边缘。

真正为后来寓言再次兴起作出重要贡献的是克罗伊策和佐尔格。前者把寓言和象征这组范畴和时间这个范畴联系起来，肯定了寓言在修辞认识过程中的优势，②他这个观点后来为本雅明所吸收。本雅明认为寓言就是一种否定之否定，能在破碎的意象中把握历史的整体，这是一种反总体性的表达。解构主义则是在吸收语言学知识的基础上，在寓言这种能指和所指的断裂中，看到寓言的否定力量，发展出寓言式阅读的批评方法。可见，克罗伊策和佐尔格都认为寓言和象征一样重要。此后，伽达默尔也认为应该恢复寓言应有的地位，从而确定了寓言在现代阐释学中的地位。

（四）20世纪的寓言文体和理论

进入20世纪，诗歌、散文、戏剧、小说等文学样式进一步发展成熟，并出现了相互交融的趋势，文学的多元化发展是社会发展的必然。20世纪物质极大丰富、技术迅猛发展，特别是中后期电子信息技术革命带来了现代社会生活方式的巨大变化。浪漫主义和现实主义文学已无法表达消费时代碎片化、断裂式、瞬间性和欲望化的社会现实，单一的艺术样式也难以囊括变幻莫测的现代生活。在这种语境下，寓言文体言意错位的表意方式获得了巨大的发展空间，寓言的文体样式也从单一型走向了复合型，特别是寓言与小说的结合，促进了寓言小说向寓言性小说和寓言性作品的现代

---

① ［德］叔本华：《作为意志和表象的世界》，石冲白译，商务印书馆1982年版，第332—333页。
② 具体观点参见［法］茨维坦·托多罗夫《象征理论》，王国卿译，商务印书馆2001年版，第278页。

发展，成为20世纪以来重要的文学艺术样式，并影响着其他艺术形式的发展。如卡夫卡、奥威尔等都是著名的寓言作家。寓言也成为一种自觉的表意方式为其他领域所接受。

然而，从寓言理论的角度来看，19、20世纪之交，克罗奇对寓言的批评仍很严厉，他说："寓意不是一种表现形式"，① "凡是重视寓意的地方，就必然不重视诗，凡是重视诗的地方，又必然不重视寓意。"② 因为寓言作为机械的智力活动，不是产生于对幻想的具体知觉和深切感受。但此时的寓言已呈现出不可抵挡的复兴势头，已经从狭隘的文学体裁、宗教寓意和理性表达中释放出来，在电影、绘画、建筑和文学等领域绽放光芒。A. G. 里赫曼（A. G. Lehmann）就把寓言抬得较高，认为寓言本身并不是对艺术价值的破坏，"寓意（寓言）同样可以是伟大的艺术"③，是具象和抽象相结合的艺术，所以寓言并不应该受到艺术的排挤。利维斯（C. S. Lewis）则从艺术领域之外一个更大的范围论述了寓言的重要性，"从某种意义上说，寓言不属于中世纪，而属于整个人类，甚至属于人类的一般思维"。它是人类思维和语言的普遍特征，"通过它，思想和语言表现了那些从图像化而言属于非物质化（immaterial）的东西"④。可见，利维斯认为寓言表达了物质性之外的非物质性、语言之外的意义以及难以直接言说的寓意。

也就是说，进入现代社会，"替代摹仿（mimesis）的是寓言，至少从本雅明开始，我们就把这个概念同中世纪和现代艺术联系起来"⑤。本雅明认为文学作品从逼真再现的现实主义向强调蒙太奇、魔幻、幻象等现代主义发展，深刻说明对现实表象的描述已不是现代人关注的焦点，而是转向内在的、被遮蔽意识的反映。也就是对拉康说的不可知的"真实界"的探索。寓言成为不可直观感知的隐秘世界的审美表达形式，它不再是单一固

---

① ［意］贝内代托·克罗奇：《美学或艺术和语言哲学》，黄文捷译，中国社会科学出版社1992年版，第192页。

② 同上书，第198页。

③ A. G. Lehmann, *The Symbolist Aesthetic in France*: 1885 – 1895. Basill Blackwell, 1974, p. 258.

④ C. S. Lewis, *The Allegory of Love*: *A Study in Medieval tradition*, New York: Oxford University Press, 1958, p. 44.

⑤ Paul de Man, *Resistence to Theory*, Minneapolis, University of Minnesota, 1986, p. 67.

绪 论

定的意义模式，它能指和所指的分离特征成为穿透幻象，指涉现代社会真实存在的有效形式。例如，从19世纪巴黎既是内又是外的拱廊街建筑，到杜尚的杰作《喷泉》，到卡夫卡、霍桑、品钦等人的创作都被认为是优秀的寓言作品，而不是脱离现实的奇思怪想和哗众取宠。文学的寓言性和深刻寓意在现代文学中得到进一步发展，实现了严肃性和幽默性的统一，很大程度上克服了浪漫主义理论家认为寓言是直接表意，没有自身意义的缺陷。

此时，"寓言已经成为后现代文化理论和批评的宏大叙事。在寻找文本的'平滑'表面之下不同被压抑的故事的过程中，不同的话语——如德鲁兹的，拉康的，阿尔都塞的，德曼的和詹姆逊的话语——都重写了中世纪的寓言阐释手法以适于自身的目的和兴趣。"[①] 在詹姆逊称为晚期资本主义时期的后现代社会，大众文化普遍流行，市场体系、商品形式和文化的关系日益密切，艺术品和消费品的界限在某种程度上消失了，意义的深度表达模式消失了。人们承认每一种理解的合法性，甚至拒绝"意义"存在，对艺术的追求仅要求实现快感的满足，美学也转向了感知领域的研究。现代社会理论家们则重视了社会的易变性，强调文化断裂，强调能指与所指之间的错位，强调意义生成的多种可能性，他们看到寓言字面义和寓指义之间非对应性，恰好反映了后现代社会的不确定性和差异性特征，并能够解释后现代社会的许多新问题。所以，寓言再次得到理论家的青睐，他们有意识地在作品中用寓言的分裂性来寓指现实的诸种分化，寓言的修辞性作用也得到充分发展。尤其是20世纪语言学转向以来，寓言成为阅读文本的主要方式之一，它的阐释范围从文学文本走向政治、社会、文化的泛文本研究，从而生长出许多新的理论：如本雅明的救赎寓言，德曼的阅读寓言和詹姆逊的民族寓言等。也就是说，20世纪以来的寓言理论研究不局限于作为道德说教的寓言故事，也不再批判寓言寓指他意及内容和形式表达的不一致；而是看到文本和世界，语言和事实之间不可逾越的鸿沟，仅靠象征手法的运用是无法表现多元化世界的。寓言则弥补了象征的

---

① [加] 谢少波：《抵抗的文化政治学》，中国社会科学出版社1998年版，第41—42页。

不足，或者说超越象征局限于对整体性、总体性的预设，对现代社会流动性、偶然性、断裂性和不确定性特征的忽视；寓言关注的不再是形象本身，而是形象和意义之间的另类关系，呈现了后现代精神。

（五）21世纪寓言的现代转型

20世纪末信息数字技术的发展促进了视觉文化兴盛，消费图像成为现代人自觉或不自觉的行为方式。市场对眼球经济的追逐，受众对图像的迷恋，使"图像转向"成为20世纪末21世纪以来人们关注的核心。赵宪章先生曾经深刻地概括说："如果说19世纪文学理论的核心话题是'文学与社会'，那么，20世纪的文学理论的核心话题就是'文学与语言'；如果继续展望21世纪的文学理论，它的核心话题应该是'文学与图像'。"[①] 因为，21世纪的网络、手机、iPad、平板电脑等新媒体技术对传统媒体的优势，视觉狂欢超越了文字阅读的快感，读图的速度超越了读文的静思，图像的魅力以绝对优势占据了现代人的生活重心。

21世纪是图像的时代，寓言作为重要的文学样式，进入21世纪必然与图像发生重要的联系，寓言的图像化是图像时代的产物。特别是影像技术的出现，图像的视听消费方式对文学文本的文字存在方式形成严峻的挑战，同时也为寓言文学的现代转型提供了契机。因为随着商品经济的迅速发展，物对人的控制日益加强，导致了人的非人化，即人的异化。现代西方马克思主义者伊格尔顿更尖锐地指出，在资本主义发展的历史进程中，人的身体出现了严重的分裂和对立，具体表现为作为劳动的、意志的和欲望的身体与文化表达的内在矛盾。这种分裂是以社会生活的分工为基础的，在意识形态方面表现为认识价值、伦理价值和审美价值之间的分裂。也就是说，人类的情感、需要、欲望等潜意识随着社会生产力的发展而变化，阶级社会以前的神话表达规律再也无法完全说明资本主义制度下艺术生产和文化消费的特点。古典的摹仿艺术不能充分表达现代人丰富的欲望需求，不能表征出这种破碎的、不完整的、多元化的社会现实。换句话说，神话以艺术符号的形式保存下来后，与神话产生的物质基础相分离，

---

① 赵宪章、曾军：《现实关怀及其问题——对话中国文学理论未来之走向》，《学术月刊》2012年第44卷。

绪 论

其中人类的丰富潜能和智慧以艺术的形式保存下来，成为后来艺术发展的要素。寓言就是在这种情况下孕育出来的一种艺术形式和理论形态。从产生伊始，寓言就很关注人类精神世界的建构，并运用各种变形来表现内在世界的复杂性，它言意分离的形式特征是人类进入阶级社会后表现价值分裂的最好选择。读图的视觉体验告诉我们，图像叙事和图像阐释读图不同的价值体验，在消费社会必须在寓言式的阐释经验中，才能真正把握图像的魅力。"寓言主要把阐释看作是一种策略，它训练读者观察那些在日常经验中起作用而又不易发现的、富有价值但却捉摸不定的抽象事物的微妙变化。"[①] 本雅明的寓言理论也已经指出，照相术对传统艺术韵味的变化，艺术中的辩证意象充满了寓言的意味。复制技术带来的复制性、逼真性和生动性的诱惑，极大地改变了现代人的阅读习惯，寓言文本的阅读进入了图像再现的空间，寓言的存在形式在图像的时空中发生了重要的转变。寓言文学及其理论表达必然走向了图像的世界。

那么，在寓言遭遇图像时，寓言的传承、创作、传播等重要问题的现代转型是新时期寓言研究的重要问题；寓言和图像之间的关系，寓言的图像化和图像的寓言化的关系，图像时代寓言的审美特征与传统寓言作品之间的差异等都是寓言现代转型后必须面临的问题。因此，在21世纪第一个十年过去后，寓言的图像化表征获得了丰富的发展，出现了新的形态，我们无法预知未来技术带给我们的影响和改变。但我们可以确定，不管社会如何发展，寓言以其广阔的包容性和丰富寓意，必将继续繁荣，继续为现代生活提供新的思考路径。

（六）寓言文体和寓言理论的复线

以上对寓言的分期研究只是为了表述的清晰性和条理化，事实上，寓言文体和寓言理论各层面意义在不同历史时期是交织在一起的，只是各时期呈现的主要特征不同而已。寓言故事从古希腊发展至今仍然是寓言的经典形式，长篇诗体寓言、寓言小说、寓言性小说、寓言性作品和寓言的图像化表达是随着社会发展，寓言文体形式多元化发展的过程，

---

① Deborah L. Madsen, *Allegory in American: From Puritanism to Postmodernism*, Macmillan Press, 1996, p. 124.

西方寓言文体和理论及其现代转型

是寓言文体旺盛生命力和包容性的体现，寓言理论的批评功能是寓言深刻性的重要魅力。

古希腊时期，寓言主要用于哲理说明、论辩和道德说教，这些目的的实现要借助于寓言故事生动活泼的表达形式。中世纪对上帝之言、对《圣经》寓意的理解，使寓言阐释成为理解上帝的方法和通往神秘世界的途径。浪漫主义时期，诗人强烈情感的表达和对美好未来的向往，在作品中主要运用象征手法实现这种浪漫情怀，如用玫瑰象征爱人，用白色象征纯洁等。此时，寓言重哲理的表达因此遭到排挤。然而，寓言毕竟一直活跃于文学艺术创作和文学理论领域，它能指和所指断裂的特征，使其在现代社会获得更广阔的发展空间，不仅是一种文学样式，而且成为重要的理论范畴。尽管各时期理论家对寓言研究的视点各不相同，但寓言的阐释学意义贯穿其始终。古希腊寓言是阐释深奥哲理的方法。中世纪寓言发展成经典的阐经释义的方法。浪漫主义时期，寓言在象征追求物质和意义一致性的表达中，看到一切文本的意义都在二者的非一致性中重写。这种寓言的阐释学意义，在 20 世纪文学理论中得到高度重视，并生发出许多不同的理论形态。从狭义的文学文本到广义的泛文本的意义阐释，都离不开对文本言意断裂的寓言式阐释。21 世纪图像时代的寓言变体的研究，仍然在文学与图像的关系中来考察寓言与图像的联姻对现代寓言文体和寓言理论的影响。

概而言之，我们可以从以下层次来理解寓言的内涵及其理论表达：一、作为一种文学样式的寓言作品，它最初以口传形式得以保存，用一个具体的故事说明一个抽象的道理，是具有言外之意的叙事话语模式。这种寓言作品比较简单，要说的道理才是叙事的重点，能让人一看就明白其劝喻、教诲、讽刺等意义。寓言故事是与神话、传说相并列的文学雏形，是不成熟的文学样式。成熟的文学是通过丰富复杂的形象刻画，事件叙事来展示世界万象，给人以丰富体验的作品。因此，寓言作品本身可以称为"亚文学"，如伊索寓言、克雷洛夫寓言、庄子寓言等。二、具有寓言性的文学作品，这种作品不完全等同于传统寓言，但它们以文本内的叙事关系寓指文本外的叙事关系，其语言符号具有丰富的想象性、象征性和深刻的寓意，读者有时需要仔细体会才能把握作品的深意。换句话说，寓言性成为现代主义文学的本质特性，寓言是其最基本、最核心的表意方式之一，在言意断裂的表现形式中深刻地展现了复杂的社会现实。迈德森明确指出，"使寓言文本与其他文本得以区分开来的，是文本自身所显示出来的想象的结构和外部指涉系统之间的关系"[1]。大部分现代主义小说如卡夫卡、约翰·巴思、托马斯·品钦等人的作品就是真正的寓言性文学。三、从社会文化层面来使用的寓言，我们称为"广义的寓言"。它除了具有文本叙事形式外，在此文本和其他文本（如文学、政治、伦理、自然、社会等）间建立了丰富的联系，也就是一种"互文本"关系。寓言具有和符号体系一样的功能，它在文化和自然之间，符号和意义之间，艺术和现实生活之间建立了指涉关系。寓言是各民族智慧在早期文化中的表达。例如，荷马史诗中的神话对诸神的想象性描写，就是用寓言的形式沟通了人和自然之间的文化关系，虽然在当时是一种无意识的创作行为。此外，从人类学的角度看，亲属关系的称谓、婚姻制度、地方性活动（如巴厘岛斗鸡）等都是蕴含着不同人际关系、族群关系、政治关系的寓言。广义寓言展现人类符号体系复杂性的叙事方式和思维方式，作为文本的表达方式，它具有语言修辞特征，从语法和修辞的差异对文本进行寓言式阅读。如拉康把隐喻和换喻引入精神分析，认为梦、欲望情感是一种人类普遍现象的寓言，是人类更原始、更真实的表达。可见，寓言注重表层文本和深层文本的阅读，和弗洛伊德心理学研究人的意识和无意识关系具有相似性，它的意义内涵就像心理学一样具有广泛的包容性和阐释性。

因此，广义寓言又是梦、符号、表达、阐释的同义语，它各层面意义都与人类现实生活发生紧密联系，融合了认识、伦理—政治和利比多—审美的价值领域，伊格尔顿也认为神话时代这三个领域是相互纠结的。但随着资本主义商品经济的发展，工具理性的合理化，价值领域的分化，康德划分的认知、伦理和审美三个领域各自独立出来；唯美主义"为艺术而艺术"的口号，表明艺术审美获得独立价值；在一定程度上，文学内容脱离

---

[1] Deborah L. Madsen, *Allegory in American: From Puritanism to Postmodernism*, Macmillan Press, 1996. p. 123.

了形式，走向形式化，实现自律性，不再主要承担认知、伦理的教化功能，而是转向自身，以沉默来抵抗现存的社会秩序。后现代社会，审美努力融合认知和伦理两个领域，这就要在詹姆逊所说的断裂、异质、分裂以及本雅明说的破碎、堕落、废墟等现象中，在无所指的漂浮的能指符号中找到意义的表达，寓言正是那种物与意义及人类的真实存在相割裂的世界的表现方式。可以说寓言这种表达方式在文学和现实生活之间架起了一座桥梁，成为贝尔说的"有意味的形式"。现代社会的寓言研究就是要考察寓言如何把这些"意味"表现出来。

虽然"寓言"的内涵经历了复杂变化，历史上对寓言的评价也褒贬不一，但它始终是文学史、文学批评和理论研究的重要概念范畴。现代社会，寓言发展成为一种阅读方式和思维方式的同时，具有更广阔的发展空间和适用范围。即寓言从文体概念到理论范畴的转型，从以语言表达为主向以图像媒介展示的转型，都具有深刻的历史和社会原因：一方面表明现代科技文明给现代人带来巨大的社会财富，另一方面工具理性加强了对人的意识的控制，从而给现代社会带来新的矛盾和社会问题。现代社会新情况在文学艺术领域的一个重要表现就是寓言内涵的泛化和外延的扩大化。也就是说，寓言随着现代社会的发展发生了现代转型。按照本雅明、保罗·德曼、詹姆逊、德勒兹等人的理论，现代社会有再寓言化的趋势。即我们生活在寓言的世界里，我们要寓言式地看待现实的种种现象，透视虚假的意识形态幻象，才能找到通向美好乌托邦的道路，套用詹姆逊的名言就是"永远寓言化"。

上 篇

文体篇

寓言文体不但不同于其他文学样式，而且随着历史的发展，寓言自身也呈现出不同于较早出现的寓言叙事。本章通过对寓言文体形态的发展研究，进一步说明寓言的表达技巧、方法、内容和审美意识的演变。尤其在现代社会，大部分艺术作品非常重视对人内心及其主观意愿的表达，从以道德训诫和哲理寓意说明为主要目的中释放出来，走向了以非个人化、讽喻性和荒诞性为主要叙事风格，实现对现代社会进行审美批判和审美救赎的创作道路，寓言这种文体因此获得了重大发展。通过对寓言文体的形态变迁、不同寓言文体间的关系及寓言文体的审美特征，寓言文体现代转型的分析，深入说明现代文学的寓言性特征，及其与现代寓言理论的关系。

第一章 寓言文体的形态

中国先秦寓言、古希腊寓言和古印度寓言是世界寓言的三大发源地，它们共同构建了世界寓言文化体系及其现代形态的发展。各国关于寓言的研究也越来越多，从我国的研究来看，对本国寓言研究还比较丰富，但关于西方寓言的研究则相对薄弱，主要还停留在对寓言的内容、作家、国别、地域、民族等方面的分类研究，对寓言文体的形式分类、寓言文体发展的整体把握及其变体的研究不够系统和完善。本章主要以西方寓言为研究对象，从寓言作为一种文学样式的形式特点，对传统寓言故事、长篇诗体寓言、寓言小说、寓言性小说等寓言形态进行综合研究，以期通过微观和宏观的分析阐明寓言长盛不衰的奥秘。

第一节 传统的寓言故事

寓言具有悠久的历史，我们必须从寓言的缘起开始，追寻寓言的脚步来探寻其发展踪迹及寓言与其他文学样式的关系，从而更好地把握其文体特征。

一 寓言的起源

寓言作为一种有着几千年历史的、古老的文学样式，有人认为它和神话一样是原始初民对自然与社会认知的结果，维柯说："一切野蛮民族的

西方寓言文体和理论及其现代转型

历史都从寓言故事开始。"① 寓言的产生和发展确实与神话关系密切,但寓言作为特定社会历史条件下的产物,与神话之间还是存在一定区别。在生产力水平极其低下的原始社会,原始初民没有明确的个体意识和自我意识,无法了解和掌握自然发展规律。他们对人类的起源充满好奇,对无法抗拒的自然力充满了恐惧与征服的欲望,认为冥冥之中有一种看不见的力量在主宰着世间的一切,认为神才是世界的主体,是世界的造物主。所以,在神话里我们看到的几乎都是描绘神的世界,或者是具有神力的半神半人的英雄故事。维柯把这种侧重感性想象的神话思维方式称为"诗性思维"。他认为这是人类社会发展的神话时代。同时,神话毕竟是人类创造的,其中必然显现出人类的哲思,"原始人类把同类中一切物种或特殊事例都转化成想象的类型,恰恰就像人的时代的一些寓言故事一样,例如新喜剧中的寓言故事就是由伦理哲学凭推理出的可理解的类型"②。也就是说,神话诗性语言孕育了寓言的理想,但神话与寓言之间仍存在差异,因为"在推理能力最薄弱的人们那里我们才发现到真正的诗性的词句。"③ 随着社会的发展,这种区别更明显地呈现出来。

特别是阶级社会出现后,平民受到严重的剥削和压迫,而奴隶则彻底丧失了人身自由,成为奴隶主的私有财产。在这种情况下,奴隶对奴隶主的压迫敢怒不敢言,在失语的情况下,奴隶和平民只能通过类比,借助于他物来实现情感宣泄和表达内心的真实愿望,由此形成了一种独特的表达方式和文学样式即寓言。据记载,现存古希腊最早的寓言是公元前8世纪至公元前7世纪之交,著名诗人赫希俄德在《工作与时日》中引用的"鹞子和夜莺",借鹞子把夜莺玩弄于股掌之间的故事来类比贵族和贫民之间的关系,以此揭露贵族的专横残暴和贫民的悲惨境遇。这个故事不仅描述了贫民的现实生活,还表达了人们对阶级社会的理性反思。因此,寓言与神话的一个重要区别就是借用他物来说理,这也是人类思维方式发展的一个必然进程,"人类思想的次序是先观察事物的类似来表达自己,后来才

---

① [意] 维柯:《新科学》上册,朱光潜译,商务印书馆1997年版,第119页。
② 同上书,第30页。
③ 同上书,第31页。

用这些类似来进行证明，而证明又首先援引事例，只要有一个类似点就行，最后才用归纳，归纳要有更多的类似点。"① 寓言故事就是用类似点来进行表达的创作。

相传西方最早最完整的寓言故事集《伊索寓言》是公元前6世纪希腊一位名叫伊索的奴隶创作，并由后人加工而成的，也是初民在有了朦胧的自我意识和言说的欲望之后的理性表达。如维柯所言："长于诗的原始民族的各种感官都极活跃生动。接着来了伊索，他是我们要称为凡俗的伦理哲学家（伊索早于希腊的七哲人）。伊索用具体事例教导人，因为他还生活在诗的时代，他的事例是创造出来适应当前情况的。"② 维柯把神话和寓言故事都看作诗性的语言，是对人类社会的想象性表达，同时又指出了寓言故事的独特性。伊索善于用创造的诗性故事来做出理智的判断，即把哲理形象化。

可见，《伊索寓言》是人类理性思维的产物，是寓言兴盛、成熟的重要标志，它影响了此后整个欧洲寓言的创作与发展。公元1世纪古罗马寓言作家菲德鲁斯就直接称自己的寓言是"伊索式寓言"，公元2世纪希腊寓言作家巴布里乌斯则更多地借用伊索寓言中的故事进行创作。文艺复兴后，对伊索寓言的重新整理和印行使不少作家文人对其有了更深入的了解，并涌现出了许多优秀的寓言作家，如法国的拉封丹、德国的莱辛、俄国的克雷洛夫等。所以，人们称伊索为"寓言之父"，《伊索寓言》也被公认为世界上最早的成体系的寓言，是寓言的典范。此后，古希腊人用"伊索寓言"泛指古希腊所有的寓言，我们称之为"传统寓言故事"。

二 传统寓言故事的文体特征

古希腊时期的伊索寓言虽然大部分是在平民中产生和流传，内容比较简单、形式比较粗糙，但已经是一种相对独立的文学样式，呈现出了鲜明的文体特点。

---

① [意]维柯：《新科学》上册，朱光潜译，商务印书馆1997年版，第210页。
② 同上书，第254页。

西方寓言文体和理论及其现代转型

1. 篇幅短小精悍，多以动植物为主角。据统计，《伊索寓言》[①] 共330篇，其中动物寓言231则（如果包括有动物参与的寓言有259则），占总数的78.5%，其中共出现73种动物形象，还有植物寓言12则，无生物寓言5则，身体器官寓言2则。而我国最早的寓言见于《庄子》也是通过短小的故事来阐明哲理，但是与伊索寓言以动植物为主不同，我国很早就有了人物寓言并且主要以人物为主角，其中的原因比较复杂。伊索寓言篇幅短小主要是便于口口相传，因为其创作者多为下层劳动人民，在奴隶社会他们没有人身自由，没有话语权，对奴隶主压迫剥削的反抗只能通过讲故事的方式，通过口头交流来表达不满。

2. 拟人化的表现手法和类比的叙事方法。这些大部分以动植物为主角的寓言故事主要采用拟人的手法来结构故事，赋予动植物以人的性格、个性、情感和言说的能力，同时结合动植物的具体特性进行改编，创造出拟人化的寓言世界，从而更好地为说理服务。如狼的凶残、狐狸的狡猾、羊的弱小与温顺等通过拟人化手法指出了当时社会奴隶主的残暴，奴隶和普通劳动者的悲惨境遇，进而很好地抒发了情感和思想内涵。当然，传统寓言还采用了对比、类比等说法来加强寓言的叙事功能。如狼和小羊的形体差距和本性之间的强弱对比就直接暗示了狼对羊的欺压，羊无法抵抗狼的进攻等内容，从而节约了叙事的篇幅，丰富了故事的内容。而寓言故事通过动植物的拟人化表达来类比人类社会的万象，进而喻指出生活的道理和哲理，如狼吃小羊的寓言故事正是现实中强权者欺凌弱小者的类比。

3. "言在此、意在彼"的哲理化表达。"故事"是文学叙事的基本要素，也是其他文体的重要组成部分。在人类社会的早期，故事主要是以口头形式讲述事情的过程。神话故事是人类最早的口头创作，主要围绕神的起源、生活、斗争展开的想象性叙事；传说则由神话演变而来，具有一定的历史性，是人们口头流传下来的对具有传奇色彩的人的叙述，有时候赋予他们不同于常人的超能力。这些文体的故事一般都是独立成篇，构成一个完整的叙事结构，表达一个完整的意义。寓言故事虽然也是平民在日常

---

① 依据的版本是罗念生等译《伊索寓言》，人民文学出版社1981年版。

生产生活过程中，口口相传的产物，但它主要是通过一个动植物或无机物世界的故事来反思"人"的世界，进而阐明某种道理。由于篇幅短小，一般不能对形象展开刻画或描写，只叙述一个小事件来说明问题，通常在故事结尾或开头用一句话点明题旨，以起到道德劝谕的作用。寓言的故事叙事主要为说理服务，它们的功能性更明确，指向性也更强。这种充满哲思的意在笔先和言在此、意在彼的故事叙事成为大众喜闻乐见的形式，从古至今的寓言叙事都是以这种形式实现其表达哲理的目的。

4. 寓意的确定性与不确定性的辩证。传统的寓言故事由于指向性明确、角色个性鲜明，因此寓意比较明显，情感倾向性也比较确定。但是一个寓言故事的解释也不是唯一的，有时候它还有别的寓意寄托其中，有时候不同的故事可以表达同一寓意，不同的寓意也可以通过同一故事呈现出来。也就是说，传统的寓言故事是一个发展变化的过程，特别是拉封丹、克雷洛夫等寓言家在运用伊索寓言时都进行了文本的再创作，在保持寓言基本形式的基础上，根据不同的现实社会赋予寓言故事新的意义内涵。例如《伊索寓言》中的《狼和小羊》《鹞子和夜莺》都可以表达强者对弱者的欺压。其中《狼和小羊》讲述一只饿狼寻找种种借口要把小羊吃掉的故事，伊索指斥铁了心要干坏事的人，任何东西也阻挡不了的道理。在《拉封丹寓言》和《克雷洛夫寓言》中也有相同的故事，但其寓意各不相同，拉封丹用来指涉强权总是强词夺理的本质，克雷洛夫则发出在强者面前有罪总是弱者的感叹。即不同的读者也可以赋予其别的寓意。

所以，这种篇幅短小精悍，多以动植物、神或非生物为主角的，以故事和寓意相结合为基本构成要素的，以意在笔先和言在此、意在彼为叙事模式的文体，我们命名为"传统寓言故事"。它们是多用散文形式写成的具有道德寓意的短篇故事，《伊索寓言》是其经典文本。其中故事和寓意两个构成要素，成为判断寓言的充分必要条件，缺少任何一个要素都可能是别的文体形式。此后寓言的发展也主要是在传统寓言故事模式基础上的扩充和完善，其他文体也对寓言形式的发展产生了重要影响。

三 寓言的民间性

传统的寓言故事即寓言的经典形式是至今仍受大众喜爱，并进行大力创作的文学样式,其中的一个重要原因是它的民间性和通俗易懂的劝诫功能是其他文体难以企及的,这也是其形式所特有的。

首先,寓言故事的创作者和传承者一开始主要是在集体中产生和形成的,寓言最早也是在下层人民口口相传中形成、流传和发展起来的。同时寓言的短小精悍为口传文学提供了良好的条件,为印刷时代寓言文学的发展留下了丰富的资源,寓言故事也成为书面文学的重要来源之一。

其次,寓言的集体性使其集中反映了当时广大平民的真实状况,为历史研究留下了生动的素材。在文字产生之前,人类的一切活动都是用口头语言描述出来的,如神话、传奇被认为是最早的历史记载一样,寓言是人们现实生活经验的总结,其历史的记载与传承功能得到了强化,即"口述历史"的现代意义被越来越多的人认可与重视。

最后,寓言故事的口头讲述为说者与听者之间营造了道德教育的氛围,寓言的寓意为民间教育发展作出了重要贡献。因为"故事中的事件被看作他们生活的一部分,而不是与他们分离的或者是发生在别人身上的。我们每个人的身上都存在善和恶的潜能,因此每个角色体现了一个完整的人的某一部分。"[①] 寓言的目的正是在故事之后实现对人的道德劝谕,或表达某种隐含义。寓言的民间性特点也是寓言这种文体千百年来能够长期存在并获得巨大发展的重要原因。

从这几方面来看,早期寓言的民间性不同于神话、传说单纯以讲故事为主的民间文学,寓言的民间性具有更丰富的哲理基础。所以,当古希腊神话成为马克思说的人类永远无法超越的具有永恒魅力的艺术时,寓言从古希腊传统寓言形式得以确定以来,至今仍蓬勃发展,佳作不断,出现了许多著名的寓言家,如法国的拉·封丹、佛洛里昂,英国的盖伊,西班牙的伊里亚特和萨马尼埃戈,德国的盖特勒、莱辛,俄国的克雷洛夫、谢德林,苏联的米哈尔科夫等。当然,随着社会的发展,寓言的民间性也呈现出不同的时代特征。

---

① [美] 麦地娜·萨丽芭:《故事语言:一种神圣的治疗空间》,叶舒宪、黄悦译,《广西民族学院学报》2003 年第 5 期。

第二节 长篇诗体寓言

随着古希腊时期寓言文体典型形式的确立、社会生产力水平和人们认知水平的提高,寓言的体式也有了进一步的发展,出现了长篇诗体寓言作品,并呈现出新的艺术特征。

一 长篇诗体寓言产生的背景

古希腊文明的顶峰是公元前 5 世纪,但在古希腊奴隶社会,平民和奴隶没有接受、也不可能接受正规教育,因此,文学的样式主要是口头的、短小的民间文学交流。到了公元前 146 年,古希腊被罗马帝国打败,希腊文明也逐渐被罗马文明所取代。古罗马经历了长期战争获得了巨大发展,公元 2 世纪是罗马帝国早期,帝国的疆域达到最大范围,国家相对稳定,社会的经济也得到了相应的发展,其文化艺术如建筑、雕刻、绘画等处于极盛时期,涌现了奥维德、维吉尔、西塞罗、卢克莱修等著名诗人、哲学家。伴随着社会生活方式的多元化和地域交往的扩大化,平民生活状况的改变,文人队伍的发展壮大,很多新的文学形式和创作模式应运而生,寓言的体式也有了改变和发展。

到了中世纪,欧洲封建制度经历形成、发展和走向衰亡的历史。基督教在欧洲封建社会的政治生活中起着重要作用,原来在罗马帝国时期为奴隶主统治服务的基督教到了中世纪自然地变成了封建主统治的重要工具,宗教势力在中世纪得到了进一步扩张和发展,教会和教皇的权力甚至高于王权,成为统治的核心力量,成为封建制度的重要精神支柱,成为文化创作的重要核心价值。此时教会大力宣传基督教思想,以加强对广大人民的约束和统治。因此,教堂的建筑和绘画都充满了神秘的宗教色彩和象征意味,许多文艺作品主要是反映基督教的教义和精神,多是为基督教的宣传服务,作品的寓意也主要是围绕基督教的教义进行比喻和象征,当然也反映了当时封建统治者对下层劳动者剥削压迫以及社会弱肉强食的现状,如《列那狐传奇》《金驴记》《玫瑰传奇》《木桶的故事》《天路历程》等。这些作品多用诗体写成,篇幅从几十个字增加到上万字乃至更长,从单一的故事内容发展了复杂的情节,从较明确的寓意到丰富的寓意象征的变化,即寓言文体呈现出新的形式,我们称之为"长篇诗体寓言"。

二 长篇诗体寓言的特征

中世纪的寓言除了传统寓言故事外,出现了多用韵文、诗体写成的长篇寓言,呈现出不同于伊索寓言的新的形式特点,具体而言主要表现为以下几个方面。

首先,寓言从短篇向中长篇发展,故事情节设置也逐渐走向曲折变化的发展道路,而且多用诗体写成。随着社会交往复杂化和多样化,人与人之间交流的加强以及民间文化的发展,传统寓言短小精悍的体例无法完整地描述越来越复杂的社会万象,不能适应人们表情达意和哲理说明的要求,由此出现了长篇寓言故事。在以哲理表达为前提的条件下,长篇寓言作品重视故事叙事的丰富和发展。如《列那狐的故事》[①] 由六十个故事组成,事实上可以看成是由六十个小节构成的长篇寓言。虽然其中每个故事可以独立成篇,分别讲述了列那狐与伊桑格兰狼或森林中其他动物之间发生的故事,分别蕴含了不同的小道理。但实际上,这六十个故事之间是相互关联的整体。因为它们都有一个共同的主角列那狐,整个长篇寓言主要是讲述列那狐和伊桑格兰狼之间的恩恩怨怨,中间穿插了列那狐与其他动物如狮子、狗熊、驴、鸡、兔、鸟的矛盾与斗争,从而勾勒出中世纪法国复杂的社会现实和激烈的矛盾斗争及贵族阶层对平民阶层的剥削压迫和欺诈的现实。其主旨不是在单个故事中呈现,而是强调整部作品就是当时社会的真实写照。所以,《列那狐的故事》是一部优秀的长篇诗体寓言。

其次,寓言角色形象多样化。早期的散文体寓言如伊索寓言由于大部分是几十个字的短小篇幅,无法展开叙述,只能借助现实生活中人们对动植物特点、特性的基本认知为前提来虚构情节。如狼代表凶残、狐狸代表狡猾、羊和兔子代表善良等,它们的特征比较单一,甚至是一成不变的,

---

① 本书使用的版本是 [法] 保兰·帕里编著《列那狐的故事》,陈伟译,译林出版社 2009年版。

上篇 文体篇

故事叙事只要满足传达道德教训的目的就可以了，不讲究形象描写和性格刻画。然而，随着寓言文体体例和篇幅的增长，在长篇寓言中角色形象的刻画得到进一步丰富和完善，角色的个性特征也更生动、成熟和多元化，从而弥补了传统寓言角色简单化的不足，使寓言角色逐步走向了多样化、类型化和传神化的发展方向，其象征意义也更明确。如《列那狐的故事》虽然延续了伊索寓言的某些故事情节，借助动植物的特性来表达个性，传达思想哲理，但是其中角色的个性表现得更丰满和鲜明。整部作品虽然以狐狸列那为主角，但不限于狐狸狡猾的一面，其形象更复杂：一方面，列那狐通过自己的智慧和勇敢多次捉弄和挑衅凶残的伊桑格兰狼，在一次次胜利中获得满足；有时候它还敢于嘲笑国王狮子、大臣熊等比自己强大的对手；当然，列那狐主要还是靠甜言蜜语来讨好狮王诺布尔，如让国王拿走所有的猎物，自己则宁愿一无所有。另一方面，列那狐千方百计诱骗、欺凌和虐杀比自己弱小的动物，如鸡、兔、鸟、猫等，几乎都成为它口中的美食和手中的玩物。此时，一个亦正亦邪、聪明狡猾、口蜜腹剑、趋炎附势、恃强凌弱、有血有肉的列那狐形象呈现在读者面前。同样，伊桑格兰狼被列那狐一次次捉弄、戏耍，弄得遍体鳞伤，也让我们看到了狼不仅仅凶残，而且还很笨拙的多重性格。

再次，长篇诗体寓言除了坚持拟人化的表现手法外，还大量使用象征主义手法来表现寓意，阐明道理。长篇诗体寓言用拟人化的手法或荒诞夸张手法来保持寓言形象与现实生活的距离，增强审美感知力，从而更好地传递寓言的寓意道德。拟人化手法是拉近距离，夸张荒诞的手法是拉开距离，让读者在一定的审美距离中获得阅读的快感。象征则是指以特定的具体形象表现或暗示某种观念、哲理或情感。寓言中象征手法的使用是为了更好地阐明形象意义及文本价值。特别是中世纪基督教占据主要的统治地位，教皇、教会、僧侣阶层是封建社会的主要支柱，他们大力宣扬宗教的神秘和至高无上性，以劝诫平民信奉并推崇宗教教规，所以他们大多通过象征的寓意方法来表现神秘的基督教教义和达到道德宣扬的目的。同时，宗教的压迫和强权也遭到了普通百姓的反抗，从而也出现了讽刺王权和教会的作品。所以，长篇寓言作品有时候直接使用反映道德伦理的象征词语来反映人物及其遭遇，作品中的讽刺和反抗意味就很明显。如13世纪法国寓言长诗《玫瑰传奇》分为上下两卷，写诗人梦游花园，爱上一朵玫瑰，得到"爱情""坦率""慷慨"的支持，也受到了"嫉妒""胆怯""吝啬"的阻挠，诗人经过努力，借助"财富"去博取欢心，终于在"自然""理性"等的帮助下，战胜了"伪善""危险"，赢得了玫瑰的爱情故事。全诗采用象征手法，除诗人本人之外，所有人物都以概念为名，隐蔽地表达了作者的感情，成功地完成了作品寓意的表达。《玫瑰传奇》中梦幻的手法与象征手法对欧洲后世文学产生了深远的影响。《天路历程》中的角色命名及故事结构都受到重大影响，还有《神曲》《格列佛游记》等作品中梦幻、象征手法的运用也是在这里得到养分。

最后，长篇寓言具有阐释的多义性。从阅读的角度来看，传统寓言故事的寓意大部分是通过叙述者或故事中的角色在文首或文末用一两句话直接点题，因此意义具有相对确定性和单一性，便于流传、交流与记忆的特点，但同时存在寓意浅显、缺乏深度等不足。19世纪象征主义诗人就因为寓言意义的抽象性和具象性而否定寓言并推崇象征。长篇寓言作品由于篇幅可容纳更多的内涵，并使用了象征、反讽等修辞方法，因此其意义除了字面义外，还具有多重意义和多种哲理，需要读者认真地审视和解读。中世纪和新时代之交的诗人但丁在《致斯加拉大亲王书》第七节中对寓言的内涵作了详细说明。他认为寓言作品具有四重意义，这就是诗的阐释的四重意义说——字面的、寓言的、道德的、奥秘的即神学意义上的，后面三种统称为寓言义，即超越字面的象征意义，这是诗的真义所在。但丁的诗的寓言意义说已经是从宗教的观点为诗辩护，并阐明寓言寓意的丰富性和多样性。如《列那狐的故事》从字面意义上看主要是通过拟人的手法讲述动物世界里飞禽走兽之间弱肉强食的生物竞争，但是结合当时的社会现实与历史现状来看，则是深刻揭露了中世纪法国封建统治阶级的丑恶和腐败。同时，狐狸列那恃强凌弱、两面三刀的多重人格使其具有丰富的社会象征意义。一方面，列那狐是反抗封建统治阶级的市民阶层的代表，它对伊桑格兰狼的胜利象征着市民反抗封建势力的成功；另一方面，列那狐身上也体现出市民阶层的双重性，在对本阶层弱小势力的欺压中试图找到自我的优越感，人们由此把这部寓言作品看作中世纪市民文学的代表。此后，很多寓言作品重视这种揭示出文本深层次丰富内涵的寓言式阐释方法，甚至把它运用到其他文本的阅读中，进而发展成为一种阐释学方法。

三 寓言的经典化

长篇诗体寓言是在传统伊索寓言故事的基础上，吸收了伊索寓言的营养而发展起来的，它进一步促进了寓言文体的成熟和完善。因此，这时期寓言的叙事模式、角色形象和文体特征逐渐走向定型化和经典化。

1. 寓言故事的经典化

长篇诗体寓言沿用了一些伊索寓言的故事内容，使读者在这些似曾相识的故事阅读中，情感得到了再次确认，从而在回忆中增强了记忆的功能。当然这些改编过的短小精悍的寓言故事，让读者在故事的重复中看到了新的意义，从而实现了寓言叙事的经典化。长篇诗体寓言《列那狐的故事》就采用了伊索寓言故事的内容来丰富情节，强化故事的叙事功能。如《伊索寓言》中"大鸦和狸"的故事讲述了狐狸看到乌鸦嘴里的肉垂涎欲滴，之后狐狸通过对乌鸦歌声的虚伪夸耀让其信以为真，当乌鸦张大嘴巴唱歌时美味的肉终于落入了狐狸的嘴里，讽刺了爱听奉承、吹捧之人的下场。在《列那狐的故事》第四则[1]也讲述了狐狸诱骗乌鸦口中食物的故事，但是故事增加了简单的环境描写，说明了乌鸦的奶酪是从农户家偷来的，以及当列那狐从乌鸦口中骗取到奶酪后，还想方设法把乌鸦变为自己口中美味的情节，从而使整个故事更完善，列那狐的贪婪表现得更彻底，故事的寓意也更丰富多样，即过分的奉承必然隐含着某种危机，或人们不能一而再再而三地相信骗子的话，应该从中吸取教训等。又如《伊索寓言》中"狮子、驴和狐狸"的故事讲述了在打猎结束分猎物时，狐狸迫于狮子的淫威而全部拱手相让，而驴（在《列那狐的故事》中换为狼）则因为把猎物公平地分为三份而遭到厄运的故事，说明了应该在别人的不幸中吸取教训的道理。在《列那狐的故事》第二十八则[2]同样的故事情节有了进一步

---

[1] [法]保兰·帕里编著：《列那狐的故事》，陈伟译，译林出版社2009年版，第28页。
[2] 同上书，第104页。

的发展和完善，增加了列那狐对伊桑格兰狼的嘲讽以及狼对狐狸聪明与狡猾既佩服又愤恨的矛盾心理，从而更明确地凸显出狼的愚蠢。

1793年，德国著名作家歌德正是根据中世纪民间传说的列那狐的故事进行了翻译和改写，创作了寓言史诗《列那狐》（又名《莱因克狐》）[①]，保留了原文本的故事情节，表达了对当时社会的不满与讽刺。还有一些作家把自己的作品与伊索寓言相联系，明确指出这种继承关系，如法国寓言家拉封丹在《寓言集》中就自称为"拉封丹用诗体写作的伊索寓言。"[②]他的"狼和小羊"取材于伊索寓言但进行了加工再创造。故事在结尾写道："说完，狼就把小羊拉到森林深处，在那里把它吃掉，什么诉讼手续都不需要。"拉封丹从而批判了当时的法制，态度坚决而又富于幽默感。著名的寓言长篇《金驴记》也是以动物视角来反映与讽刺社会现实。因此，经过长篇诗体寓言的发展，传统寓言故事叙事内容得以确定下来，成为经典的寓言故事。

2. 角色性格的类型化

在《伊索寓言》里狐狸出现过39次，狮子29次，狼28次，驴27次等，此后欧洲寓言家拉封丹、莱辛、克雷洛夫的寓言仍然是以狐、狮、狼、狗、驴、羊等为主要的描写对象。这些角色在不同的寓言故事中出现，却显示出了相近或基本相同的个性特点，读者在这种重复中把握了角色的性格特征，不会造成混淆。它不像小说或戏剧经常强调要塑造典型环境中具有典型性格的形象，强调人物性格的丰富性与独特性。寓言叙事的重点在于寓意哲理的表达，所以角色刻画相对次要，特别是短小精悍的寓

[①] 1793年歌德依据1752年德国著名文学家高特舍特（J. Ch. Gottsched, 1700—1766）散文体的高地德语的《莱涅克狐》为蓝本，重新翻译和改写为六步体叙事诗。歌德保留了原文本的故事情节，在这部作品中表达了对当时社会的不满与讽刺，正如他自己说的："可是正当我把全世界宣布为毫无价值而要从这种惨祸之中挽救自己的时候，由于特别的巧合，《莱涅克狐》到了我的手里。直到那时，我已把街头、市场上的愚民们的各种场面看得腻烦，现在，一看到这面反映宫廷和君主的镜子，真觉得非常爽快。这里，人类虽也采取实实在在的赤裸裸的禽兽的姿态登场，尽管不足以效法，可是，一切却都愉快地进行，没有任何煞风景之处。为了全心欣赏这部动人的作品，我就开始忠实地摹拟。"参见歌德《歌德叙事诗集》译后记，钱春绮译，人民文学出版社1983年版，第338页。

[②] 陈蒲清：《世界寓言通论》，湖南教育出版社1990年版，第223页。

言不可能细致地描写典型环境和典型形象，而是常常使用一些具有脸谱化特征的形象，直接向读者传递出寓言形象的个性特征，从而可以直接把握它们的类型特点。如动物寓言中老虎、狮子必然是凶暴的，兔子胆小怯懦，驴子愚蠢笨拙，狐狸则是狡猾善变的。寓言长诗中动物的个性仍然是继承并强化了伊索寓言的类型化特点，基本没有太大的改变。如《列那狐的故事》中，列那狐狡猾的形象指向了现实社会中趋炎附势、恃强凌弱的一类人，特别是在阶级社会中，对上阿谀奉承，对下仗势欺人的阶层就是其真实的写照。换句话说，在寓言里，狐狸不可能是善良的代表，羊、鸡等不可能是凶残的象征，它们都是类型化的表达。长篇寓言故事就是在详细的情节描写中塑造了这些类型化的人物，还有一部分受欺压的弱小动物就是现实中下层劳动人民形象的反映。

角色类型化发展在一些长篇诗体寓言中甚至走向了极致，有些寓言创作者为了更直接更有效地表达哲理，用"欢乐""爱情""善良""聪明""理性""毁灭""嫉妒""胆怯""吝啬"等概念性的词语来命名人名或地名，这些词语本身就是按照某种标准分类的、承载着某种感情色彩的、积淀着特定审美情感的表达，读者在阅读中一看就知道属于哪种类型的人物，从而能快速、准确地把握作者的情感定位。在叙事中大量使用概念化词语命名的方法成为寓言文体独特的、重要的特征之一，如《玫瑰传奇》《仙后》《天路历程》等寓言文本就是典型代表。在这些长篇诗体寓言中，角色的类型化塑造和概念化的命名方式在某种程度上可以有效地延长审美感受的时间，扩大想象的空间。我们不会天真地认为概念化的命名就是人物本身，往往会在阅读之后思考其蕴含的哲理与深意。当然，类型化形象的大量运用，并不等于说寓言形象千篇一律，它只是作者用来象征某一类型形象的有效方法之一，在后来寓言文体的发展中，形象塑造更趋多样化。

3. 叙事手法的经典化

寓言故事多用拟人化手法来叙述，它主要是为了让读者清楚地知道，这些主人公是因作者表达需要而虚构的，是非真实的。因为现实世界没有神，没有会说话的动物，神、人、兽之间更不可能进行对话和交流。读者不会认为这些动植物真的能开口说话，从而相信它们言辞的正确性。恰恰相反，拟人化手法的运用能引起读者的注意，吸引他们思考其中的隐含义和象征义。从现实生活的角度看，寓言的故事情节和形象不是对自然现象的摹写，而经常是离奇的、巧合的，甚至是虚妄的。长篇诗体寓言同样延用拟人化手法来强化故事的虚构特征，以刺激读者的神经官能。在这些离奇古怪的角色塑造、情节虚构中展现出来的是远离现实生活的奇妙虚幻的美，给人以广阔的想象空间，完全不受叙述内容的限制而自由地遐想，从而获得极大的审美愉悦和满足。用俄国形式主义者什克洛夫斯基的术语来说，这是一种"陌生化"效果。应该说，寓言是一种自觉的陌生化叙事。如《金驴记》讲述了一位名叫鲁巧的青年人在一次意外中变成一头驴，但仍有人的智慧。之后他以驴身经受了种种磨难，看遍了人类社会的阴暗与世人的真面目后，改邪归正、摆脱世俗的诱惑而最终赎回人身的故事。整个文本情节简明，寓意深刻，通过驴的视角让读者对古罗马奴隶社会的阶级压迫、社会各阶层的生活状况有了深刻的认识，同时驴可以畅所欲言、嘲弄神明、抨击时弊等，寄寓了作家讽刺意味，其中的批判意识在寓言的叙述中得以升华。

同时，长篇诗体寓言中拟人化的虚构不是天马行空的，它往往与真实性相互交融，真实与虚构之间保持适当的审美距离。即故事叙事完成之后，道德教训或哲理寓意的表达成为重点。所以，有人认为寓言的创作一般是先有一个抽象的理性概念，作者为表达这个概念进行故事虚构，塑造一些具体的形象，从而使抽象的思想具有生动的现实表征，即歌德说的"从一般寻找个别"。也即是说，寓言创作者掌握着创作的目的，或者为了说理，或者为了道德教育，始终围绕概念思想的表达进行虚构。这种虚构性方法影响了后来寓言创造，很多寓言家大多是通过对梦境、幻想和未来的荒诞表达来揭示和批判社会的本质，从而实现深层的表意功能。如培根所言："从表层叙述看，一些寓言本身荒诞不经，但可能隐隐约约在提醒人们它的背后还暗含他意"[1]，人们往往对寓言会有特别的感触，"听完任何人都不可能想到或叙述的故事，我们一定会想，这个故事另有深意。"[2]

---

[1] [英]培根：《论古人的智慧》，李长春译，华夏出版社2006年版，第6页。
[2] 同上。

寓言始终会带给我们指向表层叙述之外的意义。当然，我们不能完全否认这些寓言故事的现实性，但可能在现实生活中出现的寓言故事毕竟是少数，它是一种想象性的真实。经过长篇诗体寓言的发展，寓言拟人化、虚构性、想象等手法的运用就更成熟和完善，成为寓言文体重要的表达方式和叙述方法。

四　长篇诗体寓言与寓言小说

从体例上看，长篇诗体寓言比传统寓言篇幅要长，与长篇小说相类似，可以说是寓言小说的雏形。在中世纪，虽然真正意义上的成熟的小说文体还未出现，但长篇诗体寓言呈现出了小说文体的特点，如有人就认为《金驴记》是罗马文学中最完整的一部小说，是欧洲最早的长篇寓言小说。但是，从寓言文体的发展历程来看，长篇诗体寓言还不能称为寓言小说。如《金驴记》分卷、分节的叙事体例和《列那狐的故事》由一篇篇独立的寓言构成一个完整的文本一样，虽类似于我国的章回体小说，但这两部寓言从形式到内容尚不够丰富、成熟和完善，没有小说特有的曲折的情节结构、深入的人物刻画和复杂的环境描写等特征，所以我们还是把它们称为长篇诗体寓言。同时，长篇诗体寓言又是寓言小说的雏形，为寓言性小说的发展打下了坚实的基础。

所谓寓言小说，主要是指继承了寓言以寄寓方式反映生活的方法，但不是复制性地摹仿现实，而是虚构故事想象性地反映现实生活。它比传统寓言在形象塑造、情节构思和寓意表达等方面要复杂得多，不再是简单的故事叙述，粗糙的形象描写和简陋的场景设置。寓言小说有较长的篇幅，较强的故事性、深入的细节描写、变幻多样的场景和复杂的人物关系等，即寓言小说从内容到形式表达各方面都要比寓言故事成熟和完善。如学界公认的第一部真正具有重大影响的寓言小说是约翰·班扬的《天路历程》，[①] 作者

[①] 约翰·班扬（英国著名作家，1628—1688），《天路历程》，上部发表于1678年，叙述一个背负沉重包袱的"基督徒"以惊人的毅力和勇气，战胜种种压力和诱惑，终于到达天国的故事。下部发表于1684年，是对上部的补充和发展，描写了"基督徒"的妻子"女基督徒"与他共渡难关，共赴天国的故事。作者给上集加的副标题是《梦境寓言》。

在对基督的梦境虚构中,用比喻和寓言手法描写了基督徒对基督教虔诚追求的故事。书中的人物都是以他们所体现的道德品质或宗教品质来命名,如主人公分别叫作男基督徒和女基督徒,还有无知、能言、投机等次要角色;地点以人类生活境遇中碰到的各种困难来命名,如男女基督要经过毁灭城、灰心潭、艰难山、浮华市,经历各种困难和诱惑的考验才能到达天国。作者在小说中表达了对宗教世界的向往及适应资产阶级革命的清教徒思想,有人又称之为"宗教寓言"。然而,"班扬不只是艺术家,《天路历程》不只是部艺术品,这部梦境寓言表现了一个探察生命深层之人的清晰视野"①。他的创作极大地影响着欧洲小说的发展,使寓言小说成为小说创作的一个重要方面,成为寓言文体的重要形式,是长篇诗体寓言进一步发展完善的必然结果。

第三节　寓言性小说

寓言经历了原始社会、奴隶社会、封建社会和资本主义社会,特别是进入资本主义社会以来,寓言的文体形式有了巨大发展,与现实社会的关系也以变形的方式呈现出来。特别是小说文体的独立和兴起对寓言文体的发展产生了重要影响。

一　小说的兴起

1640年英国爆发了全球第一次资产阶级革命,动摇了封建主义的统治;1789年法国的资产阶级大革命则彻底推翻封建阶级,建立资产阶级政权。随着西方封建制度走向衰亡,资本主义逐渐兴起,科学技术飞速发展的同时,工业化生产带来了分工的细化和社会物质财富的极大丰富,人们也逐渐从繁重的劳动中解脱出来,有了休闲娱乐的时间和空间,这就为小说的出现打下了坚实的社会基础。如瓦特所言:"小说之所以可能出现,劳动分工起了很大作用;部分原因是社会经济结构越特殊,当代生活的特

---

① 转引[英]班扬《天路历程》,苏欲晓译,译林出版社2001年版,前言第8页。

上篇　文体篇

性、观点和经验的重要差异就越大,这是小说家可以描绘的,也是他的读者所感兴趣的;部分原因是闲暇时间的增多,经济专门化提供了小说与之相关的大量读者;部分原因是这种专门化产生了小说才能满足的那种特殊的读者需要。"[1]

然而,从文学艺术样式的内部结构来看,小说是文学艺术长期发展积累的结果。意大利哲学家维柯在《新科学》中将人类的文明划分为神的时代、英雄时代和人的时代,正好与神话、传说和民间故事相对应,并指出了神话主要以神为主体,传说以英雄为主体,民间故事时代是人的主体的觉醒,这也是人类认识发展的一个过程,而对"人"本身的关注是小说出现的重要原因。佛斯特就明确指出"人"是小说的主体,"其他的动物也曾在小说中出现过,但并不十分成功。因为我们对他们的内心活动所知不多。未来这种情形也许会有所改变……那时,我们在小说中所看到的动物,将不再只是象征性的或小人物的代表,其作用也不再只是装饰性的一如会动来动去的四脚桌,或飞来飞去的才华纸片而已。这是科学所能开拓小说领域的方法之一:它给小说以新的题材。但这只是一种远景,所以我们到现在只好暂且说小说中的角色是人物"[2]。因此,瓦特也说:"作为第一部虚构叙述作品,其中一个普通人的日常活动成为文学的持续不断的关注中心,从这个意义上说,《鲁滨逊漂流记》无疑是第一部小说。"[3] 可见,佛斯特对小说中以"人"为主角的强调,和瓦特对小说的定义强调其对普通人的关注和叙述,对人物形象的深入描写,都说明了小说以"人"为主体的叙述是随着社会发展才出现的。寓言文体的发展也说明了这一点。早期的传统寓言故事主角是非人类的,但采用了拟人化的手法来叙述,长篇寓言的主角也有此特点,所以作为民间文学的寓言是小说早期形态的重要来源之一。同时,寓言小说的出现打破了以动植物、神等非人类的主体叙述为主的寓言传统,出现了以"人"为核心的形象描写,从而为小说的发

---

[1] [美] 伊恩·P. 瓦特:《小说的兴起》,高原、董红钧译,生活·读书·新知三联书店出版社1992年版,第73—74页。
[2] [英] 爱·摩·佛斯特:《小说面面观》,苏炳文译,花城出版社1981年版,第35页。
[3] [美] 伊恩·P. 瓦特:《小说的兴起》,高原、董红钧译,生活·读书·新知三联书店1992年版,第76页。

展作出了重要贡献。

当然，小说主体的确定还必须以叙事为基础，这是叙事文学的特点，即故事是所有叙事的基础。"故事是小说的基本面，没有故事就没有小说。这是所有小说都具有的最高要素。"[①] 最早的神话、传说和民间故事等都是讲故事的艺术，它们也是小说的重要来源，寓言作为一种民间文学它同样是小说的来源之一。但小说与这些文学样式是有区别的，小说不能仅有故事，因为"如果是好小说——则必须包含价值生活"[②]。"有些人除故事外一概不要——完完全全是原始性的好奇心使然——结果使我们其他的文学品位变得滑稽可笑。"[③] 这说明故事是小说的基本要素，但小说却必须在故事这个骨架上附加显示其他价值，尤其是审美价值的因素，小说的叙述就在于从故事的叙述中显示出其他要素。佛斯特说的"其他价值"就是强调小说必须与现实社会相联系的一种社会价值或审美价值。从这个角度来看，寓言文体强调的哲理寓意的叙事特点就是一种"其他价值"，寓言和小说在某种程度上是既有联系又有区别的。瓦特对这点看得很清楚，他说："通常被认为是我们的第一位小说家的人是笛福，而不是班扬。清教运动的早期虚构故事……我们从中得到了许多小说的要素：简洁的语言，对人物和环境的现实主义的描写，对普通人的道德问题的严肃描述。但是，人物和他们的行动的重要意义，很大程度上是依赖于一种对事物的先验设计上——说人物是寓言性的，也就是说他们的尘世的现实生活并不是作家的主要描写对象，作家更希望我们通过他们看到更广阔的不可见的超越于时空之外的现实。"[④] 瓦特指出了寓言性作品中的人物是以超现实来反映现实以及寓言是小说的重要来源和雏形，小说是对现实的表现。因此，他说班扬的《天路历程》是为哲理服务，是一种想象性的虚构而不是对现实生活的反映，这就指出了寓言性小说本身就具有某种超现实功能。同样，《鲁滨逊漂流记》中仍然具有寓言的意味。作者笛福通过一个在海难

---

① [英] 爱·摩·佛斯特：《小说面面观》，苏炳文译，花城出版社1981年版，第21页。
② 同上书，第24页。
③ 同上书，第22页。
④ [美] 伊恩·P. 瓦特：《小说的兴起》，高原、董红钧译，生活·读书·新知三联书店1992年版，第83页。

中逃生的水手鲁滨逊·克鲁索在荒岛上用自己的智慧和勇敢，战胜恶劣的自然环境生存下来，最终获救回到英国的故事，深刻地描绘出主人公鲁滨逊成为当时中小资产阶级心目中的英雄人物，从而张扬了资产阶级的个人主义、英雄主义，表现了强烈的资产阶级进取精神和启蒙意识，深入地反映了笛福时代资本主义物质财富积累和清教革新的历程。这种具有寓言意味的表达正是作者的有意为之，因为"笛福暗示了，他本人就是鲁滨逊·克鲁索为其'象征'的那种人的'原型'；他用寓言形式加以描绘的正是他自己的生活。"[①] 所以，此后小说与寓言的关系也非常暧昧和纠缠不清，许多小说充满了寓言性，而小说文体的独立与成熟对寓言文体（寓言小说和寓言性小说）有了重大影响，寓言性小说的创作也丰富起来。

二　寓言小说和寓言性小说

美国学者瓦特对小说文体的研究，指出了小说的要素包括情节、人物、环境三个方面。从故事到情节的发展，从非人类到对现实人的关注，到环境描写的出现都是小说文体发展成熟的重要体现，这也是寓言小说出现的重要衡量标准，当然寓言小说不完全等同于小说，它是寓言和小说相互影响的结果。

从文体分类来看，小说和寓言是两种不同的文体，首先，主体不同。寓言的主体多为动植物、神怪或其他非生物，小说的叙事主体是人，至少是人格化了的主体等。其次，叙述方法不同。寓言重视言外之意的表达和讽喻劝诫功能，文本多采用夸张、变形、荒诞的手法来制造陌生化效果让读者在特定的审美距离中体验文本的哲理，故事叙述中呈现出的字面意义不是文本的最终目的。而小说的情节叙述是为表达主题思想服务，重视塑造典型化的人物形象和重视环境对情节发展和形象刻画的重要性，重视环境描写对于推进小说叙述的作用，往往言外之意也是与叙事紧密相连。再次，篇幅的差异。狭义的寓言故事通常比较短小，便于口头流传；小说的篇幅则多样化，可长可短不受限制。最后，阅读阐释的不同。寓言叙事包

---

① [美]伊恩·P. 瓦特：《小说的兴起》，高原、董红钧译，生活·读书·新知三联书店1992年版，第93—94页。

含有多种寓意，不同的人可以读出不同的哲理，作者与读者的关系往往不在阅读阐释考虑范围内。小说的思想感情往往包含在叙事中，由叙事生发出故事的主题思想，读者对文本的解读往往考虑到作者的因素。但小说叙事事实上对人类生存状况的反映与表达，从广义上说它同样具有寓言性或追求寓言性的表达。随着小说文体和寓言文体的不断成熟和发展，两者之间的相互影响表现得更明显，出现了既有寓言性又有小说特点的文体，我们称之为"寓言性小说"。

寓言性小说和寓言小说之间既有联系又有区别，从寓言文学的发展历史来看，在班扬寓言小说《天路历程》辉煌成就的影响下，寓言小说创作一直得到很好的继承和发展。18世纪的讽刺作家江奈生·斯威夫特创作了讽喻性很强的寓言小说《格列佛游记》。作者通过格列佛在小人国、大人国、飞岛、巫人岛、慧骃国的历险，讽刺了当时英国的社会现实，寓指了社会改革的必要性和迫切性，同时反映了作者由于对现实失望而产生的保守倾向。这种梦幻式的想象、隐喻、夸张的表现手法，在19世纪仍然备受小说家的青睐，创作了许多优秀的、更完善的具有寓言特征的小说。如霍桑的短篇小说《年轻的古德曼·布朗》用梦幻的形式揭穿了清教徒以上帝选民自诩的谎言；《拉帕西尼医生的女儿》质疑了科学的非人性；狄更斯的《着魔的人》以幻想的形式表现社会道德沦丧的危害，说明了人与人之间和谐美好的关系必须靠仁慈友善来实现；王尔德的《道莲·格雷的画像》是一篇道德寓言，讽刺讥笑了一味追求声色之乐的人生哲学。在现实主义思潮流行的19世纪，客观地、冷静地摹写现实的方法，受到大部分现实主义作家的欢迎。但作家表现内心世界、主观情感和意愿的需要，使得一部分作家非常喜欢运用寓言的形式来表达隐蔽的情感世界，这就是寓言小说创作丰产的原因之一，也是西方寓言性小说兴起的重要原因。

到了20世纪，寓言小说的创作越来越向寓言性小说靠拢，或者说越来越多的作家采用寓言的形式进行创作，因此我们把寓言小说统括在寓言性小说中，它们都采用变形的方法来批判现实社会的不足，反思人类的发展模式，这种寓言化的叙事风格在现代很多作品中越来越多地运用，从而丰

上篇 文体篇

富了寓言文本的内涵和文体风格。如海明威的《老人与海》讲述了老渔夫桑地亚哥出海捕鱼，经过三天三夜搏斗终于捕获了一条比船还长的大马林鱼，但是最终被饥饿的鲨鱼吃掉只剩下一副巨大的鱼骨、一条残破的小船和渔夫疲惫不堪的躯体。从故事结构来看，《老人与海》与传统寓言故事的单一线索、单一主角和简单的情节结构非常相似，在故事里人们也许看到了渔夫的失败，但是其中浓郁的象征意味却很丰富：马林鱼象征人生的理想，鲨鱼象征无法摆脱的悲剧命运，大海象征变化无常的人类社会，狮子是勇武健壮、仇视邪恶、能创造奇迹的象征，渔夫桑地亚哥是人类中勇于与强大势力搏斗的"硬汉"代表，他那捕鱼的不幸遭遇象征人类总是与厄运不断斗争。小说中有句名言："一个人并不是生来要给打败的，你尽可能把他消灭掉，可就是打不败他。"这正是小说要揭示的真理，它时刻敲打着读者的内心，人们在不同的时代对此也有不同的诠释。赫胥黎的《美妙的新世界》则是一本关于未来世界人类生存状况的寓言性小说，作者通过科幻的手法描绘出未来人类的繁衍不靠胎生，全部依靠科技生产出所需要的不同等级的人群，教育也是依照人的等级采取不同的手段，满足人的所有欲望，在这个新世界"社会、本分、稳定"成为所有的一切，其他一切都被取消。然而，在这个貌似一切很有规律、秩序的新世界却使一切都很混乱、肮脏和令人讨厌，人类从灵魂到肉体被统治的事实预示了人类的悲剧，正如赫胥黎在文本中提出的充满哲理又很尖锐的问题：一切物质欲望都满足之后，人是否就幸福了？在物质文明高度发达的今天，我们真正找到幸福的道路了吗？人与人之间的感情真的不存在吗？为什么物质的满足不能带来相应的幸福感的提升呢？这些其实是值得现代人反省和正视的问题。作家也把这本书称作是寓言的，也就是我们说的充满丰富寓意的现代寓言性小说。

可见，寓言性小说指既具有传统寓言言此意彼特征，又具有小说成熟的表现形态的叙事，更多地运用变形、想象、夸张、荒诞的手法来创造出奇异的世界，并在文明进步的道路上反思人类面临的困惑和冲突等。大部分现代主义小说具有这种寓言性，现在我们很少把两者完全区分开来，因为它们之间的共性表现得非常明显。

三 寓言性小说的特点

寓言性小说与寓言、小说、寓言小说都有着某种亲缘关系,这就给我们的认知和辨认带来一定的困难,但是,只要把握其基本特点,我们还是能做出准确的判断。具体而言,寓言性小说的特点主要表现在以下几个方面。

1. 叙事内容的超现实性

寓言性小说的最重要特点之一就是题材选择的超现实性,它不同于现实主义小说强调对社会的摹仿与反映,而是在想象性的叙述中以变形的手法来疏离现实,寓言化地表达社会,从而实现对现实的批判和反思。从内容上看,寓言性小说既不同于寓言,也不同于小说,而是寓言化叙事的小说。如果说一则寓言故事是一个教训或一种经验的传达,给人的是一次心灵的震动,那么一部寓言性小说就是人生旅途缩影的剪辑,给人观察现实的无穷灵感。寓言性小说构建的隐喻世界和创作的方法更为复杂多变。它或者以梦幻的方式,或者以幻想历险的方式,或者以现实和梦幻相交织的方式来编撰富于神奇色彩的故事,实现哲理表达、宗教布道、现实讽喻等目的。可以说,寓言性小说是具有某种魔幻现实主义色彩的创作,既反映现实又充满了怪诞神奇的气氛,以隐喻的方式间接实现对现实的表达。如现代伟大作家卡夫卡的作品就是充满寓言性的作品,但其中有些是经典的寓言故事,有些是寓言性小说,这需要我们从其形式特征来做出判断。如:

"唉!"老鼠叹道,"这世界真是一天比一天小。起初它无边无沿大得可怕。我不住地朝前跑啊跑,当远远地看左右两边有了墙时我还真高兴。可谁知这长长的墙会如此迅速地合拢来,将我逼近这最后的一间屋子,又落进了设在墙角的圈套。"——"其实你只需要改变一下你跑的方向就可以了。"猫说着,将它吃了。①

在这个故事里只有猫和老鼠的对话,没有细节描写。猫和老鼠的对话在当时是指西方危机四伏的社会现实和现代人的困惑。这种故事加寓意的

---

① [奥] 卡夫卡:《卡夫卡随笔集》,叶廷芳编,海天出版社1993年版,第75页。

上篇 文体篇

叙事模式完全符合传统寓言的基本特征，卡夫卡也认为这是一则寓言。但是卡夫卡有些作品虽然以动物为主角，却不是传统的寓言故事，而是寓言性小说。在这里，动物主角的人格化塑造，故事情节的曲折构思，文本包含的丰富哲理，和语言的象征化表达都是传统寓言无法容纳和表达的。如卡夫卡作品中人变成甲虫（《变形记》）；猿变成人，还能写报告（《致某科学院的报告》）；父亲判决儿子溺死，儿子就立刻去投河自尽（《判决》）；病人垂危，却否认自己有病，而有经验、恪尽职守的医生却不能治病救人（《乡村医生》）；艺术家为了谋生把饥饿表演变成了绝食，绝食却又是谋生的手段（《饥饿艺术家》）；行刑的军官自己却成了被行刑的对象（《在流放地》）；民族的女歌手原来只会吹口哨（《女歌手约瑟菲妮或耗子民族》）；约瑟夫 K 莫名其妙地被宣布被捕了，接受无数次审判，但仍像平常一样自由（《审判》）；土地测量员 K 要进入城堡工作，虽然城堡近在咫尺，却永远可望而不可即，到头来只是因为其他的原因才允许在城堡附近的村子居住（《城堡》）等。正是在变形和迷宫一样的叙事中，卡夫卡的寓言性小说不是就事论事，而是提供我们认识世界的渠道和方法，让读者在这些非现实的荒诞世界里，细细品味现实生活的哲理。英国批评家艾德温·缪尔也认为："现实主义与寓言交织在一起，这是卡夫卡独特的创造。"[①] 事实上，这也是寓言性小说的特点之一，对现实的反映是通过寓言的叙事方式来呈现，因此它的内容必然是超现实的和想象性的。现代很多寓言性作品正是把叙事的对象指向彼岸世界，以荒诞的、极端的形式来表现此岸世界中现代人的生存处境和内心状况。

2. 审美的疏离感

现代寓言性小说继承了传统寓言寄寓式的表现方法。寓言性小说的寄寓式表达就是摒弃直接的摹写，以非写实方法（如想象、幻想、虚构、夸张、变形）自由地表现作者的主观意愿，以表达主体的内心情感为主，客观现象的描写隐没在主观现实的表达中。现代派作家表意的、非写实的创作原则在寓言小说文体中得到很好的表现。因此，无论是古典的还是现代

[①] 转引自苏宏斌《现代小说的伟大传统》，浙江文艺出版社 2004 年版，第 27 页。

的寓言小说，都是根据作者主观意向的表达需要来虚构世界，把现实事物和幻想事物融合起来，构建具有魔幻色彩的故事来表现作者对客观世界的主观认知和情感体验。这种用虚幻故事影射、讽喻现实的方法，使作品表达疏离了现实，为现代艺术强调非理性，表现人生感悟提供了途径。

但是，现代寓言性小说和现实的疏离仍然与传统寓言一样，是作者的有意识行为。因为，艺术作品很难直接地把握和表达现代社会瞬息、短暂、易变现象下隐藏的本质特征。在这种情况下，作者主动地以虚构的艺术手法再现对客观世界的思考，满足形而上的思辨哲理的表达需要。传统寓言和古典寓言小说的道德劝谕、宗教传播的目的在这里变得不重要，甚至已经不是现代寓言性小说的表现内容。但寓言言此意彼的、虚幻的表达方式，仍是现代主义作家揭示资本主义社会异化现实，讽喻现代文明掩盖下工具理性对人的控制的审美形式。作者对现实世界的艺术变形，客观上造成了作品与现实之间的疏离，使读者在审美阅读过程中冷静地思考文本的深刻寓意，理解作者所要表达的道德教训和哲理。如卡尔维诺的小说《我们的祖先》包括《分成两半的子爵》《树上的男爵》和《不存在的骑士》三部曲，以被劈成两半的人、生活在树上的人以及身体和盔甲连在一起的不存在的人为描写对象，远离了现实的人类生存状态，在这种非存在的境遇中反观现实，以幻想的、反讽的方式来批判现代文明对人的摧残及人类追寻自身的完整与自由的遭遇，整部小说充满了荒诞离奇的构思，每篇小说还包含不同的寓意。又如霍桑的《年轻的古德曼·布朗》虚构了主人公布朗参加魔鬼主持的森林舞会的经历和见闻，批判性地揭露了清教徒的虚伪。阿尔贝·加缪的《鼠疫》以恐怖的鼠疫病菌吞噬着人类的恐怖时代的描写来表明，世界的荒诞在于人们无缘无故地陷入无妄之灾，命运之无常以及客观世界时时威胁着自我的哲理。

这些现代寓言性小说描写的隐喻世界是作者有意构建的、以表达自身对现代社会众生相的思考，作者的主观感受隐藏在叙事过程中，作品尽量避免个人情感和个性的流露。读者在作品的审美欣赏中基本上不会受到作者主观意识的影响，而是直接面对精彩的艺术世界，这就是托·斯·艾略特说的"非个人化"的叙述。现代寓言性小说的"非个人化"，即指作家常常以旁观者的身份,用冷静、嘲讽的口吻来叙述虚构的故事世界,使作家对客观世界的主观思考在审美的艺术世界中以客观的方式表现出来,即主观现实的客观化表达,让读者在这种非人化的叙事中体验到现代派艺术的距离美,从而延长审美感受的时间,进而让读者在这种间离效果中深刻认识社会的本质。

3. 阐释的不确定性

与传统寓言故事寓意的相对确定性不同,寓言性小说丰富的想象性内容使其阐释充满了多种可能性。因为,寓言性小说内容的超现实性和审美表达的距离感给文本留下了许多空白和不确定性,读者可以依据其中想象的、梦幻的或变形的内容做出不同的诠释和理解,从而赋予其更丰富的内容。这也是寓言性小说不同于一般文学样式的特点,从寓言"言在此、意在彼"的定义中我们就可以解读出这种意味。而且,现代小说的批判否定性总是在寻找另一种可能性中获得快感,正如解构主义者们所倡导的在文本中解构文本的意义。著名的解构主义者希利斯·米勒就说,或许"通常的叙事可能是一个符号。我们之所以需要讲故事,并不是为了把事情搞清楚,而是为了给出一个既未解释也未隐藏的符号。无法用理性来解释和理解的东西,可以用一种既不完全澄明、也不完全遮蔽的叙述来表达。我们传统中伟大的故事之主要功能,也许就在于提供一个最终难以解释的符号。"[①] 寓言性小说的叙事是一种充满意义的符号,它的阅读和意义表达必须由读者来完成,任何阅读都是作者与读者之间的一种"秘密交流"(希利斯·米勒语)。另一位著名的解构主义者保罗·德曼关于寓言文本的定义也指出了寓言性小说的阐释特征。他说:

"所有文本的范式都包括一个比喻(或比喻系统)以及对该比喻的解构。但是由于这个模式不能被某一终极阅读封闭起来,所以,它会依次产生一种替补式的比喻叠加,用以说明先前叙述的不可读性。这种叙事与最初以比喻为中心而最终总是以隐喻为中心的解构性叙事不同,我们可以在第二(或第三)层次上称之为寓言。寓言式叙述说的是阅读失败的故事,

---

① [美] J.希利斯·米勒:《解读叙事》,申丹译,北京大学出版社 2002 年版,第 14 页。

而诸如《第二话语》的转义性叙事说的是命名失败的故事。这一差异只是层次上的差异,寓言并不消除比喻。寓言总是关于隐喻的寓言,因而也就总是关于阅读的不可能性的寓言。"①

德曼在此肯定并发展了但丁关于寓言阐释的多义性的论述,确定了寓言文本阅读的无限可能性,这与德曼把文本的语言看成是比喻的有关,语言的指涉除了字面义外还有比喻义,即符号和意义之间、能指和所指之间是一种断裂关系,"叙述解释(实际上它自身的意义)指涉别的事情而不是自身。"② 就像无意识是经过社会规范改装后在意识层面显现出来的,这种显现的意识与隐藏的无意识之间保持着一定的距离。如奥维尔的《1984》写于1948年,奥维尔却把故事发生的时间放在40年后的1984年,讲述了小人物温斯顿·史密斯在虚拟"大洋国"的悲惨命运。奥威尔把发生于1948年的历史时间,改写为1984年,这个有点随意性的调整让"1984"成为永远指向未来的隐喻。昨天、今天和明天的读者都不会真正去考证历史上1984年发生了什么,而是思考小说的深层意蕴。同时,他以一种想象的手法勾勒出高度集权统治下人类社会的倒退,批判了强权导致人类倒退的现实,呼吁了自由平等。又如在卡夫卡寓言性小说里,我们永远有很多不能解开的谜团:为什么人会变虫,猿会变人,为什么城堡无法进入,为什么审判是无理由的,为什么一切都是那么不可捉摸?卡夫卡永远不会给出答案,读者永远都是在阅读过程中不断地丰富其内涵,收获自己的感悟。可见,寓言性小说都在表层叙述中隐含了丰富的深层寓意,并赋予我们无限的解释权利,充满了后现代主义的特征。

4. 审美的现代性

现代寓言性小说与浪漫主义、现实主义等小说对现实社会反应与批判不同,它不是指向当下而是指向他者世界的变异,通过变形、荒诞的形式揭露社会的黑暗,对人类的未来寄予了悲观的预测,显示出对社会的抵抗性和颠覆性,这是现代艺术的审美现代性。从波德莱尔开始关于现代性的

---

① Paul de Man, *Allegories of Reading*, New Haven and London Yale University Press, 1979, p. 205.

② Martin McQuilla, *Paul de Man*, New York, Taylor and Francis Group, 2001, p. 34.

论述就从来没有停止过。他说:"现代性就是过渡、短暂、偶然,就是艺术的一半,另一半是永恒与不变。"① 他指出艺术就是要超越平庸的表象,进入一个审美的世界,表征出流动的、瞬间的、破碎的审美现代性。寓言性小说就是在这种断裂的、破碎的描写中,逐渐转向对人的内心世界的探寻,竭力表现资本主义社会下物化和异化的现实,批判高度物质文明下冷酷的人际关系、扭曲的人性及自我价值的缺失等,艺术家就是努力在对丑的揭露与批判中孕育着对未来的迷惘与期盼。由此,寓言性小说的叙事是在字面意义与寓意之间的非一致性,能指和所指之间的断裂性中凸显审美现代性。

具体而言,关于寓言性小说审美现代性问题的讨论我们借用卡林内斯库对两种现代性张力理论的观点②,从启蒙的现代性和文化的(或审美的)现代性两方面进行分析。启蒙现代性是现代文明的最直接表现,科技发展,社会分工的精细化,各行业走向了合理化,社会产品的极大丰富满足了现代人的物质需求,同时也带来了一些负面效果。工具理性的强大力量在某种程度上主导了现代人的价值取向,从而凸显了许多社会问题。如吉登斯所说,"现代性是一种双重现象。同任何一种前现代体系相比较,现代社会制度的发展以及它们在全球范围内的扩张,为人类创造了数不胜数的享受安全的和有成就的生活机会。但现代性也有其阴暗面,这在本世纪变得尤为明显"③。对此问题,卡林内斯库认为应该是对两种现代性张力的思考。审美功能在此发生了重要变化,不再是一种协调作用,而是与社会现实处于一种对立状态。可以说,审美现代性是启蒙现代性的必然产物,后者是前者产生和存在的前提,又是前者反抗后者的对象。这种既依赖又对抗的关系就是现代性自身的内在矛盾。就像寓言阐释关注文本的文字叙事和外部指涉系统之间的张力一样,两种现代性冲突可以说是寓言字面义

---

① [法] 波德莱尔:《波德莱尔美学文选》,郭宏安译,人民文学出版社1987年版,第485页。
② 具体观点可参阅 [美] 马泰·卡林内斯库《现代性的五副面孔》,顾爱彬等译,商务印书馆2002年版,第47—53页。他认为,从19世纪上半叶出现了资本主义社会现代化和现代主义文化、艺术两种现代性之间不可调和的分裂,后者对前者具有强烈的否定情绪。现代性自身的张力在现代性晚期阶段仍然非常突出,与后现代的诸多问题纠缠在一起。
③ [英] 安东尼·吉登斯:《现代性的后果》,田禾译,译林出版社2000年版,第6页。

和寓指义之间不一致性在现代社会的一种表现,或者说现代寓言性小说的叙事就是审美现代性的一种现代表达,努力在文本的寓言阐释中揭示出艺术审美对提高现代社会精神生活的重要性。

启蒙现代性和审美现代性在现代社会互为消长,共同作用于现代人的生活。资本主义发展的直接结果是启蒙现代性占主导地位,它表现为工具理性的胜利,是科学技术对自然和社会的全面征服,人的物质追求成为首要目的,文学艺术的审美功能不得不被忽视或遮蔽。然而,人类丰富的情感世界根本不可能被忽视和压抑,物质文化和精神文化的矛盾在现代社会显现得尤为剧烈;在人和自然、人和人、人和社会中,这种非和谐状态就表现为经济利益和自我价值实现之间冲突的难以解决。许多文学家、理论家由此把社会问题的解决寄希望于具有情感表达和宣泄功能的文学艺术领域,而不是强制性国家机器的权力,因为"从美学的角度说,情感既是一种'自然力',也是对恐惧和压抑造成的社会创伤和文化创伤进行审美修复的内在动力"[①]。如奥维尔小说中动物对人的反抗与抵制的描写,就是高度集权统治的控诉;赫胥黎对未来人类文明的想象和未来人生活的描写,则批判了人类真正资源的丧失与人性丢失的可悲下场等。这些寓言性小说带给我们的是阅读中的恐惧、震惊与阵痛的体验,让现代人重新思考关于人类社会的真善美等本质问题,以期为促进人类社会的健康发展而努力。所以,寓言性小说的审美现代性主要是在对人类未来世界的悲观、荒谬的描写中,以变形的、悲剧的方式来触动现代人麻木的灵魂与神经。

[①] [法]马塞尔·莫斯:《礼物》,汲喆译,陈瑞桦校,上海人民出版社2002年版,第18—19页。

第二章 寓言文体的审美特征

寓言作为一种文体经过漫长的历史演变发生了重要变化。从欧洲最早的古希腊时期的伊索寓言，中世纪法国讽刺寓言诗《列那狐的故事》，17世纪法国古典主义时期的拉封丹寓言，18世纪德国启蒙主义时期的莱辛寓言，到19世纪俄国现实主义时期的克雷洛夫寓言，这些伟大的、典型的寓言故事至今仍然影响着欧美现代寓言创作，并且广泛地流传到世界各地。现代寓言和现代主义文学具有密切关系，重视人物内心的描写、精神领域的剖析，大量运用象征、隐喻和拟人化手法来表现抽象的意义内涵。寓言讲述的道理、情感不再是直接的、明确的表达，而是在诙谐、幽默的叙述中显现出来。因此，现代社会的文学艺术作品大部分具有寓言文体的特征，寓言的形式从短小的散文体，到长篇的叙事体，融入现代主义小说的创作，寓言的表达形式最具诱惑力。也就是说，不论寓言的文体形态有多大的差异，寓言仍然具有内在的一致性，即相似的审美特征。

第一节 寓言的故事性、虚构性和寄寓性

寓言作为一种叙事文体与其他非叙事文体（如格言、谚语、谜语等）一样，具有相似或相同的目的，或者为了表达情感，或者为了揭露现实，或者为了说明哲理等。但它们不是寓言，因为它们不具有故事性，它们不是通过故事来完成表达的需要。格言、谚语一般是用一两句话直接概括某种道德教训，或总结生活经验，或表达某种感情，其语言简洁明快，通俗

易懂。如格言"初生牛犊不怕虎""少壮不努力,老大徒伤悲";谚语"八仙过海,各显神通""百无一用是书生"等。谜语则由谜面和谜底两部分组成,看似与寓言的寓体和寓意相对应。事实上,在谜面的描述中包含了谜底的内容,二者有一种内在的联系,而且谜面的叙述不可能是一个故事。但是,任何寓言都是有故事的,它的言说目的必须通过一个完整的故事来实现。在莱辛对寓言的定义中,可以知道"情节"是寓言必不可少的,寓言必定披着故事的衣裳,即使是最简短的寓言也具有完整的故事情节,至少读者容易想到一个故事。如《农夫和蛇》《猫和母鸡》《狼和绵羊》等,寥寥几笔不但完成了故事的叙述,而且还表达了各自不同的寓意:农夫救蛇反被蛇咬的故事,深刻地告诉我们不要怜悯坏人,他们恶习难改;猫假扮医生为母鸡治病,想把母鸡吃掉的阴谋被识破的故事,说明聪明人总能辨别坏人,即使他们乔装改扮;一只受伤的狼要求绵羊帮它找水,食物它自己找,绵羊识破其诡计而不予理睬的故事,揭露了恶人阴险、伪善的真面目。

　　寓言的故事性与格言、谚语、谜语的非故事性叙事之间的区别是很明显的。此外,我们要看到故事性对于大部分叙事文体(如神话、童话、小说、戏剧等)来说一点不陌生,它们也需要故事情节来完成其表述,但寓言故事与之有重要区别。大部分寓言故事短小精悍,通俗易懂,没有复杂的情节结构,从伊索寓言、拉封丹寓言到克雷洛夫寓言等都是如此。即使是后来的长篇寓言小说,如《天路历程》《格列佛游记》也只是围绕一两个主人公展开叙述,情节比较简单。前者讲述了男基督徒在走向天国路途中的经历,后者则讲述格列佛在大人国和小人国的历险,故事情节比较单一。与小说充分细致的人物刻画、完整复杂的情节叙述和具体的典型环境描写相比,寓言这种文体就略显粗糙了。虽然,寓言和小说的叙述基调都可以是抒情的、讽刺的、幽默的、批判的,嬉笑怒骂应有尽有,但它们之间必然存在着重要的区别。也许,我们能从寓言故事自身构成特点中找到答案。

　　寓言故事最重要的、最明显的特征就是情节的有意虚构,即使故事来源于现实生活的真人真事,作者也要进行加工、改造,特意加入一些虚构成分，弱化故事本身的真实性。如寓言故事的主角虽然大部分是动植物，但它们都能开口说话，能够像人一样思考，可以和人进行直接交谈；甚至神、人、兽之间超越了各自的类特征，随意地进行交流，这无疑是作者有意运用的极度夸张的、虚构的、拟人的手法。这种创作方法不但没有抹杀寓言寓意表达的可信性和影响力，反而使事件的表达更形象生动、更灵活巧妙。尤其在特殊年代，这种虚构的再创作以隐蔽的方式揭示了黑暗的现实。如克雷洛夫寓言《杂色羊只》用狮王、熊和狐狸寓指沙皇、宠臣阿拉克切耶夫和高利青公爵，杂色羊寓指学生，狮王想消灭杂色羊，但碍于法律的制约，狐狸建议狮王给杂色羊一块宽阔的牧场，派狼当放牧者，这样"麻烦事会慢慢结束"，杂色羊"对你当然会十分感激"，"即使有啥事，也牵扯不到你"。这个寓言故事影射了1812年沙皇亚历山大一世用狡猾的手段，残暴地镇压彼得堡大学生运动这一事件。克雷洛夫（1769—1844）出生于莫斯科一个下级军官家庭，很熟悉官场的黑暗，他生活在沙皇残暴统治时代，目睹了生活于水深火热之中的人民的悲惨。因此他把创作的矛头直接指向了沙皇政府，强烈讽刺当时社会现实的黑暗和丑恶现象。他的寓言就是当时社会现实的一面镜子。

与大部分文学作品的虚构性相比较，寓言故事的虚构性是一目了然的，不需要人们进行任何区分和思考就能认识这一点。同时，寓言故事的虚构性创作，不需要刻意地追求表达效果的真实性，却在寓意的揭示中实现了这种审美追求。也就是说，寓言故事的虚构和寓意传达的真实之间，内在地实现了这种从叙事虚构到效果真实的审美转换。这是由寓言本身言此意彼的形式特征决定的，它说的是甲事物指的是乙事物，说的是动物指的是人，说的是历史事件指的是现实。这就使寓言的虚构不同于神话、传奇故事、小说等文体的虚构。后面这些叙事文体的虚构是无意识的，或者说不是为了说明某种抽象概念而虚构，这在小说创作中表现得尤为明显。一般来说，小说的主题思想不是预先设定的，而是从作品的形象和情节中直接反映出来的，它们的创作原则是从特殊到一般，在具体的现象呈现中体会普遍性、本质性的现实，从而进一步实现概念的提升。如小仲马的《茶花女》、福楼拜的《包法利夫人》、巴尔扎克的《高老头》等伟大小说，都是对具体的人物形象进行虚构性地再创作，在充分的故事叙述和环境描写中表现下层人民真实的生活境况，作者的情感在叙述中获得充分的表达，读者也在阅读过程中体验了这种真实的情感世界。因此，作家的创作目的是要努力证明所叙述事情的真实性或想象的真实性，努力说服读者相信叙述作品的可靠性。作家通过塑造典型环境中的典型人物，或杂取种种人合成一个人，或把现实生活现象进行夸大化，试图把文学的虚构性隐藏、消解在文本的叙述中。尤其是小说第一人称的叙述视角，更是模糊了作品的虚构性和真实性之间的界限，以"我"为主角的叙述，使读者难以判断"我"是作者本人还是作者讲述的作品主人公，对作品描述事件的实与虚也难以做出准确的判断。如歌德的《少年维特之烦恼》以第一人称讲述了维特感伤情怀，其中确实有歌德的情感经历，但它主要以维特的典型形象写出了一代青年在时代的压抑下所患的忧郁症，反映了当时的一种社会现象，而不是作者个人生活经历的再现。夏绿蒂·勃朗特的《简·爱》用第一人称描写了劳渥德的可怕生活，许多人把它看作女作家的自传。虽然作品主人公简·爱的生活与勃朗特的生活有相似之处，但它毕竟是文学创作的结果，与现实之间存在不可逾越的界限，作品主要批判了当时教育体制对人性的摧残。勃朗特自己也说："但她（简·爱——引者注）不是我，仅此而已。"小说的素材和寓言一样都来自于现实生活，都是虚构的想象性创作，但小说家们希望读者相信作品所说的情况是真实的，至少表达的情感是可信的，是对现实的反映。这是自柏拉图以来就努力回答的，关于文学的真实性问题。古希腊以来摹仿论要求文学艺术反映现实，即文学形象的虚构是为现实服务的。

寓言创作从一开始就不受摹仿论的限制，某种意义上说是对其的反叛。从现实生活的角度看，寓言的故事情节和形象不是对自然现象的摹写，而经常是离奇的、巧合的、甚至是虚妄的。具体而言，寓言故事的主角大部分是子虚乌有的人物，或者是动物、植物，或者是其他无生命物，作者赋予它们言说的能力，使它们像人类一样思考和交流。这种拟人化的手法使读者清楚地知道，这些主人公是作者创作的结果，是非真实的，是因作者表达需要而虚构的。因为，现实世界没有神，没有会说话的动物，神、人、兽之间更不可能进行对话和交流。读者不会认为这些动植物真的能开口说话，从而相信它们言辞的正确性。恰恰相反，在这些离奇古怪的角色塑造、情节虚构中展现出来的是远离现实生活的奇妙虚幻的美，给人以广阔的想象空间，完全不受叙述内容的限制而自由地遐想，从而获得极大的审美愉悦和满足。如著名的伊索寓言《野山羊和牧人》《狐狸和伐木人》中，野山羊和牧人之间、狐狸和伐木人之间的对话，这在现实生活中是不可能发生的。但作者抓住了所描述事物的特征进行创作，符合人们对它们的认知习惯，使读者愉快地接受这个"荒诞"的故事，并且赞叹于作者的创造力。寓言作者还善于运用拟人的、夸张的手法来强化故事的虚构特征，以刺激读者的神经官能。所以，即使是日常生活中习以为常的现象，或显而易见的道理，在寓言的叙述中往往都会出人意料。如《下金蛋的鸡》描写人的贪婪，导致最后一无所有；《庄稼人和他的孩子们》讲述一个劳动就是财富的简单道理；《蚂蚁》通过蚂蚁群中一个力大无比的蚂蚁遭到挫折的故事，说明自认为天下无敌的傲慢思想是非常不可取的。这些描写都是现实生活中的平常之人、世俗之事，但它们的表达既通俗又形象生动，既深入人心又"乖戾悖理"，给人耳目一新的感觉。用俄国形式主义者什克洛夫斯基的术语来说，这是一种"陌生化"效果。应该说，寓言是一种自觉的陌生化叙事。

寓言的虚构性和真实性相互交融，虚构不影响真实性的表达；真实与虚构之间的距离既可见又主动退隐。即故事叙事完成之后，道德教训或哲理寓意的表达成为重点。小说的虚构则与现实保持一定距离，虽然作家努力使小说看起来更真实。因此，寓言的虚构性和小说的虚构性在审美接受上有明显的区别。寓言的读者进入文本之前就已经假定或承认了寓言故事的虚构性，主动与之保持距离，只有这样才能接受动植物能思考会说话的现象，才能继续进行审美的阅读，否则从一开始就质疑寓言描述的真实性只会妨碍阅读的连续性。而且，寓言作者在作品中已经较明确地表达其价值判断，读者对寓言的接受相对而言是被动的。小说的虚构则不是事先被读者承认或有意确认的。读者阅读小说以审美体验为主，体会作者在文本中表达的情感和主题思想，感受其真实可信性。事实上，只有真正打动人的表达才能深入人心。如鲁迅的《阿Q正传》从发表以来，每个人都唯恐鲁迅是在骂自己，仿佛自己就是阿Q。事实上，这是鲁迅从现实生活诸种现象中虚构的一个文学形象，却让许多读者误以为真。这种表达就明显地不同于寓言的虚构。读者对小说的审美接受不完全限制在小说叙述中，读者在阅读过程中有一种参与的冲动，希望作品能按照自己的意愿展开，满足审美需求。也就是说，读者对文本的表达有一种"期待视野"，读者可能根据自己的经验对小说文本做出不同的解释，即"一千个读者就有一千个哈姆雷特"，甚至还有要求作者对文本进行改写的极端行为。如英国著名侦探小说家阿瑟·柯南道尔在《最后一案》中让读者喜爱的侦探福尔摩斯从悬崖上坠入深渊，一命呜呼之后，迫于读者的不满呼声和喧嚣的舆论，不得不让福尔摩斯在《空屋奇案》中死而复生，重理就业，这才使读者释然，原谅了作者。

寓言的虚构性不同于诗歌、小说等文学作品的原因在于，诗歌、小说的思想是富有生命力的形体，不是作者人为地从外部附加上去的。寓言的创作正好与此相反，一般是先有一个抽象的理性概念，作者为表达这个概念进行故事虚构，塑造一些具体的形象，从而使抽象的思想具有生动的现实表征，"把思想穿上衣裳，赋以血肉，而使之形象化"，即歌德说的"从一般寻找个别"，这种创作方法对于大多数文学作品来说是不适用的。一般文学作品是富有思想性的形象创作，主题思想随着事件和人物的发展而深化，有的作品甚至超出了作者的意料，影响了作者的创作意图。如福楼拜的《包法利夫人》，在写到包法利夫人服毒自杀时，福楼拜自己为她的死悲痛不已，朋友感到很好笑，就说："你不愿意包法利夫人死，就把她写活嘛。"福楼拜沉痛地说："写到这，包法利夫人非死不可，没法写活呀。"① 也就是说，小说叙事的主题思想不是预先设定的，而是在情节和形象描写中表现出来。特别是小说以现实生活中的人、事、物为原型，以真实的情感表达为目的，一定程度上掩盖了小说自身的虚构本质。而寓言的形象只是外加在概念之上的一个比喻，思想和形象之间并不一定具有直接

---

① 转引自吴元迈主编《外国文学史话·西方19世纪中期卷》，吉林人民出版社2001年版，第83页。

上篇 文体篇

联系；寓言创作者则掌握着创作的目的，或者为了说理，或者为了道德教育，始终围绕概念思想的表达进行虚构。

然而，寓言故事的虚构不是漫无边际的，想象也不能与之有太大的偏离，它自身会受到寓意表达要求的限定。即寓言一定要表达哲理和道德教训，寓言是另有寄托的故事，我们称之为寓言的"寄寓性"。故事之外的寄寓意是寓言形成的必要条件。寓言作为一种叙事文体，其表达形式与其他叙事文体不同的明显特征，就是作者会在故事的开头或结尾用一两句话或借角色之口总结故事的寓意，或点明作者想要说明的主旨，这种寄寓意是主观的，是作者有意指向别的事物。与此相对，如果作品的意义不是作者另有所指，而是读者分析解释出来的别的意思，就不能说是文本的寓意，也不能说文本具有寄寓性，应该说是具有可阐释性。

可见，寓言故事和寄寓的关系不同于其他叙事文体言意之间的逻辑关系。故事和寄寓意之间具有相对独立性，要通过相似的、类比的、影射的或暗示的关系把二者联系起来，在这种关系的表达中寓指现实教训和人生哲理。亚里士多德早就认识到故事与其寓意之间的比喻关系，他说："寓言是为民众制作的，优点是能够显示形象的例子，这样的例子在现实中十分罕见。寓言和比喻一样，是可以虚构出来的。只要能够发现类比之点的话。"[①] 可见，寓言的故事是为了寄寓意的表达而虚构和想象出来的，寓意主要不是从故事叙述中显示出来，即寓言的意义存在于故事之外。如古希腊传说：

> 古时候，蚂蚁本是人，以农为业，他不满足于自己的劳动所得，而羡慕别人的东西，经常偷邻居的庄稼。宙斯对他的贪婪感到愤慨，便把他变成了现在叫蚂蚁的这种动物。他的现状虽然改变了，习性却依然如故。直到如今，蚂蚁还是在田里跑来跑去，收集各处的小麦和大麦，为自己储存起来。

很明显这是一则虚构出来的描述动物习性的解释性的故事，没有

[①] 段宝林编：《西方古典作家谈文艺创作》，春风文艺出版社1980年版，第42页。

任何言外之意，只是让读者对自然界有所了解而已。但是加上了道德教训，就变成了一则寓言：

    这故事是说，天生的坏人，即使受到最严重的惩罚，本性也不会改变。

  （《伊索寓言》）

  甚至相同的故事在不同的作者那里就有不同的所指，如《伊索寓言》中《狼和小羊》讲述一只饿狼寻找种种借口要把小羊吃掉，伊索指斥铁了心要干坏事的人，任何东西也阻挡不了。在《拉封丹寓言》和《克雷洛夫寓言》中也有同样的故事，但其寓意各不相同，拉封丹用来指涉强权总是强词夺理的本质，克雷洛夫则发出在强者面前有罪的总是弱者的感叹。即不同的读者可以赋予其不同的寓意。故事和寓意的相对独立性还表现在，同一寓意还可以用不同的故事来表达，如《伊索寓言》中的《狼和小羊》《鹞子和夜莺》都可以表达强者对弱者的欺压。当然，我们不能完全否认这些寓言故事的现实性，但可能在现实生活中出现的寓言故事毕竟是少数。寓言的寄寓性特征，就是后来理论家们非常重视的寓言言意的断裂性，即能指和所指的分离对于意义阐释的作用，并由此生发出不同的理论表述。这说明了寓言的文体特征决定其具有广阔的发展空间。

  寓言独特的寄寓性也是其与神话、童话、小说、戏剧的重要区别之一，后面这些文学样式都努力从内容的叙述中直接地、充分地表达主题和意义，特别是小说和戏剧具有更强的表现力，更能充分地、集中地展现出现实生活矛盾。寓言则由于其寄寓意在叙述之外，对故事内容与现实情况的联系要求不高，只要能很好地表达寓意就可以了；有时候故事越离奇越荒谬，似乎更能激发读者的想象力，更能刺激读者的神经，更有利于记忆的形成和经验的传承。这样，就有了后来波德莱尔诗歌中对社会病态形象的描写，卡夫卡小说中人变甲虫的创作。寓言的想象性表达是为了教训、讽刺等寄寓服务的，是美感表达与哲理的统一，抒情的美以说理为目的。神话、传说、童话则侧重幻想，在文学世界的表达中，把现实条件下难以实现的美好愿望表征出来，满足欲望的表达，但这只是一种暂时的审美快感,现实的困难在此难以超越。

可以看到,寓言的理性思考不同于纯感性的情感表达,它的故事性、虚构性特征是其实现审美教育的前提,寄寓性是其审美教育和道德教育的途径。寓言大胆的想象,惊人的夸张,冷幽默的叙述风格、简明扼要的故事情节对读者具有极大的吸引力。如莱辛所言:"故事奇妙,也就是把一种不寻常的迷人的美附加在寓言身上。"① 作者有意识地附丽于其上的美,是寓言实现美感教育的基础,在这种充满游戏意味的阅读活动中,读者的心情得到了极大的放松和愉悦的满足。寓言正是通过轻松的故事描写,激起读者阅读的兴趣和欲望,在荒诞离奇的故事欣赏中,读者重新体验了人生的真谛,再阐释了寓言的哲理。也就是说,优秀的寓言不是只有一个具体的寓意,而是具有多种阐释的可能性。因为寓言本身就具有对宇宙世界、客观事物、人际关系的哲理认识,不同的读者还因为寓体和寓指之间的分离,对之做出不同的理解和阐释,有些寓意是作者未曾想到过的。到了中世纪,寓言这种阐释能力更充分地表现出来,僧侣统治阶级为了控制大众的意志,为了意识形态统治的需要,对西方经典《圣经》进行了寓言式的再阐释,并发展成为当时解经释义的重要方法之一。寓言作为一种文学样式,其本身就包含着理论构建的空间,早在柏拉图时代就表现出了这种内涵。

第二节 寓言的审美移情、审美距离和陌生化效果

早期寓言叙事的文学构思到最后完成的抽象概念的表达,表明人类从纯粹象形的、图像的形象思维向抽象思维的发展,说明人及人类社会得到了进一步的完善和发展。然而,席勒关于"完整的人"的理论表明,寓言是人类早期生长和发展的表现之一。

席勒强烈意识到人的感性或理性的片面发展,造成人的分裂,因为"只要思考,就排斥情感;只要感觉,就排斥思考。"② 从而主张用游戏冲

---

① 转引自《古典文艺理论译丛》(7),人民文学出版社1964年版,第154页。
② [德]施莱格尔·席勒:《审美教育书简》,冯至等译,上海人民出版社2003年版,第208页。

西方寓言文体和理论及其现代转型

动来调和感性和理性、感觉冲动和形式冲动,认为游戏冲动可以把最大的理性独立自由和最高的丰富的生命存在结合在一起,使人成为完整的人,成为"审美的人"。某种程度上说,寓言具有游戏的意味,它的抒情言说和哲理表达的统一就是席勒追求的感性和理性相结合的一种表达形式。寓言一开始就是下层人民劳动之余抒发情感的口头创作,是劳动人民对统治者的揶揄,是认识人类社会、宇宙世界的感知方式。它和神话一样具有丰富的想象性和虚构性,甚至某些故事来源于神话,但它不同于神话以原始的、虚构的野性思维为主,缺乏理性的智慧。应该说,寓言是在神话基础上发展起来的更高级的审美表达形式,更复杂的审美机制。

因为,古代寓言家已经具有抽象概括能力。寓言故事充满了轻松的、欢快的、讽刺的、幽默的气氛,寓意则是理性思维的结果,在故事的娓娓讲述中完成寓意表达。前面已经说明了寓言故事和寓意之间具有相对独立性,作者可以用不同的故事寄寓相同的道理,也可以在相同的情节表述中生发不同的寓意。读者在寓言的欣赏中要体会故事的抒情美和理性的智慧,就必须进行审美移情,才能真正领悟作者的深意。因为寓言的虚构性和寄寓性特征决定其不是直接对现实的再现,它对非人类世界的虚构性表达,决定了读者必须主动地把叙述中主角的言辞特征、行为举止、行动结果等投射到社会现实领域形形色色的人、事、物,进而做出思考和评价。这种审美活动和特奥多尔·里普斯所说的移情具有相似性。他说:"姿势和它所表现的东西之间的关系是象征性的……这就是移情作用。"[1] "移情作用就是这里所确定的一种事实:对象就是我自己,根据这一标志,我的这种自我就是对象;也就是说,自我和对象的对立消失了,或者说,并不会存在。"[2] 他指出了欣赏主体和对象之间不是必然的对应关系,只是一种想象性象征。因此,他认为对对象的欣赏就是对自我的欣赏,但这个自我不是主体本身,而是经过审美转换的客观的自我。通俗地说,主体在对客

---

[1] [瑞士]爱德华·布洛:《作为艺术因素与审美原则的"心理距离说"》,见《二十世纪西方美学经典文本·第一卷·世纪初的新声》,朱立元总主编,张德兴本卷主编,复旦大学出版社2000年版,第378页。

[2] 同上书,第376页。

体的欣赏中，找到感情寄托的对象，满足情感表达的需要。这种移情作用会出现在大多数文学欣赏活动中，特别是诗歌从创作到欣赏都非常重视移情功能，诗人的感情即兴而发，读者因情而动，情景交融是其最明显的特征之一。这种移情是一种无意识行为，在欣赏过程中不自觉地完成。如在李白的《蜀道难》对蜀地山川神奇壮伟的描写中，深切体会到诗人寄寓其中的豪迈之情，及其广阔的胸襟。小说的欣赏也是如此，读者很多时候不自觉地把自身置换为文本中的人物形象。如《阿Q正传》的读者对鲁迅的惧怕与指责，就说明了他们已经无意识地把自己想象为阿Q，害怕自己的"伤疤"被揭穿。福楼拜在写到包法利夫人服毒时，他觉得自己的嘴里仿佛充满了砒霜的味道，就像自己服了毒一样，一连两天消化不良，甚至连吃下去的饭也全被吐出来了。福楼拜自我和对象之间的界限已经彻底消失，达到了高峰体验状态。

寓言的审美移情与诗歌、小说的无意识移情相比，是一种自觉的移情活动。也就是说，移情所要求的主体和对象的交流在寓言为审美客体的活动中，转换的程度更大，更客观。因为寓言是赋予具体故事以寓意，内容和意义表达之间的关系不只是象征性的，还具有独立性，甚至是断裂性的特点，要把二者联系起来就必须有理性活动的自觉参与。而且，寓言的主角不像小说那样以现实的人、物为原型，主要以会说话的动植物或神为对象。这种远离现实的、虚构的、拟人化的创造方法，使读者对故事的欣赏更多的是持一种游戏娱乐态度。因此，要真正了解寓言的现实批判性，就必须自觉地、主动地进行审美移情，这种移情不是对自我的移情，而是对他者的移情。寓言的读者不会把自己想象为作品中的角色。寓言主角的虚构性及鲜明的非人性特征，使读者清醒地认识到，只有在他者的观照中才能实现这种审美交流，获得审美快感。这种审美快感的获得不涉及读者自身利益，至少不是直接的指涉关系。寓言的阅读不像诗歌、小说的阅读，在审美过程中直接形成一种情感冲击，或造成主体和对象错位的幻象。换句话说，寓言叙述与读者审美反映之间保持着一定的距离，即寓言有效地控制着审美的距离。

西方寓言主要以动植物、神或虚拟的人物为主角，主动拉开一定的距

西方寓言文体和理论及其现代转型

离来思考人类生存的哲理,但没有脱离现实环境,就像人的无意识发展要受到快乐原则和现实原则的约束一样。这种用拟人化手法来叙述故事,阐述道理,说服他人的现象,具有让人容易接受的心理特点。寓言本身所具有的顾左右而言他的特征,使读者的主观情感得到宣泄和表达的满足,又使听者在愉快的交流中欣然接受作者的说教。事实上,关键是寓言的哲理表达使读者自觉地保持了某种审美距离,"只有不成熟的读者才会把自己真正认同于作品中的人物,失去了一切距离感,从而也失去了艺术体验的一切机会"[①]。前面提到的小说的移情特征,也说明了这种感性的文体无法阻止读者完全认同于文本塑造的人物形象或虚构的情节事件。寓言文体的哲理性则不易出现这种审美认同。

这里说的寓言的审美距离主要不是指空间距离或时间距离,而是指心理距离。读者对于寓言的审美反应一般不会因为时空的变化而受到太大的影响。因为寓言一开始用于表情达意、论辩说理,它不像雕塑、绘画、音乐那样具有鲜明的空间性或时间性,而是侧重于口头叙述的流畅和交流所产生的直接作用。然而,寓言主要还是一种书写的文学样式,它和别的文学作品一样,需要超然的、凝神观照时刻,需要读者保持一定的客观性进行文本阅读,这样才能真正领悟作品的寓意。寓言比其他文学样式更重视哲理表达和读者的接受效果,作者希望读者相信他所讲述的道理。诗歌、小说的作者对读者接受则没有明确的要求和期待,他们关心的是情节结构、人物塑造、场景设置等文本自身的表达问题。时间和空间的描写都有助于诗歌、小说等叙事文学的表达,寓言则并非如此。可以说,寓言的时空距离淹没在心理距离的感动中。爱德华·布洛曾经指出:不论是"实际空间"距离还是"时间距离"的概念都是从"心理距离"这个总的距离内涵之中推演出来的,它们只是"心理距离"的特殊形式而已。[②]

那么,什么是距离?布洛说:"距离是通过把客体及其吸引力与人的

[①] [美] 韦恩·布斯:《小说修辞学》,付礼军译,广西人民出版社1987年版,第259页。
[②] 参见布洛《作为艺术因素与审美原则的"心理距离说"》,见《二十世纪西方美学经典文本·第一卷·世纪初的新声》,朱立元总主编,张德兴本卷主编,复旦大学出版社2000年版,第354页。

本身分离开来而获得的,也是通过使客体摆脱了人本身的实际需要与目的而取得的。正因为如此,对客体的'静观'才能成为可能。但是,这并不是说人本身与客体的关系已经分裂到了'不受个人感情影响'的程度。就'人情的'与'非人情的'两者相较,当然以后者更为接近真理。"① 寓言以动植物为主人公的叙述视角,或对主人公进行有意识的道德命名,或鲜明的拟人化手法的运用等,使读者和寓言之间形成的距离显而易见。如对《乌鸦与狐狸》《橡树和芦苇》《狼和小羊》等寓言故事的阅读,读者不会把这些动植物认同于自身或他人,读者知道动植物不能像人那样言说,但读者却能在这些叙述中领会作者教授的道德教训、哲理内涵,甚至可以依据当时特定的社会环境来了解作者影射的现实世界。如克雷洛夫的寓言《狼落狗舍》就是讲述当时拿破仑进攻俄国遭到惨败而求和的虚伪。这种借物寓人的方法,不但没有削弱寓言的表达能力,反而丰富了作品的寓意。因此,寓言就更直接、更明确地表达了真理:以非现实的、虚拟的人类社会表达世俗的人情世故;读者在一定距离之外的审美阅读,则能更好地体验感性和理性的有机统一。布洛也明确指出:"距离并不意味着非人情的纯理性关系。恰恰相反,它所描述的是人情的关系,并且往往带有浓厚的感情色彩,只不过有其奇异的特性罢了。"② 寓言奇幻的构思,幽默的表达风格,更好地体现了距离的特性,更好地控制了审美心理距离的发生。

所谓"心理距离",布洛认为是指直接与主体自身与对主体产生影响的事物(或主体对事物的感觉)之间的距离,如行船中遇上海上大雾,只有超越主体个人的目的、需要、情绪(如担心、焦虑、紧张、恐惧等),在自我和海雾之间建立一种心理距离,注意力转向"客观地"看,这样才能欣赏到海雾的奇美。③ 可见,布洛"心理距离"的审美效果与康德的审美无功利说具有亲缘关系。他既承认了审美活动中心理距离的作用是一种理性的、客观的行为,又肯定其中的情感投射,只有感情的介入才能在欣

---

① [瑞士] 爱德华·布洛:《作为艺术因素与审美原则的"心理距离说"》,见《二十世纪西方美学经典文本·第一卷·世纪初的新声》,朱立元总主编,张德兴本卷主编,复旦大学出版社2000年版,第356页。
② 同上。
③ 同上书,第353页。

赏中保持适当的距离，距离太近或距离太远都会影响审美欣赏的效果。因此，距离是"一切艺术的共同因素""一种审美原则"[①]。寓言的叙事拉开了文学与现实之间的距离，寓言的寓意则把文学与现实联系起来。小说则企图弥合文学与现实之间的距离，努力在文本中再现现实的真实。也就是说，寓言故事的审美情感交流，必将经过理智的、自觉的审美转换来实现，从而消解了故事虚构性带来的不真实感，使人觉得哲理更真实可信，又妙趣横生。

然而，寓言创作中抽象概念的表达要求，阻隔、延宕了读者的审美欣赏时间，它不像对诗歌、散文、戏剧的欣赏是一种强烈的、直接的、瞬间的情感体验。但寓言作为一种文学样式，具有传达情感，满足人们审美交流愿望的功能。因此，它就必须主动缩小这种因表达形式夸大了的距离。因为，"无论是在艺术欣赏的领域，还是在艺术生产之中，最受欢迎的境界乃是把距离最大限度地缩小，而又不至于使其消失的境界"[②]。而距离的消失，就意味着审美鉴赏力的丧失和审美活动的失败。布洛从对文学作品的情感体验程度来说明距离缩小的优点，强调读者对文本的参与及彻底体验文本情感世界的活动，是获得主客合一审美愉悦的行为。因此，对寓言欣赏的非直接性，寓言欣赏心理距离的缩小，都不是简单的情感认同行为，而是在审美交流过程中有一个转换过程，我们称之为"审美转换"。对于寓言来说，重要的不是对距离的维持，而是要把这种距离弱化，并且是一种主动的弱化行为。审美转换就是弱化的过程，把现实事件之外的、虚构的表述，经过审美主体主动的审美鉴赏和理性思考，从而使虚构的文本表达想象性地再现于现实社会的人、事、物，思考人生百态，进而把握生活的真理。如斯宾塞的《天路历程》是对梦的叙述和展开，讲述基督徒对天堂之国的苦苦追寻，排除艰难险阻终于实现了人格的提升和境遇的改变。它这种梦的展开方式及作品中人物、地点、事件带有感情色彩的命名

[①] ［瑞士］爱德华·布洛：《作为艺术因素与审美原则的"心理距离说"》，见《二十世纪西方美学经典文本·第一卷·世纪初的新声》，朱立元总主编，张德兴本卷主编，复旦大学出版社2000年版，第354页。

[②] 同上书，第359页。

特点，都是作者夸张手法运用的结果。读者不会认为这就是现实，而是主动地在审美欣赏过程中进行想象的表述。一方面，领会作者对基督教的信仰和不懈追求，宣扬这种信念会给人类的现实生活带来幸福和快乐，激励人们对基督教的忠诚；另一方面，对于非基督教徒来说，除了这个宗教意义上的字面义外，它告诉人们现实生活困难重重；每个人都一样，只有充满自信的人，吃苦耐劳的人，持之以恒的人才能实现自己的理想，才能到达目的地。在这部寓言小说中，审美主体经过自身的审美转换，或者在作品中找到自己的影子，或者看到现实生活的人生百态，或者重新审视大家曾经熟视无睹的社会问题，从而激发读者主动地、深入地思考现实生活的真谛，体验作者的深层寓意。事实上，后一种寓意才是作者表达的关键，是寓言叙述真正实现审美交流的媒介，即寓言的阐释方法。它不仅要读者享受到文学的优美，更主要的是多方面地理解现实人际关系、社会关系的复杂多变。可见，寓言对审美享受和理性提升具有同样的要求。

因此，读者对寓言的审美欣赏之后，还有更高的哲理思索活动。小说则侧重情感体验，在欣赏过程中不要求理智活动的参与，不刻意表达某种抽象概念；读者往往沉浸于小说的虚构世界，并以之为真，因为小说是"没有中介的现实"[①]。因此，寓言比其他文学样式多了转换的中介环节，这个转换的结果是在最小审美距离的情感体验中后退一步，回跳到作品的深层寓意，在一定距离之外从感性的情感激动到理性的沉思默想。寓言这种特征在寓言小说和寓言性小说中表现得更明显。它们不再执着于对现实情况的描写和抒发，不再迷恋于现象描写的逼真性。创作原则从对摹仿的崇拜走向了颠覆，文学表达和理论研究也从外部的客观叙述转向对人物内心的描述，剖析现代人焦虑、紧张、无助、失望、孤独的根源，探索现代人多种需要在现实无法得到实现和表达的解决办法。寓言这种叙述和表达的魅力之一就在于其自身所具有的陌生化效果，善于在日常生活熟视无睹的现象中，在现代社会流动的、破败的景物中展现现代人的生存境遇，和现代社会的本质特征。

---

① [美] 韦恩·布斯：《小说修辞学》，付礼军译，广西人民出版社1987年版，第55页。

西方寓言文体和理论及其现代转型

俄国形式主义创始人维克托·什克罗夫斯基首先提出"陌生化"概念，要求艺术家用适当的方法使习惯的东西陌生化，延宕审美感受时间，增加审美难度，引起欣赏者强烈兴趣，从而获得持续的美感体验。形式主义者认为，艺术的创作就是对象陌生化、形式陌生化的创造，他们甚至认为陌生化是艺术的一般特征。形式主义者的陌生化观点也许有点绝对化，但它指出了成功的艺术作品都给人以深刻印象，艺术的表达形式对艺术效果具有重要的意义，这是非常深刻的。从这点来看，寓言的表达是最具陌生化效果的文学样式。它迫使欣赏者以新颖的、独特的、意想不到的视角来总结经验，以批评的眼光看待语言的常规表达和对象的客观描写，打破人们对现实世界的习惯性认知方式，从而挖掘出现象表面下隐藏的本质内涵。寓言的形式特征就在于其寓意表达的非直接性和指向他者的必然性。它迫使读者把注意力集中到内容的表达形式，而不是内容本身。读者在这种非传统的文学表达中领会其独到的陌生化效果。

通过对不同寓言文体的文本分析，我们更能准确地体会寓言文本的陌生化效果。传统寓言故事大多以动植物为主角，以动物喻人的变形方法深受人们喜爱。寓言小说同样以其特有的表达形式吸引读者，如《天路历程》中人物、地点、事件都直接以描述道德品质的词语来命名，明确了作者的情感倾向，有效地颠覆了读者审美接受习惯，使读者在有点"别扭"的阅读过程中最大限度地延长了审美感受时间。即使是与传统小说很接近的寓言性小说，仍然显示着自身的独特性。如同样是为了说明现代人的生存压力，资本主义社会赤裸裸的金钱关系及冷漠的人际关系等现实问题的文学艺术作品，运用不同的表达形式其表达效果就会有所差别：卡夫卡的《变形记》通过文学虚构描写格奥尔格变成一只大甲虫的悲惨境遇，反映了人间的冷暖；《城堡》虚构了土地测量员无论如何努力都永远无法找到通往城堡的道路，深刻揭示了现代人的焦虑与无助。这些寓言性小说荒诞的陌生化表达形式，不同于许多现实主义作品白描式地揭露资本主义异化现实的表达方式。如伟大的现实主义作家巴尔扎克的《人间喜剧》"给我们提供了一部法国'社会'特别是巴黎'上流社会'的卓越的现实主义历史","汇集了法国社会的全部历史"。① 还有托尔斯泰、司汤达、陀思妥耶夫斯基等都是杰出的现实主义作家。的确,无论是寓言式的表达方式还是现实主义的创作方法,这些作品都实现了揭示社会现实的目的,二者之间没有高低优劣之分,只有所流行的时代和表达效果的差异。现实主义文学创作方法的风行,与 19 世纪欧洲资本积累及社会动荡相适应,这些优秀现实主义作品的逼真再现给人以酣畅淋漓的审美快感。而卡夫卡小说的寓言式表达形式则要求调动读者的理性思维能力,令人多了几分体验的困难,但没有给人脱离现实的虚无缥缈的感觉。卡夫卡大胆的想象虽然荒诞但不是荒谬的哗众取宠,读者不会去考究也不会去质疑格奥尔格是否真的变成大甲虫,而是在他走向死亡的历程中深刻体会到劳动人民的艰辛,现实的残忍。这种变形使寓言的表达形式呈现了黑色幽默的效果,同时给人以痛的震动、带笑的泪水。这正是发达资本主义社会的真实写照。

寓言变形方式所达到的效果与形式主义者所要求的文学陌生化具有极大的相似性,但是寓言的变形侧重于表达方式陌生化,形式主义者则主要说明文学语言的陌生化。对语言陌生化的感受,读者可以直接在诗歌、散文、戏曲的语言符号重组中体验到不同的美,而对形式陌生化的体验则要困难一些。尤其是寓言表达形式言意之间的断裂,要求读者有思索的时间和空间,把断裂缝隙中的丰富内涵、深层哲理进行创造性的理解和阐释。因此,寓言给人的是一种含蓄的、沉默的美,而不是悲剧性或喜剧性的强烈的情感体验。它是通过移情实现情感体验,并保持适当的心理距离来完成审美交流,实现感情的净化和人格的提升。

第三节 寓言的内涵和外延

前面讨论的寓言的故事性、虚构性、寄寓性和审美移情、审美距离、陌生化效果,虽然分别从创作和欣赏两方面说明了寓言作为一种文体的特征,但它们事实上是紧密联系不可分割的。此外,寓言还具有民间性、时

---

① [德] 马克思、恩格斯:《马克思恩格斯选集》第 4 卷,人民出版社 1972 年版,第 462—463 页。

西方寓言文体和理论及其现代转型

代性和渗透性等特征，它们对后来文学创作和文学理论都产生了重要影响，在此就不一一论述，下面简要地归纳一下寓言的本质内涵。

从上面的分析中可以看到，寓言的文体特征由"另有寄托的故事"内涵决定，意在笔先和言此意彼是贯穿寓言始终的本质，并作用于寓言外延的发展。寓言的虚构为寄寓服务，以抽象概念表达为目的的故事虚构，必然要求其叙述具有真实可信性，以实现说服、劝谕、哲理表达的目的，即虚构故事的优美描写与其深刻哲理表达的关系。从亚里士多德给修辞学下的定义来看，寓言本身就是一种修辞方法。亚里士多德说修辞术就是一种能"在每一种事情上找出其中的说服方式"①。从古希腊开始，雄辩家大量运用寓言进行辩论的事实就说明了这一点。寓言作为一种修辞方法，在文本中的运用就是读出文本的寓意，解释文本的内涵。因为寓言的言和意具有相对独立性，这就造成了文本语义多元化和表意的不确定性，只有从寓言内在特征出发，才能真正领会寓言文本的寓意。特别是对寓言性小说的理解和阐释，更要注意这种言此意彼的特征。寓言这一特征在现代社会得到广泛的关注，甚至成为人们认知世界的有效方法。

寓言叙事内容和意义表达之间的非对应性关系，借用迈克尔·伍德的话语表述为"言词之子"和"沉默之子"的关系。我们可以说，寓言的文字叙述就是言词之子，其文字叙述之外的寓意就是沉默之子，"在错置的意义上，沉默之子是叛逃的言词之子，是逐渐视沉默为言词产生的必备条件的作品。"② 迈克尔·伍德形象地指出了寓言的寓意表达非常重要，是言词产生的条件，寓言自身隐含着未曾说出的空白，这也是对寓言进行再阐释的条件。换句话说，寓言同时也是一种阐释方式，这在中世纪的《圣经》阐释中已经表现得很明显。博尔哥尼奥尼指出："中世纪学者所采用的寓意手法（应当很好地考虑这一点）是一种注释性而不是以创造发明为方向的手法；当时人们曾把如下一点奉为原则：即在写作艺术作品中，可

---

① [古希腊]亚里士多德：《修辞学》，罗念生译，生活·读书·新知三联书店1991年版，第24页。

② [英]迈克尔·伍德：《沉默之子——论当代小说》导论，顾钧译，生活·读书·新知三联书店2003年版，第10页。

以甚至应当找出一些逐渐拔高的道德和精神含义；但是，除了那些人格化或神话般的写法之外，我认为，任何人当时都从来不曾理解（我指的是真正的中世纪，即古典主义的中世纪），这些含义应当成为艺术家在幻想创作过程中的指针。这是 5 世纪起人们在研究《圣经》时所宣扬的注释手法运用于世俗艺术书籍，按照这种手法，人们应当在这些书籍所叙述的事实当中找出符合新教的道德含义和神话含义。"[①] 他明确指出了寓言的寓意应该通过寓言阐释方式揭示出来，寓言阐释方式甚至可以在作品原意之外生成新的寓意。这种阐释法在当时是一种自觉的行为，克罗奇就认为："这种以寓意（即寓言——引者）方式来进行阅读的方法，这种发现第二、第三、第四含义的方法，实际上都是一种创造和构成寓意的方法。"[②] 他肯定这种做法对于诗歌作品的重要性，正是诗人而不是评论家和读者，有意地使用寓言的方法，"从而把进一步的含义加给他们自由自在地根据诗的唯一含义来创作的那些作品。这种做法也就是一种锦上添花式的、外在的、因而也是无害的做法，它通常是诗人自己以寓意为手段来进行的工作。"[③]

　　可见，传统上对"寓言"一词的使用主要是文体意义上的，指另有寄托的故事，即用一个具体的故事来说明某个道理，这个道理的说明才是最重要的，道理的显现也是明确的。同时，寓言还包含表达、解释、阐释、说明的意思，但人们几乎没有从理论上进行详细的表述。然而，寓言毕竟是一个复杂的、变化发展的概念术语，在现代社会表现得尤为明显。不但出现了大量具有寓言特征的小说，而且许多理论家都喜欢用寓言这个术语来分析说明一些文学现象、社会现实，并赋予其不同于传统寓言概念的新意。如本雅明的寓言理论就是把握一个特殊的、衰败凋敝世界的方式。他在描述德国 30 年战争之后的巴洛克悲悼剧中，在波德莱尔诗歌呈现的第一次世界大战后巴黎的断壁颓垣中，看到寓言这种表达形式非整体性特征。这些非整体形象和不连贯景象的具体描写，并不是直接指向某一道理。即

[①] R. 特鲁菲编：《但丁著作选》，转引自［意］贝内代托·克罗奇《美学或艺术和语言哲学》，黄文捷译，中国社会科学出版社 1992 年版，第 196 页。

[②] ［意］贝内代托·克罗奇：《美学或艺术和语言哲学》，黄文捷译，中国社会科学出版社 1992 年版，第 196 页。

[③] 同上书，第 197 页。

西方寓言文体和理论及其现代转型

寓言的表达不再是对客观现象直接镜子式的反射，而是像灯一样发光，照亮黑暗的现实，揭示细节，在非逻辑的、非总体的描述中凭直觉来感知社会现实，进而在发达资本主义幻象下揭示出现代人苦闷的根源。解构主义者则发展了寓言的阐释传统，对各种文本进行解构批评阅读，其中德曼的寓言式阐释方法，从修辞学的角度强调了文本阅读的非终结性，重视从细节中挖掘出深刻的寓意，认为寓意生成是无止境的；他对世界的认识就是从寓言阐释角度开始思考，努力揭示意识形态的蒙蔽。罗兰·巴特对"可读文本"和"可写文本"的区分，就是受解构主义的影响，从文本阐释学角度宣告了"作者之死"和"读者的诞生"。詹姆逊的"民族寓言"特指第三世界文学作品的特征，在这种文本的寓言阐释中表征出整个第三世界的状况；他还把寓言概念运用到政治意识形态领域，在文本化的历史中扩大寓言的阐释空间，论证了意识形态寓言对于澄清乌托邦幻想的现实意义。此外，乔纳森·卡勒、弗莱、德勒兹、哈贝马斯等理论家对寓言理论进行了各种各样的丰富和发展，深化了寓言的内涵和外延。

概括地说，寓言概念的内涵和外延包含下面几层意思。一、作为文学体裁的寓言，与神话、传说等文学样式相并列，具有意在笔先、言此意彼和劝谕教化的功能；它是寓言其他意义层面展开论述的基础，是寓言最早的表现形态，是寓言小说和寓言性小说的雏形。二、作为表达方式的寓言，主要是与现代意义象征的表达相比较而言的，二者对社会现实的表达产生不同的效果，是区分两个时代的共时性特征。三、作为阐释方式的寓言，从中世纪开始兴盛，至今已经发生了巨大变化；从对圣经的释义中解放出来，广泛地运用到各种文学艺术作品意义生成的阐释中，成为理解和认知现实的方式。四、作为思维方式的寓言，是从阐释方式、表达方式中深化而来的，是现代人思考客观世界的思维模式，是一种主动地看问题的方法和视角。

第三章 寓言和神话的比较研究

前面从较宏观的文体角度说明，寓言作为一种文学表达样式的主要特征，如果我们从微观的角度比较一下寓言和神话的关系就能更清楚地看到寓言文体的特点，看清寓言起源与神话起源的关系，进而对文学的起源有更深入的认识。同时，随着生产力的发展，科技进步，人类从对自然的绝对依赖关系中解放出来，成为相对独立的个体。现代社会主体与客体，主观与客观，物质与意义的分离，使表征人类原始完美美好理想的神话遭到重创，逐渐走向衰落。与之相伴随的是，能够很好地表达这种零碎的、非整体意象的、具有指向"别的意义"功能的，或教育和劝喻功能的寓言形式的日渐兴起，最后替代神话的形式成为表征和阐释现代复杂多变现实的理论形态。因此，本章以西方古典时期的寓言和古希腊神话为研究对象，通过对寓言和神话的渊源、寓言思维和神话思维以及寓言和神话的叙事方式的比较研究，阐明寓言原型和神话原型作为文学重要来源的意义，进而分析现代寓言和现代神话的表征及其美学价值。

第一节 寓言和神话的关联

寓言和神话作为文学的重要样式，作为民间的、集体的口头创作，其起源关系颇为复杂。从时间上看，通常人们认为寓言是来源于神话的、比神话稍晚出现的文学样式。但从空间上看，寓言和神话在一定意义上具有同源关系，神话孕育了寓言，寓言则丰富了神话的内涵。维柯在《新科

西方寓言文体和理论及其现代转型

学》说:"Logic(逻辑)这个词来自逻葛斯(logos),它的最初的本义是寓言故事(fabula),派生出意大利文 favella,就是说唱文。在希腊文里寓言故事也叫作 mythos,即神话故事,由此派生出拉丁文的 mutus, mute(缄默或哑口无言),因为语言在初产生的时代,原是哑口无声的,它原是在心中默想的或用作符号的语言。"[1] 他从词源学的角度证明了寓言(allegory)的故事叙述(寓体)与神话的亲缘关系,寓言和神话的同一性。

寓言和神话在远古时代具有相同的意义内涵,这是由原始社会的物质基础决定的。我们知道,在生产力水平低下的原始社会,远古人对世界的认知处于蒙昧状态,大部分是一种感性的想象性总结,由此形成了神话产生的社会基础。因此,神话是描述和解释世界的起源、自然现象、社会生活和人生奥秘的故事或传说。在原始人看来自然界的一切皆有生命,神无时不在,而且法力无边,人和动植物处于同一地位,动植物自然界的一切都成为神话描写的对象,如雷公、电母、云君、海神、太阳神、冥王等神话形象是远古人把自己的想象与对自然现象的认知联系起来形成了神话谱系,构成了神话故事。如维科说:"当人们对产生事物的原因还是无知的,不能根据类似事物来解释它们时,他们就把自己的本性转到事物身上去。"[2] 马克思在《〈政治经济学批判〉导言》中也说:"任何神话都是用想象和借助想象以征服自然力、支配自然力、把自然加以形象化,也就是已经通过人民的幻想用一种不自觉的艺术方式加工过的社会形式本身。"当面对自然界的灾害时,他们认为是比人更强大的神对人的告诫或惩罚,从而形成了一种想象性的隐喻性表达,图腾神话就逐渐出现,图腾崇拜也成为原始人的精神寄托。神灵一类的东西就是包含着种种神秘要素,既有令人向往的内容也有令人恐惧的神秘,而"自然"也不同于我们今天所理解的自然界,它是一个加以想象性加工的艺术化的"自然"。

寓言作为一种民间文学,也是集体创作的结晶,是劳动平民的生活经验总结,从内容上看,寓言和神话具有相同的民间基础。寓言起源于将动物或植物拟人化的传统,可追溯至史前时代。这种拟人化的手法中蕴含的

---

[1] [意]维科:《新科学》上册,朱光潜译,商务印书馆1997年版,第197页。
[2] 同上书,第89页。

上篇 文体篇

万物有灵观念在古希腊神话、《荷马史诗》《圣经》中也大量运用，这也是原始人原生态的思维方式。因此，寓言故事和神话故事在内容上是相同的，它们只是在角色类型上有较明显的差异。寓言故事主角多为动植物、非生物等非人类的，神话故事主要以神或具有神力的半神半人英雄为主角，两者都讲述着远古时代的故事。我国学者也认识到寓言和神话、传说、民歌、格言和笑话等都有着或亲或疏的关系。在内容的选择上，它们之间的界限并不是泾渭分明的，而是有交错的，"在这（指神话——引者）不自觉的艺术加工中，有的寄托着人们对生活和自然的认识和感受，那样的神话便往往具有寓言的因素"[1]。即使从"作为文学传统说来，最初的寓言是孕育在古代神话中。……在虚妄怪诞的神话故事中寓藏着或寄托着人们对生活的认识和感受，因此古代神话大多具有着寓言的因素"[2]。如虽然说寓言的主要角色是动植物或非生物，但寓言中有些主角就是神话人物，如天神宙斯、神使赫尔墨斯、普罗米修斯、雅典娜等都多次出现在伊索寓言中，甚至有些神话故事就是寓言叙述的主体，但寓言的重点不在于重新书写神话故事，其目的是借用神话人物或神话故事向人类传达出某种道德和教谕。如《伊索寓言》中的"樵夫与赫尔墨斯"，通过樵夫寻斧的故事，指出只有诚实的人才能得到神的帮助，撒谎者必会受到教训，这个寓言故事至今仍有深刻的教育意义。神话故事中的一些动物也能开口说话。其中最经典的是《旧约》伊甸园中蛇引诱夏娃时说："吃了那果子你并不会死。上帝不让你们吃那果子，是因为上帝知道一旦你们吃了那树上的果子，你们的心智就会开窍了，就会变得跟上帝一样聪明，然后即能知善恶了，"从而开启了人类受难和救赎的漫长征程及对人类奥秘的探索、追求与阐释。由此，我们进一步看到原始的文学叙事中寓言和神话如影随形。

可见，虽然中西方寓言和神话从内容到形式有很大的差别，它们的产生和发展都比较复杂难解，但事实证明神话是孕育寓言的温床，神话故事是寓言生长的土壤，寓言是神话意义得以阐释的方法。所以，寓言和神话之间的联系是显而易见的，它们共同的生存环境孕育了两者的共性，它们

---

[1] 朱靖华选注：《先秦寓言选释》，中国青年出版社1959年版，前言。
[2] 杨公骥：《中国文学》第一分册，吉林人民出版社1957年版，第444页。

西方寓言文体和理论及其现代转型

作为文学的重要来源,都是原始初民对世界初始认知的想象性产物,是一种口头文学,是对自然界的初级认识。它们的故事都是虚构的,讲述的都是想象性的故事,是对世界的一种想象性表达。但神话和寓言的叙事方式既相似又有很大差异,神话讲述神的世界,神话的时间是在遥远的过去,神话的空间是在人之上的天空之城,人类仰望的星空。寓言讲述的时空消融在故事中,时间和空间不是叙事的关键要素,叙事的重点在于人类世界的道德律令,并主要是通过动植物世界的叙事显现。由此看来,神话和寓言的叙事重点共同构建了人类世界重要领域,对人类世界的影响非常巨大,人类对神话和寓言的探索也不会停止,因为头上星空和道德律令的无边无际,注定我们的探索也永无止境,正如德国古典哲学家康德说过的:"有两样东西,人们越是经常持久地对之凝神思索,它们就越是使内心充满常新而日增的惊奇和敬畏:我头上的星空和我心中的道德律。"[①] 康德从哲学的高度论述了宇宙的必然和人类的自由问题,给予我们深刻的启示和思考。关于"道德律"的美学意义康德进行了高度概括:"(我心中的道德律——笔者注)则把我作为一个理智者的价值通过我的人格无限地提升了,在这种人格中道德律向我展示了一种不依赖于动物性、甚至不依赖于整个感性世界的生活,这些至少都是可以从我凭借这个法则而存有的合目的性使命中得到核准的,这种使命不受此生的条件和界限的局限,而是进向无限的。"[②] 康德进一步指出道德律对于人格提升的重要性,事实上指出了寓言的核心就在于其道德律的宣扬和提升。同时也说明,神话和寓言的区别:神话中的神具有至高无上性,先民的情感表达以神为中心;寓言则回归现实人类日常生活,体现的是人性的分裂性和有限性。然而,在神话和寓言叙事的世界中我们又从另一个角度重新思考了康德的星空和道德法则,这就在某种程度上说明了神话和寓言的重要性,神话和寓言对于人类发展的重要意义。神话和寓言伴随着人类历史的发展也有了巨大变化,但原型意象的流传使其具有相对稳定的审美意义,并逐渐促进了文学样式、文学形象的成熟和发展。

---

① [德]康德:《实践理性批判》,邓晓芒译,杨祖陶校,人民出版社 2003 年版,第 220 页。
② 同上书,第 221 页。

上篇　文体篇

因此，寓言独立发展的第一步是与神话的分离，表现为它有了自己独特的关注内容和眼光。寓言结构和表现形式的独立在中世纪表现得最明显，如但丁的《神曲》、薄伽丘的《十日谈》、兰格伦的《农夫皮尔斯》、吕西安·富莱的《列那狐传奇》、斯宾塞的《仙后》、班扬的《天路历程》等。甚至当时的许多神学、哲学著作也都含有浓厚的寓意，如圣奥斯丁的《上帝之城》。中世纪是人类迈过古代时期之后迎来的第一个时代。中世纪基督教的绝对统治地位，宗教势力的强大，及其对民众思想的禁锢和宣传渗透，在宗教的强制下人们的不满情绪只能通过隐喻、寓言的方式表现出来。而寓言的表达方式与时代的日常生活相结合，在某种程度上达成同一，具有同意识形态相抗争的否定、解构、去魅甚至救赎的力量，与神话的神圣统一性有重要区别。即中世纪寓言不仅仅是宣传教义的重要方式，同时寓言具有表达叙述内容之外的功能和价值。普鲁塔克是最先使用寓言这一术语的古典作家，他的定义简洁并抓住了事物的本质："叙述是一件事而理解的是另一件事。"① 艾布拉姆斯也说，寓言是一种叙事，它的行为者和行为，有时包括背景经过作家可以的创作，其目的不但使它们本身有意义，而且更重要的是要揭示出一种相关的第二层面的人物，事物，概念或事件。② 浪漫派文学代言人柯勒律治的定义非常冗长，但影响很大："我们可以很慎重地把寓言作品定义为运用一套行为者和形象极其相应的行为和随应物以伪装的形式来表达道德品质，或本身并非感知客体的理性概念，或别的形象，行为者，行为，命运或环境，其结果是差异性随处可见，而相似性也就被隐隐约约地暗示出来。这样各个部分也就形成了一个统一的整体。"③ 对寓言进行系统研究的学者安格尼斯—弗莱彻的定义更言简意赅："简言之，寓言就是言此意彼。"④ 而我国著名神学家矛盾也说："至于神话和寓言的区别，则更显而易见。上面说过，神话是没有作者主名的，而且被原始人——就是创造并传述这些故事的人，认为真有其事

---

① 赵白生：《民族寓言的内在逻辑》，《外国文学评论》1997 年第 2 期。
② 同上。
③ 同上。
④ 同上。

· 81 ·

的；寓言则正相反；寓言有作者的名字，而且明言其中的人物和事情都是假托的。神话并不含有道德的教训的目的，寓言却以劝诫教训为主要目的。神话不是某个人著作的，寓言大都出于著作家之理想。神话所叙述者，大都为天地如何开辟，万物如何来源；寓言却叙述民族历史上的任何时期。伊索的寓言（虽然伊索这个人是否真有，现在还是一个问题），以纪元前6世纪后半期的希腊社会为背景；菲得洛斯（Phaedrus）和贺拉斯（Horace）的寓言以罗马帝国的奥古斯都（Augustan）时代的人生为背景；拉封丹（La Fontaine）的寓言以17世纪的法国社会为背景；都是明显的例子。并且无论谁读了这些寓言作家的作品，都知道他们是为了教训讽谏而作的。所以寓言和神话是决不会混淆的。"[①] 古今中外理论家都从寓言的定义阐明，寓言与神话的重要差别就是寓言的现实基础和言外之意的寓指功能。

可见，寓言和神话既相似又有差别，神话是寓言的重要来源，寓言则是神话进一步发展的重要表达方式之一，它们都是文学的重要来源，是最早的文学形式。寓言和神话除了起源的差异外，它们的思维方式还有很大的区别。

第二节 寓言思维和神话思维

大部分人类学家都非常重视神话和寓言等早期文学样式独特的表达方式和思维方式的特征，他们认为神话、传说、寓言故事等人类初期的文学描述是纯感性的主观表达的产物，它们较少或几乎没有理性的痕迹。如维科在确定寓言故事和神话同源的基础上，把它们都看成是原始人的诗性玄学智慧的产物。他说："诗性的智慧，这种异教世界的最初的智慧，一开始就要用的玄学就不是现在学者们所用的那种理性的抽象的玄学，而是一种感觉到的想象出的玄学，像这些原始人所用的。这些原始人没有推理的能力，却浑身是强旺的感觉力和生动的想象力。这种玄学就是他们的诗，诗就是他们生而就有的一种功能（因为他们生而就有这些感官和想象力）；

---

① 茅盾：《神话研究》，百花文艺出版社1997年版，第4页。

他们生来就对各种原因无知。无知是惊奇之母,使一切事物对于一无所知的人们都是新奇的。他们的诗起初都是神圣的……"① 他认为原始人用想象的诗性的文字来表达情感,他们把这种情感主题的表达和具体的事物联系在一起,创造出诗性的类特征。原始人的理性思考能力则处于未启动状态,他们的心智完全没有抽象的、分类的痕迹,只能在感觉中完成一切认知的活动。因此,维柯把人类早期主要把想象力作为思想、情感表达动力的方式称为"诗性的智慧",列维—斯特劳斯则把这种未开化时期人类的思维特征表述为"野性的思维"。有的甚至认为原始人的思考总是非理性的,这种看法未免过于武断。因为神话叙述包含了原始人对客观世界的理性的表达,如创世神话就是古人思考人类起源、物种起源、自然变化等客观规律的结果,而且那些具有寓言因素的神话不可避免地具有哲理思考的痕迹。达戴尔明确指出:"神话并不排斥理性,神话产生的时间并不在理性之前,也并不随着理性的发展而完全消失。神话与理性共存,并对它给以补充。"② 是否运用理性来进行思考,并不能成为判断神话的标准,但我们确实要认识到神话思维的独特性,它不是以哲理探索为主要目的。如果完全排斥理性在古人思维及生产生活中的运用,就忽视了寓言和神话、传说等重故事情节描写的叙事之间的区别,这种完全统归于感性思维的旗帜下的做法就过于简单化了。因此,不但要看到寓言和神话之间的亲密关系,更重要的是在二者的比较研究中,把握它们的差异性及寓言作为一种文学叙事与其他叙事文学的显著区别,凸显寓言的独特性,阐明寓言本身所具有的文学理论的生长力。具体而言,寓言思维和神话思维之间的联系与区别主要表现在以下几个方面。

首先,神话思维是情感性的、整体性的具象思维;寓言思维是偏向理性的哲理思维。

寓言和神话都是人类早期智慧的结晶,几乎具有同样悠久的历史,但寓言思维和神话思维的区别随着社会生产力的发展而逐渐凸显出来。神话

---

① [意] 维柯:《新科学》上册,朱光潜译,商务印书馆1997年版,第181—182页。
② [美] 埃里克·达戴尔:《神话》,引自 [美] 阿兰·邓迪斯编《西方神话学论文选》,朝戈金、尹伊、金泽、蒙梓译,上海文艺出版社1994年版,第319页。

西方寓言文体和理论及其现代转型

时代生产力水平低下，原始人对一切自然事物的发展变化，人类繁衍等现象既好奇又无法进行科学的解释，他们有的只是直观的感觉和感性的判断，至多也只是在长期的生产劳动中进行一些简单的经验总结。他们的活动更多是无意识的选择，他们的创作大部分是源于对自身和外界众多现象的恐惧、无知及求解的渴望。维柯说："那些粗野的野蛮人起初都凭人类感觉所能体会到的去体会天神意旨，这是由于他们在自然方面找不到救济，在绝望中就祈求某种超自然的力量来拯救他们。"[1] 因为"原始野蛮人从那些最初的暴风雨中的乌云，断断续续地由那些闪电照亮之中，体会出这一伟大真理：天神的意旨在照顾着全人类的福利"[2]。他们想象性地认为冥冥之中有某种神力制约着人们的一切活动（包括生产、生活、战争、狩猎、农耕等），世间的一切变化和发展都是神力的结果，神的意志的产物。只有对神保持崇敬的心情和行为，才能得到好的报答，而亵渎神灵就会遭到惩罚，即使是神灵宠爱的伟大英雄也不能幸免，这一切在神话叙事中有众多的证明。如俄狄浦斯、阿伽门农、阿喀琉斯、奥德修斯、赫克托耳、普罗米修斯等[3]，他们是具有神力的英雄，但由于他们的傲慢、任性、无知、蔑神等行为而受到了严厉的惩罚。

也就是说，泛神论思想支配着原始人的思维，对神的崇拜成为原始人生活的一部分。他们的所有活动都具有一种实用目的性和具体的客观对应物，如巫术仪式、图腾崇拜、宗教信仰等都是为了取悦神明，以期获得更好更多的天赐及答谢神的眷顾和恩宠。然而，事实上根本不存在任何神，

---

[1] ［意］维柯：《新科学》上册，朱光潜译，商务印书馆1997年版，第188页。
[2] 同上。
[3] 俄狄浦斯，在神话中，忒拜王子俄狄浦斯知道自己命中注定要杀父娶母之后，曾逃离忒拜，远离父母，为城邦人民做了许多好事，但最后仍没有逃脱命运的支配。阿伽门农，希腊联军统帅，由于侮辱了前来赎取女儿的阿波罗神庙祭司克律塞斯老人及肆意凌辱军中主将阿哥琉斯，招致了希腊联军的失败。阿喀琉斯，荷马史诗《伊利昂纪》中希腊主将，为了一个女奴而使好友帕特洛克罗斯战死，悔悟后杀死了特洛伊主将赫克托耳，大败敌军，是希腊的民族英雄。奥德修斯，荷马史诗《奥德修纪》中伊大卡王，设计了木马计，攻破了特洛伊，但战后回国的路程却困难重重，在海上漂流了十年，才回到祖国。赫克托耳，特洛伊主将，明知城邦将毁，自己必然死亡，却深明职责，毅然出阵，战死沙场。普罗米修斯，盗天火给人类，是使人类走向文明进步的英雄，但宙斯为此而惩罚他，命火神将他绑在高加索山崖上，每天派兀鹰啄食他的肝脏，使他的伤口永远不可能愈合。

上篇 文体篇

就连现代西方人笃信的上帝都已被尼采宣判了死刑。这表明,在当时恶劣的生存条件下,原始人无法客观地、令人信服地解释诸多现象,只能求助于看不见的想象性世界的解释,对于某些实在难解的事情,他们就把其当作禁忌看待,从而把一些自然灾害看成是触犯禁忌的惩罚,或者把禁忌作为人们日常生活的准则和约束,把某种动植物、图形、图像等作为本部落的象征和最高的神性徽帜,也就是人类学家说的"图腾"。原始人禁忌与图腾的形成虽然不排除客观的、理性思考的因素,但可以肯定的是,他们的理性思考能力是相当有限的,更多的是凭直觉来观察感受客观世界,他们的一切活动都充满了想象的诗性智慧或称"诗性思维"[①],维柯坚决认为:"这些原始人没有推理的能力,却浑身是强旺的感觉力和生动的想象力。"[②] 神话故事就是在这种背景中形成的幻想的结果,人们口口相传着这些构想出来的人类世界、物质世界的各种现象的解释和说明以及总结出来的劳动的、生活的经验教训,这一切在某种程度上反映了人类发展的历程。我们在神话产生发展的环境中可以清楚地看到,神话初始是为了敬畏神灵、歌颂英雄、庆祝丰收、解释自然、传播经验、情感宣泄等人类生存需要的直觉表达,它不是原始人有意识的、自觉的文学创作活动。用弗洛伊德的话来说,神话是原始人的一种无意识表达,是原始人愿望满足的一种表达方式,就像梦一样是人们潜意识欲望实现的呈现方式。卡西尔说:"神话思维缺乏观念范畴,而且为了理解纯粹的意义,神话思维必须把自身变换成有形的物质或存在。"[③] "神话意识缺乏在纯粹'描述'和'真实'感觉之间、愿望和现实之间、影响和物体之间确定的界限。"[④] 也就是说,原始人对于主观与客观、生与死、整体与部分、想象与现实之间的界限不明确,也不可能清楚地认识到它们之间的区别,因为他们的神话思维是一种浑然一体的整体性思维,卡西尔说这种神话思维的整体性原则与原

---

① 维柯提出的"诗性思维方式",就是把想象从理性推理中分化出来的一种努力,维柯认为想象和诗是人类的母语,这种思维方式在原始初民的生活中占有绝对的统治地位。
② [意]维柯:《新科学》上册,朱光潜译,商务印书馆1997年版,第181页。
③ [德]恩斯特·卡西尔:《神话思维》,黄龙保、周振选译,中国社会科学出版社1992年版,第45页。
④ 同上书,第42页。

西方寓言文体和理论及其现代转型

始人对生命一体化认识相联系。原始人认为一个人的名字、影子如同这个人的头发、指甲一样都是他生命的一部分,对影子的破坏就会给这个人带来厄运,甚至是剪下来的头发、指甲都要小心掩埋,以防落入敌人之手成为他们攻击的武器。列维—斯特劳斯也认为原始人的野性思维是人类和谐的、自然的、完满的表达,原始民族的"一体感强于区别感""野性的思维是整合性的"①。这种一体性的、整合性的思维方式显示了神话本身的情感基质,不是逻辑的而是感性具体的。

维柯和卡西尔都证明了神话的情感性和想象性特征,并确立其在原始人整个思想活动中的重要地位。但这不是彻底否定神话思维的理性因素,事实上,神话对原始无序世界的表达,是人们更好地把握世界的前提,"神话出于混沌却并非为了混沌。恰恰相反,它是人渴望打开自己思维混沌的最早的钥匙,是人在蒙昧世界摘取的精神的'禁果'"②。神话是人类思维的智慧之光,卡西尔就把神话当作一种符号体系的认识框架,同时肯定了神话的理性因素,他说:"神话首先从有目的活动的直觉开始——因为全部的自然力量,对神话而言,只不过是精灵或神的意志的表达而已。这个原理构成神话逐渐照亮整个实在世界的光源,脱离这个光源就不可能理解世界的光源。"这里,卡西尔似乎表达了神话的感性思维是理性思考前奏的观点,对此,我们从神话和寓言的渊源关系中可以明白,为什么神话思维虽然具有理性的因素,却又"羞于"承认。这应该归于几乎与神话同时代产生的寓言,它包含着明显的哲理特征。以致卡西尔在谈到神话和寓言时,又否认了神话思维的理性因素,他说:"一切使神话理智化的企图——把它解释为是理论真理或道德真理的一种寓言式表达——都是彻底失败的。他们忽视了神话经验的基本情况:神话真正的基质不是思维的基质而是情感的基质。"③他一方面强调了神话的感性直觉特征,同时也暗示了寓言具有明显不同于神话的理性特征。

---

① [法]克洛德·列维—斯特劳斯:《野性的思维》,李幼蒸译,商务印书馆1987年版,第279页。
② 邓启耀等:《中国神话的思维结构》,重庆出版社1992年版,第3页。
③ [德]恩斯特·卡西尔:《人论》,甘阳译,上海译文出版社1985年版,第104页。

上篇 文体篇

随着生产力的发展，生产劳动经验的积累，人类对客观自然界的依赖性渐趋减弱，并且认识到事物之间的分离及人与客观自然物相对独立性，特别是对自我意识的重视，注意到人自身具有分析、推理能力，这种理性思考的结果是对神的万能产生了怀疑。达戴尔也说："当人与世界之间的距离逐渐加大，当事物开始相互分离，开始处于不同的层次时，神话就开始衰落了。"① 神话的衰落必然会有别的形式来满足人们表达思想、情感及理性思考等要求；"当神话失去力量时，这种象征就会萎缩，成为寓言或形式主义。寓言于是侵占了古典神话的地盘。神话意象，在其地位削弱而仅剩有形式价值意义后，就成了世俗化活动的题目和俗谚"②。他明确指出，正是寓言这种形式表达彻底地代替了古典神话的地位，神话的内容隐没在形式表达中，寓言则成为这种形式的重要显现。从寓言的表意方式来看，从一开始，它的表达形式就具有说理的内容，甚至在古希腊时期被用作哲理表达和论辩的修辞方法。纳塔利·孔蒂（Natale Conti）在《神话学》一书中指出："在古代，所有的哲学学问都是被寓言所掩盖的，事实上，在亚里士多德、柏拉图等哲学家的时代前不久，哲学学说的传授都不是直率的，而是晦涩的，隐喻的，也就是说是假托的。"③ 而培根在《古人的智慧》的序言中所强调的，也正是这一方面。他说："也可能我对上古时代的崇敬把我带得太远了，但真理正是在这里面的某些寓言和故事的组织和结构里……我发现它们与事物的意义的关系和相符是如此紧密、明显，以至人们无需帮助就能相信这样的含义是从一开始就已经设计和想到的，并且是故意隐蔽起来的。"④ 孔蒂和培根都肯定了寓言这种能隐蔽地、有效地表达别的意义的形式功能。尤其在逻各斯未占据主导地位的古典时期，哲学家、论辩者们理性观点的表达，就必须借助于寓言这种具有寄寓功能的表达形式。

但寓言不同于一般文学因感情表达需要而开始的创作，逐步上升到思

---

① [美]埃里克·达戴尔：《神话》，引自[美]阿兰·邓迪斯编《西方神话学论文选》，朝戈辉、尹伊、金泽、蒙梓译，上海文艺出版社1994年版，第315页。
② 同上书，第314页。
③ 转引自余丽嫦《培根及其哲学》，人民出版社1987年版，第85页。
④ 同上。

西方寓言文体和理论及其现代转型

想层面，它是从抽象概念出发，通过具体故事反映现实，是理性认知的感性表达，是抽象概念的具体化。寓言是相对自觉的、有意识的创作，因为它不仅止于故事的叙述，重要的是在故事之外的深刻寓意的传达。维科在《新科学》里已经考证"Logic（逻辑）这个词来自逻葛斯（logos），它的最初的本义是寓言故事（fabula），派生出意大利文 favella，就是说唱文。"[①] 由此可以判断寓言故事同逻辑思维不但有时间的先在性，寓言本身还含有揭示规律的特征。郑振铎所说："寓言的历史，可以追述到极古。……当这时，世界还在童年，野蛮人的思想，以为万物都是与人类一样，是具有灵魂的，会说话、会思想、会做如人类所做的行动的。于是动物乃至植物的故事，乃为这种童心的民族所创造、所传说。于是禽兽便披上了人的衣饰，说人所说的话，做人所做的事。寓言亦由此而兴起。在这时，寓言还只有一个躯壳——即故事本身——还未具有它的灵魂——即道德的训条——他们为说故事而说故事，并不含有传达什么教训之意。也许这些故事，多少带有些解释自然现象的意思，但却绝未带有道德的观念。自旧世界以至新世界，自冰岛以至澳大利亚洲，这些禽兽故事都在传说着。在这些初民传说之后，我们才见到真正的所谓'寓言'的出现。"[②] 如较早的《五卷书》、伊索寓言等就已经不是对神的世界的探索，而是转向了现实的人类社会的理性的思考，并努力做出合理的、令人信服的解释，具有发人深省的意义。维柯很早就说明了寓言是一种具有科学、哲学因素的表达，他说："人们学会的最初的科学应该是神话学或是对寓言的解释；因为，就如我们将看到的，任何民族的历史都肇始于寓言。"[③] 同时，这里所讲的历史应该是有文字记载的、具有理性思考特征的历史，而不是无文字时代的、想象性象征表达的神话历史，因此，寓言所包含的哲理思考是神话不可能具有的特征。而且，古希腊自然哲学的发展也为理性思维的发展奠定了基础。

其次，神话思维是真实的虚构，是真实的非真实性；寓言思维是为真

---

① [意] 维科：《新科学》上册，朱光潜译，商务印书馆1997年版，第197页。
② 郑振铎译：《印度寓言》，商务印书馆1925年版，序。
③ [意] 维柯：《新科学》上册，朱光潜译，商务印书馆1997年版，第184页。

实而虚构，是非真实的真实性。

"真实"是人们认为的一种客观存在，"虚构"是一种想象幻想的产物，真实与虚构是二元对立的，寓言思维和神话思维在真实与虚构问题上的不同态度成为二者间的重要区别。神话思维中"真实"的产生是由古人的原始认知能力、生活水平和直觉思维方式决定的，正如维柯说："正是人类推理能力的欠缺才产生了崇高的诗"[①]，神话就是原始人想象的诗性智慧的产物。"而且因为这种想象力完全是肉体方面的，他们就以惊人的崇高气魄去创造，这种崇高气魄伟大到使那些用想象来创造的本人也感到非常惶惑。"[②] 这种夸张的非理智的神话创作，在现代人看来实在滑稽可笑、荒诞不可信，他们一般把神话故事视为原始落后民族的特有产物，有的甚至认为是"原始""野蛮""落后"的代名词。因为神话是原始人重要的生活体验，这种以感性思考为基础的想象性产物，使原始人对之深信不疑。如卡西尔所说："在神话想象中，总是暗含有一种相信的活动。没有对它的对象的实在性的相信，神话就会失去它的根基。"[③] 神话的创作就是一种出于真实目的和需要的结果，使它与传说、寓言故事等其他文体相区别。神话思维是以真实性为前提，神话的创造是记录古人真实生活的载体，他们相信神灵的真实存在和神灵对他们的影响。这也是古人物质生活和精神生活的基础，而这种神话的真实常常被认为是人类早期的历史。维科就认为人类早期的历史就是神话的历史，古人诗性智慧的许多神话故事表达了人类历史发展的深刻内涵。因为在人类没有文字之前的历史，只能靠口传的形式把原始人对创世历史认识和自然万物的理解记录并流传下来，原始人从不怀疑这种口传故事的真实性，并将它当作历史的真实来思考。甚至在相当长一段时间里，西方人也没有彻底否定神话的真实性。汤因比在论述历史起源的问题时就指出："历史同戏剧和小说一样是从神话中生长起来的，神话是一种原始的认识和表现形式——像儿童们听到的童话和已懂事的成年人所作的梦幻似的——在其中的事实和虚构之间并没有

[①] [意]维柯：《新科学》上册，朱光潜译，商务印书馆1997年版，第187页。
[②] 同上书，第182页。
[③] [德]恩斯特·卡西尔：《人论》，甘阳译，上海译文出版社1998年版，第96页。

清晰的界限。举一个例子来说明：有人说对于《伊里亚特》，如果你拿它当历史来读，你会发现其中充满了虚构；如果你拿它当虚构的故事来读，你又会发现其中充满了历史。"① 弗莱说："神话学是人类存在的事实陈述而不是资料。"② 他们都认为神话的历史性是神话应有之义。

神话的历史是一种想象性的产物，而原始人却把其当作真实的历史事实来认知，在长期的流传中深入人心，在一定程度上，我们似乎默认了某些神话具有记载历史的功能，把历史的因素、现实的因素和神话的因素结合在一起，并被神话化了，如古希腊最早的文学作品荷马史诗（《伊利昂纪》《奥德修纪》）就是如此。荷马史诗的内容与特洛伊战争有关③。这是发生于公元前12世纪初，希腊各部落联合进攻小亚细亚西北部一座附属城市特洛伊的、持续了十年的战争，经过荷马史诗的记载和加工，充满了迷人的神话色彩。因此，古希腊时期政治、经济、军事以至风尚习俗等各方面的叙述都带有了神话的性质，即一切都被神话化了，但这并没有妨碍现代人对荷马史诗反映历史真实的信任。如德国考古学家亨利·谢里曼（1822—1890）从小就深信《荷马史诗》描写的内容是真实的历史，而不是不存在的神话传说。经过谢里曼非凡的毅力和不懈的努力，他终于在土耳其的西北部挖掘出特洛伊城，它和史诗中描写的一模一样。这次考古发现被称为世界十大考古发现之一。而《荷马史诗·奥德赛》里描述了国王米诺斯统治着克诺索斯及其建造迷宫的神话，我们知道了米诺斯文明的存在。英国考古学家阿瑟·埃文斯（Sir Arthur John Evans, 1851—1941）20世纪初在克里特岛发掘出克诺索斯王宫遗址，与传说中的迷宫有很多一致性，并发现了大批米诺斯遗迹和许多刻有 A、B 两种不同形式的线形文字的泥匾等，从而提出了米诺斯文明的概念，并证明了米诺斯文明就是希腊

---

① ［英］汤因比：《历史研究》上，上海人民出版社 1997 年版，第 55 页。
② ［加］诺思洛普·弗莱：《伟大的代码——圣经与文学》，郝振益译，北京大学出版社 1998 年版，第 59 页。
③ 战争的起因据说是为争夺一个名叫海伦的希腊女子。在忒萨利亚国王柏琉斯的婚礼上，争执女神由于没有得到柏琉斯的宴请，自觉受到冷落，便出于报复在婚宴上扔下一个写着"献给最美丽的女神"的"不和的金苹果"，引起三个女神（赫拉、雅典娜、阿芙洛蒂忒）的争执。特洛伊王子帕里斯把苹果判给了爱神阿芙洛蒂忒，爱神即帮助他到希腊拐走了斯巴达王后海伦。希腊各部落为了夺回海伦而发动了持续十年的特洛伊战争。

上篇　文体篇

历史和爱琴文明的源头。可见，神话故事不仅仅是一种想象幻想的产物，而且还是原始人对自我现实的一种真实写照。当然，《荷马史诗》中阿喀琉斯、奥德修斯等半人半神的英雄及城邦保护神之间的战争就很难让人相信是真实的历史。

正因为神话产生初期带有历史真实性的外衣，对其虚构性的本质认识不够充分，所以神话的巫术、仪式特别发达。这时历史的、文学的、物质的、精神的各方面要素处于混沌未分的状态，并都在神话形式中显现。当社会进步，人们开始意识到政治、经济、文化、历史之间的区别，特别是各学科的分化和发展，对神话反映现实的幻象有了进一步的认识。神话本身的虚构性是绝对不能忽视的，它一直影响着寓言故事的创作，后来的寓言家、哲学家就充分借助这种虚构性叙事来表达更丰富的人类现实，传达宗教教义、道德劝谕，阐释哲理。

与神话创作动机的真实性和实际隐含的虚构性相比，同样是文学早期形态的寓言，人们从不怀疑它的虚构性。然而，神话的虚构性是无意识的，寓言的虚构性是有意识的。寓言思维以虚构性为前提，虚构为真实服务。神话这种无意识虚构中隐含的意义必须被解读出来，才能为人们所理解。卡西尔也说，神话是非理论的，但具有可理解的"意义"，哲学的任务就是要把神话在图像和符号下隐匿的这种意义解释出来，他认为这种方法就是"寓言式解释的技术"[1]，是许多世纪以来进入神话的唯一通道。这种方法把神话看成是为了某种特殊目的而作的纯粹虚构，因为寓言形式本身就有表达别的寓意的功能。卡西尔指出了寓言式解释是解释替代神话的必然。与神话思维的虚构性相比较，寓言故事的虚构性是一目了然的，不需要人们进行任何区分和思考就能认识这一点。"寓言是有意识的虚构形式，寓言主人公的行为仅仅具有想象性的真实。"[2] 同时，寓言故事的虚构性创作，不需要刻意地追求表达效果的真实性，却在寓意的揭示中实现了这种审美追求。也就是说，寓言故事的虚构和寓意传达的真实之间，内在

---

[1] ［德］恩斯特·卡西尔：《人论》，甘阳译，上海译文出版社1998年版，第94页。
[2] Deborah L. Madsen, *Allegory in America: from puritaism to postmodernism*, Macmillan Press, 1996, p. 133.

西方寓言文体和理论及其现代转型

地实现了这种从叙事虚构到效果真实的审美转换。这是由寓言本身言此意彼的形式特征决定的,它说的是甲事物指的是乙事物,说的是动物指的是人,说的是历史事件指的是现实。这就使寓言的虚构不同于神话、传奇故事、小说等文体的虚构。后面这些叙事文体的虚构是无意识的,或者说不是为了说明某种抽象概念而虚构。如神话思维是以神灵的真实存在为前提,原始先民的思维意识里无虚构的概念,而是在想象中实现情感表达和对自然实践的认知。这种真实性思想在柏拉图哲学中的"摹仿论"也表明了原始人对"真实"的深信不疑。神话的虚构是隐含性的、非主观的,真实性压制着虚构性的显现。

寓言的虚构性和真实性相互交融,虚构不影响真实性的表达;真实与虚构之间的距离既可见又主动退隐。即故事叙事完成之后,道德教训或哲理寓意的表达成为重点。寓言的读者进入文本之前就已经假定或承认了寓言故事的虚构性,主动与之保持距离,只有这样才能接受动植物能思考会说话的现象,才能继续进行审美的阅读,否则从一开始就质疑寓言描述的真实性只会妨碍阅读的连续性。而且,寓言作者在作品中已经较明确地表达其价值判断,读者对寓言的接受是直接的。然而,寓言故事的虚构不是漫无边际的,想象也不能与之有太大的偏离,它自身会受到寓意表达要求的限定。即寓言一定要表达哲理和道德教训,寓言是另有寄托的故事,寓言的真实是为寓意而虚构的。

最后,神话思维强调神人同形同性和万物有灵论,寓言思维强调类似性和拟人化手法。

在对世界的认知和表达中,神话和寓言作为人类智慧的产物,都打上了人类的烙印和光芒。虽然神话主要描写神、半人半神的英雄故事,寓言主要以动植物等非人类为叙事的主角,但它们的故事仍然以人为原型和基础。

原始人认为,世界的动与不动、变与不变,万物的生长等都是神的作用,万事万物都有灵性。英国考古学家 E. B. 泰勒认为原始人在形成宗教之前最先出现万物有灵观念的理论,后来德国学者 W. 冯特又在心理学意义上对之补充发挥,他们都认为原始人相信灵魂存在于物体之中,万物皆有灵魂或自然精神，这种观点虽然在 20 世纪遭到许多学者的否定，但对于研究西方古希腊神话的起源还是有重要意义。列维—布留尔的《原始思维》指出"原始思维"的要点是集体表象、互渗律和原逻辑思维，其中互渗律中就包含了明显的万物有灵思想。因原始先民在以狩猎、采集为生的时代没有"神"的观念，他们认为与周围的动植物之间可以彼此交流，能力可以相通互渗。而我国著名神话学家袁珂在探讨神话与宗教起源关系时提出的"活物论"，与西方的原始思维模式中的万物有灵观有异曲同工之妙。袁珂说："刚从动植物脱离出来的原始人类，学会使用简单粗陋的工具，从事集体劳动生产，在生产过程中，逐步使单音节的语言发展起来，借以交流经验，表达思想感情，并且还凭借着它从事简单幼稚的原始思维活动。这种原始思维的特征，就是以好奇做基础，把外界的一切东西，不管是生物或无生物，自然力或自然现象，都看作和自己相同的有生命、有意志的活物。而在物我之间，更有一种神秘的看不见的东西作自己和群体的连锁。这种物我混同的原始思维状态，我们就叫它神话思维，由此而产生的首批传说和故事，我们便叫它做神话。"[①] 在我国古代的文学作品中也能看到万物有灵思想的存在，如《庄子·齐物论》有"天地与我并生，而万物与我为一"，晋人张湛缀集的《列子·黄帝篇》说："太古神圣之人，备知万物情态，悉解异类音声，会而聚之，训而受之，同于人民。"这里的"太古神圣之人"就是早期原始社会的初民，人和各类禽兽语言相通。而《淮南子·览冥篇》对于女娲补天的讨论更阐明了原始思维中物我同一的思想，"当此（女娲）之时，卧倨倨，兴昉昉，一自以为马，一自以为牛，其行瞋瞋，其视瞑瞑，侗然皆得其和，莫知所由生，浮游不知所求，魍魅不知所往。当此之时，禽兽蝮蛇，无不匿其爪牙，藏其螫毒，无有攫噬之心"。可见，万物有灵、物我合一的思想在我国古代早已有所表达。事实上，不管是西方还是中国，不管是古典还是现代，人们对神话和神话思维的探索和理解都有"万物有灵"的先验观。人、神、物可以交流，在某种程度上说还具有相似性。因此，古希腊神系、神谱与人类社会发展的

----

① 袁珂：《前万物有灵论时期的神话》，《民间文学论坛》1985 年第 5 期。

西方寓言文体和理论及其现代转型

历史有许多共通之处：神谱从母系神主宰到父系神统治世界的过渡，至最终宙斯统领奥林匹斯山上的众神的演变，正与人类社会从母系氏族社会过渡到父系氏族社会的历史相一致。

原始人落后的生产力，恶劣的生活环境，较低的认知能力和对自然世界的物质与恐惧，让原始人认为他国世界存在比自我更强、更有能力之人掌握着某种力量，拥有主宰万物的能力，这个人就是"神"，由此产生了崇拜的敬畏心理，而他们没有神的形象，只好依照人的形象进行创造和书写神的世界，形成了神人同形同性的思维方式与表征。因此，《荷马史诗》《神谱》中的众神有人的外形、有人的情感，他们虽然具有神力却又逃脱不了人性的脆弱与缺陷。如众神之王宙斯好色，天后赫拉易嫉妒，赫拉、阿芙洛蒂特和雅典娜像人那样为"金苹果"而争吵，战神阿瑞斯与爱神阿芙洛蒂忒私通等，神具有凡人所有的缺点。柏拉图认为荷马把神写成有贪念、欲望，爱争吵等都是对神的大不敬，对神的亵渎，因此要把诗人驱逐出理想国，这就说明了原始人的思维中，认为神的世界其实就是人的写真。同时，古希腊人又希望自己具有能够获得掌握自然的神力，与神交流的能力，因此在神话里既讲述了神人之间的交往，又颂扬了神人后代即半神半人的英雄故事：俄狄浦斯解开了斯芬克斯之谜，阿喀琉斯在特洛伊战争中英勇无畏，赫克托耳完成12项"不可能完成"的任务并救出被缚的普罗米修斯等。

正是在万物有灵观思维的指导下，在神人同形同性的观念演变中，神话世界里不需要任何修辞，神、人、物就可以直接对话、交流与沟通。在某种意义上说，神话世界讲述的就是人的世界的现实，人对万事万物的认知、探索及希望，都在神话故事里得到表达和满足。事实上，不管以人还是以神为主角，从口述故事到文字文学的发展讲述的都是人类的故事，包括以动植物为主角的寓言故事。但寓言世界以动植物为主角的叙述，其思维不会认为它们是动植物神并具有凌驾于人类之上的神力，而是通过拟人化的思维方式，从中找到类比点来实现物、人的交流。即古典时期的寓言和神话的一个重大区别在于叙事主角的差异，但事实上它们又有一个共同的纽带"人"，虽然"人"不是寓言和神话的主角，但它们都要对"人"

上篇 文体篇

说话，与"人"对话，以"人"为参照获得存在的价值。事实上，神话虽讲述神的故事，但没有人就没有神，神的存在也是空洞无意义的；而寓言中讲述动植物的非人类故事却又是为教育人而服务的，它通过物、人之间的类比的拟人化来实现表达的意义。

在寓言中，动植物不但会说话，而且与人交流没有任何障碍，动（植）物与动（植）物之间、动物与植物之间，动（植）物与人之间的对话成为寓言叙述的基础。从《工作与时日》中"鹞鹰和夜莺"这个最早的寓言故事到《伊索寓言》最早的完整的寓言集，我们都知道寓言不是为叙述而叙述，而是为劝谕而叙述，因此在拟人化的叙述表达中，为了实现教谕目的，就要从类比的角度来完成寓言故事的叙述，实现其寓言化的表征。如亚里士多德所言："寓言最宜用于政治言说，历史上的类似的例子很难找，寓言却容易编，只要像编比喻那样，能看出事物的相似之点就行了"。[①] 如《伊索寓言》中的"蚊子和狮子"，通过蚊子叮得狮子落荒而逃，认为自己战胜狮子，要当森林之王，在得意忘形之时成为蜘蛛美餐的故事，告诫人们有些时候虽经过大风大浪，但常常会在小河沟里翻船。"蝉戏狐狸"通过蝉识破狐狸诡计的故事，讽刺了现实中一些貌似面善，实则心怀鬼胎之人的卑鄙行径。

因此，神话和寓言虽然都与人发生关系，但它们讲述的是不具有明确自我意识的"人"的故事。即古典时期的神话和寓言都是一种原始思维。而寓言的拟人化叙述和类比性的哲理阐释，则是人类主体自我意识的萌芽。当西方文明经过中世纪的宗教神学的洗礼，进入文艺复兴时代，"人"的自我意识的觉醒，对宗教决定权威和对上帝（神）的怀疑，使寓言和神话走向了分化，古希腊神话的春天已经过去，古典寓言彻底脱离了神话的母体，获得新的生长力。因为，神话以"神"的世界为思维终点，在人文主义精神倡导个性解放、反对愚昧迷信思想的时代必然会走向终结，而寓言以探索人的现实关系为目标，在文艺复兴时期就获得了新的生长点，如但丁的《神曲》就是一部伟大的寓言作品，但丁说他写作的主旨是"为了

---

① ［古希腊］亚里士多德：《修辞学》，罗念生译，生活·读书·新知三联书店1991年版，第110页。

对万恶的社会有所裨益",他采用了中世纪的幻游文学形式和寓意象征的方法来批判现实。薄伽丘的《十日谈》也是通过有理有据地讲故事方式在诙谐、幽默和讽刺中批判了封建帝王的残暴、基督教会的黑暗和教士修女的虚伪、淫乱等,主张"幸福在人间",被视为文艺复兴的宣言。拉伯雷的《巨人传》通过荒诞不经的故事描写,把现实与幻想交织在一起,让人们在笑中思考现实的困境,正如拉伯雷在前言中指出的:"在这本书里你将找到特别高妙的风味,异样奥博的教义,极其高深的圣言古训和令人惊惧的密宗妙谛,无论关于我们的宗教,还是关于政治或经济生活。"可见,寓言伴随着人的主体意识的确立,成为关于人类社会的重要表达方式。

通过神话思维和寓言思维的比较研究,可以看到两者既交集又各有特点。神话思维的感性化的具象的想象性表达,对于人类的想象和幻象的创作具有重要的启示作用;寓言思想的哲理性和概括性表达,对于人类的哲学思辨和文艺的反思具有重要的启蒙作用。它们作为人类智慧的结晶对人类社会文学艺术发展都具有重要作用。

第三节 寓言原型和神话原型

作为最古老的口头文学样式的神话和寓言,有些已经逐渐消失,有些已经变形,但有些仍然在人们的口传和书写中留存,成为民族的记忆和原始意象的表征。荣格认为,神话和寓言作为人类文明发展的历史积淀是集体无意识的结晶,而"集体无意识的内容众所周知是原型(archetype)。"[①]"原型概念是集体无意识概念的一个不可或缺的关联物,它表示似乎无时不在、无处不在的种种确定性形式在精神中的存在。神话研究称它们为'主题';在原始派心理学中,它们相当于列维—布留尔的'集体表象'概念"。[②] 原型概念是精神的产物,是人类的母题。从内部看,许多神话故事

---

① [瑞士] 卡尔·古斯塔夫·荣格:《原型与集体无意识》,徐德林译,国际文化出版公司2011年版,第6页。

② 同上书,第36页。

上篇　文体篇

和寓言故事具有象征意义,并反复出现在现当代文学中,成为重要的文学原型意象,对现代人的生活仍具有重要影响。但事实上,随着神话和寓言的分离和发展,神话和寓言中的原型意象因各自文体特征的差异而呈现不同的特点和类型。在马克思关于古希腊神话的消亡和神话的永恒魅力的观点中,蕴含了"消亡"和"永恒"的悖论,从神话原型意象的分析中也许我们能领会其深意。此时的寓言虽然没有走向终结,却出现了新的形态,除了以动植物为主角外,人、变形的人等也出现在寓言叙事中。因此,如何界定寓言文体也成为人们讨论的焦点,也许荣格的"原型"概念是我们思考的起点和关键。也许在古希腊神话和寓言的原型比较中,我们可以更好地对神话和寓言的发展历程进行深入研究,为神话和寓言在现代文学中的呈现及神话的现代复兴寻找其根源。

一　神话的原型意象及其审美表达

神话就是原型,这是许多学者的共识,但事实上不是所有的神话都具有原型的意义,只有随着社会历史的发展,浓缩和抽象为某种象征在集体无意识的传承中,表达出个人无意识的具象魅力的故事才是神话原型。回望古希腊神话,我们把神话的原型意象划分为以下几类。

1. 角色原型。古希腊神话中每一个神、每一个英雄或者说每一个人物都有一段动人的故事。神话中的角色构成了行动的主体,是神话叙事的主角,对整个神的世界的构建具有重要意义。因为"产生文学前的神话的社会所处的状况是,人类的主体与客体之间还未形成始终很明确的区别。人们说主体 A 便是客体 B,这句话便包含个隐喻,而位于文学前神话之中心的是众神,这些神祇一半是人,一半又与大自然的某一领域联系起来,所以也就是现成的隐喻。"[1] 神话中的角色是原始人意识的反映,其本身就具有象征意味,是一种原型意义的表达。如天神之王宙斯不但统治奥林匹斯山上的众神,还常常侵犯人间的美女,生下了众多子女(多为半人半神的英雄或神的后代);天后赫拉难以忍受丈夫的花心、背叛与欺骗,因嫉妒

---

[1] [加] 莱辛:《文学创作的神话方法》,吴持哲编《诺思洛普·弗莱文论选集》,中国社会科学出版社1997年版,第227—228页。

而疯狂报复。在这些神话人物身上我们看到了凡人的感情,"宙斯""赫拉"等神话人物就具有了"好色""嫉妒"的情感色彩。因此,我们常常用神的名字来代指某种现象、事物或境遇,许多希腊神的名称就是一种角色原型。如人类常常感叹"丘比特之箭"什么时候才能射向自己,以表示期盼美好爱情的到来;当我们说某人像"雅努斯"时,喻指这个人两面三刀,口是心非,讽刺其品行不正;当人们遇事不顺而感叹命运不公时,就认为是"命运女神"的捉弄等。

神话中除了诸神角色的原型外,许多半人半神的形象也深入人心。如"潘多拉""海伦""阿喀琉斯""那喀索斯"等,不仅仅是人神之子,同时又因其身份与众不同成为某种存在的象征,并因具有深厚的文化内涵为世人经常提及。"潘多拉"是古希腊神话中宙斯用黏土做成的地上的第一个女人,作为普罗米修斯盗火的惩罚送给人类的第一个女人。她具有众神赋予她的美貌与智慧,但她却打开匣子向人类播撒"恶"("灾祸"),"潘多拉匣子"就成为贪婪、欲望和罪恶的象征。"海伦"是宙斯和勒达的女儿,是世界上最漂亮的女子,为争夺她而引发了十年特洛伊战争,此时的"海伦"成为"红颜祸水"的代名词,类似于中国传说中的美女妲己、西施、貂蝉背负了历史的骂名,她们的美貌与命运则成为历代人既羡慕又惧怕的创伤性记忆。而特洛伊战争的英雄"阿喀琉斯"是仙女忒提斯和凡人帕琉斯的儿子,是具有超人能力的半人半神,在特洛伊战争中英勇善战、战无不胜,但最终还是被太阳神阿波罗射中了最容易受伤的脚踵而死去。"阿喀琉斯的脚踵"就被用来譬喻强大英雄的致命弱点,这充满哲理的象征具有寓言的意味。在父系神话时代(宙斯统治时期),女性神和女性的地位不高。贵为天后的赫拉只能对宙斯的不忠表示愤怒,而美狄亚的出现则对这种不公进行了毁灭性的打击。"美狄亚"是科奇斯岛会施法术的公主和太阳神的后裔,她与伊阿宋一见钟情,并用自己的法术帮助伊阿宋完成了父亲定下的任务,为了自己的爱情不惜与父亲作对。然而,当伊阿宋移情别恋抛弃美狄亚时,美狄亚不是像赫拉那样争吵,而是采取了最悲剧性的方式来反抗伊阿宋的背叛:杀死儿子,毒死伊阿宋的新欢。"美狄亚"的形象由此成为女性反抗男权、追求平等的原型,成为西方女性主义者推崇的女性原型意象。

可见，神话角色的原型意象正以其象征性叙事直接传递出某种情感和意味，给人类语言的交流带来了便捷，并影响着现代文学人物形象的塑造和发展，伴随着古希腊神话的消退，神话角色的形象则以其集体认同感和文化意蕴得到大众的认可和喜爱。

2. 故事原型。"故事"作为叙事的核心，是为表情达意而讲述，神话故事为神的世界而讲述，其中的某些故事情节成为某种意义的专有名词，而超出了神话故事的字面义，成为文学创作的源泉和意义结构。因为原型意象的最重要特点是具有象征性，具有历史的沉淀感和厚重感。古希腊神话中的很多故事从起源至今经过了时间的洗礼，最初讲述万物起源、神系的形成和神的故事，再逐渐从字面意义的解读发展为具有符号象征功能的神话意象。但不是所有神话故事都是原型意象，有些神话只是叙事了神的起源、神的争斗、神与人战斗的故事，并没有随着人类社会的发展而赋予新的内涵。因此，我们把神话中具有深刻寓意的、在文学传承发展中反复出现的、并赋予神话不同时代色彩和历史内涵的故事称为神话的"故事原型"。

古希腊神话中有丰富的具有典型意义的故事原型。如俄狄浦斯王的神话，讲述了俄狄浦斯一出生就被遗弃，在艰难成长中凭借自己的智慧破解了斯芬克斯之谜，成为忒拜城的国王，却因神谕弄人，最终自己刺瞎双眼远走他乡。这个神话原来只是一个关于人的悲惨命运的故事，俄狄浦斯无意中杀父娶母的行为是一个无意识的过错，但随着对人性追问的深入，这个故事却成为文学的一个永恒母题。特别是经过著名精神分析学家弗洛伊德的阐释后，它成为人类罪恶欲望之源的代名词，并反复出现在作品和人类生活中，甚至成为人类共同的梦魇。因此，"俄狄浦斯情节"成了"弑父娶母"的同义语（"俄勒克特拉情节"指"恋父弑母"情节）。在以后的文学发展中，虽然很少作家提及或承认这个神话的故事意象对自我创作的影响，但事实上，在弗洛伊德的指引下，在人类无意识欲望中，人们似乎从未否定过它的存在，而且有可能将永远存在。从俄狄浦斯神话到莎士比亚的《哈姆雷特》、从陀思妥耶夫斯基的《卡拉马佐夫兄弟》到曹禺的

《雷雨》等,都与这个神话故事有着千丝万缕的联系,似乎都映射着这个神话故事原型意象的影子。同时,也说明了荣格的"原型"是集体无意识的产物。因此,古今中外作家故事构思中有关"弑父娶母"的共性的原因,在"原型"概念中得到了很好的解释。又如,"斯芬克斯"的神话成为人类难解之谜的原型意象,人生就是不断解谜的过程。然而,不管是否能解都是悲剧,暗喻了人生就是一场悲剧,因为无法解谜之人会被怪兽吃掉,能够解谜之人却又无法逃脱神谕的魔咒。所以,西方的基督教文化认为人的一生都是在赎罪,其文学经典《圣经》在某种意义上说就是人类赎罪与救赎的故事原型。再如,由一个金苹果引发的特洛伊战争的故事是关于人类欲望的原型,那喀索斯的故事是人类自恋根源的表征,命运三女神的故事是关于人的生命轨迹的原型等。

所以,故事作为叙事的重要表达,作为语言的重要呈现,故事的原型意义是其重要的审美表达方式。如斯特劳斯所言:"神话的本质不在于文体风格,不在于叙事手法,也不在于句法,而在于它所讲述的故事。神话就是语言行为,然而是一种在极高层面上发挥作用的语言行为;不妨说,神话的意义此时能够从它最初赖以启动的语言跑道上起飞。"[1]

3. 结构原型。神话故事的结构是故事讲述的空间关系,是不同情节成分即一个个"故事单元"的组合关系,它是神话具有普遍性的结构根源。"神话的语言和形象,表达了人类对自己与宇宙关系的感知。人类神话的外衣形式,随着人类生活千万年来的变化而变化,但它的内在结构基本上始终如一。因此,任何一个神话故事,都是迷信和宗教真理的结合,是原始人畏惧与对宇宙的理解的结合。"[2] 斯特劳斯说明了神话的内在结构是相对稳定的,不同的神话之间具有相同的"神话素"("关系束")。斯特劳斯以《俄狄浦斯王》为例,把神话故事按照情节和内容分割成一个个小的关系单位,从纵向和横向两方面进行排列组合,借鉴索绪尔语言学的音素

---

[1] [法]克洛德·列维—斯特劳斯:《结构人类学》(1),张祖建译,中国人民大学出版社2006年版,第225页。
[2] [美] D. 利明、E. 贝尔德:《神话学》,李培茱等译,上海人民出版社1990年版,第59—60页。

概念，把这些小的单位称为"神话素"，神话的结构和意义是由神话素在叙事中的排列组合方式的结果，阐明对神话的分析就要从历时性和共时性来研究其相互关联的结构系统。"神话以及更广义上的口头文学为什么会如此频繁地一而再、再而三地反复运用同一个序列？如果我们的假设能够被接受，那么这个问题的答案就简单了：重复有一种凸显神话结构的功能。实际上，我们已经指出，显示神话特点的共时——历史结构使得我们可以把神话的成分按照历时序列排列起来（即我们的图表中的横行），但又应当从共时角度去阅读这些成分（纵栏）。这样一来，在重复过程中，并且通过重复——如果可以这样说的话——任何神话便都具备一种'多层面的'、透过表面可以看到的结构。"① 因为"我们认为真正构成神话的成分并不是一些孤立的关系，而是一些关系束，构成成分只能以这种关系束的组合的形式才能获得表意功能"②。因此，神话的结构原型是指特定的神话素的相对固定组合方式，以此区别于其他结构的意义组合方式。

运用斯特劳斯的"神话素"分析神话结构原型的构成，我们可以深入掌握神话叙事方式、神话意义结构及其文化传承的深层原因，如荷马史诗《奥德修斯》中关于奥德赛在特洛伊战争结束后回国，途中在海上漂流十年的故事，就是流浪的结构原型，如表1。这些要素共同构成主人公流浪原因、流浪历险、流浪结果的故事结构，它们是其他流浪叙事的结构同位素。流浪的文学意象也成为人们说不尽的话题：《旧约》中亚当和夏娃被逐出伊甸园，开始了人类的流浪生活，摩西带领以色列人走出埃及，追寻光明的生活，犹太民族的历史是一部流浪史。到了18世纪，笛福《鲁滨逊漂流记》中的鲁滨逊如同奥德赛一样，在遥遥无期的归途中经历困难，排除险阻，在现代文明与原始文化的碰撞中呈现出人生的困境，同时表征资本主义社会的殖民狂想。往后西方的冒险小说、海盗小说、骑士文学和各种流浪汉小说的历史都离不开流浪情节和流浪原型。它既是人类艰难前

---

① ［法］克洛德·列维—斯特劳斯：《结构人类学》（1），张祖建译，中国人民大学出版社2006年版，第246页。
② 同上书，第226页。

行的旅程，也是人类的欲望之旅，精神之旅。

表1　　　　　　　　　　　　《奥德修斯》

神话素	结构
主人公为某事放逐或被放逐	流浪/出发
途中遇上各种困难	历险
得到帮助	脱险
实现目标/到达目的地	英雄归来

在我国的文学传统中，流浪也是一个永恒的话题。吴承恩的《西游记》就是典型的流浪神话小说，它与西方的流浪结构原型具有相似的神话素，如表2。同时《西游记》的故事结构具有多层次性，是大故事套小故事，小故事与小故事互相勾连的流浪神怪小说。其中大故事结构是唐僧师徒四人取经路上降魔除妖，最终取回真经的流浪故事，这是一次精神的救赎之旅；小故事结构是师徒四人每次的历险与脱险，即书中八十一难的考验。小故事的不断循环往返，构成了大故事内在的结构，如表3。

表2　　　　　　　　　　　　《西游记》

流浪故事
孙悟空被放逐（保唐僧西天取经）
路遇八十一次险境
每次都获得神仙帮助
最终到达西天取回真经（师徒四人成佛归来）

表3　　　　　　　　　　　　《西游记》

故事循环结构

大故事	小故事
孙悟空被放逐（保唐僧西天取经）	流浪到某地
路遇八十一次险境	遇上妖魔鬼怪阻挠
每次都获得神仙帮助	获神助斩妖除魔
最终到达西天取回真经（师徒四人成佛归来）	阶段性胜利，继续流浪前行

通过表1和表2的比较，我们看到中西方的流浪原型具有相同的神话素，是人类遗传的集体无意识的记忆。即中西方流浪原型的内在结构是相

上篇 文体篇

同的，其差异主要表现于民族文化、宗教信仰等。可见，西方神话流浪故事原型呈现的是个人英雄主义和领袖精神，中国的流浪原型意象强调的是团队的、群体的合作精神。无论中西，神话的流浪结构原型具有稳定性、普遍性，是人类共同思维的结构原型。随着历史的推进和人类的发展，"流浪"作为人类原始生活状态，在神话中呈现并定型为人类共有的文学原型意象，不同流浪者身上都打上了时代的烙印。而现代流浪者不再像古典时期居无定所，更多的是精神的流浪和内心的放逐。人类在流浪中寻找回家的漫长道路上又诞生了英雄的故事原型意象。但人类永远在流浪的道路上找寻回家的路，找寻心灵的家园。

除了流浪结构原型特点外，还有大故事套小故事，每个小故事相对独立，但又相互关联构成大故事的意义结构。如表3所呈现的，《西游记》中小故事的不断循环，构成了大故事结构要素，从而呈现出回环式的结构特色。与之相比，大故事套小故事的结构也是西方叙事的重要结构原型。如奥维德在《变形记》里把古代变形神话集合起来，串联起来，重视前后故事间的勾连，即每个神话故事之间的叙事都有交集，往往在故事的后面引出下一个故事的叙事，我们称之为顶针式结构。前后相连的小故事共同构成了奥维德关于变形的叙事，关于古罗马时期生活的图像。这种结构原型虽然一开始比较机械和粗糙，但它的独创性一直影响着西方的文学创作，如薄伽丘的《十日谈》、乔叟的《坎特伯雷故事集》等，都受其结构原型的影响。每个故事都是完整意义的表达，却又共同构成一个完整的整体，进而表达出更深层的社会意义。

虽然，古希腊神话原型有着各自不同的意义内涵，但神话的原型分类不是绝对的，而是相对的，有些时候相互交集，并非完全独立。同时在西方文学发展中，除了古希腊神话原型的重要影响外，《圣经》也是人们公认的重要的神话文本，其浓郁的宗教色彩，和关于上帝世界及其臣民的论述与希腊神话有重要区别，不能混为一谈。《圣经》的神话原型对西方文学文化的重要意义应另撰文讨论，非本书探讨范围。因此，对神话原型意象的分类虽不能全部概括神话的丰富性，但从集体无意识角度对神话原型意象的总结在一定程度上说明了古希腊神话既消亡又具有永恒魅力的重要原因。马克思是从历史的角度说明古希腊神话的不可复制性和独一无二性，而神话的原型意象分析则从神话的本体特征阐明了该问题，从而更好地说明了神话与寓言原型意象的区别。

二 寓言的原型及其审美表征

寓言的原型意象与神话的原型一样，都是作品中反复出现的、具有相对稳定内涵的审美形象，它的美学意义同样具有传承性，但两者还是有重要区别的。神话的原型侧重于审美意象的象征意义表达，寓言的原型则以道德譬喻、劝诫教育为目的，叙事为表意服务。从寓言叙事和表意关系来看，寓言的原型主要有以下几类。

1. 角色原型

寓言故事的主角多为动植物，动植物不同种属的生长规律及生活习性的差异，使它们各自有不同的性格、活动能力和觅食方式。原始初民在生产劳动中总结这些经验，在故事叙述中赋予其情感色彩。寓言故事中动植物就是以类的形象和个性流传，通过拟人化的描写使这种类型化的角色具有人的个性、情感，从而消弭了人与动植物之间的差异，完成寓言叙事。这些动植物形象的类型化和定型化就是寓言故事的角色原型。

从体型上看，老虎、狮子、狼等猛兽与狐狸、羊、兔、鸡、鸟等动物相比，前者强大后者弱小，而后者经常是前者的口中食，前者的食肉本性使人类又赋予其凶残的性格特征，后者则因形体相对弱小而成为"弱小者"的代名词，这种弱肉强食的生存法则经过拟人化的叙事就具有恃强凌弱的寓意。如伊索寓言中《狼和小羊》的故事在世代寓言故事反复出现，但其既保持了狼的角色原型又赋予其新意。伊索通过狼和小羊一强一弱的对比，指出强者欺负弱者不需要理由；12世纪法国民间寓言《列那狐的故事》中伊桑格兰狼则是为非作歹、强取豪夺贵族廷臣的象征；17世纪法国寓言诗人拉封丹重述《狼和小羊》的寓言故事，对统治阶级的蛮横、凶残、狡诈进行了揭露与抨击；18世纪德国启蒙运动代表莱辛，同样运用"狼"的角色原型批判了德国封建专制统治的黑暗，启发人民反对封建思想和宗教教义的束缚；18世纪俄国杰出寓言作家克雷洛夫《狼和小羊》的寓言，则对沙皇官僚主义制度进行了深刻的揭露和无情的控诉。可见，同一个寓言故事在不同时代，其寓意有了变化，但"狼"的凶残本性和"羊"的弱小性格的原型意义没有改变，只是这些寓言的角色原型具有不同的时代特色和社会意义。此外，"狐狸"的角色也是长期以来备受关注的角色原型。它不断出现在《伊索寓言》《列那狐的故事》《克雷洛夫寓言》《拉封丹寓言》等文本中，虽然故事有差异，但狐狸都是欺负比自己弱小的动物，并对老虎、狮子等尽显谄媚以求生存。"狐狸"成为狡猾、谄媚、恃强凌弱的原型象征。其他动物角色如善良的兔子、软弱的羊、聪明的狗及暴虐的虎、狮、残暴的狼等，都成为寓言故事的角色原型中内涵的、无须言明的应有之义，只是其讽喻、劝谕的意义因时代不同而有所差别。

因此，在众多寓言故事中，不同的动植物角色都具有不同的情感色彩、不同的个性特征和不同的审美倾向，从而增强了寓言的叙事能力、叙事内涵和表意功能。

2. 抽象化的概念原型

寓言一直以其寓意的抽象化、概念化、直白性受到置疑，但正是其概念化的表达凸显寓言的叙事功能和审美特性。因为，"如果艺术家要表现他的观念中的这种普遍性因素不想让它披上偶然的描绘形式的外衣，只想把它仍作为普遍性因素表现出来，那么，除掉运用寓言的表现方式之外，他就没有其他办法"[①]。黑格尔指出了寓言的抽象概念的意义内涵及这种抽象化概念在表达意义时的优势。因为，这些概念本身就有普遍性，把它们作为名称来命名人、事、物，就使它们具有普遍性而非个别性和偶然性。同时抽象概念的人格化表达，使寓言的叙事又具有了丰富的情感和内涵。"寓意的第一个任务就在于把人和自然界某些普遍的抽象的情况或性质，例如宗教、爱、正义、纷争、名誉、战争、和平、春、夏、秋、冬、死、谣言之类，加以人格化，因而把它作为一个主体来理解。这种主体性格无论从内容看还是从外在形象看，都不真正在本身上就是一个主体或个体，

---

① [德]黑格尔：《美学》第二卷，朱光潜译，商务印书馆1996年版，第125页。

西方寓言文体和理论及其现代转型

它还只是一个普遍观念的抽象品,只有一种性格空洞形式,其实只是一种语法上的主词。一个寓意的东西尽管被披上人的形状,却没有一个希腊神、一个圣徒或是任何一个真正主体的具体个性:因为既要使主体性格符合寓意的抽象意义,就会使主体性格变成空洞的,使一切明确的个性都消失了。"[1] 黑格尔指出,寓言中抽象化的概念具有主体性格特征,它们是寓言叙事表征意义的重要途径,人格化的叙事是其寓意表达的渠道,是寓言普遍性的结构。因此,抽象化的概念原型是指以抽象的、概念化词语来指称、命名人、事、物,赋予其普遍性,同时用人格化的方法使其具有情感性和社会性,直接表达作者的感情、价值取向、审美判断和创作意图,读者通过阅读比较容易把握文本的主旨。

具有道德的形象或抽象概念成为寓言叙事的主题和意旨,特别是中世纪基督教的盛行,寓言的道德说教及其宣传教义的功能进一步强化和发展,寓言的抽象化概念的使用更频繁。如中世纪法国寓言长诗《玫瑰传奇》(*The Romance of the Rose*)是较早成功运用抽象化概念叙述的文本。长诗上卷主要描写"骑士"追求"玫瑰"由于受到环境阻碍而不得的故事,在诗中"玫瑰"代表少女;下卷写骑士在"自然""理性"的帮助下,以"财富"为手段终于获得"玫瑰"芳心。诗中这种抽象化概念的隐喻手法,在宗教盛行的中世纪使长诗充满了浪漫和神秘色彩,进而揭露了教会的贪婪、抨击了特权阶层和社会的不平等,表达了下层市民的社会政治观念。《玫瑰传奇》的抽象化概念的运用和寓意笔法是全诗的一大特色,也是对西方文学叙事的重要贡献。又如中世纪时期英国的道德剧《每个人》(*everyman*)也是大量运用抽象化概念来探索人性。剧中主要讲述"每个人"(喻指人类自己)行将死去时身边发生的事情。上帝派"死亡"召唤"每个人"到地狱接受审判,可是"友谊""亲情""知识""美丽""力量"等人都不愿意陪同前往,向上帝求情,只有"善行"愿意陪伴他,并最终把"每个人"从坟墓中拯救出来。这些抽象化概念的叙事形象深刻地指出,在人类面临困境时的救赎只能是精神的力量"善"。"善"是"每个

---

[1] [德] 黑格尔:《美学》第二卷,朱光潜译,商务印书馆1996年版,第122页。

人"战胜"恶",获得精神救赎的法宝。这种抽象化概念题材的运用,为以后寓言文体的创作提供了构思方式和创作手法。如 16 世纪斯宾塞的长诗《仙后》(The Faerie Queene)就非常善于用一些抽象名词给作品中的人物取名,诸如诚实(honesty)、谦恭(courtesy)、美丽(beauty)、财富(wealth)、背叛(treachery)等,读者一看这些名字就知道其中所蕴含的道德寓意。17 世纪英国班扬(Bunyan)的《天路历程》(The Pilgrim's Progress)更是把这种抽象化的道德概念运用得炉火纯青。《天路历程》是一部宣扬基督教精神的典型的寓言式小说,它在字面意义上构成了基督一家的传奇经历,在隐喻意义上揭示了人的心灵的迷失和被拯救的过程,在道德寓意上象征着一个"高贵和纯洁的人"的"自我塑造"的历程。此外,有些寓言叙事中概念化的抽象原型不是直接运用真、善、美、恶等类型化概念,而是运用历史上的人物、事件或某些专有名词来比拟某种情感,实现批判、讽刺的目的。如奥威尔《动物庄园》通过对动物庄园的发展变化和革命的描写,对当时苏联的历史甚至整个 20 世纪的国际共产主义运动进行了批判性认识,其中的许多动物和事件就蕴含深刻的历史意味:老少校(Old Major)猪提出的动物主义思想,被认为影射了马克思和列宁;雪球(Snowball)猪作为动物庄园的领导者之一,后被驱逐出庄园,象征了托洛茨基的命运;拿破仑(Napoleon)猪带领庄园的动物推翻人的统治,最终成为庄园的领袖,则成为斯大林的代表等。

可见,在寓言体中这些抽象化概念具有人的情感、性格、品质,寓言力图通过感性的具体描写来使某一人物所代表的抽象概念特征以具象的形式呈现与表达,从而使作品既增强了一层扑朔迷离的、想象的意境,同时抽象概念的人格化主要是为了表达深层的寓意,为了丰富文字叙事的内涵。因此,真、善、美、恶、嫉妒等抽象化概念在寓言作品中反复出现,成为寓言叙事的标志,神话故事中没有这种抽象化的概念运用。"通常,我们倾向于认为,对抽象观念的拟人化处理是后世文人们的创造——比如,寓言这种修辞技巧就被后世文人们用滥了。"[①] 这恰恰说明抽象化概念

[①] [荷兰] 约翰·赫伊津哈:《游戏的人》,多人译,中国美术学院出版社 1998 年版,第 153 页。

原型的重要性。

3. 变形的原型

"变形"是指对常态的偏离,是通过对外在形象、存在方式的改变来实现对原来特征和本质的异化,以实现再认识的目的。黑格尔说:"在古典型艺术中动物形状在各方面都受到改变,总是用来表示罪恶,低劣,单纯自然而缺乏精神,而在希腊以外,它们却曾用来表示正面的绝对的东西。"[①] 黑格尔指出,除了古希腊神话故事中的变形是因为惩罚、过失等负面原因外,变形原型还蕴含了更丰富的意义,特别是古典艺术后,变形的题材和表现形式有了更广阔的发展,随着社会的变化有了更深刻的寓意,但不是所有的变形情节都是寓言的原型。如宙斯把伊俄变成一头白牛的故事就不是寓言的变形原型,因为它没有讲述伊俄变成白牛后的苦难历程,也不是为某种教育或道德服务。而是宙斯偷情后躲避赫拉追问的一个小伎俩。因此,寓言的变形原型主要是指主人公在某种焦虑的或意外的、无意识状态的变形后,丧失了人形而变形为某种动物,丧失了人的言说能力,但仍具有人的思想,同时又遭受了人类的痛苦与灾难,在这段变形后的苦难历程中,逐渐地剖析了人类社会的黑暗、不公,从而实现劝谕、讽刺的目的。

事实上,在古典寓言里就已经存在"变形"的雏形。寓言故事多以动植物为主角,而动植物与人可以直接交流与对话,其中就蕴含了"变形"的意味。在寓言故事中,或者神主动变形与人交往,或者动植物变形与人交流,或人的变形沟通了动植物的世界。这种变形在寓言中随着对自然、社会的深入认识而逐渐显现出来,尤其以人的变形为主要原型和叙事主题,在人的变形后以动植物的视角重新审视人类的世界。即寓言通过变形原型,在动植物与人类的双重世界中深入地揭露现实世界的假丑恶或真善美,从而实现了批判和讽喻的目的。除了古代寓言如伊索寓言中人与动植物的交流中隐含的变形外,较早使用"变形"一词并呈现变形原型的作品是奥古斯都统治时期奥维德的《变形记》。在《变形记》中,奥维德用第

---

① [德] 黑格尔:《美学》第二卷,朱光潜译,商务印书馆1996年版,第190页。

上篇 文体篇

三人称叙述方式讲述了 250 多个变形故事，包括了被动和主动变形。奥维德虽然重述了许多神话故事，但其不是神话的想象性的表达，不是原始初民对世界初始认知的朦胧感知，而是通过神的寓言来反映他所熟悉的罗马上层社会的道德面貌和社会现实。他按照罗马统治阶级（皇帝和贵族）的原型来重述天神，认为他们与统治阶级一样为所欲为、荒淫残酷、嫉妒仇恨等，神为了一己之私而让人类遭受变形之苦。如朱庇特（宙斯）好色，而朱诺（赫拉）嫉妒，因此朱庇特把伊俄变成了牛，并为了保全自己的谎言而把变成牛的伊俄送给了朱诺；朱诺为了使朱庇特不能亲近卡丽斯托而将其变成了熊；雅典娜因为憎恨阿剌克涅（Arachne）对她的不敬，特别是织布比她织得好，就把她变成蜘蛛；拉托娜（Latona）女神因为尼俄柏（Niobe）生了七子七女而骄傲得意，就把她的子女全部杀死；日神阿波罗拼命追赶不愿意爱他的达佛涅（Daphne），而达佛涅变成一株桂树以逃避爱情等。黑格尔早就看到奥维德的变形叙事不是对神话毫无意义的重述，而是赋予了新的意义，具有新的寓意内涵。他说："奥维德所详细描写的那些变形，显出了他的聪明才智和微妙的情感和见识……那些变形并不是没有深刻意义的。"① 可见，《变形记》的故事都是借助变形来表达其批判思想，其故事的内涵已不同于古希腊神喻传说，特别是人物的变形使叙事的意义已经超出了神话的本义，表达了厌恶的、悲惨的、滑稽的情感。奥维德的《变形记》堪称西方"变形"题材的开山之作，最早使"变形"成为西方文学叙事的重要原型，成为人类重新审视世界的间离方法。

如果说奥维德的《变形记》是借助神话的变形故事实现其表达罗马现实的目的，但在文本中尚未直接论述罗马社会的现实生活，只是以隐晦的方式呈现，是对"变形"叙事的探索性尝试。那么，另一位古罗马作家阿普列尤斯的长篇小说《金驴记》②则夯实了西方"变形"题材、"变形"叙述方法和艺术类型的基础。阿普列尤斯的变形直接通过人物的经历来展现当时罗马社会的黑暗，批判了统治者和贵族的奢靡。事实上，奥维德

---

① [德]黑格尔：《美学》第二卷，朱光潜译，商务印书馆 1996 年版，第 182—183 页。
② 卢齐伊乌斯·阿普列尤斯（121/5—170/5，一说 2 世纪）的《散文叙事作品》，1 卷本长篇小说《金驴记》，原名《变形记》。

西方寓言文体和理论及其现代转型

《变形记》的短篇叙事也难以承载和表达全面而复杂的社会现实,《金驴记》长篇诗体则可以涵盖更丰富的现实。小说讲述了主人公因错偷食巫药变成了一头驴,从而踏上了无尽痛苦的道路,最终经历了生命的洗礼才得以重新回归人形。小说中"人—驴—人"的变形线索,及其对罗马的揭露与批评,寓言地讽刺了贵族生活的荒淫,人与人之间的罪恶。在关于人的变形的荒诞叙事中隐含了深刻的寓意,既有文化的、历史的还有宗教的意味,对寓言长篇小说的发展具有重要影响。如斯威夫特的《格列佛游记》(1726)中大人国、小人国、慧骃国的想象也都是变形原型意象的表达,慧骃国是由会说话的、聪明善良的马统治的国家,而供这些马驱使的、被统治的是形状像野兽的耶胡(喻指人),在这种人兽错位的变形叙事中,深刻尖锐地批评了当时英国社会上贪婪、淫逸的风气,及其政客们的欺诈、行贿。

寓言小说家卡夫卡的《变形记》,虽取名于奥维德的《变形记》,但已不同于奥维德关于神话变形的叙述。卡夫卡讲述了在资本主义制度下,人在体力和精神双重压力下的异化,和现代人有人性无人形、有兽形无兽性的分裂悲剧及作为人得不到他人的理解和认可,作为动物没有虫的同类感的孤独与悲哀。卡夫卡的《变形记》延续了西方变形文学的传统。而奥威尔的《动物庄园》中人与动物之间的大战,动物最终统治庄园的故事,正是人类现实社会的另一种变形叙事。同时,在某种程度上重现了《格列佛游记》的故事,是动物界统治人类社会秩序的颠倒与变形故事,在嘲讽怒骂、荒诞怪异的书写中实现了社会批判的目的。

从奥维德、阿普列尤斯到卡夫卡、奥威尔,"变形"还在继续。变形原型成为寓意重要的叙事线索,变形原型是联系古典动植物寓言与现代长篇寓言叙事的关键。然而,人最可怕的并不是变形为非人,而是作为人的精神的堕落与异化、生命体验的丧失、生存空间的被挤压及缺乏对生命的尊重和温情。这也是千百年来文学家们的变形之思和寓言变形的价值。

4. 结构原型

"结构"一直是西方形式主义、结构主义、语言学努力探索的话题,虽然各学派观点各异,但他们都承认了文本中"结构"的稳定性和客观性

上篇　文体篇

及结构对于文本意义构成和解读具有重要作用。而寓言的结构由于其表意方式的特殊性而受到大众的关注。如歌德所说，寓言是从一般中寻找特殊，是抽象的、人为的表达，为抽象概念寻找具象的形象；它不同于其他文学样式从特殊到一般，在具体的现象呈现中体会普遍性、本质性的现实，从而进一步实现概念的提升。即，寓言作为一种文体的结构不同于神话、传说、童话等叙事文体的特点在于，寓言的叙事重点不是故事讲述，而是寓意的构建和表达。从早期的伊索寓言我们就可以清楚地把寓言的结构分为寓体和寓意两个构成要素，它们也是寓言文体的重要标志。拉封丹就形象地说："一个寓言可以分为身体和灵魂两部分，所叙述的故事好比是身体，所给予人们的教训好比是灵魂。"[①] 因此，我们应该首先明确寓体和寓意之间的结构关系，才能进一步说明寓言与其他文学样式的区别，进而阐明寓言的结构原型。只有寓体没寓意就不是寓言，换句话说，寓言的字面义下承载着丰富的哲理，而神话的结构在于一种叙事行动的完成。因此，"寓体+寓意"的"言此意彼"的表意方式是寓言的结构原型。

　　早期短篇寓言的结构层次比较明显，经常在文末或文首用一两句话阐明故事/寓体的教育意义。随着寓言文体向中长篇发展与成熟，寓言叙事的多元化，寓言寓体叙事的丰富性和充实性，使寓言的寓意也更丰富、更深刻。而且隐喻、象征、讽刺等手法在寓言叙事中的运用使寓意的文字饱含深意，寓言的结构层次逐渐隐含在内容的表达中，从早期短篇寓言的形式大于内容，逐渐走向了形式与内容的融合，寓言的结构要素（寓体和寓意）需要仔细品味才能真正领会作者的思想和寓言的精髓。但不管寓言内容从简单走向复杂，还是寓言篇幅的扩展，寓言的结构原型始终没有改变。从早期《伊索寓言》《拉封丹寓言》《克雷洛夫寓言》到长篇诗体寓言《仙后》《农夫皮尔斯》《列那狐的故事》《金驴记》，到现当代寓言性小说《变形记》《动物庄园》等，寓言的字面义与实指义之间的错位，寓言叙事与寓言寓意表达之间的非一致性，能指与所指之间的断裂等是寓言叙事结构的表意特征。寓言叙事无论多么天马行空、奇思幻想，其表达哲

---

① 陈蒲清：《世界寓言通论》，湖南教育出版社1990年版，第17页。

理、劝谕、讽刺、批判的理性阐释的宗旨没有改变，即寓体为寓意服务。而神话、传说、童话、诗歌、小说等以抒发情感、表情达意反映现实为目的的故事叙事则不以构建双重乃至多重寓意为目的，有时甚至只追求结构的简洁明了和意义表达的清晰。

寓言的结构经历了从简单到复杂，从萌芽到成熟的发展。寓意的结构原型有其固定的模式，不管其篇幅如何变化，其结构始终是寓体和寓意构成的、具有"言此意彼"的意义结构原型。有时候，寓体和寓意关系直接在文本中阐明。但到了现代后现代社会，寓意结构原型的表意关系，常常在故事的阐释中以讽喻、象征、隐喻等手法表征，从而更好地展示丰富复杂的现实社会和人际关系，剖析现象下隐含的本质，此时寓言的结构意义大于文本故事意义。寓言的结构原型成为现代寓言作为一种阐释性阅读方法的切入点，为寓言的现代转型打下了基础。

第四节　现代寓言和现代神话

神话和寓言作为最古老的叙事方式，从古至今是反映人类生产、生活的重要的文学艺术样式。西方工业革命带来的巨大变化，科学技术的发展曾经让现代人迷失在科技之光中。现代人在面对自己创造的第二自然，面对物质欲望的膨胀、精神的匮乏、情感的堕落，面对异化的、物化的世界时，人作为主体的自由、平等、博爱的主动性逐渐丧失，陷入了前所未有的恐惧和焦虑，变成了"单向度人"。马克思在一百多年前就指出，"人只有在运用自己的动物机能——吃、喝、生殖，至多还有居住、修饰等——的时候，才觉得自己在自由活动，而在运用人的机能时，觉得自己只不过是动物。动物的东西成为人的东西，而人的东西成为动物的东西。"[1] 人的扩大的对象化则表现为对象的严重丧失。[2] 现代人越来越体会到现代文明对人身心的奴役，现代社会的生态危机、能源危机、交往危机、信任危机、生存危机等现代问题随着科技的应用日益凸显，现代人在物的异化中越来越

---

[1] [德] 马克思：《1844年经济学哲学手稿》，刘丕坤译，人民出版社2000年版，第55页。
[2] 同上书，第52页。

焦虑。即人的异化和物化，人与社会的分裂和对立成为现代社会的基本问题和现代美学探讨的基本主题。科技进步与现实困境的二律背反使现代人开始怀念原始神话充满幻想的世界，但在面对无法逃避的现实窘迫时，他们又希望在现实的衰落中找寻到救赎的力量，试图借助寓言的叙事方式来实现现代拯救。

因此，在现代困境中，神话的想象性虚构成为现代人追忆人类美好童年时代的表征，寓言则以其讽喻本质揭示了现实的残酷和恶的世界图景，给现代人以痛的震惊体验。神话和寓言的现代发展，即现代神话和现代寓言成为现代人创造美好景象和找寻理性力量的重要途径，是现代人实现美好乌托邦理想和揭露现实困境的重要表达方式。换句话说，现代神话和现代寓言是现代后现代语境下的双重叙事，是现代文学艺术样式发展的必然产物。现代人正是在现代神话和现代寓言的双重叙事中，在遮蔽的意识形态和解蔽意识形态的博弈中，在审美和审丑的美学鉴赏中走向完善，从而努力构建现代人健康的身心和人格，构建和谐的社会关系。

一 现代神话的叙事法则——遮蔽的意识形态

1. 现代神话的兴起

学者们普遍承认古希腊神话的衰落，但同时相信，神话从未离开过人类历史的长河，是人类智慧的结晶和宝贵的遗产；神话在现代社会复兴，并成为现代人表现美好愿望的艺术样式。即现代社会的兴起具有历史的必然性。首先，神话内在相对稳定的结构和原型意象，使其在各个时代以不同的形式存在。如斯特劳斯所言："我们知道神话是会发生变动的。这些变动可以是同一神话从一种变体变为另一种变体，从一个神话变为另一个神话，也可以是同一个神话或不同神话从一个社会到另一个社会的变化，这些变动时而涉及神话的构架，时而涉及神话里的代码，时而涉及神话的寓意，然而神话依然是神话。变动因而仍然遵守某种旨在保留神话素材的原则。根据这条原则，从任何一个神话里永远都可能衍生出另一个神话。"[①] 斯

[①] [法]克洛德·列维—斯特劳斯：《结构人类学》（2），张祖建译，中国人民大学出版社2006年版，第750页。

特劳斯从神话元素和结构关系阐明了神话的基本要素和结构形态不会发生质的变化,是一个相对恒定的结构。在现代社会背景下,神话因此发展成为"现代神话",既具有古典神话的思维特性,又有现代文化的符号特点,与现代科技紧密相连,构成了不同的存在形式和象征符号。

其次,从社会生产力发展的角度来看,现代科技的进步,古希腊神话的衰落,并不意味着神话的彻底消亡,也并不意味着科学可以取代其他文学艺术领域而雄霸整个人类社会。因为,现代文明的发展伴随着战争、灾难、精神危机等现代性问题的涌现,现代人越来越体会到技术进步并不能替代文学艺术的审美功能。神话与科学不是矛盾对立的,在某种意义上说,二者是辩证统一的。我们"不要错误地认为,在知识演进史中,神话与科学是两个阶段或时期,因为两种方法都是同样正当的。"① "或许有一天,我们能够发现神话思维跟科学思维一样,从中起作用的是同一种逻辑,而且人类一直思维得同样好。所谓进步——如果此时这是个贴切的字眼——的舞台并不是在人的意识之内,而是在大千世界当中。在这个世界里,人类的恒常的禀赋在漫长的历史中永远必须跟不断翻新的对象打交道。"② 斯特劳斯还指出,神话思维与科学思维一样重要,对我们的现代生活起着同样重要的作用;神话和科学的重要区别不在于其方法的差异性,而是由两者研究不同的对象及社会环境变化决定的,即现代科技的进步并不能或取消神话存在的合理性。当然,这里的神话概念已不是表现神的世界的古希腊神话,而是在现代科技精神指引下,探索宇宙的想象性的具有科学精神的现代神话,是与寓言的哲理认知紧密相连的。诺思洛普·弗莱在科技文明背景下提出的"国家神话""科技神话"概念,就说明了神话的现代形态和现代神话的现代性意义。

最后,在现代异化的、碎片化的时代,人们怀念曾经神、人、自然沟通的理想时期,主客体同一的原始生存状态,进而开始创造新的神话来满

---

① [法]克洛德·列维—斯特劳斯:《野性的思维》,李幼蒸译,商务印书馆1997年版,第29页。

② [法]克洛德·列维—斯特劳斯:《结构人类学》(1),张祖建译,中国人民大学出版社2006年版,第247页。

足内心的欲望、填补精神的空虚和摆脱心灵的焦虑。"神话"的虚构和意识形态幻象为这种需求提供了审美的场所。20世纪，神话重返人类中心，只有神话才能超越历史的限定和时间、空间的界限来表达人类存在的永恒的或本质性规律。潜明兹说："由于神话本身所具有的混沌性与综合性，已成为现代人文科学，以至某些自然科学的原点，也是文学艺术之母。越是文化发达的国家和民族，对人类幼年时期的实践活动和心理活动，越表现出强烈的兴趣。这种探讨，并非什么猎奇，而是企图找到现代文明与远古文明之间的联系以及一个民族潜在的动力和惰性，并找出本民族文化在整个人类文化起源中的恰当位置，以增强民族自信和应有的反思心理，以更为冷静的科学态度去规划未来。"① 神话的想象性理想世界是现代人向往和努力追求的一种生存状态，是现代人美好愿望表达与实现的场所。

因此，现代神话的复兴是历史的选择，是现代人精神历程的必然。20世纪以来的神话就是现代主义环境下的"现代神话"，是沟通民族文化、发展民族文化、促进社会发展的必然。但现代神话不再像古希腊时代是自然的产物，现代神话是观念的产物，是人类精神世界对美的向往与追求。

2. 现代神话的定义及其表征

要了解现代神话的现代性意义，就必须把握现代神话的内涵和内在特征。美国学者戴维·利明和埃德温·贝尔德较早地提出了"当代神话"（即"现代神话"）的概念，"当代神话并不只是在童年和上教堂做礼拜时才有，在成年人的世俗世界中也是不乏证据的"②，并认为是"科技与宗教结合"的产物③。而且，神话具有时代性，随着社会的发展打上时代的烙印，反映时代生活，"神话，正如力求阐释神话或向神话提出挑战的反神话一样，都是时代的产物。神话在追求普适性的同时，总会烙上时代的印迹"④。即

---

① 潜明兹：《中国神话学》，宁夏人民出版社1994年版，第1页。
② [美]戴维·利明、埃德温·贝尔德：《神话学》，李培茱、何其敏、金泽译，上海人民出版社1990年版，第146页。
③ 同上书，第143页。他们主要研究20世纪后神话的发展，提出了"科技神话""国家神话"等"现代神话"范畴。
④ [匈]伊芙特·皮洛：《世俗神话——电影的野性思维》前言，崔君衍译，中国电影出版社1991年版，第1页。

神话随着时代的发展其内容与形式发生了改变，它的普适性就是社会生活普遍存在的状态，它表达了一种永恒的价值。如许多现代科幻小说和科幻电影就是现代神话的表征，是现代人对未来生活的期许。因此，"现代神话"主要指 20 世纪后，特别是科技领域的发展，在现代社会生产方式所产生的社会文化语境中，以满足现代人审美需要而营造的充满想象和幻想的神话。

现代神话作为神话的现代表征，必然具有神话的属性，但这种表达与古典时期的神话有着重要区别。古希腊神话是古希腊人对世界虚构的想象性表达，这种虚构以真实为前提。现代神话是现代人在科技文明指导下，对未来的一种期待性的虚构表达，这种期待性的虚构是以遮蔽意识形态的真实为前提的。因为，现代文明带来的人类种种困境让人类陷入了新的危机，现实主义文学已无法承载与表达现代主义社会的复杂景象，无法解决现代人的精神危机，只能求助于对未来世界的想象性表达以抵抗当下困境，创造未来的乌托邦世界为现代人寻找"诗意的存在"，以维持表面的和谐。斯特劳斯曾经指出神话的历史联系性及其作为一种意识形态存在的现代意义。"神话永远涉及过去的事件：不是'开天辟地之前'，就是'人类最初的年代'。总之是'很久很久以前'。但是，人们赋予神话的内在价值植根于这一事实：被视为发生在某一时刻的事件同样形成了一种长期稳定的结构。后者跟现在、过去和将来同时都有联系。这一带有根本性质的歧义现象可以通过一番比较得到进一步的说明。没有比政治意识形态更接近神话思维的了。在我们的现代社会里，也许神话思维只不过是被政治意识形态所取代了。"[①] 现代神话作为政治意识形态的表征，就必然代表着统治阶级的领导权，必然要维护统治阶级的霸权和话语权。尤其在现代社会衰败的景象中，营造一种积极向上的神话世界来满足现代人审美需要和欲望表达，成为神话的现代叙事目标。由此，现代神话不管在文学、文化领域，不管是以文字、声音、影像为媒介，都制造了美好的幻象，创造了一个个不同于现实"丑"的"美"的意象，满足了现代人由于某种缺失所产

---

① [法] 克洛德·列维—斯特劳斯：《结构人类学》（1），张祖建译，中国人民大学出版社 2006 年版，第 223 页。

上篇 文体篇

生的审美需求，即使是一种虚构性的欺骗和假象，或者是一种未知的幻象。如现代神话在科学技术的影响下，创造了以掌握某种超能量为主角的现代神话英雄，制造了一种运用现代科技精神抵抗技术奴役的英雄主义。现代神话的主角与古典神话英雄一样具有超人的力量，如《蝙蝠侠》《蜘蛛侠》等，但不是神一般的力量，而是借助于现代科技得以呈现的科技神话，这些现代神话中的英雄切实为人们除暴安良，造福人类，同时在美好的幻象中警示现代人勇敢面对并自觉抵抗异化的现实。电影《阿凡达》中唯美的原生态景象给现代人营造了一个人间的世外桃源，在这里人的心灵获得了宁静的、美的享受。在此，现代人正视了这个梦幻般的神仙境地与现代技术入侵造成的生态危机间的矛盾。风靡全球的《哈利·波特》则为现代人营造了美好童年时代的现代神话，人人都可以在此重温童年的愉悦和想象。因此，在现代科技环境下的神话，主角不再是神，而是宇宙未知领域的"异族人"，或者说科技超人（如机器人、变异的人）。他们拯救现代人于现实困境和精神危机中，引导人们走向美好的生活。现代神话不再是纯情感的想象性表达，而是具有理性思考能力的虚构。如达戴尔所说："神话以一种富于哲理的方式看待事物，起着一种对周围现实或非现实事物的解释作用。""神话具有一种阐述性功能。它解释一切起因不明的自然现象，或一些来源于业已遗忘的仪式的功能。"[①] 神话对现实具有哲理表达和阐释功能，是世界的反映，现代神话是现代社会的观念表达和意识显现。

因此，"现代神话"不同于古希腊神话是对自然的反映和探索，它是在现代语境下，对现实境况、人际关系的表达，为现代人生活创造美好的希望和未来，实现现代性的审美表达。现代神话也不仅仅局限于文学领域，在与现代政治、经济、文化、科技交流中渗透到各个领域，形成了科技神话、国家神话、民族神话、消费神话等"现代神话"，"现代神话"成为一个泛概念。但不管神话的内容和形态如何发展，神话的虚构性和意识形态属性从未改变。

---

① [美]埃里克·达戴尔：《神话》，载阿兰·邓蒂斯编《西方神话学论文选》，朝戈金等译，上海文艺出版社1994年版，第230页。

3. 现代神话的叙事法则

古希腊神话是原始初民想象和幻想的产物，原始初民愿望和希望的表达，是一种不自觉的、无意识的虚构，为真实而虚构，神话就具有真实的非真实性。从古典时期开始，神话的虚构性以真实存在呈现，神话就具有遮蔽性。

关于神话和意识形态的关系，许多理论家进行了阐释。俄国著名理论家叶·莫·梅列金斯基（1918—2005）认为，意识形态"是指我们的说话和信仰与我们所生活的社会的权力结构和权力关系联结的方式。……具体的是指那些与社会权力的维护和再生有着某种联系的感觉、评价、理解和信仰的模式。"① "神话依据当时文化所固有的认识，对业已存在的社会秩序和宇宙秩序加以阐释，并予以肯定。神话向人们说明人本身及周围世界，以期维系现有秩序。"② 即神话具有表征人的现实生活关系的能力和维系秩序的功能，意识形态是联系人类语言、信仰、文化的方式，神话就是意识形态的权力的表征。法国著名哲学家路易·阿尔都塞对意识形态概念有两个重要定义，一是"意识形态是一个诸种观念和表象的系统，它支配着一个社会群体的精神"；二是"意识形态表征个体与其真实生存条件的想象性关系"。③ 从这个角度看，现代神话就是现代人在现代主义社会中的想象性表达，并对现代人有着重要的"召唤"（询唤）功能，构建着现代的意识形态。即现代神话是意识形态国家机器的表征，是让人们认同于现代主义状况的有效手段。美国著名理论家詹姆逊认同于神话具有审美的意识形态性，他说："审美行为本身就是意识形态的，而审美或叙事形式的生产将被看作自身独立的意识形态行为，其功能是为不可解决的社会矛盾发明想象的或形式的'解决办法'。"④ 詹姆逊认为意识形态是认识功能和遮蔽功能的统一，其本质是一种"遏制政策"，而文本则是意识形态和

---

① [苏] 叶·莫·梅列金斯基：《神话的诗学》，魏庆征译，商务印书馆1990年版，第18页。
② 同上书，第187页。
③ [法] 阿尔都塞：《意识形态与意识形态国家机器》，载齐泽克等著《图绘意识形态》，南京大学出版社2002年版，第161页。
④ [美] 弗雷德里克·詹姆逊：《政治无意识》，王逢振等译，中国社会科学出版社1998年版，第67—68页。

"乌托邦欲望"的统一。神话就是这样的意识形态文学。罗兰·巴特更直接地指出现代神话的意识形态属性，他说："神话是一种言说方式"①，现代神话的言说就是意识形态的遮蔽方式。谁掌握了神话的言说方式即成为言说者，就是意识形态的统治者。所以，在罗兰·巴特看来，现代所有的一切文化表征都是现代神话，是意识形态的表达和虚构。现代人自觉或不自觉地在现代神话中表达和认同意识形态，如阿尔都塞说的意识形态的召唤作用在现代神话中得到审美的实现。

"myth（神话）具有一个普遍共同的意涵：一种虚假的（通常是可以虚假的）信仰或叙述。"② 现代神话作为一种意识形态表达的虚构性叙事，其主要目的是遮蔽现实的真实，制造一种审美幻象。当代神话学家温蒂·朵妮吉说："在宗教史中，神话所以可能出现，是因为神话首先是被相信的故事，被信以为真，是因为尽管有时大量证据表明其实是一个谎言，人们还是照样相信它。"③ 罗兰·巴特也指出："以神话的态度看待世界，人们对于这个世界就不会有任何质疑，对于自然真实的东西就会变得熟视无睹。"④ 神话虽然是被信以为真的谎言，但神话的视角就是一种信以为真的存在，也就是说，现代神话既是现代人无法实现欲望的想象性满足，又是现代统治者实现意识形态统治而制造的想象性乌托邦。因此，在面对现代神话的兴起时，在面对现代神话带给我们的审美喜悦时，我们应该正视现代神话的意识形态性，而不能一味地沉迷于现代神话的幻象中。

罗兰·巴特从符号学角度对现代神话的意识形态性分析指出，一切都是符号的想象，现代神话就是一种遮蔽意识形态的符号。例如，服饰就是一种符号化的现代神话。每年不同季节的服装周展示不同的服装款式、颜色、布料，事实上是为消费者制定了流行"标准"，如果消费者遵循了这

---

① [法] 罗兰·巴尔特：《神话修辞术》，屠友祥、温晋仪译，上海人民出版社2009年版，第169页。
② [英] 雷蒙·威廉斯：《关键词》，刘建基译，生活·读书·新知三联书店2005年版，第315页。
③ Wendy Doniger, *The Implied Spider-Politics & Theology in Myth*, New York: Columbia University Press, 1988, p.1.
④ [法] 罗兰·巴尔特：《神话修辞术》，屠友祥、温晋仪译，上海人民出版社2009年版，第175页。

西方寓言文体和理论及其现代转型

个标准就是流行,反之则是非时尚,无形中引导消费者成为商人谋取利益的对象。他说:"整个法国都浸润在这一匿名的意识形态中:我们的报刊、电影、戏剧、大众文学、礼节、司法、外交、会话、天气状况、谋杀案审判、令人兴奋的婚礼、让人渴望的菜肴、所穿的衣服,我们日常生活中的一切,都依赖于表象,这是资产阶级拥有的,并且让我们也拥有的人与世界的关系。……它们满足于中间的位置:既不是直接的政治,也不是直接的意识形态,平静地生存于战士的战斗和知识分子的论战之间;它们多半被两者都抛弃,重返无差别、缺乏个性、总之是原朴自然的群众状态。"① 正如当下人们对奢侈品的消费和追逐就是后现代的消费神话。同时,巴特指出现代神话和古典神话一样具有虚构性,古希腊神话是原始人对陌生世界的想象和对美好未来的期盼,现代神话则是在美丽的虚构中充斥着欺骗、谎言和遮蔽,我们应该探究、揭示隐藏在现代神话中的意识形态荒谬性。法国现代哲学家波德里亚从神话的象征性中,指出了现代神话的非真实性,"象征不是概念,不是体裁或范畴,也不是'结构',而是一种交换行为和一种社会关系,它终结真实,它消解真实,同时也就消解了真实与想象的对立"②。现代神话在交换行为和以经济为主要关系的社会活动之中,确立自己的存在方式和价值意义,它改变了古典神话某些特征以适应现代语境,但其根本的思维方式和审美意象继续在现代社会生活中发挥潜在的作用,影响着市民社会的精神生活。

因此,当现代神话兴起,人们充分享受现代神话带给我们的审美满足和暂时的审美幻象的快感时,我们还应该透视现代神话的意识形态性,揭露其意识形态的隐蔽性,勇敢地面对现实的真实,努力走向未来。现代寓言作为现代解蔽方式就越来越受到人们的重视,"人们试图用理性的言辞来重新诠释神话,但这是一项注定要蒙受失败的新事业,因为神话从来和永远都不是在陈述事实"③。叙述与事实之间的断裂,神话的象征阻断了对

---

① [法]罗兰·巴尔特:《神话修辞术》,屠友祥、温晋仪译,上海人民出版社2009年版,第201页。
② [法]波德里亚:《象征交换与死亡》,车槿山译,译林出版社2006年版,第206页。
③ [英]凯伦·阿姆斯特朗:《神话简史》,胡亚幽译,重庆出版社2005年版,第141页。

经验的表达,需要用其他方式来揭示现代社会经验世界的非连续性、体验的震惊。卡勒认为寓言有这样的功能。"也许可以这样说,寓言这种形式认识到经验与永恒无法合而为一,于是就强调这两个层次的格格不入;强调无法把它们拉扯到一起,除非暂时地、在互不关联的背景下;强调保护每一个层次和用人为的办法把它们联系在一起的重要性,以此戳穿所谓象征关系的神话。唯有寓言才能完全自觉地,不具神话色彩地建立这种联系。"[1] 寓言是现代叙述的另一种范式。

二 现代寓言的叙事法则——解蔽的意识形态

1. 现代寓言的内涵

和现代神话一样,现代寓言也是现代社会的反映,是现代主义条件下,现代人表征现代主义的方式,但现代神话和现代寓言之间具有重要区别:现代神话是现代人在回忆中的审美想象和表达,是一种虚构性的满足;寓言作为一种"言此意彼"的叙事文体一直在人们的视野中持续发展,其隐喻、讽喻的批判功能在现代社会出现了新的转型,寓言从作为一种文体叙事,发展为一种阅读阐释的修辞方法。因此,现代寓言作为一种文体,主要通过对现代人的生活困境、现代社会问题等的反映,努力穿透现代技术文明的表象,在形象刻画中揭示现代性的危机。如弗利策认为"现代寓言形象为谴责服务;它表达了等级秩序的结构性焦虑和矛盾。"[2] 寓言叙事仍是为现代社会的道德劝谕服务。而现代寓言作为阅读阐释的修辞功能,从历史、语言、文化等视角对衰败的社会本质进行了深刻的揭露和批判,进而提升现代人的审美感悟,营造积极向上的精神文化,"寓言的目的是要在叙事范围内建立起清楚的理性化的意义标准,而不是要揭露某些终极性悖论"[3]。即现代寓言作为一种审美批判方式,是以意义解读和阐释后的重构为主要旨意,是找寻批判后的拯救和救赎的力量。

---

[1] [美]乔纳森·卡勒:《结构主义诗学》,盛宁译,中国社会科学出版社1991年版,第340页。

[2] Deborah L. Madsen, *Allegory in American: From Puritanism to Postmodernism*, Macmillan Press, 1996, p.131.

[3] Ibid..

西方寓言文体和理论及其现代转型

在现代社会，现代科技发展进步同时带来自然的破坏、环境的污染和掠夺战争的不断爆发，造成物欲膨胀、人的异化和扭曲，人的普遍精神创伤和变态心理、悲观绝望和虚无主义情绪与日俱增。在这样的背景下，神话的浪漫主义情怀已无法表征这种残破的、碎片化的历史，现代艺术家用离奇的、变形的方式表达荒诞的社会本质，现代艺术中丑的美学就成为人们关注的中心，现代寓言对丑的表达，化丑为美的隐喻，审丑向审美转化的修辞救赎，成为了解蔽意识形态的途径和寻找救赎的力量。因此，现代寓言不管是作为一种文体，还是作为一种修辞阅读；不管是在文学艺术作品中，还是在现代影像技术的音像表达中，它的审美批判性和讽喻性都表现得一览无余。同时，现代寓言作为具有虚构性的意识形态，它不像现代神话制造美的理想世界以遮蔽现代社会的现实。现代寓言是在虚构的描述中揭示意识形态的遮蔽性，批判审美幻象，是在破碎、断裂、凌乱、无序的"丑"与"恶"中追求本质性的存在，以揭示现代社会的丑陋和黑暗，"残忍地"让人们面对事实真相。

2. 现代寓言对"丑"的表达

现代主义环境下，如何化解现实"丑"，提升现代人的美感享受成为人们日常生活的重要问题，寓言以其"言此意彼"独特的叙事方式完成了这种表达。即现代寓言作品关注了现实的"丑"，丑的美学在现代寓言中获得重要的表达，现代寓言的审丑的美学批判具有重要的现实意义，是一种解蔽意识形态的方式。

不同于早期寓言意象的多元化和多样化，现代寓言作品多选取生活中令人厌恶的、破败的、碎片化的、堕落的、变形的意象勾勒出现代社会的不合理性，进而批判统治阶级的意识形态幻象。如古茨塔克·豪克所言："如果一个时代陷入了肉体和精神上的堕落，缺乏把握真正而朴素的美的力量，而又在艺术中享受有伤风化的刺激性淫欲，它就是病态的。这样一个时代喜欢以矛盾作为内容的混合的情感。为了刺激衰萎的神经，于是，闻所未闻的、不和谐的、令人厌恶的东西就被创造出来，分裂的心灵以欣赏丑为满足，因为对于它来说，丑似乎是否定状况的理想。围猎、格斗表演、淫乐、讽刺画、靡靡之音、轰响般的音乐、文学中充满淫秽和血腥味的诗歌为这个样的时代所特有。"① 现代寓言就是现代社会堕落衰萎神经的刺激，是现代社会恶的象征。

现代众多的文学艺术作品在对过去、现在和未来的世界中，在人与物的颠倒秩序中，对"丑"与"恶"的关注和表达，撕裂了神话的美好幻象，给现代人以强烈的震撼。如黑色幽默派作家约瑟夫·海勒的小说《第二十二条军规》、荒诞派戏剧家尤内斯库的《秃头歌女》、贝克特的《等待戈多》和斯特林堡的《鬼魂奏鸣曲》和象征主义诗人艾略特的长诗《荒原》等都在作品中表达了主人公不能自己掌握命运的绝望、孤独、冷漠的情绪与悲惨命运；现代寓言小说家卡夫卡的作品《变形记》《城堡》《审判》等，其主人公的命运总是在现实的压迫中被迫走向毁灭，或者是身体的消灭，或者是精神的折磨；奥威尔《动物庄园》中的人居然被一群动物所统治的荒诞与滑稽，恰恰说明了人性的悲哀；英国作家阿道斯·伦纳德·赫胥黎（1894—1963）的《美妙的新世界》刻画了未来机械社会中，人的"人性"完全被机器所控制，人的婚姻、生育、教育、生活等全部沦落为机器的产物，这是一个多么具有讽刺意味的"美妙的新世界"。正是在身体、心灵或存在形式的怪异变形中，呈现出现代文明对人的异化及人性的物化、机械化的悲哀。此外，许多现代艺术作品以其丑陋形体给人以视知觉的冲击，震惊着现代人熟视无睹的、麻木的神经。如被艺术家葛塞尔赞为"丑得如此精致"的罗丹的雕塑《老妓》，展示了年老的欧米爱尔的雕塑，她的肉体承受着垂死的痛苦，布满皱纹的身躯、松弛的双乳、干瘪枯竭的躯体、绝望麻木的神色，处处显示出生命的衰败。罗丹通过老妓的丑得无与伦比来揭示造成她丑之为丑的本质，直击人们内心深处的灵魂，使人们认清现实世界的黑暗，激起人们对被侮辱、被损害的人的极大同情和对吃人社会的强烈愤怒。而1917年，艺术家杜尚向美术展览馆送去名为《泉》的"艺术"展品——一个陶瓷男用小便器，这件被人们视为肮脏的、丑陋的、不登大雅之堂的日用品却摆在高贵典雅的艺术殿堂。这件所谓的艺术品在给人视觉冲击中昭示现代人用新的观念看待我们制造的东

---

① ［德］古茨塔克·勒内·豪克：《绝望与信心》，李永平译，中国社会科学出版社1992年版，第161页。

西，同时也挑战了传统的艺术观念。意大利皮耶罗于1961年制作了每听30克，共90听自己的大便，并冠名为"艺术家之屎"（伦敦的泰特美术馆以22300镑的价格购买了一听），则把这种现实的丑发挥到了极致。

可见，现代主义文学艺术把"丑"作为认知世界的主要视角和言说主题。现代人生存的缺失感、被压抑的欲望、被挤压的生存空间等问题都以荒诞、怪异为表现形式，现代世界已呈现出一种非正常状态，物的增值与人的贬值之间的矛盾，主体意识的丧失等成为现代艺术家审丑的重要前提。不同于现代神话以"美"为核心的叙事内容，现代寓言以"丑"的意象拼贴出现代社会的图像，在丑的展示中表达深刻的讽喻意义。

3. 现代寓言的意识形态解蔽

现代寓言在审丑的意象表达中，深刻地揭示了现实的非合理性，但它不是一种悲观的展示，事实上对衰败表象的典型叙述，恰恰是为了通过意识形态的解蔽来找寻救赎的希望，努力在现代后现代社会的破败中实现美的体验，即现代寓言是化丑为美的艺术表达，是审丑向审美实现的美学体验。不同于现代神话主要是制造美的理想世界以遮蔽现代社会的现实，现代寓言是在虚构的描述中揭示意识形态的遮蔽性，批判审美幻象，是在破碎、断裂、凌乱、无序中追求本质性的存在，以揭示现代社会的丑陋和黑暗，让人们正视事实真相。

关于丑的论述从古希腊柏拉图时期就开始了，但当时丑是作为美的对立面来认知的，长期以来丑都没有成为审美范畴受到重视，19世纪后，以雨果为代表的浪漫主义思潮，提出了对丑的重视，"她会感到，万物中的一切并非都是接近人情的美。她会发现，丑就在美的身边，畸形靠近着优美，丑怪藏在崇高的背后，美与恶共存，光明与黑暗相共"。无处不在的丑"一方面创造了畸形与可怕，另一方创造了滑稽与可笑"[①]。文学创作开始关注丑，美学领域丑的范畴及其审美价值得到确认。1857年波德莱尔《恶之花》的出版，就是审丑历史上的划时代事件，丑成为与美并存的、独立的审美形态和审美范畴进入美学领域。波德莱尔的《恶之花》

---

① 蒋孔阳主编：《19世纪西方美学名著选》，复旦大学出版社1990年版，第373页。

就是要"从恶中提取美",美是他的特定含义,但其作品中往往充斥着醉汉、妓女、腐尸、蛆虫、枯叶、孤坟、野兽、蛇等堕落、衰败的意象,又以诗意的笔法来呈现审美内涵。"丑恶经过艺术的表现化而为美,带有韵律和节奏的痛苦使精神充满了一种平静的快乐,这是艺术的奇妙的特权之一。"① 波德莱尔深入到罪恶中去体验生活,挖掘恶中之美,如其所言:"艺术家之为艺术家,全在于他对美的精微的感觉,这种感觉给他带来醉人的快乐,但同时也意味着,包含着对一切畸形和不相称的同样精微的感觉。"② 丑恶的对象给人带来感官的冲击力,这种冲击力就是产生精微感觉的地方,现代寓言理论家对现代社会"丑"的揭露与批判就是寓言"言此意彼"的叙事结构对于意识形态解读的重要性。这也是本雅明所指出的现代寓言作为一种批判理论的方法路径:对现代资本主义社会颓废和丑恶的重新观照和欣赏,在这种荒诞的、变形的对象中实现审美的陌生化表达,让现代人在特殊的审美感受中重新发现生活的美好、存在的意义和价值。而寓言作为一种修辞性阐释方法,在解构主义者保罗·德曼对文字的阅读中,看到了文本意义的多重性和阅读阐释的无终结性,及其文本意识形态功能。他认为,意识形态说到底不过是语言学与自然现实的混淆,是指涉与现象论的混淆;而意识形态隐含在文学的语言表达中,需要寓言式的阐释来解读字面义下的隐含义,找寻文本的多义性,进而解构作者中心主义,赋予读者高于作者的权威,文本则在读者的阐释中获得更丰富的寓意。后现代主义者詹姆逊从政治无意识角度论述了审美的意识形态性。"我们可以说,从这一视角出发,意识形态就不是传达意义或用来进行象征性生产的东西;相反,审美行为本身就是意识形态的,而审美或叙事形式的生产将被看作自身独立的意识形态行为,其功能就是为不可解决的社会矛盾发明想象的或形式的'解决办法'。"③ 这种被遮蔽着的意识形态,需要用"政治阐释学"在"总体化"("永远历史化")方法中,不断扩大语境,不断地反思和超越思想的边界、

---

① [法]波德莱尔:《波德莱尔美学论文选》,郭宏安译,人民文学出版社1987年版,第85页。
② 同上书,第202页。
③ [美]弗雷德里克·詹姆逊:《政治无意识》,王逢振等译,中国社会科学出版社1998年版,第67—68页。

字面的叙事，进而祛除这种审美意识形态的幻象。所以詹姆逊认为，所有的民族文学就是制造了意识形态幻象的现代神话，而寓言式的阐释是解蔽这种意识形态的对策，是最终揭示出真实的历史现实和政治欲望的方法。

当然，现代寓言对现实丑与恶的叙事和表达，并不是其唯一的主题和目的，只是相对于现代神话制造的审美乌托邦而言的。现代寓言作品并不是要把丑的、恶的、衰败的景象呈现于世人，而是让人们在熟视无睹中，看到现象背后的本质和根源，而不是一味地沉迷于现代性的假象，使人们透过艺术化的"丑"获得美感享受和升华。可见，现代寓言作为一种文体延续了寓言叙事的讽喻和劝谕目的，它作为一种修辞批判方法承袭了"言此意彼"叙事技巧，这都是作为解读意识形态本质和揭示现代资本主义社会内在规律的方式受到大众的认可和重视。现代寓言作品中丑的叙述和审丑的美学价值和意义就在于，在对丑的描述和展示中，揭示现代社会百态和现代社会的异化现实；看到社会的本质是人的行动的结果，进而反观自我的生存状态，反观人类社会发展历程中现代人应该扮演的角色。"因为现实是人创造的，如果没有人自身的丑恶，就没有社会现实的丑恶。社会对人的异化，归根结底是人将人的异化。"[1]当现代人对自我创造的文明和进步赞叹不已、沾沾自喜时，能够在丑中看到伴随而来的危机，在自嘲式的反讽中深思现代问题，这是现代人的进步。

三 现代叙事的复调

现代神话和现代寓言作为现代主义社会的两种叙事方式，既有共性又有差异性。它们都是现代社会的反映，是意识形态的表达方式，但它们与意识形态之间的关系与其审美表达对象之间有重要区别。在现代语境下，意识形态的遮蔽与解蔽是现代社会发展的必然，是一个事物的两方面，是现代文学艺术表征的重要内容：现代神话对美的创作与表达，营造了现代的审美乌托邦幻象；现代寓言通过对丑与恶的叙述，能指与所指的断裂中找寻救赎的力量，最终实现审美的判断和意识形态批判。在某种意义上

---

[1] 李兴武：《丑陋论》，辽宁人民出版社1994年版，第162页。

说,意识形态的遮蔽与解蔽是对立统一的,现代艺术作品就是在遮蔽与解蔽中实现审美表达和美学救赎。因此,在这个意义上说,现代寓言和现代神话具有相关性,有些时候神话的叙事就是为了寓言的讽喻,寓言就是为了神话的阐释。美国学者约翰·菲斯克(John Fiske)从摔跤比赛中发现:"怪诞的身体所展现的粗陋的现实主义,在符号学与政治的意义上,对抗着宰制的力量。"[①] 他认为:"倘若美已被社会上的统治阶级所驾驭,成为一个隐喻,那么,怪诞便在隐喻的意义上,表达着被统治阶层的体验和抵抗。"[②] 菲斯克在某种意义上指出了神话作为一种统治阶级意识形态属性,成为统治阶级制造现代审美幻象的手段,那么寓言对这种现实丑与怪诞的揭示,其潜在的意义在于表达着普通大众对现代社会和生存境遇的不满及其抗争的愿望。所以,现代寓言则是在现代神话的审美幻象中,看到其本质性的存在,从而把人们从想象性的幻象空间拉回现实的境遇,但又不是简单的批判与揭露。而是在对丑的审美表达中,实现批判的讽喻功能。不管是以审美为主的现代神话,还是以审丑为主的现代寓言,都是现代社会重要的审美表征,具有同样重要的美学意义。

从美学角度看,现代神话和现代寓言中关于美与丑、善与恶的呈现,为现代美学发展作出了重要贡献。寓言作为一种文体,其情感色彩、叙事内容都是为揭露、批判、教育服务的,寓言故事描写的现实缺乏美好的形象,常常以揭露现实的不公、黑暗、堕落等为主要内容,通过对这些恶的意象的批判来劝谕人们向善,以实现寓言的讽喻功能。在这种现实真相的撕裂中,必然会是悲剧性的呈现,让读者经历一场人生的历练和精神的洗礼,深刻地体悟存在的意义和价值,从而实现审丑向审美的转化,这是一种不断震痛中的美感享受,充满了忧郁的气质。与本雅明论述的巴洛克艺术风格的忧郁气质有内在的一致性。现代神话的美学意蕴则与之相对。"神话"从其产生之初,就寄予了"幸福""美好"的含义。从古希腊人对神的崇拜、对神的信仰和对神的生活的向往,到现代人力图在神话世界里消除焦虑、逃脱困境,追求

---

① [美]约翰·菲斯克:《理解大众文化》,王晓玉、宋伟杰译,中央编译出版社2001年版,第122页。
② 同上。

西方寓言文体和理论及其现代转型

美好的未来来看,审美是一种情感性的想象活动,能够消除现实世界对人的各种理性压抑,使主体体验非功利的审美愉悦,满足主体的审美需要。"审美在神圣的时刻摆脱了目的论的可怕控制,砸碎了把一切事物禁锢于其中的功能和因果之链,因此审美迅速地使客体摆脱了意志的牢固控制并使之带上庄严的色彩。"[①] 审美自由地漂浮于现实之上,在想象中构建自己情感世界,实现自我欲望的表达。在现代资本主义社会中,现代神话的审美表达具有重要的意识形态功能,它与政治、经济、科技有着完全不同的实践方式和现实意义,对于构建现代和谐社会具有重要作用。伊格尔顿认为,主体在审美的世界里能够克服一般意识形态对人的异化,使人性获得全面的解放。因此,现代人回望古典神话和寓言,努力在科技世界里重温"人类童年的美好时光",在寓言的哲理中反思人类的现实境遇。

由此,也有人把现代神话和现代寓言等同视之,认为它们是现代科技文明下的想象性幻想的产物,都是非真实的虚构。在这个意义上说,具有合理性。但现代神话和现代寓言的区别还是很明显的:现代神话以表达美为主,制造了一种美好的乌托邦景象,特别是在现代资本主义社会的重重危机中,遮蔽了统治阶级意识形态的假象,是一种伪装的和谐;现代寓言则是通过现代资本主义社会碎片化的、非连续性的、断裂的、错位的、痛苦的、丑的、恶的意象来揭示现代社会的本质,努力实现意义的表达,实现批判中的升华,找寻现代世界的"总体性"和走向光明之路的解蔽的意识形态。而且丑不是美,丑不能代替美,现实中的丑与艺术中的丑不同,审丑最终要向审美转化,化现实丑为艺术的描写对象,从而构建健全的审美人格。因为一个人只会欣赏美而不懂得理解丑,那么他的审美视野和能力是残缺不全的,也难以领悟现代社会的复杂性和人生的丰富性。所以,现代神话和现代寓言各有其存在规律,它们是现代主义社会的双重叙事法则,共同构建着现代主义的意识形态语言,是现代人满足自我表达愿望和审美批判的途径,二者既对立又互补,对现代后现代社会发展具有重要作用。

---

① [英]特里·伊格尔顿:《审美意识形态》,王杰等译,广西师范大学出版社2001年版,第155页。

上篇　文体篇

小结　寓言文体的形式融合

　　寓言文体研究是一个复杂的问题，从宏观的历史视角对寓言文体形态的分析可以看到，寓言文体从短小的传统的寓言故事、长篇诗体寓言、寓言小说到寓言性小说的发展变迁，阐明了寓言文体随着生产力的发展和人类表达的需要从寓言文体的雏形走向了成熟的文体形态；寓言文体的表意方式也从单一的寓意表达向寓意阐释的多元化和深刻性发展；寓言文体形态从单一线索的叙事到与诗体、小说和图像等形式相融合的发展，适应了社会变迁和丰富内容的表达需求。寓言成为现代社会重要的艺术样式，它的故事性、虚构性、寄寓性和劝谕性、文学性、教化功能以及审美移情功能和陌生化效果是其重要的审美特征。

　　然而，许多人认为寓言和神话、传说等文学样式具有相似性甚至是一致性。通过对寓言和神话两种文体微观的比较研究，分析古希腊神话原型和寓言原型及其各自表意方式的异同，我们可以清楚地看到作为集体无意识的原型是人类集体智慧的结晶，是西方文学艺术发展的源泉。虽然，寓言原型和神话原型的分类有相似性，但从角色原型、故事原型、结构原型、抽象化的概念原型和变形原型的分解中，可以清楚地看到神话和寓言之间的重要区别：古希腊神话的原型是表情达意，认知自然和世界的结果；寓言的原型是寄寓情感、为哲理阐释服务。但常常有人把两者相混淆，认为寓言和神话作为文学早期形态没有本质性区别。也许，在《荷马史诗》《神谱》《工作与时日》等早期文本中确实存在两者并存的现象。因为此时的神话和寓言作为一种文体还未完全分离与独立，都是原始人原始思维的结构。即神话思维感性化的具象的想象性表达和寓言思维哲理性的概况表达都是人类重要的思维方式，对文学艺术发展都具有重要作用。但随着生产力发展，人们认知水平的提升，古典时期神话和寓言的存在条件发生了变化，作为古希腊时期的神话和寓言必然随之发生改变。从原型形态来看，古希腊神话的神圣崇拜走向了终结，而古典寓言对人类社会的关注随着人的自我意识的觉醒呈现繁荣景象。也就是说，在现代社会，古希腊神话消失了，寓言以其"言此意彼"的叙事方式得以丰富和繁荣。但事实上，神话思维和寓言思维却不会消亡，以不同形式在不同时空中延续和发展。特别是伴随现代社会物质的极大丰富而来的生态危机、能源危机、交往危机、信任危机等现代问题，现代人开始怀念原始神话充满幻想的世界，并努力在寓言表征的现实衰落中找寻救赎的力量，试图借助寓言的叙事方式来实现现代拯救。换句话说，现代神话和现代寓言都是现代主义社会的叙事法则，前者是通过制造美好的乌托邦景象来实现审美批判，后者通过揭示意识形态假象来实现社会批判和审美救赎，二者共同构建现代社会的意识形态话语。无论如何，神话和寓言作为原型意象在人类的思维历程中，在文学艺术发展道路上都必将长期存在，寓言的文体形态也将会融合更多的艺术形式获得新的生命力。

此外，在寓言文体的研究中可以看到寓言文体的丰富性、包容性、融合性和现代性，是寓言从文体概念转义为理论范畴的契机。寓言叙事指向别的意义，不同于象征叙述与意义所指之间的必然联系，而是一种偶然的、附加的联系，在这种能指和所指相分离的形式特征中，寓言揭露了现象表象遮蔽下的真实。现代理论家抓住寓言这种形式特征进行现代阐发，构建了各自独特的现代寓言理论，展现了寓言现代转型的特征。

中 篇

理论篇

寓言的文体特征和寓言的文体形态研究表明，不管是传统寓言简单故事和明确寓意的表达形式，还是寓言性作品复杂的叙事和复义的寓意表达，它们始终具有寓言文体这种"言此意彼"的表意方式和劝谕、说服的教育功能。事实上，寓言这个表示文体的词语，自身已经包含了表达和阐释的概念内涵，即表达社会现象的文学形式和阐释意义的方法，具有理论概括的能力。这点在绪论部分对寓言理论发展的介绍中已初露端倪。我们把寓言文体和寓言理论之间的关系称之为寓言的转义功能，从寓言意指一种文学体裁，转换到其他意义上去：寓言既是一种叙事形式，又是一种思维方式；寓言既是一种文体，又是一种批评方式；寓言既是一个文体概念，又是一个理论范畴；本义和转义双线并进。应该承认，寓言首先是作为一种文体受到人们关注，但寓言作为理论范畴的定义同样具有丰富的内涵和审美批判性。

第一章 寓言和象征

　　古代寓言家创作寓言这种文体来表达抽象概念和哲理，实现了劝谕、说服、传达思想的目的。现代作家吸收了传统寓言的特色，结合现实情况，发展了寓言的文体样式，赋予其指涉和揭示外部世界本质的功能。理论家们正是抓住了寓言言意之间的相对独立性，及其在不同叙事话语和文本间进行的随意联系，进而从理论上进行深入的研究和探索。寓言的理论研究，从古希腊柏拉图开始，把它作为一种说理的修辞方法和哲理的阐释方法。但此时的寓言作为一种修辞方法，与象征、比喻、隐喻处于朦胧未分状态。随着社会的发展，寓言理论得到更充分的论述，获得更广阔的发展空间。现代理论家们用语言学的术语把言意的非一致性表述为能指和所指的断裂。能指是言词，所指是意义，同一能指表述不同的所指，相同的所指可以用不同的能指来表达，尤其在现代社会，能指和所指的任意性表现得更明显，能指的表达淹没在所指的追逐中。用拉康的话来说，是滑动的能指和漂浮的所指，真实界是不可知的。也就是说，意义的多元化、不确定性、碎片化成为现代社会的本质特征，对这种现象的表达和理论概括都离不开寓言概念范畴的运用。这种对意义不确定性的推崇，在西方"逻格斯"中心主义的历史长河中，必然会遭到坚持整体性、逻辑性、单一性理论的冲击。这在寓言和象征的比较讨论中表现得尤为明显。

　　寓言和象征都是西方文学理论重要的概念范畴，但人们对二者的异同没有给予充分的考虑，直到浪漫主义时期，这种讨论才随着诗人对象征的推崇而得以深入研究。寓言表达的形式特征逐渐受到人们重视,虽然遭到了不少批评,但寓言作为一个理论范畴的独立地位在此凸显出来。简单地说,象征是言此意此的表达方式,言意之间具有内在的逻辑联系,它主要反映和谐完满的现实世界。而现代社会的发展表明,象征这种传统表达形式已无法充分表现言意断裂的现实,寓言意在笔先的创作特点和言此意彼的表意特征则能很好地表达这种现实。因此,对现代寓言理论的研究,我们应该在寓言与象征的比较中找到逻辑起点。

寓言的本质特征是言意分离、言此意彼,并以哲理表达和实现劝谕的教育意义为目的。它反映了破碎的现实和意义表达的多元化,与追求言意相对应的象征表达方式有很大区别,有人甚至认为寓言不能表达真实的现实而对之大加批判。事实上,寓言和象征的关系非常密切,从内容描述到形式表达,从文学创作到理论阐发,它们二者既交叉又有差别,在整个文学理论发展中呈现了此消彼长的图式。本章通过两种理论的比较研究,说明象征和寓言这两种表达方式对文本意义的表达和生成都具有同样重要的作用,以期改变学术界对寓言的偏见;并说明在西方文学理论的历史长河中,寓言及其理论表述始终是有效的,是现代寓言理论发展的契机。

第一节 象征的概念及其特点

象征"symbol",在英文中有"符号、记号、标记"等多种内涵,如路标、红绿灯、各种广告牌等,是指示某种知识、信息的符号标记;而岩石壁画、象形文字、国旗、文学创作等符号叙述,除了图像显示的视觉感知外,更主要是表现人类精神世界、生存体验、经验总结等富含情感的意义所指。可见,一般意义上的symbol是广义的象征概念,包含科学的、逻辑的符号认知和具有人文主义色彩的文化、诗学审美体验两个方面的内容。因此,要准确阐释寓言和象征的关系,首先要界定象征的范围,说明符号和象征的差别以及与寓言理论相关的狭义(现代意义上)的象征理论的特征。

中篇 理论篇

托多罗夫[①]把"象征"区分为"古典的"和"浪漫的"象征理论,认为这两种理论形态是"象征"在不同历史发展阶段的表现。[②]"古典的象征"指的是从古希腊到18世纪末期的象征理论,托多罗夫主要分析了亚里士多德以来,奥古斯丁奠定的符号学理论,并从修辞学的角度说明象征的符号学意义,指出象征符号既有本义,又可以表达间接意义,此时的象征和符号难舍难分。"浪漫的象征"则指18世纪末期以后的浪漫派象征理论,以德国浪漫主义的唯美主义文本自足论为代表,它对法国象征主义没有给予重视;这时期的象征理论和寓言理论纠缠在一起,演绎了一段复杂的"恩怨史",浪漫主义之后的寓言理论就呈现强劲的发展势头。总的说来,托多罗夫把象征统归在符号学范围内,没有区分出符号和象征;而且他的历史分期比较粗糙,没有说清文化学、诗学意义上的现代象征理论的丰富内涵。

象征(symbol)与符号(sign)之间关系密切,"符号与象征常常可以互相转化"。[③] 在古希腊时期,柏拉图的理念论在一定程度上指出符号对理念世界的摹仿,是一种意义的象征,它用有形事物象征无形的理念世界。亚里士多德从修辞学和逻辑学的角度,说明符号用一个事物指代另一个事物,是认识事物规律、掌握知识的一种方法;对于象征,他认为更接近于隐喻或比喻理论,是某种间接意义的表达。到了中世纪,基督教思想渗透整个欧洲文化生活各个领域,上帝成为最高真理的象征,因此人们的文艺创作都是为了实现这种最完美的善,都是对上帝言行摹仿的想象性表达。这时期的象征融入寓言表达形式,成为圣经释义的方法,成为通向神的世界的途径以及连接人类世俗生活和精神世界的桥梁。

浪漫派诗人则赞扬了象征非理性的直觉状态,重视情感的和谐完美。此时,象征逐渐弱化了传统标记字面意义的一般符号的认知含义,具有了诗学和美学的性质,并与寓意指涉义、隐喻义发生了密切的联系,我们称

[①] 茨维坦·托多罗夫(Tzvetan Todorov),保加利亚裔的法国结构主义文论家。
[②] [法]茨维坦·托多罗夫:《象征理论》,王国卿译,商务印书馆2004年版,第4页。
[③] Graham M. Schweig, "Sparks from God: A Phenomenological Sketch of Symbol", In Joseph H. Smith and Susan A. Handelman, eds. *Psychoanalysis and Religion*. Baltimore: Johns Hopkins University, 1990, p.174.

之为现代意义上的象征。如韦勒克所言："这个名词在文学中的用法已经日益离开了单单符号或寓意的用法而变成一个包括形象和比喻的术语，一个表示'具体的普遍者'的代用词，一个意指一切艺术的基本手段的名称"。① 19世纪末20世纪初的象征理论超越了语言学、符号学的范围，在心理学、人类学、阐释学等领域发生了本质性的变化。因为，现代人追求感官快感体验的疯狂与刺激，已不满足于对某种关联意义的经验性积累与表达，而是要充分发挥主体（作者与读者）的创造性，在碎片化的现实中把握真理的本质内核。象征理论要求的能指和所指意义之间的逻辑关系，受到断裂性、多样态、易变性现实的挑战。这事实上就是现代寓言理论思考的内容——在最微不足道的、最普通的、碎片化的现象中阐释审美体验、存在价值的多种意义，寓言式地指出未来的希望及其实现的可能性。

现代意义上的象征承载越来越多的社会文化内容，其意义内涵溢出了形式表达，因此，符号和象征从一体化走向分化是历史的必然。可以说象征首先是意义的表达，这点与一般符号相同；然后是超越字面意义，指向现实生活的哲理和生存经验，这是与一般符号的本质区别。所以，符号理论的发展方向就是分离出象征理论的领域，从科学的角度研究语言的逻辑结构，意义的逻辑关系，特别是意义指称的对应关系，及其作为传递与交流信息方式的特征。然而，人类社会多元化的、流动的、充满活力的景象在文本中的表现就是意义的非固定化、非一元化，呈现为多样性、对话性的复合结构，并凸显了符号意义的差异性、不确定性，这在接受美学、读者反映批评、阐释学、解构主义等理论中得到很好的论述。维勒克和沃伦早就指出，象征的诗学特征具有暗示性，"在文学理论上，这一术语较为确当的含义应该是，甲事物暗示了乙事物，但甲事物本身作为一种表现手段，也要求给予充分的注意"；② 保罗·里克尔则把象征这种特性比喻为"谜语"，是"在一个谜的不透明的透明性中显示其意义的。"③ 对这些不

---

① [美]雷纳·维勒克：《近代文学批评史》第四卷，杨自伍译，上海译文出版社1997年版，第508页。
② [美]雷·维勒克、奥·沃伦：《文学理论》，刘象愚、邢培明等译，生活·读书·新知三联书店1984年版，第204页。
③ [法]保罗·里克尔：《恶的象征》，公车译，上海人民出版社2003年版，第17页。

中篇 理论篇

透明事物作出的解释和理解就必定是不一致的,呈现出意义的不确定性。伽达默尔从主体的角度赋予文本流动性、历史性和可阐释性;德里达对"异延""踪迹"等概念术语的论述,指出了能指的嬉戏和文本的游戏特征;保罗·德曼的文本阅读具有非终结性的观点,就强调了文本是一个无限的意义生成结构;巴特"可写文本"和"可读文本"的区别,说明了意义具有自动增值的能力。实际上,他们的理论都超越了传统象征理论,走向对文本言意之间非对应关系的讨论。

简言之,作为符号的象征,相当于我们说的符号或记号,是"某一事物代表、表示别事物",[①] 或者说"在最简单的意义上,一切代表或表现其他东西的都叫做符号(象征)"。[②] 用索绪尔语言学术语表述为能指和所指之间的一种意义关系,这种意义关系是明确的一一对应,它本身具有一种逻辑性、任意性和约定俗成性,不会给我们造成认知的困难和混乱。广义的符号象征是现代象征理论的基础。现代意义上的象征除了具有认识论的意义外,侧重所指的表意方式,暗示符号之外的某物或情感观念,这种意义关系是多样的,是超越了字面义的多元化象征表达。这种意义关系和寓言的寓指关系相似,都能够表现所指的不确定性,都是间接地表现现实的。但寓言的表达比象征的表达具有更大的能动性和活动空间,在叙述和意义之间,寓言不具有与象征一样的必然的逻辑关系,可以说寓言是包含了象征的寓意表达方式。可见,超出语言学、语义学等逻辑关系之外的象征,尤其是诗学、文化领域的象征,作为符号、标志存在的能指大概可以相当于我们说的文字的本义,但它"不过是一块路标,总是将人引向隐藏其后的更为深邃的多重含义,无论它们叫做寓言义也好,精神义也好,象征义也好。"[③] 也就是说,象征表达和寓言表达一样,都有一种"通往"人类精神、情感体验的价值取向的功能,从而表现人类内在的主观意愿,在哲学的或宗教的超验世界里得到提升。但作为意义表达方式的寓言和象

---

① [美]雷·维勒克、奥·沃伦:《文学理论》,刘象愚、邢培明等译,生活·读书·新知三联书店1984年版,第203页。
② [英] Chris Baldick 编:《牛津文学术语词典》,(Oxford Concise Dictionary of Literary Terms),上海外语教育出版社2000年版,第218页。
③ 陆扬:《西方美学通史》第二卷,上海译文出版社1999年版,第289页。

征，它们之间的异同没有得到充分的论述，有人批评寓言表意的任意性，没有看到这种形式的特征，造成认识的偏颇。下面就详细研究二者的关系，以说明寓言这种表达形式的合理性。

第二节 寓言和象征的比较

保罗·里克尔说："象征和寓言之间的区别是我们对由字面的意义本身所引起的类比讨论的延伸。"[1] 寓言和现代意义上的象征一样，都是文本与现实世界之间意义结构的不同表达方式，它们除了字面义之外，还指涉别的意义，但这两种意义表达形式之间有很大区别。澄清这一点，对于认识寓言理论在现代社会的发展具有重要意义。

因此，应该从寓言和象征历史发展关系来说明二者的异同。古希腊时期，寓言已经反映了物质和精神两方面的分离，但最明显地表现在古希腊神话的创作和理解中。古希腊神话对神界和冥界的描写，是对人间现实的一种隐喻性表达，引导人们深入感知超验的精神义，了解人间困境的根源和拯救方法。约翰·马可奎恩（John MacQueen）就明确指出，后来神学家把希腊神话故事当作基督教救赎的寓言来理解，是精神层面上的解释。[2] 对探索人类精神领域的寓言理论的研究，在古希腊柏拉图的著作中已有论述，他被认为是"对各种寓言传统都有重要影响的奠基人"[3]。柏拉图的理念论构造了一个超验的、不可见的、最高的精神世界，一切都是对其进行摹仿或者是摹仿的摹仿，寓言就是这个世界的象征性表达，具有解释理念世界的功能。从这个意义上看，寓言和象征没有太大的区别，都寓指了先验世界的精神义，具有明显的形而上学色彩。但寓言比符号象征具有更丰富的内涵和表达能力。毫无疑问，柏拉图自身围绕神话、寓言叙事展开的隐喻对话，已经涉及人类灵魂深处的问题。如著名的"洞穴寓言"从内容到形式，都显现了寓言表述及阐释世界的优势。这个寓言叙述了被囚禁的

---

[1] ［法］保罗·里克尔：《恶的象征》，公车译，上海人民出版社 2003 年版，第 16 页。
[2] John MacQueen, *Allegory*, Methuen, London and New York, 1981, p.4.
[3] Ibid., p.7.

中篇　理论篇

人从洞穴走向现实世界的痛苦，洞穴外的火光暗示了最高理念之光的照耀和引导，深刻指出了人类获得精神拯救的渴望及人类精神发展的艰难过程。他相信宇宙世界和人的精神世界之间的和谐与相通，所以既表达了二者的分离又寻求二者的联系，二者的融合在《理想国》中还可以找到类似的寓言叙述。柏拉图客观世界理念论的哲学思想，极大地影响了后世寓言理论的发展，甚至与公元前6世纪伊索寓言关系密切。据说苏格拉底被囚禁的日子里，已经在自己的诗篇中使用伊索寓言，柏拉图在《斐多》开篇就用一个简短的伊索寓言[①]来说明快乐和受难之间自相矛盾的关系。西塞罗（Cicero，公元前106年到公元前43年）也注意到宇宙世界的规则和协调关系。此后的寓言及其理论表述都具有字面外的精神、道德、伦理等意义，但尚处于不成熟的萌芽状态。象征的意义也主要与柏拉图理念论相联系，或者说附属于寓言的表达，是寓言的寓意象征，二者是一种同一关系。直到中世纪，二者仍保持着亲密性。然而，中世纪是寓言作为一种阐释方法的真正繁荣时期。

中世纪寓言的显著特征是不再具有神话的神秘性，而是较直观的寓意说教，诗人和读者都很清楚虚构艺术作品中说的是什么。在基督教统治下，这种明确的寓意表达备受恩宠，因为随着基督教在罗马晚期逐渐国教化，极大地影响了欧洲人的思想，并在中世纪一千多年的历史中统治了一切学术领域。基督教的特征是对上帝的无限崇拜和信仰，所有一切事件都是上帝旨意的结果。也就是说，"在中世纪，人们如果想了解事物的本质或理由，他们既不会探究它，去分析其结构，也不去追索其起源。他们只会仰首天空，相信自有理念昭示"。"这种把一切规约到某一普遍类型上去的倾向，可以看作中世纪精神的一个根本缺陷，因为这就不能获得辨明和描述个性特点的能力。"[②] 中世纪的精神、物质、思想、情感等一切现象都具有共同本质或起源，它们都是上帝的造物。上帝就是真理。人们相信，

[①] 即雅典人每年到得洛斯去朝圣，为的是感谢阿波罗神保佑了梯休斯等十四个童男童女，使他们免遭牛头怪的杀害。

[②] ［荷兰］赫伊津哈：《中世纪的衰落》，刘军等译，中国美术学院出版社1997年版，第223—224页。

西方寓言文体和理论及其现代转型

在上帝这里，一切事物都不是虚无的，所有的世间万物具有一种先验意义，需要理解和阐释。中世纪的基督徒把《圣经》看成上帝之书，世界的全部知识都存在于圣经中，它是一部百科全书式的经典。基督教教会对其进行广泛的传播和阐释，实际上是为了传达基督教教义，实现道德教化，规诫世人，满足其意识形态统治的需要。因此，围绕《圣经》展开的各种阐释活动尤为盛行，人们称之为"圣经释义学"。这种运用"寓言""隐喻"或"象征"寻找字面义之外天启意义的方法称为"寓言释经法"。① 也就是说，从不同层次对《圣经》文字叙述的阐释都统称为"寓言义"。这在但丁对自己作品《神曲》的理解中得到了明确的理论概括：

> 为了对我们所要说的话有清楚的了解，您们要知道这部作品（《神曲》）的意义不是单纯的，毋宁说，它有许多意义。第一种意义是单从字面上来的，第二种意义是顺从文字所代表的事物得来的；前一种叫做字面的意义，后一种叫做寓言的，或秘奥的意义。为了更好地了解这种处理方式，可以用这句诗为例："以色列出了埃及，雅各家离开说异言之民。那时犹大为主的圣所，以色列为他所治理的国度。"如果单从字面上看，这几句诗告诉我们的是，在摩西时代，以色列族人出了埃及。如果从寓言上看，所指的就是基督为我们赎罪。如果从精神意义上看，所指的就是灵魂脱离罪孽的苦恼，从而享受上帝的恩宠。如果从秘奥的意义看，所指的就是笃信上帝的灵魂从罪恶的束缚中解放出来，达到永恒光荣的自由。这些神秘的意义虽有不同的名称，可以统称为寓言，因为它们都不同于字面的或历史的意义。因为"寓言"（allegoria）一词是从希腊词得来的。这个词在拉丁语中是指"alienum"（相异）或"diversum"（不同）。②

中世纪的寓言和象征、隐喻没有明确区分，作为一种阐释意义，都归结为寓言意义，并且无限地扩展到所有领域。现代西方学者斯特万仍然承

---

① 《简明不列颠百科全书》第9卷，中国大百科全书出版社1986年版，第127页。
② [英]鲍桑葵：《美学史》，张今译，商务印书馆1985年版，第207—208页。

中篇　理论篇

认字面义、寓言义、道德义和奥秘义这四种意义说对于文本的阐释作用，及宗教的神秘性、权威性在某种程度上沟通着现代人的日常生活和现实世界的生存意义。① 可见，中世纪的"上帝在造物中实现着自身，以神奇和难以言喻的方式显现着他自己。他尽管无形，却变得有形；尽管难以理解，却变得易于理解；尽管不易窥见，却变得显而易见；尽管不为人知，却变得为人所知；尽管没有形式与形态，却变得具有美好的形态"②。而且"这样的象征对于没有知识的人具有无比的慰藉和迷人的力量，因为它们已经成了传达共同经验和共同希望的工具"③。寓言从各层面阐释艺术作品的寓意，力图把文本的意义最充分地显现。这种寓言式阐释使圣经广泛地、迅速地传播，成为当时乃至整个欧洲文明重要的文化源头。黑格尔从寓言构思特征的角度探讨了中世纪寓言流行的原因。他说，艺术家普遍性观念的表达是在涵括某种定性的寓言中表现出来；尤其是基督教要表现的普遍精神性的本质的东西，不能在现实生活不同的活的个体中表现出来，只能用寓言从《圣经》的人物、事件及其活动中表现这种普遍的真理。因此，"对具体表现的兴趣只能居于次要地位，对内容本身仍是外在的，最容易而且也最适宜满足这种要求的表现形式就是寓意（寓言——笔者注）"④。

但寓言式阐释在中世纪仍然摆脱不了神学色彩，宗教的集体性居于中心位置，个人化的情感表达在这里受到了压抑和忽视，"宗教气氛的极端饱和状态和显著的以形式表达思想的倾向"⑤ 成为个人和社会生活的主要内容，一切形象象征意义和寓言阐释义的表达在宗教渗透下被形式化、固定化。而且象征的绝对化把艺术思维引向对上帝精神世界的感悟和认同，极大地束缚了艺术发展的天地。直到在文艺复兴重视"人"的浪潮中才逐

---

① 参见洪汉鼎《诠释学》，人民文学出版社 2001 年版，第 35 页。
② 引自［波］沃拉德斯拉维·塔塔科维兹《中世纪美学》，褚朔维、李国武等译，中国社会科学出版社 1991 年版，第 126 页。
③ ［英］鲍桑葵：《美学史》，张今译，商务印书馆 1985 年版，第 169 页。
④ ［德］黑格尔：《美学》第二卷，朱光潜译，商务印书馆 1996 年版，第 125 页。
⑤ ［荷兰］赫伊津哈：《中世纪的衰落》，刘军等译，中国美术学院出版社 1997 年版，第 159 页。

渐隐退。

　　古希腊、中世纪的象征内涵接近或等同于寓言（寓意），二者之间没有本质区分。直到浪漫主义时期，人们开始仔细研究象征和寓言的表意方式的差异，并把二者对立起来。可以说，浪漫主义时期是寓言和象征真正分野和对抗的时期。

　　浪漫主义诗人认为，中世纪的寓言及其阐释由于鲜明的道德教化目的，其表达必然是公式化的、僵硬的，它的寓意也是一目了然的。有人认为寓言的意义在一次认识之后就可以扔掉，因为寓言是"观念的人格化，是仅为这个目的而编派出的虚构；但是象征却是想象为其他缘故而创造出来的东西，或者说，是具有一种独立于观念的实在性的东西，是同时自然而然地可作象征性解释的东西；确实，象征适合于这样的解释。"① 他们把象征当作浪漫主义时期诗歌的本质，认为"象征"是浪漫主义诗学的一个极其重要的概念范畴。浪漫主义认为，诗歌象征能把情感、理想等心灵感觉具体地呈现出来，是心与物的结合，具有普遍性，不需要阐释的理性说明。寓言则被认为是特殊的例证，是在一般中表现出来的特殊性，是知性的产物。歌德从一般和特殊的关系区分了象征和寓言表达的差异，他说前者是从特殊表现一般，具有普遍性；后者是在一般中寻找特殊，是抽象的、人为的、外在的。他是"第一个用现代方式区别象征和寓言的人"②，指出了二者作为一种表达方式的差异性。后来谢林、奥·威·施莱格尔（A. W. Schlegel）及黑格尔都坚持了寓言和象征的区别。虽然大部分浪漫派诗人不喜欢寓言的表达形式，但认识到这种形式意义的也不乏其人，弗·施莱格尔就认为，寓言具有不可言传的特征，通过寓言可以表现"最高级的美"③。黑格尔在论述象征型艺术时，已经无法忽视寓言对于艺术领域的重要性，而不得不承认象征艺术的衰落。

　　黑格尔在讨论象征的自觉表现形式时谈到寓言。他认为寓言的寓意是

---

①［美］雷纳·韦勒克：《近代文学批评史》第二卷，杨自伍译，上海译文出版社1997年版，第53页。
② 同上书，第21页。
③ 同上。

拟人化的、明确的、外在的、透明的，缺乏内在的、有机的自然联系。寓言"固然也设法通过感性具体对象的相关的特性，来使某一普遍观念的既定的特性较清楚地呈现于感性观照"，但寓言不是谜语，而是"抱有明确的目的，要达到最完全的明晰，使所用的外在形象对于它所显现的意义必须是尽量通体透明的。"① 他批评寓言人格化的直接表达，没有想象力的审美深刻性。但他又不同意把所有的艺术都看作象征的，因此对何谓象征型艺术进行了探索。他对自觉的象征艺术，即比喻的艺术形式的论述，说明了象征艺术向寓言艺术过渡及寓言的表达形式从各方面代替自觉的象征艺术的必然性。

黑格尔对自觉的象征的定义，可以看作寓言内涵的重新表述。他说，所谓自觉的象征就是指"内容意义既已作为一个纯然独立的因素而被意识到了，这种独立性就造成了意义与已假定对它不适应的表现形式之间的分裂"②。形象和意义的内在联系并非意义和形象本身所固有的，而是"有一个第三者即主体外加上的"③。黑格尔看到了艺术审美形式和艺术表达关系的新发展，即内容和形式的断裂。但由于黑格尔批评寓言的抽象性、人为性，并执着于象征概念的使用，因此不愿用"寓言"这个词来表述这种艺术理论，而是把它命名为"自觉的象征"。实际上，黑格尔论述的内容是围绕寓言的本质特征展开的，具体表现在他把这一阶段的艺术发展分为三个小阶段，类似于对寓言内涵不同层面的描述：属于第一阶段的有寓言（fable）、影射和道德故事之类的表现方式，形象与意义分裂不明显；属于第二阶段的有寓意（allegory）、隐喻和"显喻"，普遍意义的表达占据统治地位，形象分离出意义范围；属于第三阶段的是教科诗、描绘诗和古代箴铭。④ 在这里，我们看到了黑格尔对寓言文体言意分离特征的肯定。对于这种艺术类型的发展，黑格尔表述为象征型艺术向古典型艺术的过渡。实际上说明了象征型艺术逐渐消逝的原因是形象和意义结合至此已经"完全

---

① ［德］黑格尔：《美学》第二卷，朱光潜译，商务印书馆 1996 年版，第 122 页。
② 同上书，第 31 页。
③ 同上。
④ 同上书，第 31—32 页。

瓦解了",走向了寓言式的表达形式——符号与意义的断裂。黑格尔明确指出,寓言的寓意特殊性外在于人格化的概念,是"主体与属性的分裂,一般与特殊的分裂"①,因此,寓言"所显示出的定性也只起一种外加属性的作用",② 寓言的寓意与符号之间不像象征那样表达一种内在的联系。然而,无论黑格尔如何钟情于"象征"概念,象征艺术向寓言表达过渡是一种不可避免的发展趋势。韦勒克也说,黑格尔所谓的象征型艺术指的就是我们今天所说的寓言性艺术,即意蕴和形式不存在具体的彼此协作的艺术。③ 所以,与同时期的理论家相比(如歌德、谢林、诺瓦利斯等),黑格尔并没有把象征艺术抬得很高,而是当作一种艺术类型或表达方法来看待,表明寓言的形式特征在浪漫主义时期的艺术创作中仍然是不可忽视的。

约翰·格奥尔格·哈曼(1730—1788)明确说明了寓言在文学表达中的重要地位。在象征表达占主要地位时期,他的文学思想努力把神秘主义、新柏拉图主义、虔诚主义与德国的浪漫主义贯穿在一起。他从语言产生的神圣性来论述其诗歌理论:他继承自古希腊以来认为上帝是最高真理的观点,认为整个世界都是上帝的语言,诗歌是对上帝语言的摹仿。诗歌与宗教没有本质区别,是原始的宗教,是一种"天然的预言"④。因此,一切诗歌都是神圣的,《圣经》不但是福音,是表现上帝神圣性的创作,而且是最高级的诗歌,是具有寓言性的诗歌。哈曼反对只承认《圣经》一种象征性解释的观点,相信具有讽喻性和教诲性的寓言和寓言阐释,认为整个自然就是表现上帝神圣性和威严的一个大寓言。因为"最新的美学和最老的美学旨义毫无二致,简言之:'敬畏上帝,尊崇上帝'"⑤。可见,哈曼的诗论既有中世纪以来关于寓言阐释表达神圣上帝之言的意思,又扩大了诗歌等文学作品的表达范围,使寓言的表达形式和寓言阐释理论显现在浪漫主义诗

---

① [德]黑格尔:《美学》第二卷,朱光潜译,商务印书馆1996年版,第122页。
② 同上书,第123页。
③ [美]雷纳·韦勒克:《近代文学批评史》第一卷,杨岂深、杨自伍译,上海译文出版社1997年版,第385页。
④ 同上书,第239页。
⑤ 同上。

中篇　理论篇

歌创作中。当然，浪漫主义时期也有一部分诗人对寓言和象征不加区分，把它们看成是诗歌表达的必然，诗歌具有比拟性和譬喻性。他们对寓言的驳斥是有所保留的，文学的寓言性特征是不能够完全忽视的真实存在。

可见，人们批判的寓言不是文体学的寓言叙事或阐释学意义上的寓言理论，而是与象征相对的一种表达形式，主要表现在二者的字面义和指涉义相互关系的差异中。象征和寓言都意指某物超出自身之外的意义。象征之外的意义与其叙述之间具有必然的联系，即两个事物之间具有相似的或比喻的意义。当代学者 G. M. 施维格（G. M. Schweig）指出："字面意义和象征意义的类似性联系是象征本身的结构核心。从这一核心出发，被象征物的不在场与在场之间的辩证性张力的生存性之'极'被人类思维和心灵所体验。"① 寓言描述的事物和所指意之间没有这种必然的、相似的逻辑关系，更多地被认为是人为的、外在附加的、偶然的联系。这与寓言明显的故事虚构、抽象的概念表达和言意之间相对独立的文体特征有关。博泽也指出了寓言的字面义与其寓意之间的非联系性，他说："寓意（寓言）中也许开始有一个隐喻或类似的东西，因为它暗中把想说的东西同确实说的东西进行了比较，但后来却纯粹用本义来同一种完全不存在的东西发生关系……因此，并不是要把语词理解成不同于它们表达的意义，而是同讽刺一样，整个思想都不能像它表现的那样去理解……"② 即寓言的寓意表达完全脱离了词语叙述的表意范围，对寓言的寓意要从更高的精神层面来理解。约瑟·皮埃尔说："寓意（寓言）和象征一样，用具体的方式表达抽象的事物。两种方法都以类比为基础，并且都包括一种形象。"此外，"寓意（寓言）就好像是一种人类精神的产物，其中的类比是人为的和外在的；而在象征主义中，它却是自然的和内在的"。③ 可见，他认为寓言的寓

---

① Grabam M. Schweig, "Sparks from God: A Phenomenological Sketch of Symbol", In Joseph H. Smith and Susan A. Handelman, eds. *Psychoanalysis and Religion*, Baltimore: Johns Hopkins University, 1990, p. 190.
② 转引自［法］茨维坦·托多罗夫《象征理论》，王国卿译，商务印书馆2004年版，第101页。
③ ［法］约瑟·皮埃尔：《象征主义艺术》，狄玉明、江振宵译，人民美术出版社1988年版，第21页。

意所指具有先验性，文本叙述和意义之间由于其非自然的、外在的联系，具有指向别的意义世界的能力，因此它是一种需要阐释的结构模式。象征的意义则是创作中灵感闪现的结果，表达了心物的和谐关系，其意义不是赋予的，需要读者的感悟和领会。如索绪尔所说，象征的特点在于"它永远不是完全任意的；它不是空洞的；它在能指和所指之间有一点自然联系的根基"。① 简单地说，寓言的能指和所指之间是任意的、意义表达具有不确定性。象征则在具有内在联系中说出文本的意义指向，给人清晰感和明确性。浪漫主义诗歌大多直抒胸臆，赞美自然、生命，作品始终洋溢着诗人的强烈情感，寓言这种抽象的表达方式在这种环境下必然会受到排挤。然而，许多现代理论家对能指和所指、言和意之间任意关系的价值给予了重视，在现代主义语境下重新考察寓言这个概念范畴对于表达现实的意义，丰富了寓言的理论内涵，即寓言理论的现代发展成为一种必然。

第三节　寓言理论现代转型的必然

寓言和象征的比较研究，阐明了寓言和象征一样始终是文学理论的内容。20世纪以前的寓言不同于象征的特征使其常常遭到批判，但同时也是寓言在现代获得重大发展的原因之一。尤其是进入20世纪以来，西方美学的"语言学转向""文化研究转向"和西方马克思主义的发展对整个文学艺术及其批评的发展都产生了重要影响，在现代主义发展语境中，寓言理论也有了新的转向，不再纠缠于与象征孰优孰劣的比较，而是在现代主义背景下有了进一步的发展，20世纪西方美学理论的转型成为寓言理论现代发展的契机。

20世纪的"语言学转向"，主要受到瑞士语言学家索绪尔和德国哲学家马丁·海德格尔语言观的影响。索绪尔通过对符号和意指关系的研究，指出符号（能指）与事物（所指）之间的关系是人为的、任意的、约定俗成的，意义是由符号之间的关系来决定的。按照索绪尔的观点，语言是一

---

① ［瑞士］索绪尔：《普通语言学教程》，高名凯译，商务印书馆1999年版，第104页。

种"先在",是受语言符号的规则系统支配的,规则系统决定了所要表达的意义。那么,不同规则系统的语言叙事就蕴含了不同的意义表征方式。同时,海德格尔把语言和存在联系起来探讨世界的表达,提出"语言是存在的家",把语言看成是存在的"本真"形式,是解释世界的方法,把语言、诗、思(逻各斯)和存在看成是不可分割的概念,彼此间可以互相替换,从而扩大了语言研究的视点和意义价值。而传统的语言观认为语言是一种工具,是人表达对象世界的一种工具,它与被再现、被摹仿、被表达的事物是同一的。意义只能是对象世界所具有的,是借助语言这种工具表达出来的。海德格尔认为,真理的显现是一种语言性的显现。真理以艺术、科学或技术的形式显现,这些显现都是一种语言性的大事。只有在语言性的理解中,技术性的世界才得以表达,生活在这样的时代,我们应该寻求存在的真理,应该在遮蔽的现实中找寻真理。海德格尔认为诗歌的语言即艺术的语言能够让人们暂时摆脱技术的异化、物质的束缚和欲望的诱惑,重新面对内心深处的宁静与自由,获得救赎的力量。"人,诗意地栖居在大地上"是诗人荷尔德林的一句诗,海德格尔认为其道出了生命的优雅与深邃,和现代救赎的路径。也就是说,20世纪的语言学转向使语言从一种表达媒介的意义中丰富起来,为语言的现代表述与阐释提供了新的思路和理论依据。这也为20世纪异化、物化、碎片化和空虚的社会找到了关注整体存在的理论依据,为人的存在与精神家园找到了回归的路径。语言的现代转型指出了语言除了是交流工具之外,还是打开世界的方式,即语言学取代认识论成为哲学研究的中心课题,重点探讨语言与世界的关系。因此,受到语言学的影响,现代的理论家在语言的结构关系中努力解读出能指与所指之间意义关系,进而探索现代资本主义社会下隐藏的现实真相,挖掘能指下丰富的所指寓意,寓言理论的发展也在20世纪走向了语言的世界,寓言的阐释功能在现代社会获得了新的发展。

　　现代资本主义社会经历了工业革命,科技高速发展,物质极大丰富,同时也伴随着人的精神的匮乏,内心的空虚、焦虑与恐惧以及膨胀的欲望。如何面对和解决现代人的生存危机,成为理论家重要的任务之一。西方马克思主义者看到随着技术的发展和物质的极大丰富,摆脱极贫状态的

西方寓言文体和理论及其现代转型

工人享受着物质社会的舒适，沉醉于消费社会带来的快感，成为丧失批判性的单向度人。要面对和改变这种状态，就要激起革命的斗志。西方马克思主义者从传统马克思主义无产阶级的革命意识中对现代技术文明、工具理性和意识形态进行了深刻的社会批评和文化批判，从而转向了对社会的反省和理论批评，为现代艺术的发展打下了审美批判的基础。如法兰克福学派和伯明翰学派对大众文化进行了反思与批判，马克思主义者霍克海默、本雅明、马尔库塞、阿多诺、阿尔都塞从精英文化立场来批判大众文化的肤浅性及受资本主义文化工业操控与意识形态强制，充斥着商品拜物教与各种麻痹大众的虚假幻象。象征的完满性和整体性表达已不适应现代社会的断裂式存在，而寓言的表意方式及其蕴含的劝谕教育意义，在此获得了一种新的批评路径，即文化批评的路径。如詹姆逊说，"文化研究是一种愿望，探讨这种愿望也许最好从政治和社会角度入手，将它看作是一项促成'历史大联合'的事业，而不是理论化地将它视为某种新学科的规划图"[①]。文化研究是对资本主义社会审美的政治批评的重要方式。特别是20世纪中后期以来，以消费为主题的都市文化借助现代媒介和商业资本，让时尚、娱乐、休闲、广告等大众文化形式铺满整个世界，挤压了精英文化的生存空间，制约了现代人的生活方式和审美趣味，这就给现代知识分子在如何诠释与解读当代大众文化和消费文化提出了新的课题。对这种图像的现代表征与阐释，如果追求象征的完整性，摹仿的真实性和浪漫主义情怀，就无法表达现代社会发展的变化，不能适应现代审美需求的转向。换句话说，20世纪中期兴起的文化研究，是对资本主义商业社会中大众文化的崛起，导致的当代文化图像急剧变迁的研究和批评理论。

所以，随着社会的发展，西方美学的语言学转向和文化研究的转向以及寓言从作为一种文体和阐释上帝之言的方法中分离出来，在与象征的比较中确立了作为一种表达方式的理论地位。即寓言从专指文体的术语，转义为理论术语。尤其在现代主义时期，寓言超越了象征，成为文学艺术和理论领域重要的概念范畴。现代寓言的表达和阐释就是在最微不足道的现

---

① [美] 弗雷德里克·詹姆逊：《快感：文化与政治》，王逢振等译，中国社会科学出版社1998年版，第399页。

中篇 理论篇

象叙事中概括出最丰富的、最深刻的、最本质的哲理的理论形态;在形象和意义不一致的矛盾中揭示出同一形象可以表达多种意义,同一意义也可以由不同形象呈现出来的事实。因此,寓言不同于浪漫主义象征对总体性、明晰性、秩序性的意义表达;也不同于古典主义对逻辑性的要求及现实主义对客观世界的摹仿和逼真的反映;而是在破碎的、无序的、非逻辑的现象中担负起把感性和理性、现象与本质重新连接起来的重任。这种不和谐在现代社会表现得尤为明显,现代寓言理论就是从象征和寓言的差异出发,在对语言、时间、文化和社会的论述中生发出新的理论形态。

本雅明从时间和对象选择的差异中对寓言和象征进行了论述。他认为,浪漫主义象征表达了和谐的乌托邦理想,是一种共时的审美效果。寓言在没有生机的无机世界中,在各种断裂的意象中连接起真理的碎片,具有否定后的肯定作用,反映了非连续性的历史。本雅明对寓言理论的贡献在于给传统的寓言概念重新赋予新的意义,是非和谐世界的表达形式,是揭示发达资本主义社会本质的内在模式。他指出,寓言世界不同于强调总体性、逻辑性、秩序性的象征世界,而是一个反总体的、非逻辑的、废墟化的世界,批判了象征表达的确定性和明晰性。本雅明是第一个在现代意义上肯定寓言的理论家。保罗·德曼受本雅明启发,从意向性修辞学角度,指出浪漫主义时期寓言和象征并不能把文学中所有的修辞方式包括进来,其中隐喻在文学作品中的运用就是明证。浪漫主义诗歌强调自然和心灵、主体与客体之间的统一性、同时性和联想性,这是象征语言的优势。但在现代社会,二者的关系转换为主体与主体之间、主体与自身之间的关系,在文本中表现为不一致,"主客体的辩证关系再也不是浪漫主义思想的中心议题,而现在却发现,这一辩证关系,完全处于那些存在于寓言符号体系之内的时间关系当中"[1]。也就是说,寓言描述了时间的非连续性,"寓言的符号及其意义的关系,并不是由教条所规定的"[2],它是外在的,符号与意义之间保持了一定距离,给阐释留下了巨大的空间。保罗·里克

---

[1] Paul de Man, *Blindness and Insight*, Minneapolis: Minnesota University Press, 1997, p. 208.
[2] Ibid., p. 207.

西方寓言文体和理论及其现代转型

尔明确指出:"象征先于释义学;寓言已经是释义学"。① 寓言自身具有阐释的意义和要求,寓言的字面义和所指义之间是一种"转译"关系,这种关系使文本在阐释中生成更多的意义。德曼用现象学的存在观点表述为寓言阐释是对先前符号的重复,但这种重复不是吻合的。象征意义本身就是一种存在,它像"谜"一样需要解读出其真实的意义所指,这种意义是不透明的。因此,德曼把寓言表达意义分裂的特点引入文本的解读,建构其独特的文本解构阅读方法,进而推进为思考客观世界的思维方式。詹姆逊把这种阐释方法运用于文本叙事的政治意识形态分析。他说,文本是社会象征行为的体现,正如它所表现的同一性、一体化思维方式,象征是意识形态遏制的代名词,对这种象征的阐释就是寓言。寓言自身及其体现的差异性思维,在文本中表现了乌托邦的倾向,是我们认识历史和现实世界的行为和过程。他运用阿尔都塞的"生产方式"范畴,把寓言和象征辩证地结合起来。詹姆逊的观点类似于利维斯说的:"如果说象征是一种思想模式(mode of thought),寓言则是一种表达模式(mode of expression)。"② 寓言是在象征之后的一种行动。

可见,20 世纪的语言学转向,关注了符号任意性和词物分裂的表意方式,从而使文艺研究的重点从"词与词"的关系转向了"词与物"的关系研究,深入解读语言符号丰富的所指意。海德格尔把语言学与诗学相结合,使语言、存在和审美、哲学、美学相统一,审美化的语言观在更高层次上实现了文学理论与文化理论的渗透,极大地影响着现代文学艺术创作和批评领域的发展,推进了 21 世纪文艺批评的发展。

至此,我们看到寓言的发展呈现出两条路线:一条是作为一种文学体裁的寓言历史。从简单的寓言故事到复杂的长篇寓言,再到近现代的寓言小说或寓言性作品。寓言的文体特征及其表现手法已经广泛地渗入各种文学体裁,深刻揭示了丰富多样的、纷繁复杂的社会现实,人类自身奥秘的内心世界,复杂的人际关系及各种各样的审美需求。另一条是作为一个理

---

① [法]保罗·里克尔:《恶的象征》,公车译,上海人民出版社 2003 年版,第 17 页。
② C. S. Lewis. *The allegory of Love: A Study in Medieval Tradition*. New York: Oxford University Press, 1958, p. 48.

中篇　理论篇

论范畴的寓言历史。寓言自身言此意彼的特性，即言意之间断裂的、非直接的表达关系使其一开始就具有理论表述的可能性。它以含蓄、隐蔽的方式反映社会现实，在破碎的、不完整的现象中抓住瞬间显现的真理之光。正是在寓言言意断裂之外寻求另一种所指的形式特征的诱惑下，现代大部分小说家、理论家非常重视寓言的寓指形式所具有的强大表现力，并运用到文学创作和艺术理论领域，丰富了寓言的内涵和外延。特别是现代寓言理论家们，在二者的差异中肯定寓言这种表达方式的理论价值，从此出发为己所用，形成各自独特的寓言理论。可以说，寓言的悠久历史为寓言理论的发展打下了坚实基础，大量寓言和寓言性作品及现代社会多元化现实为现代寓言理论家提供了活生生的例子。象征和寓言的差异成为他们理论建构的逻辑起点，不再局限于二者在文本中的表达差异，而是深入到社会各个层面。如本雅明、乔纳森·卡勒、保罗·德曼、詹姆逊、德勒兹、利奥塔等现代理论家，从不同角度论述了寓言理论在现代社会的意义，他们的理论表述也都离不开对寓言作品和寓言性作品的阅读和阐释。但对于寓言理论体系的建构，学术界还没有一个共同的看法，虽然都承认了寓言表达能够指称自身之外的别的事物，具有可替代性。然而，他们的具体观点和思想内涵还是有差别的，需要我们进一步进行个案研究。下面就主要分析本雅明、保罗·德曼和詹姆逊三人的寓言理论。

第二章 瓦尔特·本雅明:救赎的寓言理论

寓言理论在 20 世纪的西方发生了现代转型:寓言不再主要作为一种文学体裁或叙事文体存在,而主要作为表达方式、批评方法,甚至是思维方式存在。这种转型使寓言理论不再局于一隅,而是面临更为广阔的发展空间,使我们对文学阅读、社会分析和历史研究等方面的探讨多了一种新的方法和视角。西方学术界对寓言这一范畴进行的现代阐释,最明显地表现在本雅明的寓言理论中,"后现代对讽喻(即寓言——引者注)的推崇无疑要追溯到瓦尔特·本雅明"[①]。

正是本雅明首先对此进行了深入的思考和研究。在《德国悲剧的起源》和《波德莱尔——发达资本主义时代的抒情诗人》中他就寓言展开了专门论述,而《机械复制时代的艺术作品》和《讲故事的人》等论文则是对寓言理论的丰富和论证。本雅明认为,寓言"不是一种戏耍的形象技巧,而是一种表达方式,正如言语是一种表达,而实际上,书写也是一种表达一样。"[②] 也就是说,寓言不是技巧的问题,而是关于内容表达的形式问题,是包含着丰富内涵的一种表达方式;反过来,我们可以以这种方式来思考和观照整个世界。寓言作为一种文学表达方式、批评方法和思维方法,对于文学阅读、社会分析和历史研究具有特别的意义。当然,本雅明的寓言不是一个独立自主的范畴,而是与废墟、星座化、辩证意象、韵

[①] [加] 谢少波:《抵抗的文化政治学》,中国社会科学出版社 1999 年版,第 45 页。
[②] [德] 瓦尔特·本雅明:《德国悲剧的起源》,陈永国译,文化艺术出版社 2001 年版,第 133 页。

味、忧郁等概念密切相关。

第一节 寓言和悲悼剧

在《德国悲剧的起源》（以下简称《起源》）一书中，本雅明通过对17世纪德国巴洛克艺术风格，特别是悲悼剧[①]的分析阐发了自己的寓言理论。所谓巴洛克艺术风格，指巴洛克时代的艺术（如建筑、雕塑、绘画、戏剧、文学作品等）大多以悲惨的、令人悲痛的题材为创作对象，反映了当时社会的现实和矛盾，给人一种沉痛的艺术体验，作品则弥漫着阴郁的气氛。本雅明详细区分了巴洛克悲悼剧和传统的古典悲剧。悲悼剧的客体是历史事件或是表现了历史事件的人物的行动，戏剧冲突植根于世俗生活、自然事件和现实的人，揭示出他们的悲惨境遇；主题是为了提高观众的德行，强调的是教育作用；审美关怀的对象是历史发展中的基本自然力，认为自然力和历史发展是同一的，自然力在对世俗事物的废墟、死亡、尸体的描述中指向当下现实内容的表达。与悲悼剧相对的是古典悲剧，以神话为基础，用英雄人物的牺牲来表现某个历史事件，是人向神的献祭，是一种命运悲剧，以唤起观众的恐惧和怜悯，实现感情的净化；在壮烈与崇高感的渲染中展现绝对理念的胜利；因此它是描写某个特定的历史时刻，而不是贯穿历史的一种文学体裁。正是在17世纪德国巴洛克悲悼剧表现中，本雅明看到悲悼剧所展示的过去历史的自然物预示了现代文明的衰败趋势，现象与意义的表达在巴洛克悲悼剧中是分离的。这也是犹太教看世界的方式，因为"我们知道犹太人是不准研究未来的。然而犹太教的经文和祈祷却在回忆中指导他们。这也驱除了未来的神秘感"[②]。本雅明

[①] 本雅明在《起源》中区分了 Trauerspiel 与 Tragoedie 两个不同的悲剧概念，前者主要指17世纪德国的巴洛克悲剧，后者则主要指古希腊悲剧。Trauerspiel 原本是 Tragedy 一词的一种德译文，并没有特殊的含义，但本雅明赋予它特殊的意义，称其为"悼亡剧"或"哀悼剧"。为了区别于古希腊悲剧我们称之为"悲悼剧"。参见《本雅明文选》前言，中国社会科学出版社1999年版，第28页。

[②] ［德］本雅明：《启迪》，汉娜·阿伦特编，张旭东、王斑译，生活·读书·新知三联书店2008年版，第260页。

西方寓言文体和理论及其现代转型

的创作始终渗透着这种犹太精神，其理论表述也充满了神学色彩。

因此，本雅明把巴洛克悲悼剧内容的表现形式称为寓言，认为正是这种形式表达了艺术作品的内在理念，审美形式本身具有救赎力量。这种寓言不是一般意义上作为叙事文体的寓言故事，而是历史上特定的巴洛克悲悼剧，是内在地反映作品内容的形式；巴洛克悲悼剧的特殊性就在于其形式与内容的关系，物质内容与真理内容之间的关系。悲悼剧对自然物质内容的表达，目的是为了再现现实的真理内容。因此，"古代悲剧是绑在巴洛克悲悼剧的庆功车上的一个奴隶"[①]。即现代社会科技发展可以准确地解释自然界各种各样现象，不需要借助神力进行想象性的说明，或依靠具有超人力量的英雄人物来拯救众人；现代人对神话故事及众神的态度从依赖、崇拜走向了审美需要的满足，他们关心的是社会进步发展中现代人精神领域的困境与难题，思考如何引导现代人进行道德伦理重构的哲学问题。这样，艺术作品不仅要感动读者，同时还要求虚构性和真实性的统一。巴洛克悲悼剧从现实平凡事物出发的表达，及其人物、基调和表达形式的选择，具体阐述了当时的历史现实，超越了古典悲剧的狭隘性。这样，本雅明把描述历史和阐释真理内容的能力赋予了这种悲悼剧的寓言式表达。

那么，怎样才能真正掌握巴洛克寓言这种表达方式，并运用到对真理内容的认识？本雅明回到主导德国唯心主义美学的二元对立概念——象征和寓言——的讨论中，他说："一百多年来艺术哲学一直受着一位篡位者的暴虐统治，这位篡位者是在继浪漫主义之后的混乱中登上权力宝座的。"[②] 这个"篡位者"就是唯心主义概念的"象征"，是"仿佛在范畴上始终坚持形式与内容不可分化的统一性的一个概念"[③]。本雅明认为，这种象征的概念缺乏严格的辩证法，始终追求物质和意义的完美融合，是一种乌托邦的想象。寓言的概念则弥补了象征的不足，它是一个思辨的概念，

---

① [德] 瓦尔特·本雅明：《德国悲剧的起源》，陈永国译，文化艺术出版社 2001 年版，第 65 页。
② 同上书，第 130 页。
③ 同上书，第 131 页。

中篇　理论篇

是内容和形式相分离的一种形式表达，是不确定所指的载体。因此应该重新考察二者的关系，不能进行简单的优劣区分，必须对寓言的形式进行历史的和哲学的探讨。

本雅明借鉴了格雷斯和克罗伊策①把时间概念引入象征和寓言分析的方法，他说：

> 在时间的决定性范畴之内，把时间范畴引入符号学的领域是这些思想家的伟大而浪漫的成就，使得象征与寓言之间的关系有了深刻而规范的定义。在象征中，自然被改变了的面貌在救赎之光闪现的瞬间得以揭示出来，而在寓言中，观察者所面对的是历史弥留之际的面容，是僵死的原始的大地景象。关于历史的一切，从一开始就是不适时宜的、悲哀的、不成功的一切，都在那面容上——或在骷髅上表现出来。而尽管这种事情缺乏全部"象征性的"表达自由，全部古典的匀称，和全部的人性——然而，正是这种形式才最明显地表明了人对自然的屈服，而重要的是，它不仅提出了人类生存的本质这个谜一样的问题，而且还指出了个人的生物历史性。这是寓言式地看待事物方法的核心，是把历史解作耶稣在现实的受难的巴洛克式凡俗解释的核心，其重要性仅仅在于其没落的不同阶段。意义越是重要，就越是屈从于死亡，因为死亡划出了最深邃的物质自然与意义之间参差不齐的分界线。但是如果自然始终屈从于死亡的力量，那么，同样真实的是，它也始终是寓言式的。②

本雅明对象征和寓言的区分在这里充斥着神学的观念和圣经的阐释，"时间"使二者的区别特征显现于历史内容的表达：一、象征的意义是在物质瞬间的表达中把握总体性，也就是说对象的描述和意义的表达是同时的、并列的、具有共时性，象征具有逻辑性、秩序性、明确性；寓言所表

---

① 克罗伊策（F. Creuzer, 177—1858），德国学者，研究古代文学和神话。
② ［德］瓦尔特·本雅明：《德国悲剧的起源》，陈永国译，文化艺术出版社2001年版，第136—137页。

西方寓言文体和理论及其现代转型

现的是断续性的历史,意向性的历史,这种时间相继关系的发生产生于形象与意义断裂的深渊,即寓言是历时的、非逻辑的、无序的。二、在历史和自然的关系中,象征表达的自然是改变了的自然面貌,是理想主义的历史现实,内容和形式之间达到了高度的融合;寓言表现的历史是像巴洛克戏剧所呈现的黑暗、暴力、颓废等消极的表象,但这种自然力的破坏却是真正救赎精神的最好的表达形式,即寓言的形式承载了丰富的历史内容,在内容和形式断裂的表面下掩盖着重要意义。三、寓言所表现的意象大部分都是僵死的、石化的,甚至有点恐怖的原始自然景象,这些不相关的破碎意象,事实上表达了最丰富的内涵,寓言就是要揭露现象的虚假表象,在碎片中实现对历史本质的表达;浪漫主义的象征则是要寻找和表达一种想象性的理想的总体性,因而在自然和历史的现实中,这种美好的愿望常常遭到致命性的打击。尤其是在资本主义社会,面对物的异化导致的人类心灵创伤,浪漫主义的审美象征已经无法弥补这种缺失,只能求助于寓言式的表达,在倒退着飞向未来的"新天使"[①]中获得力量。最后,象征表现的毁灭和死亡往往被理想化地改装,呈现为美好的回忆;寓言则把握住象征所不能把握的历史经验的一个否定侧面,批判了象征美学对历史的理想化和美化,寓言可以说是美的对立面,表现废墟的世界。因此,巴洛克寓言实践是比浪漫主义理论更有效的批评方法:"由于自身对无限性的信仰而激发的浪漫主义从批评角度强化了形式与思想的完美创造,而寓言的深刻洞察力一举改变了事物,将其转变成激发人心的写作。"[②] 寓言阴郁地表现了世界黑暗,自然的颓败与人性堕落后的否定性的进步,这正是巴洛克思想和艺术要表现的真理内容。

在象征和寓言的比较中,本雅明阐释了自己的自然历史观念,这是他认识寓言的立足点,"正是由于自然与历史奇怪的结合,寓言的表达方式

[①] 《新天使》是瑞士画家保罗·克利(Paul Klee,1879—1940)一幅画的名字,是一幅以头为中心,手脚短得似无,且表情似惊愕、似微笑、似决死,不同理解就有不同图像的天使画像。这是本雅明围绕历史和拯救展开各种冥想的媒体,他成为历史的天使。参见[日]三岛宪一《本雅明:破坏·收集·记忆》,贾倞译,河北教育出版社2001年版,第151页。

[②] [德] 瓦尔特·本雅明:《德国悲剧的起源》,陈永国译,文化艺术出版社2001年版,第145页。

中篇 理论篇

才得以诞生。"① 如面对同一尊维纳斯雕像，中世纪僧侣看到的是淫欲，古典主义者看到的是优美。本雅明认为这种结合在巴洛克悲悼剧的表现中尤为明显，巴洛克悲悼剧把死亡和牺牲搬上了舞台，在自然留给我们的废墟中重新书写了当时的历史。在这种僵死的景象中还会有什么希望和想象呢？本雅明却说正是这种自然的死亡破译出了历史现实。这种与死亡相连的破译方式就是巴洛克寓言的一个内涵，是特定历史时期的产物。对于与死亡相连的自然的历史真实，阿多诺曾经说过："在任何时候，只有当再现大自然的绘画形式是死寂的静物时才是真实可信的：就是说，它能够把自然解释为一种被译成密码的历史启示，而非一种关于死亡本身的启示。"② 这几乎就是本雅明寓言观的"复制"，历史就是在现实的废墟之中，也只有在破碎的、僵死的、废墟的意象中才能保存历史的实现，才能破译出历史的信息。因此直到现在，热拉沃耶·齐泽克（Slavoj Zizek）仍然乐观地说，"欢迎到现实的废墟来"③。当然，我们也应该看到本雅明这种关于废墟的看法又是一个可笑的讽刺，废墟保存了历史，也只能将历史保存在废墟之中，这种反讽的幽默正是寓言的变体。寓言的反讽观念很好地表明了历史的永恒存在依赖于自然物的死亡和衰败，即死亡了的自然并不代表着生命的终极和消逝，恰恰是新的生命的起点，"死亡不是惩罚，而是赎罪，表示罪孽的生活屈从于自然生活的法则。"④ 历史就这样和自然的新生紧密结合在一起，意义和死亡也在历史中同时发展并结出硕果，即寓言内部包含着救赎的希望。这就是本雅明的巴洛克寓言理论。

本雅明看到，巴洛克悲悼剧重视死亡意象的显现，但又不止于此，而是要在历史的注视中找到更准确的拯救符号，这就需要用寓言式批评方法

---

① [德] 瓦尔特·本雅明：《德国悲剧的起源》，陈永国译，文化艺术出版社 2001 年版，第 137 页。
② [德] 阿多诺：《美学理论》，王柯平译，四川人民出版社 1998 年版，第 120 页。
③ [斯洛文尼亚] 热拉沃耶·齐泽克：《欢迎到现实的废墟来》，见《读书》2001 年第 11 期。
④ [德] 瓦尔特·本雅明：《德国悲剧的起源》，陈永国译，文化艺术出版社 2001 年版，第 99 页。

西方寓言文体和理论及其现代转型

来解读物质废墟,以说明物质与意义的复杂关系。因为"在寓言的直观领域里,形象是个碎片,一个神秘符号"①。"语言的破碎是为了获得其残片中变化了的和强化了的意义。"② 所以,对本雅明而言,废墟、破碎不是消极的描写术语,而是包含着拯救的积极意义。寓言式的批评具有破坏性,但不是消解历史,而是从历史的废墟中看到天使的面孔,在意义的碎片中采撷历史的意义和总体的意义。这也是寓言表达的另一个特征:把社会当作一个文本置入历史来研究现代人的生存状况,努力在现代废墟、尸体等衰败的破碎意象中拼贴出社会历史发展的完整意义。寓言就是这种意义表达的最好载体。换句话说,在现代社会,形式以绝对优势压倒了内容,内容完全融入形式,而寓言作为一种特殊的表达方式,消解了内容与形式的界限,在文学脱离现实形式的情况下保持了所指的现实丰富性。如本雅明看到19世纪法国首都巴黎城的文人、拾垃圾者、闲逛者、妓女、拱廊街、废墟、尸体等各种意象中,凝结着社会历史发展的本质,从而批判了现代社会尤其是发达资本主义社会繁荣表面下隐藏的黑暗的社会现实。

因此,本雅明的寓言式批评也是一种新的革命形式,在死亡和地狱导致了拯救的地方,赋予其批评救赎的功能,这本来就是寓言表达的应有之意。因为巴洛克悲悼剧是在死亡、尸体中提升了生命的意义和价值,毁灭和希望是同时出现的。他说:"身体的寓言化只能在尸体方面贯穿它的全部活力。而悲悼剧的人物死去了,因为只有这样,作为尸体,它们才能进入寓言的国度。……从死亡的视点看,尸体的产物是生命。"③ 本雅明在堕落的天使和革命的撒旦之间的差别中,看到二者都是一种寓言式的革命救赎;在17世纪巴洛克悲悼剧暴君和廷臣的死亡,19世纪闲逛大众的波希米亚氏生活中,看到了历史的新生,从而推进了对过去历史衰败的自然现象的肯定。

---

① [德]瓦尔特·本雅明:《德国悲剧的起源》,陈永国译,文化艺术出版社2001年版,第145页。
② 同上。
③ 同上书,第180页。

中篇　理论篇

第二节　寓言和辩证意象

本雅明说明巴洛克寓言指向破碎、废墟，在自然表面的死相中看到觉醒、救赎的力量，这是一种充满了审美现代性的寓言表达。从人类发展史来看，社会从人与自然和谐的神话时代，进入了本雅明所说的物与其意义及人类表达断裂、韵味丧失、经验贫乏、只剩下震惊体验的时代。

本雅明把浪荡游民、休闲逛街者、拾垃圾者、妓女、密谋家、醉汉、大众、世界博览会、拱廊街、商店……这些独立意象的叠合，称为辩证意象。这些看似不相关的黯淡的"星星"，形象生动地勾勒出具有丰富韵味的"星座"——巴黎全景，论证了马克思继承自黑格尔的关于历史通过恶而进步的观点，即通过恶的表现来实现进步的希望。如伊格尔顿所言："瓦尔特·本杰明把马克思的格言推向一种滑稽的极端。他对历史所进行的弥赛亚式的阅读，使他对现世的救赎失掉了信心，卸掉了全部目的论的希望，以一种令人吃惊的勇敢的辩证冲击来寻找生活在历史的黑暗之中，在堕落后的痛苦和悲惨中获得拯救的征兆。"[1] 因此，本雅明不是对历史现实一味地悲观失望，而是用忧郁的目光注视历史，寓言式地阐释自然物所指的拯救意义。伊格尔顿肯定了本雅明这种拯救方法，黑暗历史的深渊和拯救的力量成反比例增长，"对于本杰明来说，天堂神灵的踪迹就能够在它的彻底的对立面中被发现——在无尽的灾难中它是世俗性的，被称之为进步的风暴从天堂吹来"[2]。

本雅明在《发达资本主义时代的抒情诗人》一书中，通过对19世纪以来的密谋家、闲逛者、拾垃圾者、醉酒者等"大众"意象的分析以及在来去匆匆、跳跃变幻的现代意象中，在大众的行走方式中，在世界博览会、拱廊街、电影院、繁华街道、拥挤交通的展示中，显现了现代都市人"震惊"的异化体验，这是一种被机器主宰的被动体验。"19世纪中叶钟

---

[1] [英] 特里·伊格尔顿：《审美意识形态》，王杰等译，广西师范大学出版社2001年，第331页。
[2] 同上。

西方寓言文体和理论及其现代转型

表的发明所带来的许多革新只有一个共同点：手突然一动就能引起一系列运动。这种发展在许多领域里出现。其一是电话，抓起听筒代替了老式摇曲柄的笨拙动作。在不计其数的拔、插、按以及诸如此类的动作中，按快门的结果最了不得。如今，用手指触动一下快门就使人能够不受时间限制地把一个事情固定下来。照相机赋予瞬间一种追忆的震惊。这类触觉经验与视觉经验联合在一起，就像报纸的广告版或大城市的交通给人的感觉一样。在这来往的车辆行人中穿行把个体卷进了一系列惊恐与碰撞中。在危险的穿越中，神经紧张的刺激急速地接二连三地通过体内，就像电池里的能量。波德莱尔说，一个人扎进大众就像扎进蓄电池中。他给这种人下的定义，称他为'一个装备着意识的万花筒'。当坡的'过往者'东张西望，他只显得是漫无目标，然而当今的行人却是为了遵守交通指示而不得不这样。从而，技术使人的感觉中枢屈从于一种复杂的训练。不知从什么时候开始，一种对刺激的新的急迫的需要发现了电影。在一部电影里，震惊作为感知的形式已经被确立为一种正式的原则。那种在传动带上决定生产节奏的东西也正是人们感受到的电影节奏的基础。"[1] 可以看到，震惊是现代人的一种普遍经验，它已经全方位地渗透于现代人生活，影响着社会交往关系的发生。本雅明深刻之处在于不但指出现代社会这种震惊反应，而且让现代人学会建立起反震惊的心理，以保护自我。他在普鲁斯特、瓦莱里和弗洛伊德肯定无意识作用的作品中看到，人对感知外界意识的保存有助于缓解震惊对人的冲击。这就有有意记忆和无意记忆之分，前者是指人对可以把握和愿意把握的刺激的意识接受；后者是指难以把握和不愿把握的刺激的无意识的侵入，它进入不了意识层面，却能够在无意识中积淀下来，给心灵带来刺激。本雅明说意识越早将之登记注册，它们造成的危害就越小。因此，对现代人而言，把握现代震惊就至关重要了。像波德莱尔的诗歌、卡夫卡的小说把震惊转化为一种审美表达，从而使现代人在这种审美的形式交流中建立起心灵的保护，这就是本雅明说的寓言表达方式的特征。寓言描绘出现代社会中被异化的人、事、物及这种异化现实对现代

---

[1] [德] 瓦尔特·本雅明：《发达资本主义时代的抒情诗人》，张旭东等译，生活·读书·新知三联书店1992年版，第146—147页。

中篇 理论篇

人意识的冲击，并说明化解这种"震惊"对主体刺激的方法就是"登记"这种震惊，通过审美欣赏的转换，深刻地揭示资本主义较高的物质文明和空虚的精神世界所形成的矛盾，及其给人们带来了极为深重的焦虑、不安和惶惑，从而指出现代生活的意义潜存于表面现象之中。本雅明的寓言式批评方法，就是在对现代社会疾病的诊断中，唤醒人们灵魂深处对崇高精神的追求。

本雅明通过对现代都市大众、震惊体验、社会景观的阐释，指出资本主义社会寓言的能指就是作为商品展示出来的，它和商品一样意义都指向别的地方，偏离了物的存在方式。用索绪尔的术语可以表述为能指和所指的分离，用拉康的话来说是能指的不断滑动。在这些发达资本主义社会独特的破碎现象中，在瞬间的灵光中，本雅明看到整个资本主义社会在坍塌之前就已经是一片废墟，这是异化的结果。救赎力量只能从废墟中产生，而不是从现象的全貌去表述历史，这种方法是其寓言理论的特征之一，同时秉承了传统寓言"言此意彼"的特点。哈贝马斯非常推崇本雅明这种从辩证意象来分析资本主义社会现代特征的方法，他说："这种解释学手段通过辩证意象的阐释展开对现代主义起源的研究是多么的合理，这个起源被披露的是那种令人震惊并可能被忘却的过程。"[①] 本雅明唤起了人们对于熟视无睹记忆的重新认识，激起了人们心底的激情，哈贝马斯对这一点给予了充分肯定。本雅明寓言理论非体系性的思维方式，就是星座化赋予的特权，在辩证意象的氛围中看到理念的内涵和真理的内容。

本雅明的理念不是柏拉图意义上的不可知的、绝对形而上学的、与真理相一致的理念，而是扫除了抽象的不可知性。他认为理念在与现实具体的客观要素的联系中得以表征，但理念和现象之间并没有意义的联系，"理念遵循这样的法则：一切本质都是完整纯洁的独立存在，不仅独立于现象，而且特别相互独立。"[②] 即理念从根本上说与它所理解的世界没有任

---

① 转引自本雅明《发达资本主义时代的抒情诗人》，王才勇译，江苏人民出版社2005年版，译者前言第15页。
② ［德］瓦尔特·本雅明：《德国悲剧的起源》，陈永国译，文化艺术出版社2001年版，第10页。

西方寓言文体和理论及其现代转型

何关系，每个理念之间也是各自独立的，理念本身无意义，只是语境的表征，它并不在现象界中直接呈现，现象以间接的形式进入到理念的层面，也就是通过概念的中介避免了现象中虚假同一性的东西。因为，概念能够打破日常生活中的表象统一性，揭示出现象虚假的总体性表征，在概念叙述的过程中走向真理性存在。因此，现象、概念和理念形成了环环相扣的理论形态：现实中的具体因素（客体）—概念（群）—理念（概念群的意义统一体）。理念并不表达自身，而是指向别的寓意，通过概念来实现这种意义的表达。本雅明在这里用了星座（Constellations）的隐喻来说明理念的存在方式："理念之于客体正如星座之于群星。这首先意味着理念既不是客体的概念，也不是客体的法则。它们并不促进对现象的认识，因此，后者决不能成为判断理念是否存在的标准。"① 在这里我们要注意到，组成星座的星星不是概念而是现实中具体的现象因素，概念只在叙述中呈现解释的中介功能，"只要现象不向理念表白信念并聚集在它们周围，理念就是模糊的。概念的功能就是把现象聚集在一起，而由于理智的区别力而导致的现象内部的分化则更重要，这是因为这种分化起到了一石双鸟的作用：即现象的拯救和理念的表征"②。现象通过概念聚集在一起构成理念，从而显示不同于现象本身的意义；理念就像星座一样成为现象得以呈现的形式，形成了一种意义场，一切都在这个场中得到表达。因此，理念的显现必须寓言式地看，在众多的现象中把握住意义的所指；理念是可理解的但不是直观的，与本雅明在辩证意象中观看历史发展和进步的方式是一样的。

这里，本雅明的群星和星座的隐喻包含着深厚的历史寓意：星空在人类社会形成之前就已经存在，在人类历史发展中构成和命名；星座本身就是生命历史长河的见证，它完整地书写着人类的历史，而且是真实的历史书写；抬头望星空我们有多少无尽的遐想，我们能读出多少历史的悲欢离合。正是因为星座使群星在机械复制时代仍然保存迷人的韵味，所以他

---

① ［德］瓦尔特·本雅明：《德国悲剧的起源》，陈永国译，文化艺术出版社2001年版，第7页。
② 同上书，第8页。

寄希望于遥远星空的内在法则所体现的整体性。这和寓言概念的内涵一脉相承：当今的历史意义只有通过概念的阐释表现出来，通过星座的形象呈现表现出来，群星和星座的关系就是破碎现象和内在完整性之间的寓言式表达。本雅明用之来比喻从废墟、破碎的意象中寻找隐藏的历史真理的方法。

简而言之，本雅明以寓言的方式看世界，以"星座化"方式采集"破碎"现象；在大都市景观中、在都市人的新体验中，思考现代文化重要的"震惊"内容；在日常生活的细节中，在商品生产流通中，揭示资本主义的幻象和假象，寓言式地透视了异化世界，因为"寓言观总是建构在贬值的现象界之上"。[①] 本雅明就是要通过辩证意象来唤醒大众遗忘的记忆，从而抵制世界的物化，在波德莱尔的诗歌中、在卡夫卡的小说中阐述出审美现代性的力量。

第三节 寓言和韵味

本雅明认为现代社会进入机械复制时代，机器生产代替了手工劳动，"艺术作品的可机械复制性在世界历史上第一次把艺术品从它对礼仪的寄生中解放了出来"[②]。艺术生产由此发生了重要转型，从前机械复制时代的艺术走向机械复制时代的艺术，从神圣的艺术走向非神圣的艺术，从审美的艺术走向后审美的艺术，其中最重要的表现是艺术"韵味"（aura）[③]的变化。

本雅明最早于1931年，在《摄影小史》一文中提出"韵味"这个概念。此时的"韵味"只是被作为摄影过程中一个特殊现象看待，与对光的弱感光度技术条件相联系，与摆好姿势照片夸张的、客观化特征的人为条件相联系，并不涉及对艺术发展的经验反思。后来，本雅明在《机械复制时代的艺术作品》和《讲故事的人》两篇文章中，在更宽泛的意义上对艺

[①] 郭军、曹雷雨编：《论瓦尔特·本雅明现代性、寓言和语言的种子》，吉林人民出版社2003年版，第217页。

[②] ［德］瓦尔特·本雅明：《机械复制时代的艺术作品》，王才勇译，中国城市出版社2002年版，第93页。

[③] aura，还可译为灵韵、光韵、光晕、灵氛、灵光、气息等。

术"韵味"作了辩证分析：一方面认为韵味艺术的衰落和讲故事的衰落一样，必然被别的艺术形式所替代，这由特定生产力水平决定，是历史的必然，是技术进步的一种表现；另一方面又肯定了韵味艺术的审美价值，这种独特的艺术魅力在现代社会弥足珍贵。此时，本雅明不再关心通过工业摄影术人为再创造的旧照片的光晕特征，而是去思考一种难以看见的艺术特征。

在《论波德莱尔的几个主题》中，本雅明进一步深入论述了这种和艺术作品相关的韵味概念。概括地说，韵味概念除了它的自然显现特征外，还包含了下面几层意思。一、不可复制的独一无二性。韵味艺术植根于传统之中，其间凝聚着创造者特有的智慧，尤其具有与手工劳动密切相关的难以复制的独一无二性。二、神圣性。有韵味的艺术和观看者之间保持了某种特定的距离，即使挨得很近，仿佛仍然隔着不可穿透的纱障，这不是物理意义上的空间距离，而是心理距离，是从艺术作品的品格中生成的尊严，即神秘性和不可接近性。三、艺术美感。韵味艺术具有时间性和空间性，在看与被看的凝视中实现交流，发挥想象的能力，构造出氛围和气息。四、历史感。韵味与历史相关联，具有历史积淀的厚重感，这种关联在自然中得到了说明，这和寓言的观念相关，在自然的现象中看到历史的韵味。五、自律性。艺术的韵味不是人为的，而是艺术形成过程所产生的难以重复的魅力，它具有满足人们精神需求和审美需要的仪式功能和膜拜价值。六、完满性。韵味艺术保持了物与意义的和谐，体现人类生存的理想状态；而机械复制艺术破坏了时间的连续性，使时间空间化、碎片化，即大众必须不断地适应批量生产的艺术作品，或者说就像适应电影瞬间闪现的图像一样，丧失了思考的时间和空间。传统韵味艺术的膜拜价值被商品的展示价值所代替，现代人已经丧失了"看"的能力，剩下的只是震惊体验和消遣。

本雅明由此认为机械复制的艺术与有韵味的艺术是对立的，现代主义所付出的代价是"光韵在惊颤体验中的消失"[①]，复制艺术给人瞬间的体验

---

① [德] 瓦尔特·本雅明：《发达资本主义时代的抒情诗人》，张旭东、魏文生译，生活·读书·新知三联书店1992年版，第180页。

满足，韵味艺术则要保持艺术的膜拜价值。对于这种矛盾，他有一个形象的描述："我们的眼睛对于一幅画永远也没有厌足，相反，对于相片，则像饥饿之余食物或焦渴之余饮料。"[①] 对这两种艺术的态度，本雅明开始是比较明确的：他赞扬机械复制艺术在某些方面更符合现代人的要求，特别是照相技术和电影艺术，造成了韵味的衰落，取而代之的是审美新效应——震惊，艺术从审美的唯一完满转变为各自对立的个体体验。他把机械复制时代的艺术视为革命的力量，认为它粉碎了凝结在韵味之中的商品拜物教的异化意识，打破了剥削阶级独占艺术的局面，人们因此不受时空限制，自由地欣赏各种艺术作品，满足了现代人休闲消遣的娱乐需要。原始的韵味艺术则对艺术欣赏有诸多限制，它远离人民大众，流通范围很小，必然形成某种仪式崇拜意识。因此，本雅明肯定机械复制艺术，对传统艺术的衰落，则抱着惋惜的态度。事实上，他已经意识到文化遗产普遍化的现实会逐渐损害传统。从马克思艺术生产理论出发，本雅明看到了艺术形式总是同一定的生产力水平相适应，艺术的产生和发展不可能脱离现代技术的影响而独立发展。传统有韵味艺术的生长环境发生变化，其自身必然也会有新的发展，这符合文艺史的实际：小说的出现有赖于印刷术的发明，电影的产生同现代电子声光摄录手段难以分开；有韵味的艺术同持久的手工劳作的形式相对应，复制艺术则是以机械自动化为基础的现代技术的产物。

然而，机械复制时代艺术的批量生产，造成物的世界淹没了人的世界，使艺术远离美的表达。在这种艺术形式的更新中，本雅明越来越意识到韵味是艺术作品最直接的审美属性，有韵味的艺术才是真正的艺术，这是现代人抵制异化最重要的审美方式。他肯定了艺术作品这种"言不尽意"的韵味，是与艺术美相联系的说不尽的韵味，而电影、摄影、照片等技术手段对视觉侵略的消遣行为，使美没有了立足之地。他表达了对艺术韵味消退的怀念，不再一味宣扬工具理性的优越性，而是寓言式地批判这一现象；努力说明现代艺术作品的韵味不是消失了，而是以寓言的形式保存下来，韵味的内容形式化为寓言。它表现为"从原始艺术作品的独一无

[①] [德] 瓦尔特·本雅明：《发达资本主义时代的抒情诗人》，张旭东、魏文生译，生活·读书·新知三联书店1992年版，第160页。

西方寓言文体和理论及其现代转型

二性到复制艺术作品的转变,从一开始,被用来再创造和展示的作品不只是涉及一种艺术作品代替另一种艺术作品,而是在字面上以一种艺术的产生来修正另一种艺术。"[1] 也就是说,韵味不是消失了,而是以另一种形式继续存在,是以隐秘的方式存在。如在资本主义社会,大量复制产品涌入市场,对人们视觉进行轰炸的不是内容而是物的存在形式,即内容的形式化,这种形式也许就是贝尔说的"有意味的形式",是现代寓言所指的不确定性和多义性。

本雅明清楚地看到发达资本主义社会中内容和形式、能指和所指之间的断裂,看到要在破碎的现象中保存主体内在完整性的困难。因此,在现代人的审美交流置换为商品交换的情况下,他提出了拯救艺术作品的韵味问题,阐明这种艺术形式是人类实现审美交流的前提,对现代艺术崇高价值的贬值则感到了无奈。对于本雅明面对的难题,王杰教授在研究审美意识形态和现实生活关系表达的问题时,同样把"韵"作为思考的起点。他借用了中国古典美学中"韵"的概念,从声学的角度阐释"韵"的整体性、流动性和想象性特征,认为现实生活关系的表达在这种想象性关系中实现了,而表征出这种欲望的文化符号和审美形式就具有"韵味"／"韵"的内涵和属性。本雅明后期虽然认为韵味在现代社会以寓言的形式表达出来,但是面对复制艺术对现实生活的侵略仍然表示了某种担忧。王教授深入思考了这个问题,努力在现实条件下寻找使主体与对象关系达到一种特殊平衡的方式,在"韵"的基础上进一步提出了"余韵"的概念。"余韵"要求我们超越现有的表达空间和幻象的蒙蔽,在不和谐的非对称声音中聆听到"远出"的魅力,这种聆听包括对自我的聆听和对他人询问的倾听。[2] 但王教授没有深入论述"余韵"的聆听方式,笔者以为这种方式应该到寓言作为一种对象化表达方式中寻找。现代社会再也不是古人常常称颂的田园牧歌式的和谐与完满,而是物的日益丰盛,或者说现代人的拜物教思想走向了某

---

[1] Editor by David S. Ferris, *Walter Benjamin: Theoretical Question*, Stanford University Press, Stanford, California, 1996, p. 34.

[2] 关于"韵"和"余韵"的论述,参阅王杰《马克思主义与现代美学问题》,人民文学出版社2000年版,第161—173页。

中篇 理论篇

种极端。在这种现实情况下，追求人与自然的和谐几乎是一种奢望，但这又是人类自身一种实实在在的审美需求。那如何解决这种矛盾呢？在本雅明寓言理论的表述中，我们可以得到启发。

寓言这种对象化表达方式就是在破碎、废墟中寻找经验的总体性，是把人类的存在及其意义重新凝结起来的一种交流形式，具有寓指自身之外的意义功能。如伊格尔顿所说："就像商品一样，寓言对象的意义总是在别处，偏离于它的物质存在；但是寓言比商品更多义、更柔软，而且创造性地增长着它在译解现实方面的权威。"[①] 因此，在发达资本主义社会，文学艺术的崇高理想受到了冲击，艺术表达和现实生活之间的联系出现了严重分离；原始社会那种人与自然之间亲密无间的关系，被商品的交换价值所取代，人与人、人与自然的关系走向了僵硬冰冷的物质存在。这正是寓言密切关注的客观对象，它善于以小见大，不受物质实体的限制而指涉更多的意义内涵。换句话说，寓言这种表达方式具有开放性和很强的张力，即使是后现代社会，同样可以在具有寓言这种审美特征的新艺术形式中保持韵味的魅力。例如，电影的蒙太奇手法虽然对观众视觉选择具有优先权，好像造成了审美经验的瓦解和崩溃。但电影对现实生活高度浓缩的表达，在讲求效益的时代节省了人们的体验时间，从而在电影的小世界中形式化地经历了现实大世界的复杂性。可见，蒙太奇手法和寓言表达一样具有碎片性，是抽象的意义叠合。可以说，任何一部优秀的电影都是充满韵味的现代寓言。

因为，电影同时具有仪式功能，它聚集了一定数量的人在特定场合，即在电影院这个暗箱中对着电影屏幕进行"膜拜"。这种行为对大多数人而言是无意识的，观看电影的过程就是仪式化过程，他们实现了某种超越与升华。在电影院特定氛围的笼罩下，暂时割裂了主体与日常生活的联系，电影院外面的人、事、物对于观众而言都是无关紧要的，他们在电影特有韵味的吸引下，兴奋的神经中枢已经脱离主体日常思维活动，成为拉康说的"他者"，是他者欲望的实现过程。也就是说，电影蒙太奇的剪辑

---

① [英] 特里·伊格尔顿：《审美意识形态》，王杰等译，广西师范大学出版社2001年版，第332—333页。

方法，把相对独立的分镜头连接成流畅生动的画面；在电影叙事过程中，既割裂了主体与日常生活的联系，同时又在特定的审美场中把二者结合起来，使观众在有限的时空中最大限度地体验历史的变化。简言之，在电影这种消解了具体时间、地点的故事叙述之外，似乎还有一个更深的意义层隐藏其中，如果从不同的角度去看，往往能做出不同的解读和不同的结论，没有普遍的意义可言，这样的电影就呈现了寓言的特征。如张艺谋导演的电影《红高粱》《菊豆》《大红灯笼高高挂》等，他最善于用蒙太奇手法在跳跃的、不具体的时间、事件的展开中，完成了故事叙述，却没有给出清晰明确的结局，而给观众留下了充分的阐释空间。好莱坞大片则在最广泛的意义上说明了电影就是寓言，说明现代技术生产下新的艺术形式同样具有韵味。好莱坞电影能够形成某种韵味场，这个韵味场的磁性很强，它跨越国界，超越差异，对不同肤色、不同语言、不同民族乃至全世界人民都具有强大的吸引力和无限的张力，可以被具有不同需要的观众进行再阐释，满足他们各种各样的审美需要。因此，优秀电影的韵味魅力同样不亚于古代神话千百年来对人类发展所产生的影响。电影这种符号化的表达就是一种寓言表达方式，它的韵味正是寓言所寓指的丰富内涵。电影这种以寓言形式表现出来的仪式功能与古代神话仪式之间是一种继承发展的关系。神话仪式的神秘性、整体性消失了，现代寓言则在断裂的社会意象中重拾仪式的凝聚性，让人们在潜意识的审美活动中满足审美需要，实现审美的愿望和要求。

　　本雅明对新出现的艺术形式（电影）的分析，说明了大众化、世俗化、非神秘的艺术表达形式，同样能满足人类对合理化要求的体验，同样能产生神话般的内聚力。经典艺术作品的韵味在现代社会不是消失了，而是以寓言的形式表现出来。韵味在现代社会存在于破碎的、分离的、流动的现象中，必须寓言式地阐释才能挖掘现象世界下隐藏的生活真实，进而把握现代艺术的审美特性和艺术魅力。也就是说，韵味不是艺术本身的属性，而是看和感知艺术的结果，与艺术的欣赏条件和传播媒介密切相关，机械复制时代不是韵味的消失，而是形成韵味的条件发生了变化，韵味的原始物质性存在消失了，代之而起的是现代机械技术。

中篇　理论篇

总之，本雅明对韵味艺术的否定，是看到其贵族气息已经不适合艺术平民化的趋势，进而反对贵族化的韵味艺术，反对技术生产的、虚伪的韵味。例如他批评了旧照片韵味的人为制造，赞扬并召唤世俗化的、具有某种凝聚力的艺术。换言之，以寓言性为审美特征的艺术作品很好地实现了这种表达愿望：一方面，寓言本身具有言此意彼的功能，指涉义具有多种可能性和可阐释性，可以满足各种审美需要；另一方面，寓言又是最具民间性、大众化的表达方式，它冷幽默的哲理表达方式给人无限回味。

第四节　忧郁的"深海采珠人"

波德莱尔说："如果说有一个年纪轻轻就识得忧郁和愁闷，那肯定就是我。"① 本雅明也许是最能体会波德莱尔的现代忧郁者，甚至比波德莱尔更忧郁，他的创作渗透了土星忧郁的气质和神学的弥赛亚精神，这是我们理解本雅明全部思想的前提。如苏珊·桑塔格所说的："他（瓦尔特·本雅明——引者注）的主要著作，出版于1928年关于德国巴洛克戏剧的《德国悲剧的起源》和没有完成的《巴黎：十九世纪之都》，我们除非能够把握住它们是如何依赖于他的忧郁理论的，否则便不能充分地理解。"②"文如其人"用在本雅明身上再合适不过了。

这个忧郁的土星性格的人，有他自己的乐趣，在他看世界的方式中，找到了属于自己的空间，"因为忧郁者所能允许自身的唯一快感，而且是有力的快感，就是寓言"③。在前面的分析中，我们看到德国悲悼剧的舞台表现充满了悲苦的、哀悼的气氛，大自然留给我们的是荒芜、杂乱的景象，街上的景观灯使黑夜消逝，大众可以长时间地处于闲逛的无目的状态。这些现象构成的"星座"，永远在我们的头上星空忽闪着模糊气息，凝视的刹那，忧郁情感在我们心中扎根，这就是本雅明寓言理论的本质。

---

① 转引自［法］夏尔·波德莱尔《恶之花》，郭宏安译评，漓江出版社1992年版，第77页。
② ［美］苏珊·桑塔格：《单向街》英文本导言，见《本雅明：作品与画像》，孙冰编，文汇出版社1999年版，第236页。
③ ［德］瓦尔特·本雅明：《德国悲剧的起源》，陈永国译，文化艺术出版社2001年版，第153页。

西方寓言文体和理论及其现代转型

他在历史积淀下来的重重意象中,挖掘其中残存的珍珠,并努力把这些思想碎片串联起来;同时又超越表面现象,再现其中隐含的历史韵味,把握救赎的力量,汉娜·阿伦特形象地称之为"深海采珠人"的工作。她说:"就像沉到海底的深水采珠员,他不是去开掘海底,把它带进光明,而是尽力摘取奇珍异宝,尽力摘取那些海底的珍珠和珊瑚,然后把它们带到水面之上,这种思考就是深入到历史的深处——但不是为了复活它曾有的样子,以有助于灭绝时代的复活。引导这种思考的是这样一种信念,虽然活着的必定称为时间的废墟,但是衰微的过程就是结晶的过程,在海的深处,曾经存活的沉没了,分解了,有些东西'遭受了海阳的变化',以新的结晶形式和形状存活下来,保持了免疫力,仿佛它们只是等待着有一天采珠员来到这里,带它们到富有生气的世界——在那个世界,它们将作为'思想的碎片',作为某些'富丽而奇异'的东西,甚至可能是作为永不消逝的原型现象而存在。"① 本雅明就是一个忧郁的深海采珠人,他的工具就是——寓言,在越堆越高的骷髅头的废墟中,在过去的自然面相中采集"结晶"的历史寓意。

本雅明的寓言理论和辩证意象、韵味、星座、震惊、经验等概念在忧郁的笼罩下水乳交融,为了论证的方便才把它们剥离出来。总体上看,这种寓言理论应该包含这几层意思。

一 延续了词源学的意义,用一个事物意指别的事物,而两个事物之间没有必然的联系。这种意义和寓言家的关系密切,"它(客体)现在已经没有任何能力发放自身的意味或意义;它所具有的意义,现在则要从寓言家那里获得"②。即寓言的基本特点是含混性、多义性,它不具有逻辑所要求的理性和单一性。

二 寓言呈现破碎的图像世界,重视看的作用。它看的对象是石化的、僵死的、碎片化的自然物;看的方式是寓言化的。从微小平凡、容易

---

① [美]汉娜·阿伦特:《瓦尔特·本雅明 1892—1940》,见本雅明《本雅明:作品与画像》,孙冰编,文汇出版社 1999 年版,第 232—233 页。
② [德]瓦尔特·本雅明:《德国悲剧的起源》,陈永国译,文化艺术出版社 2001 年版,第 152 页。

被人忽视的事物中找到聚集在理念周围的意义,显现出新的意义所指和内在的整体性;或者说是矛盾统一,实际上是不同于每个单子的存在,这就是由"星座"的概念所确定的。寓言和星座可以说是所表达的同一事物的两面。这是他的"救赎"美学,如格雄·朔勒姆说:"任何历史的东西,只要未得拯救,本质上就都是破碎的。"[①] 这是一种具有破坏力的否定性的美学。

三 寓言与美相对,它表现的废墟、骷髅头和黑暗、恐怖的世界,某种程度上是现代景象的征兆。

四 寓言的对象客体跨越各领域的界限,一切事物都可以成为呈现其意义的表达,是一种另类的意义表达,客体具有新的意义和特点,从而揭露了一个隐蔽的、内在的知识领域和潜在的世界本质。

五 本雅明对历史的认识是否定之后的肯定,是一种救赎的寓言观。这在艺术上的运用,就是重视图像的寓意性,呈现出艺术作品的隐秘意义,韵味就是这种隐藏的意味,寓言和韵味共同构成艺术作品的表征力量。其寓言批评就是以艺术作品和社会文本为对象,是具有深刻哲学内涵的批判工具。

六 本雅明的寓言理论是一种现代性表征,在破碎的现实中采集审美救赎的希望。他看到以寓言为特征的文学艺术在文字表达背后指向别的意义,从而有效地以隐蔽的方式表达了现实的拯救。从传统寓言故事到寓言小说再到寓言性作品,从古典到现代,文学作品的寓言性就是其存在的生命支柱。

因此,要准确把握本雅明的寓言理论,必须从宏观和微观两方面入手。寓言问题首先是个方法论问题,即人类学的方法。从现实社会世俗生活、自然景观出发,把历史放到最自然的历史发展中来考察,进一步分析社会历史的本质和未来发展的可能。另外,寓言是个认识论问题,在破碎的现实生活中把握历史的真实,在现代社会人们普遍对社会表示失望、迷惘的情况下,启发人们革命的力量就在于这些看似无意义的、死亡的意象

---

① 郭军、曹雷雨编:《论瓦尔特·本雅明现代性、寓言和语言的种子》,吉林人民出版社2003年版,第259页。

西方寓言文体和理论及其现代转型

中凝结起来的力场,在于把握破碎性中隐藏的内在统一性。本雅明的寓言确实是现代社会重要的表达方式,是现代人生存和实现交流的表达工具,是"比之保存完好的较小建筑来,伟大建筑的废墟都能更深刻地说明计划的理念;由于这个原因,德国悲悼剧是值得阐释的。它从一开始就是以寓言的精神作为废墟、作为碎片而构思的。其他形式也许能在第一天灿烂辉煌;而这种形式则将其美的形象保存到最终"①。本雅明在这里再次赞美了寓言表达形式,认为只有寓言才能永久地保存其艺术魅力,其他的表达方式都只不过是昙花一现。但本雅明犹太教的弥赛亚主义②,决定了他的寓言理论具有神秘性和难解性,这也是阿多诺批评其辩证法不完全是马克思主义辩证法的一个原因,也是导致其申请法兰克福大学教职失败的原因之一。这种具有宗教气息的寓言理论,使他选择的对象给人以阴郁、黯淡、灰色的感觉,其论述方式让人觉得艰深、晦涩、难懂。因此,在本雅明笔下,多姿多彩的世界变成了黑白的单色素描,异化为"恶之花",需要读者细细品味,才能更好地把握其中的真理之光。

---

① [德] 瓦尔特·本雅明:《德国悲剧的起源》,陈永国译,文化艺术出版社 2001 年版,第 196 页。
② 本雅明是一名犹太人,深受犹太教传统的影响,有很强的"弥赛亚"意识("弥赛亚"是犹太教中的"救世主")。在进步的风暴中,他常常感到被遗忘的身体和被放逐的灵魂,等待着"弥赛亚"的拯救。因为"时间的分分秒秒都可能是弥赛亚侧身进入的门洞。"——《弗朗茨·卡夫卡》(1934),见《本雅明文选》,中国社会科学出版社 1999 年版,第 257 页。

第三章 保罗·德曼:阅读的寓言理论

保罗·德曼①是"一位享有国际地位的文学批评家和哲学家"②。他的解构批评观主要是对文本中某些情节和语言进行抽丝剥茧似的阅读,解构文本具有确定意义的神话,说明语言的修辞性不再从属于语法,而是语言的本质特征,"文学语言的决定性特征事实上是比喻性的,即广义的修辞学"③。这是他语言观的立足点,其寓言理论与之具有密切关系。德曼对文本寓言的关注,解构了传统的只追求自然和现实、文本和世界一致性的阅读观,转而追求寓言式阅读,即一种修辞性的阅读。换句话说,德曼的寓言式阅读就是要解构认为文本言义一致性的观点,重视对字面义的第二层、第三层……的阅读,强调阅读永远是一个没有终点的过程。其实,克罗齐早已指出寓言从创作开始就是作者有意使用的一种隐秘的叙述方法,自身具有阐释的多种可能性,不知道德曼是否看到过克罗齐的论述:"这种以寓意(即寓言——引者注)方式来进行阅读的方法,这种发现第二、第三、第四含义的方法,实际上都是一种创造和构成寓意的方法。"④ 二者的论述如此相似,德曼应该为找到同盟而高兴。德曼的研究者加谢把这种修辞阅读描述为"是一种方法的名称——旨在拆解指称主义和形式主义,

---

① 保罗·德曼(Paul de Man, 1919—1983),美国解构主义学派、耶鲁学派最重要、最具有代表性的解构批评家。
② Martin McQuilla, *Paul de Man*, New York, Taylor and Francis Group, 2001, p. 1.
③ Paul de Man, *Blindness and Insight*, Minneapolis: Minnesota University Press, 1997, p. 185.
④ [意]贝内代托·克罗齐:《美学或艺术和语言哲学》,黄文捷译,中国社会科学出版社1992年版,第196—197页。

现实主义以及以文学形式的自我反射为中心的批评，主体批评与审美批评之间的严格对立。"① 下面就从德曼对象征和寓言的比较研究中，指出寓言的修辞学意义，说明寓言理论和语言修辞性阅读的关系及意识形态寓言的特征，进而阐明阅读的寓言理论对文本阅读和认识现代社会发展的作用。

第一节　寓言的修辞学意义

林赛·沃斯特说："我认为，对于德曼来说，本雅明最重要的文本就是《德国悲剧的起源》。德曼从本雅明这本关于 17 世纪悲剧的著作中所受到的影响，明显的通过'寓言'这一术语而反映出来了。"② 本雅明批判了象征追求物质和现实的一致性，认为其缺乏时间性；他认为寓言能够表达自然和现实之间的断裂，在断续的现象中反映历史的真实。德曼继承和发展了本雅明的寓言理论，进一步从德国文学史、英美文学史和法国文学史考察寓言和象征地位变化，在二者的差异研究中，说明寓言事实上一直是文学作品中的重要修辞格、表现形式和阐释方法。

德曼指出，温克尔曼把"寓言"和"象征"作为同义语。歌德在"从一般到特殊"和"从特殊到一般"的区别中把寓言和象征对立起来。伽达默尔注意到要恢复寓言应有位置，但没有给予寓言和象征同等重要的地位。他认为，象征由于保持了经验及其表现的一致性，实现了符号和指涉义的整体性，具有意义表达的明晰性；寓言被认为是单一的特殊意义符号，是理性的、教条的，被完全解码后意义也就穷尽了。这种观点与当时追求整体性的美学倾向有关："[人们认为]天才的诗歌语言能够超越这种区分，因此能够把一切个人的经验直接地转变为普遍的真理。[而且]经验的主体性在经验为语言所表达的时候仍然得以保存；因此，这个世界不

---

① Rodolph Gasche, *The Wild Card of Reading: on Paul de Man*, Harvard University Press, 1998, p. 29.

② [美] 林赛·沃斯特：《美学权威主义批判》，昂智慧译，北京大学出版社 2000 年版，第 127—128 页。

中篇　理论篇

再被认为是由许多具有独特性和各不相同的意义的存在物所构成，而是被认为由一些象征所构成。这些象征最终指向一个整体的、单一的和普遍的意义。这种观点诉诸一种无穷大的整体性，它建构了作为寓言的对立物的象征之魅力所在，因为［寓言］作为一种指称一个特定意义的符号，它［被认为］一旦被译解就不再具有其他可能的意义。"①

德曼则认为这种美学倾向建立在一种错误的前提之上，浪漫主义诗人认为的象征优于寓言，或象征和寓言的区分，实际上在柯勒律治这里就已经自行解构了，只是他们没有认清这一点。柯勒律治在《政治家手册》中指出象征是有机的，结构是提喻②的，它的想象力能够把部分和整体联系起来，因此物质的感知和象征的想象是连续性的。与之相比，寓言的意象和观念的分离，导致其意义显现为机械的、幻象的、非物质的、空洞的和虚无的东西，它们应该被打发掉。③ 德曼从解构的视角来看柯勒律治的观点，指出了其中蕴含的矛盾和自我破坏的因素：

> 在《政治家手册》中，我们可以发现一个明显的含混，柯勒律治认为寓言缺乏具体的物质实存性，因而是浅陋的，他的目的是想以此来强调象征的价值。于是，我们便希望看到象征何以具有胜过寓言的丰富的有机性和物质性。然而，我们所看到的却是突然出现的明白无误的"半透明性"……于是，所谓象征所具有的物质的实质性化为乌有，它最后仅仅变成了一个对物质世界根本不存在的、更富独创性的统一体的反映。④

德曼指出，柯勒律治一方面批判寓言仅仅具有反射性，是非物质的所指，即寓言的内容在现实生活中难以找到相应的客体，它是抽象的；另一方面则没有注意到象征是对非存在世界统一体的反映。按照他的观点，寓

---

① Paul de Man, *Blindness and Insight*, Minneapolis: Minnesota University Press, 1997, p. 188.
② 提喻（synecdoche），指以部分代替全体，或以全体代替部分。
③ Paul de Man, *Blindness and Insight*, Minneapolis: Minnesota University Press, 1997, pp. 191–192.
④ Ibid., p. 192.

西方寓言文体和理论及其现代转型

言和象征都具有超越物质世界的本源，象征的物质性在"半透明性"中被消解了，其在物质世界的本源统一反映变得不重要。象征和寓言一样都表现了超验世界的本源，象征追求整体性，寓言则显现了模糊性。柯勒律治就是强调了寓言的复义性（ambiguity 模糊性），说明寓言表达了道德品质或心灵的观念，而不是对对象的感觉；在语言的层面，寓言能够以某种方式将各部分组成一个连贯的整体。可以看到，柯勒律治从象征物质性的优越性出发，最后却归结到描述语言是半透明性这点，在这里象征和寓言的区别则是次要的，主要是强化了寓言的修辞功能，寓言和象征一样具有阐释诗歌的批判性。

后来的浪漫主义研究者们没有意识到这一点，始终认为柯勒律治是把象征置于寓言之上。进入19世纪之后，象征逐渐占据了文学批评的中心位置，"象征的霸权被确认为表现了语言的表现功能和语言的语义功能的统一，而且这种观点成为文学鉴赏、文学批评和文学史共同的、普遍的基础"[1]。从这种重象征的立场出发，认为浪漫主义诗歌的意象都是表现了思想与自然、主体与客体之间的关系，盲目追求自然和物质的一致性，这种观点有时会形成巨大的谬见。德曼以荷尔德林诗歌中经常出现的派特莫斯岛和莱茵河等风景为例，指出它们在诗中并不是具体地点的实指，而是在文本中表现的某种更抽象的精神真理，应该从隐喻性风格来理解。因为荷尔德林的诗歌意象，并不是用提喻（所描写的风景只是整体的一部分）来表现整体，它们本身就具有这种整体性，不是感觉经验的普遍对等物，诗歌的抽象表达方式将要以哲学或历史的形式出现，也就是说它们本身就是这个观念。因此，从寓言和象征对立来理解荷尔德林这样具有形而上学风格的诗人是行不通的，这同样适用于歌德晚期的作品风格。又如卢梭的《新爱洛伊斯》对朱莉花园的描写也说明了这点。对这个人工的非自然产物的花园，不能简单地认为是自然景物和主体情感之间的类比和相似，德曼考察到卢梭的描写是有意以中世纪文学为背景，他运用了现成的风景描写，一个是情爱的，出自《罗马的玫瑰》；另一个是清教徒式的，出自笛

---

[1] Paul de Man, *Blindness and Insight*, Minneapolis: Minnesota University Press, 1997, pp. 189–90.

中篇 理论篇

福的《鲁滨孙漂流记》。人物和花园之间是语言的构造物之间的关系,说明了卢梭的语言是修辞性的,只有从寓言的修辞功能中寓言式地阅读才能真正了解作品的内涵。"没有两种隐喻(指寓言和象征)方式的同时出现,小说就不能存在,如果没有对一个优于另一个的选择,小说也不会达到最后的结论。"① 即一个风景的指代有时候是固定的,这就是一种寓言化。因为像朱莉花园这样的,"这片天赐的树荫,与传统的主题相反,并不是自然天地,而完全是艺术的领域"②。在卢梭的文本中存在着大量的寓言化倾向,德曼认为正是寓言性语言和象征性语言构成了《新爱洛伊斯》小说的冲突,如圣普乐、朱莉、沃尔玛等人不仅是小说的人物,更主要的是代表着社会的道德、伦理的复杂关系。可见,小说不是对象征的表达,而是对寓言的偏爱,它特别指向了非生命的道德寓意。简单地说,浪漫主义诗人的作品并不都是表现自然和心灵的同一,有时候寓言和象征复杂地纠缠在一起,有些作品并不完全是象征的,同时还具有寓言性,有时候二者根本不相关,如果只是从象征的视点来解读浪漫主义作品必定会造成误解。

在德曼对寓言概念历史分析中可以看到,文学家、理论家没有明确说清寓言和象征的关系,因此他对二者进行了解构性再定义。他说:"在象征世界里,意象与实体可能是合一的,因为实体及其表征在本质上并无差别,所不同的仅是其各自的外延:它们是同一范畴中的部分与整体,它们之间的关系是共时性的,因而实际上在类别上是空间性的,即使有时间的介入也是十分偶然的。但是,在寓言的世界里,时间是其最早的构成性因素,寓言符号及其意义之间的关系并不由某种教条训诫来规定……(在寓言中)我们所拥有的仅仅是符号与符号之间的关系,其中,符号所指涉的意义已变得无足轻重,但是在符号与符号之间的关系中同样必然存在着一种构成性的时间性因素;它之所以是必然的,是因为只要有寓言,那么寓言符号所指的就必然是它前面那个符号,寓言符号所建构的意义仅仅存在于对前一个它永远不能与之达成融合的符号的重复之中,因为前一个符号

---

① Paul de Man, *Blindness and Insight*, Minneapolis: Minnesota University Press, 1997, p. 204.
② Ibid., p. 202.

的本质便在于其（时间上的）先在性。"① 德曼和本雅明一样把时间性引入到寓言和象征的区分中，本雅明强调在自然和历史的联系中，寓言能够在衰败的自然现象中闪烁着拯救历史的光辉。德曼则认为寓言在时间中构成意义的方法，"防止了自我滋生出与非我融为一体的幻想"，打破象征要求的同一性和统一性，强调了与本源的距离。浪漫主义诗歌大量存在寓言的事实说明了对同一的欲望只能是一种乌托邦。德曼经过自己的分析，颠覆了许多浪漫主义文学家和批判家心中至高无上的"象征"地位，表明在寓言和象征这两种修辞格中占优势的是前者而不是后者。因为寓言从不讳言自己的时间性、修辞性和建构性，是动态的时间和阅读过程，"在寓言的世界里，时间是最早的组成类别"②；并再现了寓言内在的分离本质对物质世界和真实之间断裂的反映，这也是德曼为什么批判新批评追求整体性的原因之一。

德曼批判象征推崇寓言，在具体的文本阅读中重视了文学的寓言性特征，即寓言所清晰表达的并不是为任何被表现的东西服务的③。如本雅明所言，寓言"恰恰表现了它所再现之物的非存在性"④。寓言从一开始就具有一种符号和指涉意义之间的分裂性特征，它"意味着意义和客体之间的假想的一致性受到了质疑"⑤。在文本阅读过程中，象征就是在符号描述中实现了意义表达的自足性；寓言符号的指涉却要指向前一个阅读时刻，是同时涉及两个时刻的阅读。德曼的寓言观与其对语言修辞性特征分析的指导思想是一致的，重视内部的差异性、异质性，质疑同一性，赞同多义性。下面我们简要回顾一下德曼对语言修辞性特征的分析，看看寓言式阅读方法在文本中的运作方式，及其对文本阅读和批评的影响。

第二节 语言的修辞性和阅读的寓言

本雅明的寓言理论在破碎的废墟中，在死亡的意象中触目惊心地表现

---

① Paul de Man, *Blindness and Insight*, Minneapolis: Minnesota University Press, 1997, p. 207.
② Ibid..
③ Paul de Man, *Aesthetic Ideology*, Minneapolis, University of Minneasota, 1996, p. 51.
④ Paul de Man, *Blindness and Insight*, Minneapolis: Minnesota University Press, 1997, p. 135.
⑤ Ibid., p. 174.

中篇　理论篇

历史的衰败。他使德曼认识到要理解文本不需要把它综合成一个整体，而是要削弱它，把它拆成碎片；修辞手段削弱文本整体性这一行动可能具有的威力，是破坏文本的外部伪装以便看清它是如何运作的，这种分析方法在操作中可以用来认识每一个文本中修辞手段和修辞目的如何不相称，以及句法和语法如何不和谐。德曼由此把寓言理论和文本阅读联系起来。德曼在分析阿契·班克的妻子问他是愿意把保龄球鞋的带子绑在上面还是下面的例子中，突出地表达了这种修辞性阅读的破坏力：阿契·班克用一个问题作了回答："这有什么不同吗？"德曼看到字面义（询问两者的不同）和引申义（否定两者的不同）并存于一个完全清晰的句法模式，产生了两种互相排斥的意义①。因此，逻辑的、语法的分析在这里被修辞性的阅读所中断，对文本意义正确与错误进行判断是令人恼火的。文本本身存在着"语法的修辞化"和"修辞的语法化"两种事实，不再是语法、逻辑制约修辞以实现某种平衡，而是修辞的巨大动因，破坏了文本确定意义的神话，这正是德曼寓言式阅读理论得以产生的契机。寓言式阅读就是在文本的修辞性阅读中，解构文本指定的意义，揭示隐藏的意义，是对前阅读的一种否定行为。因此，阅读的不可能性从一开始就存在于文本中，必须分析语言的修辞性特征以看清这种寓言式阅读方法。

德曼在《盲视与洞见》第二版修订前言中明确表明了对语言修辞性的关注，"对于修辞术语的刻意强调预示着某种变化，不仅仅是术语和语调方面的，而且是实质性的变化"②。他吸收了索绪尔、尼采、皮尔斯、洛克等人的符号学和语言学观点，看到语言的隐喻特征说明了文本语言所表达的并不是实际所指意义，所有语言都是修辞性的；寓言的替代、分裂及非相似性特征，使其永远是关于比喻的比喻，无终结的比喻过程，打破了隐喻的相似整体性和意义的确定性表达。

传统语言学重视语法研究，在符号和意义之间强调语法、逻辑对修辞的制约。德曼则在对问句的研究中越来越发现只关注语法作用的阅读是非

---

① See Paul de Man, *Allegories of Reading*, New Haven and London Yale University Press, 1979, pp. 9–10.

② Paul de Man, *Blindness and Insight*, Minneapolis: Minnesota University Press, 1997, p. xii.

西方寓言文体和理论及其现代转型

常有限的,因为"疑问的语法模式并不是在我们一方面拥有字面义,另一方面拥有修辞义的时候才变成反问的,而是当依赖于语法或其他语言手段无法确定二者当中(可能是完全不相容的)哪一个主导时才产生的。修辞彻底悬置了逻辑,打开了令人眩晕的指称偏离的可能性。并且尽管它可能有点远离日常用法,我仍毫不迟疑地将语言的修辞潜力等同于文学本身。我能指出许多将修辞学等同于文学的前辈。最近的一位是比尔兹利,他在纪念威姆萨特《文集》的文章中主张文学语言的特点是'在含蓄与直白的比率上明显高于普通语言'"①。也就是说,文学语言的一个特征就是修辞性造成的模糊性,即阅读的不确定性,"我们无论如何也不能就哪一种阅读更优越做出有效的决定。没有一种在另一种缺席的情况下能够存在。离开了舞蹈者就没有舞蹈,没有了所指就没有了符号"②。这两种解读既互相解构又互相依存,这是语言修辞性的必然结果。

德曼对语言修辞性的阐发就是为了说明文本的本质特征,说明对文本的阅读必须从语言修辞性开始。他强调在文学文本中,不能用审美愉悦等概念来终止隐喻认识论意义的不确定性,这样就引发了一个难题:语言整个语义的、符号学的、实用的领域,是否都被修辞模式所遮蔽?③ 这就要认识比喻语言的修辞性。德曼对语言修辞性的强调就是强调文本和世界的分裂性,指出语言的修辞性像弗洛伊德的无意识一样具有内在张力,是一种语言无意识。因此,对语言的修辞性阅读就是对比喻语言的寓言式阅读。

尼采认为语言的本质是修辞,所有哲学和知识真理的问题都可以归结为语言的修辞问题。而这种隐喻化的语言根本不提供有关事物的信息,真理只是被遗忘的、"一支运动着的隐喻、转喻和拟人法的大军,……是现在仅作为金属而不作为硬币来发挥作用的隐喻"④。德曼赞同尼采对语言修辞性的分析,对他来说,文字的字面指称本来就是异常的隐喻,它盲目地

---

① Paul de Man, *Allegories of Reading*, New Haven and London Yale University Press, 1979, p. 10.
② Ibid., p. 12.
③ Paul de Man, *Aesthetic Ideology*, Minneapolis, University of Minnesota, 1996, p. 50.
④ Paul de Man, *Allegories of Reading*, New Haven and London Yale University Press, 1979, p. 110.

中篇 理论篇

用属于别的领域的词来掩盖无知,这种无知无论如何也不能变成知识。德曼认为卢梭在《论语言的起源》中命名的语言就说明了这个问题:一个原始人惊恐万状地将他遇到的另一个人称为"巨人",这个词语的命名是建立在内心恐惧感情与外在身材一致性基础上的,它的确是一个隐喻。从客观上讲,它也许不是真实的(事实上,这个人并不更高、身材也不更强壮);但从主观上讲,它正确地表达了原始人内心的恐惧感受,"隐喻是盲目的,不是因为它歪曲客观的事实,而是因为它所描述的事实上仅仅是某种可能性"①。然而,当我们用"人"这个概念化的词来代替或者说纠正"巨人"掩盖最初的不确定时,就错上加错了。在德曼看来,"人"这个词是隐喻之上的隐喻,即概念化经历了一个双重的过程,"它首先构成盲目的感情错误的要素,导致'巨人'一词的产生,然后是运用数字把原来野蛮的隐喻驯化成无害的隐喻的故意犯错误的时刻"②,这是语言修辞的寓言和隐喻的结构关系。德曼认为,这种包含感情色彩的命名语言有一种被侵略的感觉蕴含其中,使主体对物质世界不能做出客观判断,而是做出与真实世界相似或相异的反映。或者说这是语言的意识形态功能,即语言概念术语的演变,事实上是统治阶级意识流变的缩影,语言具有一种权力意味。因为"概念语言这一文明社会的基础看起来同时又是叠加在错误之上的谎言"③。"巨人"是一个隐喻性的修辞命名,不是一种实在命名,因为它不是基于客观物质基础做出的,在客观上这个命名是错的,从主观体验来说则是对的。因此,文学语言永远是不可靠的、含糊其辞的,就像人的无意识一样不可捉摸、难以准确表述。一方面文学叙述话语必须依赖语言来表达,另一方面语言的修辞性又解构自身。文学叙述只是在叙述一个它无法叙述的故事,在语言想要最具说服力的时候,它往往暴露出自己的虚构性和任意性。如德曼所说:"文学同时存在于谬误与真理模式中;它对自身赖以存在的模式既服从又反叛。"④ 即阅读文本的盲视和洞见是一个并

---

① Paul de Man, *Allegories of Reading*, New Haven and London Yale University Press, 1979, p.205.
② Ibid., p.153.
③ Ibid., p.155.
④ Paul de Man, *Blindness and Insight*, Minneapolis: Minnesota University Press, 1997, pp.163 – 164.

存的永恒悖谬,"阅读的可能性永远不能被认为是理所当然的"①,阅读总是面临意义悬置无知的尴尬。

德曼指出隐喻优先于命名,一切概念语言的产生都是一个隐喻替代的过程,一切概念语言都具有隐喻的特征,或者说"所有的概念语言被植入了命名活动中,植入了'专名'的创造中,不可能说命名是实在的还是修辞的:从存在命名的那一刻起,实体的差异这一隐喻概念就是隐含的了,并且无论何时只要有隐喻,对特定实体的命名就是不可避免的了"②。这种概念的隐喻暴力解释了人类文明及其负罪感的出现,"由于词语的发明,人通过在公民社会的不平等中建立平等、在差异中建立同一而使'人们'的存在成为可能,在这个公民社会中原始恐惧悬置起来的潜在真理已经由本体的幻觉驯化了。概念阐释数字同一性的隐喻,仿佛数字是对事实的文字陈述一样。没有这种文字化,就不可能有社会。阅读卢梭的人必须记住,这种文字主义是对原始错误的一种带欺骗性的误导表征。概念化的语言是公民社会的基础,但也似乎是强加于错误之上的一个谎言。因此,我们几乎不能指望人文学科的认识论会有多么直截了当"③。在这段最具有政治破坏性的话语中,德曼指出,隐喻是压抑差异、寻求一致性,是文明社会同一性的假象,没有这种假象社会就不能存在,然而概念语言是添加在谬误之上的谎言的结论。弗雷德里克·詹姆逊也指出,德曼的"隐喻既是又不是一个'错误':它产生幻象;然而,由于它是难以逃避的,是语言固有的组成部分,所以,用'错误'来形容它似乎不特别合适,因为我们没有现成的空间能使我们走出语言之外,去做这样的判断"④。德曼认为语言具有隐喻性、虚构性和欺骗性,语言构成了文明社会的基础,建立在概念化语言基础之上的文明社会具有一定的虚构性和欺骗性也就不证自明了。因此,他对人类的特征表示了一种深刻的怀疑:"人类的特性,也许

---

① Paul de Man, *Blindness and Insight*, Minneapolis: Minnesota University Press, 1997, p. 107.
② Paul de Man, *Allegories of Reading*, New Haven and London Yale University Press, 1979, p. 148.
③ Ibid., p. 155.
④ Fredric Jameson, *Postmodernism, or, The Cultural Logic of Late Capitalism*, Durham: Duke University Press, 1991, p. 228.

中篇　理论篇

植根于语言的欺骗之中。"①

德曼正是从文本修辞阅读角度指出别人的错误，同时宣称阅读的不可能性，"对于可阅读性的假设，它本身就是由语言建构而成的，所以就不再能够被视为是理所当然的，而是被发现是异常的。没有不需要阅读的写作，但是，所有的阅读都是错误的，因为它们都假设了自身的可阅读性。任何写出的东西都必须被阅读，而且任何阅读都容易接受合乎逻辑的确认，但是，使这种确认成为必要的逻辑本身却是无法证实的，所以它自称为真理其实也是没有根据的"②。我们不应该简单地把德曼的"不可能性"理解为"不能"；事实上是指语言的指涉义不是绝对唯一的，它不受语法、逻辑的限制，却重视语言修辞功能，认为阅读是没有终极的过程，这就是德曼寓言式阅读理论的内涵。而"第一次把讽喻（寓言——引者注）转变为后结构主义的文本和阅读模式的乃是德曼"③。

德曼较早在《时间性修辞学》中就论述了寓言和时间的关系，说明寓言是历时的，叙事的，是符号和符号之间的关系，并且是有关距离和差异的阐释。寓言符号不同于它所指认的、代表的或替代的符号。但明确表述寓言和阅读关系则是在《阅读的寓言》中，他说：

> 所有文本的范式都包括一个比喻（或比喻系统）以及对该比喻的解构。但是由于这个模式不能被某一终极阅读封闭起来，所以，它会依次产生一种替补式的比喻叠加，用以说明先前叙述的不可读性。这种叙事与最初以比喻为中心而最终总是以隐喻为中心的解构性叙事不同，我们可以在第二（或第三）层次上称之为寓言。寓言式叙述说的是阅读失败的故事，而诸如《第二话语》的转义性叙事说的是命名失败的故事。这一差异只是层次上的差异，寓言并不消除比喻。寓言总是关于隐喻的寓言，因而也就总是关于阅读的不可能性的寓言——此

---

① Paul de Man, *Allegories of Reading*, New Haven and London Yale University Press, 1979, p. 156.

② Ibid., pp. 201 – 202.

③ ［加］谢少波：《抵抗的文化政治学》，陈永国、汪民安译，中国社会科学出版社1998年版，第46页。

· 183 ·

西方寓言文体和理论及其现代转型

句中表示所属关系的"的"本身就应该当作隐喻来"读"。①

德曼的隐喻观不赞同尼采把隐喻视为高于一切的辞格,他认为寓言和隐喻不是截然区分的:寓言是隐喻的最普遍形式,隐喻把自身概括进寓言,替换它的本来意义。换句话说,隐喻相似性的置换被寓言的符号置换替代,因此都讲述了阅读失败的故事。但寓言不是隐喻,寓言是关于第二时刻的阅读。那如何把这种狭隘的意义变成与整个过程相联系的一个更宽泛的意义,这个变化源于"两难境地通过隐喻进行的主位化"②。也就是说,隐喻能够把起初是谬误时刻及后来的真理时刻变成一个单一过程,这种转换表面上看是对立的,实际上显现了认知的时间连贯性。这在他对从"巨人"到"人"的命名过程中表现得很明显。德曼说"这一运动并不按照时间概念中实际的次序发生;通过这种方式再现的仅仅是一个隐喻,它从实际上显现为共时、并列中产生的东西形成一个序列"③。因此,在德曼看来,阅读是寓言和隐喻共同作用的结果,寓言是第二(第三……)时刻的命名,隐喻则是具有决定性时刻的命名,这两个过程事实上是不能分而论之的。詹姆逊在讨论德曼的寓言理论时就明确指出,"因为修辞包含了两者,并且明确了寓言和隐喻之间深深的、内在的同谋方式;寓言原理包含了一个隐喻时刻,而隐喻原理则被寓言取代,并藏匿于寓言之下"④。根据寓言的词源意义以及前面对寓言时间性的强调,可以看到,寓言在与隐喻的互相指涉中实现了深度的意义表达。米勒则指出了寓言的神秘特征,"你若理解它,就根本不需要它,反之从表面你永远得不到真义。所以,不可读性的悖论从一开始就存在于寓言的概念之中"⑤。

---

① Paul de Man, *Allegories of Reading*, New Haven and London Yale University Press, 1979, p. 205.
② Paul de Man, *Blindness and Insight*, Minneapolis: Minnesota University Press, 1997, p. 162.
③ Ibid., p. 163.
④ [美]詹姆逊:《单一的现代性》,王逢振、王丽亚译,天津人民出版社 2005 年版,第 87 页。
⑤ [美] J. 希利斯·米勒:《重申解构主义》,郭英剑译,中国社会科学出版社 1998 年版,第 205 页。

中篇 理论篇

德曼的寓言理论说明了寓言拒斥世界与经验、符号与意义之间任何形式的统一，重视言意任意性的阅读。因此，对文本语言的修辞性阅读就是一种寓言式阅读，这种修辞性阅读不会被最后一种阅读所终止，"它会依次产生一种替补式的比喻叠加，用以说明先前叙述的不可读性"①。寓言式阅读总会产生另一个阅读或另一些阅读，或者说语言的语法和修辞的相互抵牾，这种语言效果也就是德曼的阅读的寓言。他说："所有寓言式的诗歌必然包含一个再现成分，它向理解发出邀请并允许被理解，但结果却发现它所企及的理解必然是误解。"② 这个悖论在他（以前）的思索中得到了强化："所有再现的诗歌同样也是寓言式的。"也就是说，所有的寓言式阅读必然是误读，消解了前人阅读的意义。因为"解构并非我们添加给文本的某种东西，而是它首先构成了文本。一个文本同时肯定并否定它自身的修辞的权威性"③。这并不是说寓言式阅读是错误的行为，而是指这种阅读具有否定性和无限性，每一次阅读都指向文本之外的别的意义内涵，是对原文的故意误读，或者说是读者对文本的修正、创造。卡勒就认为："给定文本的复杂性，比喻的可逆转性，语境的延伸性，加上阅读之势在难免的选择和组织，每一种阅读都可以说是片面的。阐释者可以发现一个文本中为早先的阐释者忽略或歪曲的特征和含义。"④ 布鲁姆则把这种误读绝对化，当作是文本意义的生成方式。对于这种情况，诺利斯指出，寓言具有"阻止或延宕对词语与概念之间关系的即时掌握，而为一种阅读模式指出了道路，即通过其自身强加的全部问题和抵制来追溯一个论点"⑤。这与德曼把文本的语言看成是比喻的有关，语言的指涉除了字面义外还有比喻义，即符号和意义之间、能指和所指之间是一种断裂关系，"叙述解释（实际上它自身的意义）指涉别的事情而不是自身"⑥。就像无意识是经过

---

① Paul de Man, *Allegories of Reading*, New Haven and London Yale University Press, 1979, p. 205.
② Paul de Man, *Blindness and Insight*, Minneapolis: Minnesota University Press, 1997, p. 185.
③ Paul de Man, *Allegories of Reading*, New Haven and London Yale University Press, 1979, p. 17.
④ ［美］乔纳森·卡勒：《论解构》，陆扬译，中国社会科学出版社1998年版，第157页。
⑤ Christopher Norris, *Paul de Man*, New York: Routledge, 1988, p. 99.
⑥ Martin McQuilla, *Paul de Man*, New York, Taylor and Francis Group, 2001, p. 34.

社会规范改装后在意识层面显现的,这种显现的意识与隐藏的无意识之间保持着一定的距离。因此,德曼认为寓言即叙述,即阅读,寓言性是我们使用语言的先决条件,它是这个游戏最主要的规则。他用寓言代替摹仿作为文学作品的本质特征,这种寓言性的文学作品,就是要对文本进行修辞性阅读,即寓言式地阅读文本,努力寻找隐藏在文本字面义之下的意义内容,从而解构作者掌握文本意义的权威,确立读者作为文本意义生产者的身份。

德曼对文本的寓言式阅读说明了语言的隐喻特征,及其总是指涉自身而非客观的实体存在,这就决定了文本的阅读是无限重叠的开放过程,是以寓言为存在的文本模式,因为所说的和所理解的永远都不可能吻合。因此阅读不可能性与命名的双重隐喻过程一样具有语言意识形态的暴力,正是从卢梭对语言起源的考察中看到整个社会是一个隐喻的暴力世界。

第三节　意识形态的寓言

从前面分析中可以看到,德曼的语言观从语言的修辞性说明文本意义的不确定性和多样性,即寓言的字面义和指涉义与意识和无意识一样永远是无法同一的,这是一种语言无意识理论。他重视字面义和隐含的比喻义之间的并存关系,揭示命名语言的隐喻暴力,就像心理学对人的意识和无意识的分析一样,重视对无意识的追求。德曼关注的是对语言比喻义的修辞性阅读,这成为他研究一切现实问题的出发点,这种转变如伊格尔顿所言:"后结构主义无力打碎国家权力结构,但是他们发现,颠覆语言结构还是可能的。总不会有人因此来打你脑袋。学生运动从街上消失了,它被驱入地下,转入话语领域。"[①]

德曼阅读的寓言理论不限于语言文本,而是包括社会、政治等社会文本的阅读,正如马汀所说,"阅读"对德曼而言产生了新的定义,"阅读意

[①] [英]特雷·伊格尔顿:《二十世纪西方文学理论》,伍晓明译,陕西师范大学出版社1986年版,第178页。

中篇 理论篇

味着比喻语言的阐释。既然比喻语言和日常语言之间没有明显的区分,那么德曼阅读的定义就要求我们阅读我们周围的世界……就比喻是所有语言的特征而言,它也决定了我们谈话和思维的方式。……不存在阅读任务的终结……对德曼而言,这是人类状况悲惨的语言困境。它是悲惨的,正如我们所见,因为它不能完全确定阅读本身是可能的"①。德曼把一切都当作文本来阅读,认为人类社会的一切都受到语言特征约束。他的"周围的世界",就是要我们关注现实世界,看到现实世界的困境就是"语言困境",对语言文本的阅读方式就是认识世界的方式,因为"阅读的最重要的要点已证明,最终的困境是语言的困境,而不是本体论的或解释学的困境"②。现实世界与文本一样具有相同的语言结构和隐喻特征,社会现实也是一个复杂的文本,需要进行以语言为主符码的寓言式阅读,剖析现象与本质不一致的原因,努力穿透意识形态的屏障,认识真实的现实。德曼的阅读的寓言必然是意识形态的寓言,这种意识形态的寓言是以语言为中介的批判模式。语言是分析政治、经济、文化等社会现象的前提条件,只要有语言就有意识形态,这是德曼的意识形态批评策略。伊格尔顿也指出,解构理论"最终是一种政治实践,它试图摧毁一个特定的思想体系和它背后的整个政治结构和社会制度系统籍以维持自己势力的逻辑"③。德曼认为,透过语言的本质特征能够暴露人类政治命运的悲剧性和社会政治制度的虚假性,因为"人类的政治命运结构与语言模式相同,并起源于语言模式,这个语言模式独立于自然、并独立于主体而存在"④。对社会文本进行寓言式阅读,在瞬间变化的社会万象中,在繁华躁动的现象景观中,冷静地思考现代生活的意义。也就是说,德曼的阅读的寓言理论不但可以穿透意识形态幻象,而且能透视意识形态自我解构的本质。

---

① Martin McQuilla, *Paul de Man*, New York, Taylor and Francis Group, 2001, p. 19.
② Paul de Man, *Allegories of Reading*, New Haven and London Yale University Press, 1979, p. 300.
③ [英]特雷·伊格尔顿:《二十世纪西方文学理论》,伍晓明译,陕西师范大学出版社1986年版,第185页。
④ Paul de Man, *Allegories of Reading*, New Haven and London Yale University Press, 1979, p. 156.

西方寓言文体和理论及其现代转型

德曼在象征和寓言的比较分析中已经指出，混淆语言和自然现实指涉物，幻想的整体性本身就具有某种意识形态特征，而语言的修辞性和寓言性的否定功能，有效地批判了这种意识形态畸变。所以对一切文本进行语言结构分析，能够超越这种意识形态幻象，解构意识本身的蒙蔽。因为"在后结构主义时期，西方对修辞的关注有了根本性的变化。当今一般认为语言的衍义作用有其自主性，语言的'修辞性'并非说话人所能完全控制掌握的。同时，'修辞'的形式——尤其是具体的'修辞格'本身——可能带有意识形态的内涵。这并不仅只是说，修辞可以传达意识形态（如政治家用修辞手段增强其政见的传播与说服力），而是说修辞的形式本身也会蕴涵价值观念"①，或抵制某些错误的意识形态观念。因此，德曼对语言修辞和寓言特征的关注就不限于语言本身，而是扩大到对整个社会现实和人类生存状况的思考，是从文学文本走向泛文本，从狭义的寓言走向了广义的寓言。

可见，德曼的意识形态观与语言观紧密相连，他有意地把意识形态、政治等内容包容在他语言的绝对视界中，通过语言来研究意识形态。"在《阅读的寓言》中，德曼仔细思考语言问题，这可以看作思考意识形态难题的前奏"②，因为"在德曼的字典里，处于优先位置的术语显然不是历史，更不是政治，而是语言"③。马克思在对语言和意识关系的论述中，指出了语言和意识具有同样长久的历史；语言是意识形态发挥作用所依赖的物质媒介，意识形态的载体是语言。德曼就是从语言学角度，一方面说明了意识形态的永久性，另一方面论证对意识形态的批评过程也是一种阅读的寓言。对于何为意识形态，德曼说：

> 那将是很不幸的……如果把能指的物质性［意义单位如词语］和

---

① ［加］高辛勇：《修辞学与文学阅读》，北京大学出版社1997年版，第3页。
② Martin McQuilla, *Paul de Man*, New York, Taylor and Francis Group, 2001, p.121.
③ Sprinker Michael, *Imaginary Relations: Aesthetic and Ideology in the Theory of Historical Materialism*, London: Verso, 1987, pp.240–241.

中篇 理论篇

它所指事物的物质性混淆起来……我们叫做意识形态的东西，正是语言的现实和自然的现实的混淆，或者是指涉物和现象论［客体自身］的混淆。因此说，文学性的语言学比起包括经济学在内的其他探索方式来说，在暴露意识形态的异常性上，是一种不可或缺的有力的工具，也是用来解释这些异常性之所以发生的一个决定性因素。谴责文学理论忽略了社会的和历史的（即意识形态）现实的人们，只不过是说明了他们的恐惧而已。他们害怕自己神秘化了的意识形态，被他们试图否定的工具所揭露。简而言之，他们没有读懂马克思的《德意志意识形态》。①

德曼继承了马克思早期把意识形态视为虚假意识的观点，认为意识形态把词与物之间的习俗关系当成现象关系，把指称效果当成某种现实的现象。因此，从语言符号能指和所指的断裂关系来考察意识形态的寓言式阅读方法，具有祛除意识形态蒙蔽，和说明产生这种蒙蔽作用的能力，从而指责那些认为文学语言脱离现实的言论。因为"语言是思想的直接现实。……从思想世界降到现实世界的问题，变成了从语言降到生活中的问题"②。而且，"哲学家们只要把自己的语言还原为它从中抽象出来的普通语言，就可以认清他们的语言是被歪曲了的现实世界的语言，就可以懂得，无论思想或语言都不能独自组成特殊的王国，它们只是现实生活的表现"③。在这里，马克思明确指出语言受意识形态的控制，语言只是对被意识形态歪曲了的现实的一种表达，语言不能脱离意识形态的控制而独立存在。在这点上，德曼的语言观与马克思的语言观有所不同。德曼不认为语言是意识形态的产物，恰恰相反，他认为语言指定意识形态的模式，只要有语言，就有意识形态。他在解读卢梭谈论"人"的概念语言中得出这个结论：卢梭讲述的人类语言的起源，从"巨人"到"人"的命名

---

① Paul de Man, *Allegories of Reading*, New Haven and London Yale University Press, 1979, p. 11.
② 《马克思恩格斯全集》第3卷，人民出版社1972年版，第525页。
③ 同上。

西方寓言文体和理论及其现代转型

过程包含了双重的隐喻：第一个命名是内心恐惧的结果，是对客观事实的错误表达；第二个命名过程是有意纠正"错误"的表达，却否定了当时正确的主观情感。德曼断言，社会就是这种隐喻语言实在化的产物，因为我们生活的世界离不开语言，语言为我们设定了"现实"，"如果社会和政府派生自人类和他的语言之间的张力，那么它们（指社会和政府）不是自然（依赖于人和事物的关系），不是伦理（依赖于人们之间的关系），也不是神学……"① 德曼的语言本体论及强调对语言的寓言式阅读能透视社会意识形态的观点是很独特的。

德曼阐明意识形态和语言的关系后，指出文学性的语言能够暴露意识形态的畸变，这也是由寓言的本质特征所决定的，"符号和意义永远无法重合，这一关于语言的陈述，正是我们称之为文学的语言视为理所当然的东西。文学不像日常语言，它是从这一知识开始的；它是唯一不犯中介表述错误的语言"②。然而，对于"文学性"或文学特征的界定，德曼仍然是从语言修辞性出发，他说："文学特征的标准不在于文风的散漫或紧凑，而在于语言修辞的程度。"③ 正因为语言的修辞性就是文学性，也是寓言性，所以他用语言的主符码去阅读一切，说明对意识形态遮蔽性的揭示，通过对文本语言的寓言式阅读就可以实现对社会、政治等虚假意识的解构。因为这些形式的表达都和语言一样具有隐喻的、比喻的修辞特征，都是在自身中包含了自我颠覆的因素；从而可以在寓言式阅读中批判统治阶级意识形态的虚假性表象，在符号的断裂中想象性地实现乌托邦愿望，这和路易·阿尔都塞的意识形态观一样，都重视了艺术作品对意识形态的批判功能。阿尔都塞认为，意识形态是"个体与其真实存在条件的想象性的一种'表达'"④。这里重要的术语"表达"和"想象性"暗示了意识形态实际上是一个语言的或文本的问题。意识形态不是通过外部力量强加在个

---

① Paul de Man, *Allegories of Reading*, New Haven and London Yale University Press, 1979, p. 156.
② Paul de Man, *Blindness and Insight*, Minneapolis: Minnesota University Press, 1997, p. 17.
③ Ibid., p. 137.
④ ［斯洛文］斯拉热热沃·齐泽克等：《图绘意识形态》，方杰译，南京大学出版社 2002 年版，第 161 页。

中篇 理论篇

体身上的一种思想控制形式,"而正是我们体验生活的方式:宗教信仰、政治观点、文化身份、家族史、支持足球队、阅读报纸、看电视如此等等"[①]。如阿尔都塞认为的:"人本质上是一个意识形态动物。"[②] 只有真正的艺术才能与资产阶级的意识形态进行战斗;只有在审美活动中我们才能看清社会生活的现实条件。西方马克思主义者承认产生于现实生活话语形式的意识形态具有幻象性,承认意识形态与真实世界之间不是直接的反映和被反映关系。这对德曼的意识形态观无疑具有启发意义,他对文学语言的修辞性阅读就表明这点。

德曼指出,语言的隐喻特征企图用同一性遮蔽现实的差异性、多样性,试图超越人类生存的真实状况。以语言为媒介的现实关系的表达,在某种程度上实现了意识形态的暴力,即语言常被用来暗中传播意识形态,让我们以为意识形态是自然的、不言而喻不用证明的真理。但是,只要认真地追究语言的解构或修辞性,我们就会发现事实并不那么简单。因此,德曼认为不是通过意识形态,而是通过概念语言的中介可以获得对"真实"世界的感受。他从文本的语言结构认知、批判意识形态,事实上也是一种审美现代性批判。

对德曼而言,意识形态事实上是所有语言起作用的方式,如伊格尔顿所说:"意识形态的东西就是一种意义聚合,具有欺骗性的透明度和封闭性的推论。"[③] 德曼说的混淆比喻和概念的语言现实与现实世界的真实体验,严格地说是意识形态的行为,而且"意识形态"这个术语被用来比喻地描述这种运动。因此,不能说通过这个术语的运用,我们更接近于真实世界的体验,而应该说在语言中我们再一次被阻隔了。不存在从这种状况逃走的办法,依靠自己的力量,语言不可能使自身停止运转,德曼把语言这种自主特征称为语言无意识。他说,"阅读并不是'我们的'阅读,因为它应用的只是文本本身提供的语言要素……解构并非我们添加给文本的

---

① Martin McQuilla, *Paul de Man*, New York, Taylor and Francis Group, 2001, p. 85.
② [斯洛文]斯拉热沃·齐泽克等:《图绘意识形态》,方杰译,南京大学出版社 2002 年版,第 169 页。
③ [英]特里·伊格尔顿:《文本·意识形态·现实主义》,载于《最新西方文论选》,王逢振主编,漓江出版社 1991 年版,第 425 页。

某种东西,而是它首先就构成了文本。"① 语言是人类"无法控制"的那个臭名昭著的存在。② 语言属性不是人类的属性,相反,人是由语言构成的,语言是物质的,我们使用语言来决定我们对真实世界的体验。真实世界不是一个文本,人类和语言使用者也不是文本,而是通过与真实世界相关的文本形式去体验。詹姆逊也说真实历史是不可知的,我们只能通过文本化来接触历史(具体观点见下一章)。德曼认为所有文本都重复同样的故事:盲目的意识或概念的隐喻殚精竭虑地要把非人类的语言物质性或无意识加以总体化,但结果却总是以自我失败告终。③ 因此,通过对文本语言的剖析可以揭露其中所含的意识形态,意识形态的寓言就是通过语言分析意识形态,阐释意识形态何以作为语言的必然性出现,而语言必然性的符码从语境中读出文本的意识形态,即语言内部社会权力的运作。

德曼把隐喻看作意识形态的范式。概念隐喻压抑差异,生产出关于自治主体、平等、一致性和总体化的神话;隐喻的运用始终是错误或有害行为,深刻地再现了马克思所说的意识形态对现实歪曲的表达,这是一种必然,因为隐喻是语言的主要修辞特征之一。同时也印证了阿尔都塞说的意识形态是现实生活关系的想象性表达。德曼认为社会是"虚构的一致性","想象性关系"源于错误的语言观念。他就这样揭示了语言文本中存在的意识形态模式,看到了文本中霸权和反霸权的策略,用语言把文本和政治关联起来。这种无处不在的语言意识形态,使他把历史作为与语言一样错误的东西排除掉。德曼说:"这种语言错误从未达到规范化,在与它所要达到的规范的关系上总是被错置,这种语言错误,这样一种生活的幻象,恰恰是本雅明称之为历史意志的来世生活。惟其如此,历史就不是人性的,因为它严格地与语言秩序相关;由于同一理由它也不是自然的;它不是现象的,因为任何关于人的认知和认识都不能产生于纯粹涉及语言内涵的一种历史。……如果你愿意,我们可以说那是任何历史的理解都必不可

---

① Paul de Man, *Allegories of Reading*, New Haven and London Yale University Press, 1979, p. 17.
② Ibid., p. 277.
③ [加]谢少波:《抵抗的文化政治学》,陈永国、汪民安译,中国社会科学出版社1998年版,第52页。

少的一种虚无状态。"① 如果认为承认历史就等于屈从政治教条和诸种阶级意识形态，则不符合马克思辩证的历史发展观，而是违背了人类社会发展的现实状况，从而陷入了非历史的虚无主义。对于德曼关于"历史是语言的错误"的假定，我们应该辩证地分析：作为文本的历史，即作为统治阶级的历史，为统治阶级的利益服务，其历史就像虚假意识形态一样有蒙蔽作用；而人民群众的历史是现实生活关系的历史，有其真实的一面。德曼往往是把历史和意识形态相混淆，把两者都定义为语言的错误，无疑是片面的。

德曼从语言的自然状态开始，抛开意识形态强加在语言上的总体化倾向，以颠倒的方式，突出了叠加在语言之上的错误，敏锐地体察到符号和意义的危机。但他的"错误观"认为整个人类生活都是一个荒诞不经的错误，一切社会政治制度都是意识形态错误，任何人都不可能逃脱意识形态的牢笼，这就有可能被其反对者宣扬为悲观厌世的颓废思想，进而被认为对一切制度、意识形态丧失了信心。但我以为，德曼的重点是在暴露意识形态的虚假性时，为人们提供一种批判的武器——语言，语言分析是我们的精神所能达到的最远点，也只有运用语言我们才能戳穿意识形态的幻象。米勒对此也有明确的说明，"据我所知，无论马克思还是德曼都没有身体力行去反对社会的大厦，两者都选择语言作为武器——这两例中，那种语言的强有力构成并非单纯的修辞或语言学分析，而是展示了隐喻的自我解构"②。德曼认为，阅读语言学具有意识形态的异常性及说明意识形态产生变异的原因，因为意识形态努力把语词的概念和感观知觉连接起来，把语言和存在，心灵和世界不一致状态结合起来，但语言隐伏的、比喻的、修辞的和寓言的特性破坏了这种美好的愿望。

总之，德曼认为，虚假的语言自然化存在于一切意识形态的核心里，他把所有的意识形态话语都追溯到权力和欲望的运作，把所有的语言视为根深蒂固的修辞性，把意识形态的功能作为文本来剖析；从文本内部语言

---

① Paul de man, *Resistance to Theory*, Minneapolis, University of Minnesota, 1986, p. 92.
② [美] J. 希利斯·米勒：《许诺、许诺：马克思和德曼的关于言语行为、文学和政治经济学诸理论之异同》，载《马克思主义美学研究》第4辑，广西师范大学出版社2001年版。

西方寓言文体和理论及其现代转型

观念来观照意识形态，挖掘其深层的运作机制，及其解构的必然性。从阿尔都塞意识形态和意识形态国家机器的观点来看，语言就是一种具体的意识形态国家机器，是与法律、政治等相并列的，因此对语言的抵制必然是对意识形态的抵制。在艺术对抗意识形态的实践遭到失败后，德曼对语言意识形态本质的论述及其解构文本阅读实践的有效性，极大地振奋了处于茫然状态中的知识分子。同时为现代理论家抵抗工具理性的统治提供了有意义的启发，文本的寓言式批判就是对资本主义社会的意识形态的批判。

简而言之，德曼的阅读的寓言和寓言式阅读理论就像一枚硬币的两面，都是在阅读过程中形成，不能截然区分，都与语言的修辞性密切相关，着重对字面义之外的文本意义的阅读。对德曼而言，就是解构作者意欲说出的真理，典型的是对卢梭《忏悔录》的"忏悔""辩解"和"暴露"等寓言式解读。也就是说，德曼的寓言理论把一切现象看作文本，以语言作为阅读的主符码进行寓言式阐释；从语言能指和所指的断裂，从寓言言此意彼的本质特征出发，对文本进行表层和深层的解读，企图解构文本阅读具有完满结局的幻想，运用语言的修辞性特征来透视社会万象，特别是批判启蒙理性的合理化带来的负面影响，试图在文本的寓言式阅读中还原世界的本来面目。

然而，我们要清醒地看到，德曼不是在玩语言游戏。实际上，他告诉我们"把文本降低为语言的修辞形式、转义结构和比喻模式是不可能的，而且，一种简单的'修辞式阅读'实际上也是完全不够的，这个事实可能使那些阅读（或者没有阅读）过德曼的人深感惊讶"[①]。这表明了德曼的阅读的寓言理论是一种批评方法或阅读策略，是一个批评家的智慧选择，他并不要求人们执着于以语言为中介的修辞性阅读，即寓言式阅读，在德曼这里，寓言甚至作为一种思维方式深入到后现代社会，成为看世界的自觉选择方式。詹姆逊关于寓言理论的论述，就更具体地说明了寓言阐释方式和思维方式对现代人的影响和作用。

---

① Paul de Man, *Aesthetic Ideology*, Minneapolis, University of Minnesota, 1996, p. 12.

第四章 弗雷德里克·詹姆逊：历史阐释的寓言理论

本雅明的历史观说明，人类社会从手工劳动的原始社会进入机械复制的发达资本主义社会，人的经验及其表达形式发生了变化，把握世界的方式也随之发生了一系列变化。面对历史，詹姆逊同样看到从古典到现代的历史巨变，认为应该从总体上来把握历史的发展，因为历史是各种意识形态和乌托邦相互交织的复杂现象。同时，他认为历史是不可再现的，只能以文本的形式存在才为人所接近，历史的文本化受到意识形态的制约。为了解决真实历史的再现问题，詹姆逊求助于寓言概念，创造性地把寓言从文体学的意义中释放出来，认为寓言是文本无法实现再现历史的再现方式。因此，在詹姆逊这里，历史的文本化必然走向寓言化，对文本的阐释就是寓言式的重写。本章主要研究詹姆逊历史的文本化和寓言化的转换，寓言和意识形态的关系及其独特的"民族寓言"观，进一步说明现代寓言理论在历史发展中的重要性。

第一节 历史的文本化和寓言化

关于历史的研究，一般都是从总体来把握，把历史当作一个有规律的、统一的和完整的发展过程，研究这些过去事件的历史规律，从中吸取经验教训，并预测未来的发展趋势，提出相应的应对策略。自维柯、卢梭、赫尔德、柏克、黑格尔开始，西方的历史研究经历了一个漫长的过程，到马克思、恩格斯这里达到了唯物主义历史发展的高峰，马恩的历史唯物主义方法对后世产生了巨大影响。詹姆逊在《马克思主义与形式》中指出，马克思主义是一种开阔的、最具包容性的具体的历史理论框架，而其他分析方法和理论思潮都不同程度地压制了历史范畴，对社会现实的分析都是侧重某一点而不及其余。迈克尔·斯普林克也说："通过用历史的范畴代替美学的构造设计范畴，马克思主义开拓了长期解构自亚里士多德以来一直统治西方文学批评的拟人论的道路。这个过程将不会是一帆风顺的，其错综复杂的问题将在马克思主义表面拒斥的范畴和意识形态方面继续纠缠下去。理解这一境遇的较直接方式就是检验历史的概念，这是詹姆逊理论和文学批评的基础。"[①]詹姆逊坚持把历史作为自己理论阐释的一个主符码，批判反历史主义否认历史的规律性、总体性和只承认个别史，不承认历史的普遍性的观点。所以，在《政治无意识》开篇，他就把"永远历史化"作为该书的"真谛"。那么，詹姆逊的"历史"有何独特之处？

詹姆逊重视历史和语言的关系。在《拉康的想象界和符号界》一文中，批评了拉康只关心"想象界"和"符号界"，认为"实在界"是绝对抵制符号的，是不在场和不可认识的观点。他说拉康的实在之物所意指的意思，不是别的，"它就是历史本身"[②]，通过想象界和象征界的中介可以表征出实在之物的意思。由此，詹姆逊把历史和语言符号相结合，认为语言符号体系可以使我们接近历史。他自己的历史分期就是把历史与文学放到一起研究：西方社会的历史发展可以分为前资本主义、帝国主义、跨国资本主义三个阶段，与之相对应的文学发展是现实主义、现代主义、后现代主义。按照詹姆逊的观点，历史可以文本化也只能通过文本化表现出来，因为"历史"不是一般意义上的人类发展史。他认为有两种历史：一是现实社会的人类发展和自然界的变化；一是通过文字表现出来的即文本化的历史，我们可以进行阅读解释的历史，但这又不是简单而完整的历史

---

① Michael Sprinker, *Imaginary Relations: Aesthetics and Ideology in the Theory of Historical Materialism*, London: Verso, 1987, p. 157.
② [美]詹明信：《拉康的想象界与符号界》，载《晚期资本主义的文化逻辑》（以下均简称为《晚期》），张旭东编，陈清侨等译，生活·读书·新知三联书店1997年版，第247页。

中篇 理论篇

再现。根据阿尔都塞把历史等同于"缺场的原因"及拉康的"真实界"的理论,历史是不可真正感知、不可能完全再现的。具体而言,詹姆逊的历史观受到卢卡奇、阿尔都塞关于历史和总体讨论的深刻影响。

卢卡契在《历史与阶级意识》中认为总体范畴在其最内在的本质上是历史的,总体是本体论和方法论的统一,总体作为本体论是历史的本体。他继承黑格尔《精神现象学》中"实体就是客体"及把历史理解为主客体统一的观点,努力突破传统的主客二元论,认为无产阶级既是主体又是客体,是真正的革命者,是历史的动力和反映。总体作为一种方法是历史的方法,"总体的观点……是马克思取自黑格尔并创造性地改造成一门全新科学的基础的方法本质"①,卢卡契的历史就是和总体范畴相联系的"历史的总体"。他认为通过无产阶级的总体意识可以克服异化的现实,把整个历史过程理解为一个总体,在人与人之间的关系中生成的历史的总体化,历史永远是一个未完成的任务,历史的未完成性使其不可真实接触。詹姆逊受卢卡契这一思想影响,认为对这种难以表达的历史的总体,就应该主张历史的文本化,在文本阐释中把握历史的本质,从而在一定程度上克服认知历史的困难。

阿尔都塞则批评了受黑格尔影响的卢卡契总体范畴的简单因果关系,认为卢卡契把社会当作一个总体来理解,忽略了社会是一个差异性的复杂整体,他自己则喜欢用"结构整体"来描述马克思主义的社会历史。"马克思主义的整体是复杂的和不平衡的,这种不平衡性正是由最后层次的决定性所体现"②,按照马克思主义的观点,这里的"最后层次"就是经济的决定作用,但不是唯一起作用的层次。马克思主义的总体范畴是结构的总体,各部分、各因素之间相互作用,相互制约,是一个共时的结构框架,甚至"每种思想都是一个真实的整体,并由自己的问题框架从内部统一起来,因而只要从中抽出一个成分,整体就不能不改变其意义"③。阿尔都塞

---

① [匈] 卢卡奇:《历史与阶级意识》,杜章智等译,商务印书馆1996年版,第76页。
② [法] 路易·阿尔都塞:《亚眠的答辩》,载《马列主义研究资料》(3、4辑合刊),人民出版社1986年版,第306页。
③ [法] 路易·阿尔都塞:《保卫马克思》,顾良译,商务印书馆1984年版,第42页。

西方寓言文体和理论及其现代转型

强调了社会历史发展的多元性、差异性、断续性和不平衡性,"差异也只是在其他差异中被否定和被扬弃的情况下才得以肯定,之所以如此,这是因为在每个差异中,未来的自在的早已以自在的形式等待着"[①]。对于阿尔都塞来说,历史就是各种关系的表达,即生产关系和其他(政治的、意识形态的)关系;历史是各相对独立层次的作用共同构成了历史的整体,并在整体中决定它们自己的地位,历史的发展在它们的相互关系中得以实现。因为"历史时代概念只能建立在属于一定生产方式的社会形态所构成的社会整体的起主导作用并具有不同联系的复杂结构的基础之上,历史时代概念的内容只能被确定为或者作为整体或者在各个'层次'上被考察的这一社会整体的结构"[②]。因此他否定了历史发展的一元决定论,提出了"多元决定论"或称为"结构因果律"的历史观:历史不是同质的,历史发展就是不同结构的转换,是在不断的断裂中实现非连续性的过程。詹姆逊受阿尔都塞结构因果律的历史观影响,认为历史不是直接显现出来的,而是隐蔽的,是在结构关系中表现出来的。同时还指出了阿尔都塞和卢卡契历史观的内在联系:"卢卡契的总体性概念以某种悖论或辩证的方式与阿尔都塞把历史或现实作为'缺场的原因'的观念不谋而合。总体并非随时可用于再现,正如不能与真理的最终形式(或绝对精神的时刻)接触一样。"[③]詹姆逊把他们关于历史和总体性的观点结合起来,坚持历史的叙事结构分析及社会总体发展的多元决定的观点,从历史范畴出发来建构自己的理论体系。如道格拉斯·凯尔纳说的:"詹姆逊自己的思维是绝对历时的,'历史'是他的主范畴。然而,他坚持提倡历时和共时思维的综合,提倡把对特定历史时刻的结构分析与对变化、发展和断裂的历时分析结合起来。这一立场使他能够批判结构主义和各种自治的形式主义,它们在历史的表现上是不充分的,而且压制了一个

---

① [法]路易·阿尔都塞:《亚眠的答辩》,载《马列主义研究资料》(3、4辑合刊),人民出版社1986年版,第305页。

② [法]路易·阿尔都塞、[法]艾蒂安·巴里巴尔:《读〈资本论〉》,李庆奇等译,中央编译出版社2001年版,第121页。

③ [美]弗雷德里克·詹姆逊:《政治无意识》,王逢振、陈永国译,中国社会科学出版社1999年版,第44页。

中篇 理论篇

关键的分析范畴。"① 这个被压制的关键的分析范畴实际上就是历史,导致不同程度的对总体性的否定。因此,詹姆逊的任务就是要回到历史本身,批判非历史主义和反历史主义的片面观点。

詹姆逊把历史分期与文学分期对应起来研究,就是受到阿尔都塞结构历史观的影响,更主要的原因是他认为马克思不是经济决定论者,对历史的分析应该从社会现实出发。他说,后现代主义的描述是深度模式的消失、情感的消失、时间的空间化。由此看来,后现代社会的历史是不存在的,这种历史感的缺失是现代人陷入恐慌的一个原因。而且,传统的历史主义在20世纪遭到了严厉的批评。20世纪语言学转向,各种文学流派如俄国形式主义、结构主义、新批评和解构主义等,高度重视语言本身的结构分析,在不同程度上忽略了历史研究的维度,虽然不是彻底地放弃历史,但却是反历史的。如詹姆逊明确指出的:"从总体来看,结构主义及其各种流派是反辩证法的、反存在主义的、反现象学的,也是反历史的,反历史分期原则的。"② 因此他强烈要求重返历史,何况"返回历史并不是回到旧的历史去,而是要求创造出某种新的形式的历史,无论在内容,还是在表达这些内容的形式方面要求创造一种新的历史"③。从内容到形式,詹姆逊都要来一个彻底的革命,他的目标是要恢复历史的总体性,批评反历史主义的极端的阐释性历史观;他认为历史存在于人们的阐释中,阐释之外无历史。詹姆逊从认识论和本体论的角度来说明自己的历史范畴,把拉康认为不可知的"实在界"定义为历史,认为在"想象界"和"象征界"的二元对立中能够通过语言符号体系来表现历史,能够被我们所接近。事实上,语言是我们再现现实的工具,是我们认识世界的工具。本雅明的语言观也认为人的语言是上帝赋予的一种知识能力,历史是在语言的表达中得以传承和显现,而语言的物质化就是文本化,因此历史也只能在文本中得以呈现。

---

① Kellner, "Jameson, Marxism, and Postmodernism", in Kellner, Douglas (ed.), *Postmodernism, Jameson, Critique*, Washington: Mashington: Maisonneuve Press, 1989, p. 15.
② [美]詹明信:《法国批评传统》,载《晚期》,生活·读书·新知三联书店1997年版,第327页。
③ 同上书,第305页。

西方寓言文体和理论及其现代转型

既然詹姆逊认为历史不是像康德所说的不可知的"物自体",不是拉康意义上的"实在界",那么他用什么方式来表达这种历史的真实呢?詹姆逊认为首要的就是要恢复总体,这是他坚定的马克思主义方法论前提,在1985年的一次访谈中,他说:"在我看来,马克思主义的强大力量(它颇依赖于总体观念)正在于它坚持知识的总体观,并把所有对世界进行感知和认识的不同方式融会贯通,因为它的先决观念视整个社会生活为一体。"① 总体作为一个概念,其直接来源是黑格尔哲学。卢卡契将黑格尔式的总体进一步发展,认为总体性观念是马克思主义与资产阶级思想的根本分歧,认为马克思本质上坚持的是黑格尔的总体性原则。阿尔都塞则从因果律②出发,认为黑格尔的总体性是一种表现因果律的总体,历史观是一种一元决定论的,而马克思的总体性是结构因果律的,历史观是多元决定论的。

詹姆逊在阿尔都塞多元决定论中,看到他的总体是由一个多样的、不平衡发展的、相互联系的层次组成的整体;在阿尔都塞正统的结构因果律的观点中,赞同他把历史称为"缺场的原因"的观点,从而把语言和总体在历史的范畴中联系起来,形成了自己独特的历史概念。詹姆逊说:"历史不是文本,不是叙事,无论是宏大叙事与否,而作为缺场的原因,它只能以文本的形式接近我们,我们对历史和现实本身的接触必然要通过它的事先文本化(textulaization),即它在政治无意识中的叙事化(narratibization)。"③ 这种历史观可以看成是对阿尔都塞历史观的重新表述,一方面承认历史是缺席的在场者,是隐在的,是难以直接把握的;另一方面又承认历史是可以通过文本的方式得到把握和表达的。也就是说,历史在后现代社会已经发生了不同于传统历史的变化。"传统形式的历史,承担起记忆

---

① [美]弗雷德里克·詹姆逊:《与路易莎·托里斯的谈话》,《外国文学动态》1987年第2期。

② 阿尔都塞认为有三种因果律:机械因果律指笛卡儿和培根以来,说明现象过程的推论的因果性;表现因果律是指莱布尼兹—黑格尔的原因—结果论,它从内部为整体寻找"精神整体性"的原因;结构因果律在原理上是不可见的,通过结构要素产生非直观的效能,不产生看得见的结果,这是阿尔都塞肯定的多元结构因果律,强调不平衡发展在结构中的潜在作用。

③ [美]弗雷德里克·詹姆逊:《政治无意识》,王逢振等译,中国社会科学出版社1999年版,第26页。

中篇　理论篇

往日丰碑的作用，将它们转变为文献……而在我们这个时代，历史成了将文献转变为丰碑的东西。过去在这个领域中，历史破译人们留下的痕迹，可是现在，它则要调整大堆的材料，将它们分类，找出它们之间的相互联系，使它们形成整体。"① 詹姆逊自己也意识到要把作为现实事件的历史和作为叙述及文献的历史统一起来，"需要对本原历史主义和共时性模式这两个论断进行补充的是，共时性样式并不绝对怀疑作为研究和表述对象的历史，而是要找寻一个崭新和独创的历史编撰学的模式，在历史编撰学的叙述模式或换喻中，找出结构的置换"②。历史不是我们直接面对的事实，不是过去的事件，是一个运动的结构叙述，是文本的形式，"历史确有其节奏，但这种节奏没有任何一个人能够把握，因为这种节奏是由不可思议的人群总体性中的相互作用而造成的"。同时，"历史有其不可捉摸和令人吃惊的性质"③，所以只能通过作为叙述的历史来呈现作为真实事件的历史。

詹姆逊把马克思的"生产方式"的理论运用到文本与现实，象征与真实等理论问题的分析。文本不是本身就存在的，而是不断生产出亚文本，生产出自己的现实过程。但这现实独立于文本和真实现实，这是一个想象性的生产，文本和现实之间是一种能动的关系，真实只能在文本的结构中表达，即存在着一个可见的、却不可能直接接触的历史。所以詹姆逊说："历史本身在任何意义上不是一个本文，也不是主导本文或主导叙事，但我们只能了解以本文形式或叙事模式体现出来的历史，换句话说，我们只能通过预先的本文或叙事建构才能接触历史。"④ "历史并非完全是一个文本，不如说是一个即将被构造（或重新构造）出来的文本。"⑤ 历史只有经

---

① 转引自盛宁《二十世纪美学文论》，北京大学出版社1994年版，第189页。
② ［美］詹明信：《马克思主义与历史主义》，载《晚期》，生活·读书·新知三联书店1997年版，第158页。
③ ［美］杰姆逊：《后现代主义与文化理论》，唐小兵译，北京大学出版社1997年版，第93页。
④ ［美］詹明信：《马克思主义与历史主义》，载《晚期》，生活·读书·新知三联书店1997年版，第148页。
⑤ ［美］詹明信：《拉康的想象界和符号界》，载《晚期》，生活·读书·新知三联书店1997年版，第251—252页。

过文本化的过程，才能表征出来，这是由文学文本作为社会象征性行为存在的特征决定的，它试图想象地或象征性地解决某种难以直接解决的现实问题。同时，这个生产出来的文本，需要阐释活动才能把意义揭示出来，从而认识不可知的"真实界"，这个"真实界"就是詹姆逊的历史。也就是说，历史的文本化过程是一个阐释的认识过程，这种阐释不是一般的文本分析，而是从阿尔都塞的多元结构因果关系来进行寓言式的阐释。

因此，在詹姆逊一方面说历史不是文本，另一方面说我们只能通过文本才能接近历史，才能认识历史，可以看到，历史的再现问题是困难的。卢卡契和阿尔都塞的历史观也都说明了这一点。但是，资本主义社会发展的许多问题必须放到历史中才可能找到解决的方法，所以历史的再现问题应该是首先要解决的一个难题。詹姆逊看到文本在有限范围内再现历史，却不能实现历史的真实再现，历史的多元结构及其深度模式的再现就只能寻找别的更合适的表达方式——寓言。因为寓言是表面能指意义外还有别的所指，它的意义具有多种指涉的可能性，能够较好地再现现实社会的本质特征。詹姆逊认为历史必然会走向文本化，历史文本化的观点实际上指出了历史的文本化就是寓言化：用传统的方式很难掌握历史的过去、现在和未来，用寓言就能在废墟、断裂的现象中实现总体性的把握。这就涉及詹姆逊对寓言的思考。

詹姆逊的寓言理论继承了本雅明把寓言作为一种表达方式以及德曼把寓言作为文本存在模式和阅读方式、思维方式的观点。他从历史再现问题出发，强调寓言的寓意对差异性的表达具有优先性，同时还具有寓意和反寓意的功能，寓意的表意机制是"可以不加区别地作用于同一性和差异性，并指望这些将转向对立，最终导致矛盾"[1]。因此，后现代寓言就是"对统一性、同一性、整体性的反拨和拒斥；对多元性、不确定性、差异性的推崇；而更重要的是对变化和过程的强调"[2]。可见，詹姆逊的寓言观深受阿尔都塞多元决定论的影响，寓言本身就是一个叙述的结构性的整

---

[1] ［美］弗雷德里克·詹姆逊：《布莱希特与方法》，陈永国译，中国社会科学出版社1998年版，第140页。

[2] 同上书，第70页。

· 202 ·

体,它可以进行再叙述。因为"寓言中的各种叙述——有些相互相当不同,有些则仅仅是同一个故事的不同翻版——要求进行相互评论,而且是在一种循环过程中,其中每一个层面都可丰富它前面的层面"①。詹姆逊的寓言在差异性和多样化中再现历史的总体,寓言的阅读是一个不断丰富发展的阐释过程,是德曼说的对前文本的阅读。因此,寓言在我们所论的现代和后现代的语境中已不是一种体裁,而成了一种再现方式,一种阐释工具,一种思维方式,一种"在适当的时候才发挥作用的特殊信号"。因为"对文本的每一种阐释总是一种原型寓言,总是意味着文本是一种寓言:意义的整个构思总是以此为前提的,即文本总是关于别的什么(allegoreuein)"②。詹姆逊的寓言理论始终坚持寓言言此意彼的本质内涵,是一种预设了文本寓言精神的再现阐释理论,现在我们就应该转向这种寓言阐释方法的研究。

第二节 文本的寓言阐释

詹姆逊说:"文学作品好像并不是统一的,而是由相互矛盾的、相互区别的不同层次组成的。艺术品不再是一有机的整体,而是由分裂、距离、相异性和间隙组成的游戏。"③ 这种断裂性就是寓言的特征,它不是对符号的单一表述,而是像无意识、梦一样具有多种解释的可能性。詹姆逊用发展的眼光来看待寓言的再现和阐释,强调后现代社会寓言阐释方法复兴的意义。这种寓言阐释不是中世纪的道德阐释,而是一种再现历史的方法。社会已从现实主义对社会历史意义的深刻描写,经过现代主义的异化时期,进入后现代主义深度感、历史感消失的时代。然而,历史毕竟是永恒存在的,这就要找到历史的寄托,找到再现历史深度的表达形式。前面对历史文本化的特征分析,就说明了历史是在阐释中生成的,寓言是一种

---

① [美]弗雷德里克·詹姆逊:《布莱希特与方法》,陈永国译,中国社会科学出版社 1998 年版,第 115—116 页。
② 同上书,第 139 页。
③ [美]杰姆逊:《后现代主义与文化理论》,唐小兵译,北京大学出版社 1997 年版,第 85 页。

西方寓言文体和理论及其现代转型

再现历史的工具。詹姆逊发展了本雅明、德曼的寓言理论，认为寓言主要是一种历史再现形式和文本阐释方法，与他的意识形态和乌托邦思想构成了复杂的理论体系。

本雅明认为，现代人类社会的历史在支离破碎、残缺不全的自然现象中，在过去废墟的堆积中寓言式地再现资本主义社会商品经济繁荣景象背后黑暗的现实及救赎的希望。德曼认为文本是一种替补式的比喻叠加，把这种文本叙事的第二（或第三）层次上的阅读称为寓言。詹姆逊自己说"寓言是一种知其不可为而为之的再现论"[①]。他们都指出寓言具有强大阐释能力：在陈述和意指非一致性关系中，在言意的断裂中，在废墟下面实现意义的解读，戳穿幻象的遮蔽，揭示人与人之间真实关系的交流障碍。正因为历史在意识形态的遏制下很难真实地揭示出来，因此，寓言这种再现方法满足了詹姆逊对历史总体性再现和真实事物的表征。

在与社会发展的联系中，詹姆逊对象征和寓言进行区分，把前者视为古典社会文本的存在方式，后者视为现代社会文本的存在方式，"讽喻（allegory，一般译为寓言——笔者注）模式是向异性或差异性的一种开放；象征模式是让一切事物回到同一事物统一性的一种折叠。毫无疑问，讽喻自身渴望象征的终极统一，而且，就在那种程度上，两种运动是相同的，象征制约着某种类似目的决定论的东西，应该同通过异体性表达出来，作为对异体性的同一性关系的讽喻区别开来：因此，从本质上说，[后者是]一种方法的决定。艺术在其方法的再现方面，完全是讽喻性的"[②]。在二者的比较中，詹姆逊重复了传统观点认为的，象征用统一性掩盖差异性，表达了事物的逻辑性、秩序性；寓言努力在断裂性的变化瞬间实现连续性的表达，是非逻辑的、断裂的。同时他从总体历史观中看到二者都是向统一性的回归，即表达整体的和谐的乌托邦愿望，寓言本身就包含着统一性的元素。这样寓言就能在一定程度上实现他对历史总体性的追求，能通过寓

[①] [美]詹明信：《马克思主义与理论的历史性》，载《晚期》，生活·读书·新知三联书店1997年版，第38页。

[②] [美]弗雷德里克·詹姆逊：《马克思主义与形式》，李自修译，百花洲文艺出版社1995年版，第124页。

中篇　理论篇

言的阐释来再现历史。所以詹姆逊强调"当代理论中的一个趋势，就是放弃传统的关于象征的概念，而认为寓言性是文学的特征"[①]。甚至要求20世纪重返"寓言精神"的探索，"我觉得，我们应该尊重寓言精神，而不是拒绝接受它。寓言式的重写可以打开许多解释的层次，它实质上是一种主题的重写。……总的说来，在我们的批评价值和美学价值中，我感到有一种回到寓言的趋势，有一种脱离传统文学和批评观念，即认为象征是具有统一价值的趋势。"[②] 在历史的发展中，詹姆逊明确指出了寓言对于表达和重写历史的有效性，因为历史事件本身就不是同质的完整体，是异质共生的现象组合，是多元决定的复杂结构。历史的文本化就是历史的寓言化，寓言化的文本要求寓言式的阐释，文本、阐释和寓言行为具有潜在的一致性。"我们的研究客体与其说是文本本身，毋宁说是阐释，我们就是试图借助这些阐释来面对和利用文本的。这里，阐释被解作本质的寓言行为，包括根据某一特殊的阐释主符码重写特定文本。"[③] 这种寓言式的重写可以生成无数的新的文本，这就是詹姆逊所要求的对历史的阐释。

前面绪论部分已经说过，"寓言"从古希腊以来就具有阐释的内涵，最初用在对荷马史诗的阐释中，目的是实现道德教化；后面主要运用在对《圣经》阐经释义中。中世纪的阐释体系，经过奥古斯丁、但丁和阿奎那的发展已经形成一套模式：但丁提出了作品"字面的、寓言的、精神的和秘奥的"四层面意义；阿奎那把这种基督教经典阐释标准改造为历史的、寓言的、道德的和神秘的四层面系统。[④] 中世纪基督教盛行，上帝具有至高无上的地位，其阐释终极所指就是上帝，并具有无所不包的开阔意义，影响着后来西方阐释学的发展。詹姆逊对这种阐释方法给予很高的评价，认为中世纪的基督教阐释体系可以和20世纪的现实联系起来，"只要我们

[①] [美]杰姆逊：《后现代主义与文化理论》，唐小兵译，北京大学出版社1997年版，第85页。

[②] [美]詹明信：《法国批评传统》，载《晚期》，生活·读书·新知三联书店1997年版，第331页。

[③] [美]弗雷德里克·詹姆逊：《政治无意识》，王逢振等译，中国社会科学出版社1999年版，第3—4页。

[④] 参见章安琪编《缪灵珠美学译文集》第1卷，中国人民大学出版社1987年版，第311—312页。

把原义(的)读做心理(的),让第二个即道德维度原封不动;只要我们用艺术宗教的最普遍意义上的宗教,来替代基督教一生占主宰地位的原型模式,把耶稣降生看作语言意义的降生;最后,只要我们用政治取代神学,从而把但丁的末世学说变成现世的末世学说,我们就可以做到。在后一种学说里,人类不是在永恒里而是在历史本身当中获得拯救。"[1] 20世纪的现实确实给詹姆逊找到了与中世纪相对应的阐释体系。社会现实发生变化,但仍然是一个多层次的结构,需要有相应的阐释方法。在《政治无意识》中,詹姆逊论述了历史阐释的寓言方法:"阐释这个中世纪体系最便捷的方法就是通过它在古代后期的实践功能,作为把《旧约》同化为《新约》的手段以及以对异教徒可用的形式重写犹太文本和文化遗产的意识形态使命。关于这个新的寓言系统的独创性,可以通过它是否坚持原文本的文学性来加以判断:这里的问题不是要把原文本化解成纯粹象征主义……相反,这里《旧约》被看作历史事实。同时它作为可用的比喻系统远远超越了直接的历史指涉,而深深根植于把历史本身看作上帝之书的观念之中,我们可以研究这部上帝之书,诠释据说是其作者刻写在里面的预言信息的符号和踪迹。"[2] 他把中世纪具有宗教意味的阐释拉回到现实的土壤,从上帝的观念回到人的现实生活世界,从历史文化的角度重新阐释了这种阐释体系,也就是说在人类历史发展意义上彻底重写了中世纪的四层意义阐释法:

  神秘的 政治的解读(历史的、"集体"的意义)
  道德的 心理学的解读(个别主体)
  寓言的 寓言手段或阐释符码
  直义的 历史或文本指涉[3]

---

[1] [美]弗雷德里克·詹姆逊:《马克思主义与形式》,李自修译,百花洲文艺出版社1995年版,第49页。
[2] [美]弗雷德里克·詹姆逊:《政治无意识》,王逢振等译,中国社会科学出版社1999年版,第20页。
[3] 同上书,第22页。

中篇 理论篇

詹姆逊认为这不是一个封闭的阐释系统,恰恰相反,它本身就蕴含着意识形态的转换功能,寓言阐释和意识形态同样具有亲缘关系,在后面对其文本观的分析中可以清楚地看到这一点。

詹姆逊也很重视弗莱的阐释方法,认为他把现代社会和原始社会的断裂重新在文化中象征性地表现出来,吸收了精神分析学和神学的方法,从集体文化和群体命运来思考人类历史与自然交替关系现象,再现了中世纪的阐释意义,提出了五层面的阐释方法:神秘的、神话的(或原型的)、形式的、描写的、直义的。① 詹姆逊说弗莱体系中的后三个层面并不重要,因为他重视的是乌托邦的意义,拒斥了意识形态,忽视了历史。詹姆逊吸收并改造了中世纪的四层意义及弗莱的五层意义的阐释方法,提出了自己三个同心框架的阐释视域:政治(研究个别文本、象征性行为)、社会观(研究意识形态素)和历史观(形式的意识形态即生产方式)。② 詹姆逊的阐释方法就是追求文本意识形态的去伪,和潜在的乌托邦欲望的表达。他说,"我在此提供第一种阐释方法:这方法的特点是,我在'阅读'时所依赖的是一个乌托邦的感应模式。……事实上,艺术家以创作为终极的补偿方法,用意开拓艺术的乌托邦领域,创造一个完整的、全新的感官世界,追求一种以最高的感觉(即视觉)官能为基础的艺术世界。……在这个解释下,艺术创作者正是抱着一种乌托邦的补偿心态,奢望艺术能为我们救赎那旧有的四散分离的感官世界"③。这种乌托邦具有积极意义,它认为能够救赎破碎的现实世界,像寓言式阐释那样穿透现象的表面,看到历史的真实。可见,詹姆逊阐释的关键视域是历史,是对意识形态的批判,对乌托邦欲望的向往,他的文本观决定其阐释必然把历史和意识形态及乌托邦联系起来。他的乌托邦思想具有审美现代性的拯救特征,追求理性世界中感性的整体表达。

詹姆逊把文学看成是社会的象征性行为,同时具有否定和肯定的辨证

---

① [美]弗雷德里克·詹姆逊:《政治无意识》,王逢振等译,中国社会科学出版社1999年版,第59页。
② 同上书,第63—65页。
③ [美]詹明信:《后现代主义,或晚期资本主义的文化逻辑》,载《晚期》,生活·读书·新知三联书店1997年版,第435—436页。

关系,"只有以此为代价——即同时承认艺术文本内的意识形态和乌托邦功能——马克思主义的文化研究才有希望在政治实践中发挥作用,当然,这种实践依然是马克思主义的全部意义所在"①。他说文本中的意识形态就是乌托邦,意识形态是显在文本,乌托邦是潜在文本,是对总体性的渴望,对这两方面内容都给予肯定。历史的文本化必然是意识形态行为,统治阶级的意识形态必然要求一种服务于本阶级、集团的文本意识,乌托邦欲望应被斥责为空想。詹姆逊却认为意识形态本身表达了实现一种统一意识的乌托邦欲望,它表现的是一种潜在的统一性,可以在意识层面抵制资本主义的观念,可以通过想象性的乌托邦满足来解决现实生活中无法解决的问题。他要求的乌托邦不是一种确实可行的方法或原则,而是其想象性的功能表达,肯定二者并存就是一种寓言行为,"即所有阶级意识,不管哪种类型,都是乌托邦的,因为它表达了集体性的统一;然而,还必须附加说明的是,这个命题是个寓言"②。这样对文本的分析就必须从寓言式阐释出发,才能把握文本深层和表层的意义,才能真正实现历史的阐释。所以詹姆逊的阐释从历史事件的原义开始,分析社会中存在的意识形态要素,最后回到历史的意识形态和生产关系的深度来研究后现代社会断裂缝隙中显露出的深刻矛盾。

詹姆逊的阐释视域始终离不开历史的主符码和包容一切的"政治无意识"概念,他的"政治无意识"改造了弗洛伊德的无意识。伊格尔顿曾说,马克思、弗洛伊德和尼采是当代著名的三大理论家,他们的理论代表了三个高峰,更有人认为"有了弗洛伊德的压抑理论,马克思以及他最站不住脚的一些观点便得以复生"③。因此,詹姆逊从弗洛伊德的心理学中借鉴了无意识概念,创造性地提出"政治无意识"概念。这是把对无意识的研究引入对意识形态分析的一种捷径,使心理学对个体无意识的分析转向集体无意识,但又不是荣格所说的原始的、集体的原型意象,而是指叙事

---

① [美]弗雷德里克·詹姆逊:《政治无意识》,王逢振等译,中国社会科学出版社1999年版,第286页。
② 同上书,第277页。
③ [美]马克·埃德蒙森:《文学对抗哲学》,王柏华等译,中央编译出版社2000年版,第127—151页。

化文本化的一种集体的乌托邦欲望的表达,是一种政治无意识。这两种无意识都反映了压抑和被压抑的关系:弗洛伊德认为个体潜意识压抑的宣泄方式就是文学这种白日梦方式,詹姆逊认为现实乌托邦欲望的压抑,可以通过历史在"在政治无意识中的叙事化"① 和寓言式的再阐释中得到释放和象征性的满足。

可见,詹姆逊的寓言阐释是一种扩大了的寓言观,主要运用到社会、历史的阐释理解。他认为一切事物都具有多种阐释的可能性,只有这样才能更好地了解文本化的历史;他认为"文化文本实际上被作为整个社会的寓言模式",而且"一切事物都是社会的和历史的,事实上,一切事物'说到底'都是政治的"②。寓言是包容了历史、文本、意识形态和乌托邦的理论,阐释了文本的政治意义,这在他对第三世界文学文本分析,并提出的"民族寓言"的概念中表现得尤为明显。

第三节 民族寓言

詹姆逊最早在《侵略的寓言:作为法西斯分子的现代派温德海姆·刘易斯》中提出"民族寓言"的概念。他用精神分析学的方法来分析刘易斯的作品,把日常生活经验与向全球跨国规模发展的垄断资本主义联系起来,讨论了刘易斯作品中的现代主义精神,认为其攻击性的讽刺、论战式的政治抨击和绝望的审美实验暗含着一种法西斯主义,表达了帝国主义侵略引起的第三世界文化对他性的恐惧。他说文学作品中"民族类型的作用设计了一个本质上是寓言式解释模式,在其中个别角色却表现出更加抽象的,应该被读作他们的内在本质的民族特征"③。因此詹姆逊把刘易斯早期的作品称为民族寓言的典范。"民族寓言"的提出,从一开始就让人感到是一种蕴含政治意味的观看视角。

---

① [美]弗雷德里克·詹姆逊:《政治无意识》,王逢振等译,中国社会科学出版社1999年版,第26页。
② 同上书,第23、11页。
③ Fredric Jameson, *Fables of Aggression: Wyndham Lewis, the Modernist as Fascist*, Berkeley: University of California Press, 1979, p.90.

西方寓言文体和理论及其现代转型

詹姆逊把寓言性作为文学的特征及其对这些文学特征的阐释，使他在意识形态和乌托邦的意义上来完成对文本政治无意识的解读。特别是他认为第三世界文学能够实现他所希望的对资本主义的抵制和批判功能，因此他用"民族寓言"的概念来描述第三世界文本的特征。他说："所有第三世界的文本均带有寓言性和特殊性：我们应该把这些文本当作民族寓言来阅读。"① 即所有第三世界的文本都是民族寓言，是从个人的利比多的小环境，折射整个社会的现实情况，那些关于个人命运的故事，实际上包含着第三世界的大众文化和社会受到冲击的寓言。

詹姆逊认为鲁迅的文学作品是最典型的"民族寓言"，是对当时社会有力的抵制力量，因此他重点分析了鲁迅作品中阿Q和狂人的形象。詹姆逊超越了西方传统精神分析的、心理学的解读模式，从寓言的角度，结合中国当时历史现实进行重新解读。他认为阿Q和狂人这两个形象，不但揭示了中国国民的劣根性，而且批判了当时中国统治者受外国列强欺压的同时，对自己本国人民中更弱小群体的欺压，指出当时中国充当了自我牺牲品的可悲下场，而这一点恰恰是我们至今仍然没有进行深刻反思的。所以詹姆逊说："阿Q是寓言式的中国本身，"② "在不同意义上，欺压者也是中国，是《狂人日记》中自相吞食的中国"③。鲁迅小说中的阿Q和狂人虽然是制造出来的幻想意象，充满了滑稽和诞妄：阿Q不停地自轻自贱，在不断的吃亏受辱中找到"快乐"，狂人则备受幻觉的折磨。这些看似混乱、模糊的意象，赋予文本多种解读的可能性。詹姆逊在阿Q亦真亦假的癫狂状态，狂人似疯似痴的梦中呓语中，听到他们的言外之意：一个民族的痛苦、挣扎、徘徊和抗争。阿Q和狂人并不是生活中的异类、怪物，也不是我们社会的祸害。恰恰相反，阿Q的悲剧是中国社会的悲剧，揭示了民族的灾难和人民的困苦；狂人则是在"众人皆醉我独醒"的环境中，看到民族的灾难和人民的困苦，但是仅靠个人的努力很难实现艰巨的革命任

---

① [美]詹明信：《处于跨国资本主义时代中的第三世界文学》，载《晚期》，生活·读书·新知三联书店1997年版，第523页。
② 同上书，第529页。
③ 同上书，第530页。

中篇 理论篇

务,所以痛苦和迷惘。虽然鲁迅创造的形象是畸形的、破碎的,但这种幻象同时又是治疗中国国民"疾病"的良方。因为我们认为是精神疾病产物的幻觉的形成,实际上是弗洛伊德式的康复的尝试和重建的过程。

詹姆逊认为第三世界文本和第一世界文本的这种革命意识的差异在于知识分子的身份不同:第一世界的知识分子被"局限在最狭隘的专业或官僚术语之中"[1],"'知识分子'一词已经丧失了其意义"[2]。与第一世界知识分子和政治脱节不同,第三世界知识分子永远是政治知识分子,与政治紧密相连,其政治意识的核心是民族主义,这是由第三世界处于经济劣势地位决定的。第三世界的知识分子肩负救亡图存的历史重任,他们强烈地希望能激起本民族为争取更好的生存条件共同革命的意识,因此必须进行文化革命。鲁迅弃医从文就是认为只有文化革命才能唤醒国人的民族精神,才能重新找到"文化革命"的意义。詹姆逊认为文化革命依赖于葛兰西所称的"臣属"(subalternity)概念。"臣属"是在专制、殖民化情况下,人们形成的卑下和顺从的习惯和品质。处于第一世界的人们往往自以为"他者"臣属于自我,詹姆逊认为这是一种误解,不能完全按照经济和政治的转化方式来对待"臣属",他在客观或集体精神领域提出"文化臣属"[3]的概念。第三世界知识分子在臣属环境的创作是很艰难的,取得的成果更值得关注。因此,他们的失败也有历史必然性,因为要摆脱这种"臣属"的心理控制并非易事。詹姆逊同时批评了第一世界的知识分子与政治脱节,事实上是"具有一种特殊的臣属性和负罪感,只能加剧这个恶性循环"[4]。他们没有重视文学作品和政治行动之间的关系,"可能正酣睡

---

[1] [美]詹明信:《处于跨国资本主义时代中的第三世界文学》,载《晚期》,生活·读书·新知三联书店1997年版,第532页。

[2] 同上书,第530页。

[3] 詹姆逊认为葛兰西的"臣属"概念给人一种被殖民的感觉,偏向心理结构。但他认为这不仅仅是心理的问题,更主要的是客观或集体精神领域的问题,换句话说与社会文化关系更密切。因此詹姆逊提议用"文化臣属"的概念来表达这种精神文化的作用,这与其认为历史只能以文本的形式显现相一致。从詹姆逊"民族寓言"的内涵来看,"文化臣属"的概念在文学创作领域的表现,就是第三世界知识分子的创作受到第一世界意识形态的影响,有时候认为要认同第一世界的价值取向,承认其所具有的话语霸权,第三世界知识分子的创作深受第一世界知识分子文化的影响。

[4] [美]詹明信:《处于跨国资本主义时代中的第三世界文学》,载《晚期》,生活·读书·新知三联书店1997年版,第532页。

西方寓言文体和理论及其现代转型

在鲁迅所说的那间不可摧毁的铁屋里,快要窒息了"①。这表明特殊的社会地位决定了第三世界知识分子特殊的身份是政治知识分子,而不同于西方知识分子的相对纯粹性。第三世界知识分子的民族意识在文本中的投射使其具有以民族主义为核心的政治情节,具有"寓言性"。所以,第三世界的寓言叙事是有意识的、公开的;第一世界文化的寓言结构是潜意识的,需要通过阐释来解码,② 是更需要进行阐释来重写的文本,即"迫切需要解释的不是其他文化的艺术,而是我们自己文化的艺术"③。

詹姆逊的"民族寓言"不仅仅是对第三世界文学特征的分析和概括,同时也是对第一世界文学的批判性认识。他指出第一世界文学忽略了与第三世界的关系,因此第一世界的自我评价是不够全面的。一方面是因为晚期资本主义制度的发展,在碎片化的社会现象中,造成了全球同一化的假象,即第三世界对第一世界"主动"认同的假象;另一方面是长期以来西方对自身殖民历史的怀念,有意无意地努力再现昔日的霸权地位,包括政治、文化、经济等领域的霸权地位。在后现代社会,他们尤其重视文化的侵略策略,导致了第一世界对自身乌托邦欲望断裂认识不够全面,对于这种情况詹姆逊用黑格尔的"主奴关系"理论进行了详细说明。

黑格尔在《精神想象学》中说:"自我意识只有在一个别的自我意识里才获得它的满足。"④ "自我意识是自在自为的,这由于、并且也就因为它是为另一个自在自为的自我意识而存在的;这就是说,它所以存在只是由于被对方承认。"⑤ 黑格尔进而指出,主奴意识的确立是在生命搏斗中产生主人和奴隶的结果,主人和奴隶的关系是辩证的,没有主人便没有奴隶,便没有主奴关系。他在这里表达了一个深刻思想:人只有在社会关系中,在自我与他人的关系中,才能实现自己;孤立的人不能成为真实的

---

① [美]詹明信:《处于跨国资本主义时代中的第三世界文学》,载《晚期》,生活·读书·新知三联书店 1997 年版,第 533 页。
② 同上书,第 536 页。
③ [美]弗雷德里克·詹姆逊:《快感:文化与政治》,王逢振译,中国社会科学出版社 1998 年版,第 4 页。
④ [德]黑格尔:《精神现象学》(上卷),贺麟等译,商务印书馆 1979 年版,第 121 页。
⑤ 同上书,第 122 页。

中篇 理论篇

人。詹姆逊借用这一观点来分析当代西方第一世界和第三世界两种文化逻辑，独特地展示了当今世界文化的复杂关系。更重要的是，他说明了自我意识和主奴意识的相互关系，第一世界在丧失自身寓意表达时，把第三世界的文本作为自己的欲望他者，"如果第三世界主义被设定为总体制度的结构他者的比喻，那么，第三世界就的确不是什么舶来品，而应该被看作晚期资本主义的西方空间内固有的因素"①。因此，第一世界意识形态遏制的乌托邦欲望，只能到第三世界民族寓言中寻找欲望的表达机制，就是拉康所说的欲望缺失的表达就是他者的欲望，这也是詹姆逊为何重视第三世界文本的原因之一：为西方殖民文化寻根。

不过，我们要看到詹姆逊指出了第三世界自身的局限性，使我们懂得什么是现实和抵抗，从而对自我有较清楚的认识，坚决抵抗西方资本主义的侵略，批判资本主义的弊端，所以他对属于第三世界国家的中国寄予了深切的厚望。同时，他还指责第一世界国家强烈的优越感，尖锐指出以世界主宰自居的美国人，正处于与奴隶主相同的位置，他们自身的理想主义造成认识上的巨大缺陷，在自我空间自由地享受着幻想的满足，缺乏个人经验和对社会的整体把握，从而丧失了历史意识。詹姆逊的敏锐分析必然会唤起更多的共鸣。

詹姆逊对第三世界文化的分析，与他的意识形态和乌托邦观念紧密相连。对于第一世界来说，第三世界的文化只不过是西方意识形态的乌托邦欲望的表达。他认为，第三世界尤其是第三世界的文化，已经被全球经济系统同化了。"第三世界的电影本身在今天很少作为一个空间来加以维护，在此空间中，交错的电影模式得到探索。实际上，第三世界这一术语看起来已经变成了某个时期的一种窘迫，在这个时期，经济的现实似乎取代了集体斗争的可能性，在这个时期，人类的能动性和政治似乎被称之为后期资本主义的全球化共同的公共机构分解了。"② 甚至在后现代主义社会，第

---

① ［加］谢少波：《抵抗的文化政治学》，陈永国、汪民安译，中国社会科学出版社1998年版，第143页。
② ［美］詹姆逊：《地缘政治美学》，第186页，转引自［英］肖恩·霍默《弗雷德里克·詹姆森》，孙斌等译，上海人民出版社2004年版，第216—217页。

三世界文化"已经充满感激地被国际娱乐工业所吸收了,而且看起来为后期资本主义的大城市提供了颤动的但政治上可接受的社会多元论形象"①。詹姆逊把后现代主义发展的一个必然结果描述为:第三世界文化已经趋同于第一世界文化,或者说后者已经渗透于前者。因此他把后现代主义当作是全球(北美)文化的主因,把第三世界的文学称为民族寓言,以此来说明第三世界文学具有黑格尔意义上的奴性。也许这种批评有其合理性,值得第三世界文学进行反思。但詹姆逊第一世界的优越感也在此表露无遗,这使他对第三世界文学文本的分析带有殖民色彩,虽然他自己强调是为了批判第一世界的"主人"身份而采用"主奴"的观点。

恩斯特·曼德尔则深入思考了后现代社会出现的不同的新的资本分配方式和新的社会现象,回答了关于詹姆逊认为的世界向西方第一世界的资本主义经济靠拢的问题。恩斯特·曼德尔认为这是绝对不可能的,"这仅仅意味着发达和不发达的并列在形式上发生改变,或者确切地说:新的不同水平的资本积累、生产能力、剩余榨取正在出现,它们尽管不具有相同的性质,但仍比那些'古典'帝国主义时代的东西更为明显"②。曼德尔深刻指出了发达资本主义地区事实上并不希望全球经济在同一生产水平上同质化,只是要求不发达地区的资本积累方式发生根本的变化,即向资本主义经济靠拢。因为发达资本主义经济正是以这些不发达地区的经济为存在依据的,就像第一世界对第三世界文学某种程度上的赞扬,不仅仅是满足自身的欲望要求,更主要的是要在意识形态上维护这种不平等的原始幻想,保持自身的优越性和话语霸权。

第四节 民族寓言和东方情调

詹姆逊在与第一世界文学的比较中,肯定了第三世界文学寓言的优

---

① [美]詹姆逊:《地缘政治美学》,第187页,转引自[英]肖恩·霍默《弗雷德里克·詹姆森》,孙斌等译,上海人民出版社2004年版,第217页。
② 转引自[英]肖恩·霍默《弗雷德里克·詹姆森》,孙斌等译,上海人民出版社2004年版,第218页。

中篇　理论篇

点,"讲述关于一个人和个人经验的故事时最终包含了对整个集体本身的经验的艰难叙述"①。同时他指出第三世界文学在世界文学中存在表述的困难。后一个问题值得我们深思,也是当代知识分子亟须解决的一个问题:如何在世界文学的范围中占有一席之地,并发出自己的最强音?

詹姆逊针对第三世界文学而言的"民族寓言",笔者认为是一种具有"东方情调"的民族寓言,它使遥远的历史获得现代审美的方式,而不是简单地批判其原始的物质性。东方知识分子要警觉对西方的东方学体系的认同,但没有必要因为东西方文化差异而感到不安,"因为没有谁能否认民族和文化差异在人类交往过程中所起的积极作用"②。我们要消除的是某种主人/奴隶式的二元对立关系,寻求一种东西方和谐的状态,"特别是当我说人文研究是以理想的方式寻求对强加的思想限制的超越以实现一种非霸权性、非本质主义的学术类型的时候。"③ 西方人看到的"东方情调"也只是文化差异的一种表现。但由于历史的原因,"东方情调"已不仅仅限于文学艺术的领域,它特殊的陌生化效果和表达方式,在后现代社会适应了西方文化在焦虑中对"他者"的渴望,从而被夸大地宣传,造成了东方主动认同于西方审美趣味的假象。根据拉康的欲望理论可以很好地解释西方文化对东方文化的观看特权。拉康说,6—18个月的婴儿,即从"镜像"阶段开始,就具有欲望表达的要求,进入符号界(象征界)要经过"父亲之名"的约束,表达出符合规范的行为,因此每个人都成为欲望的"他者",也就是说主体的欲望不可摆脱地和他人的欲望纠缠在一起。克拉克说:"除了在'象征'上标志'真实'的效果之外,欲望也标志着个人和社会之间的一道门槛,标志着一种联结,这种联结暗示着欲望超越于个别主体之上的一种延伸……"④ 第一

---

① [美]詹明信:《处于跨国资本主义时代中的第三世界文学》,载《晚期》,生活·读书·新知三联书店 1997 年版,第 545 页。
② [美]爱德华·W. 萨义德:《东方学》,王宇根译,生活·读书·新知三联书店 1999 年版,第 451 页。
③ 同上书,第 431 页。
④ 转引自 [英]肖恩·霍默《弗雷德里克·詹姆森》,孙斌、宗成河、孙大鹏译,上海人民出版社 2004 年版,第 64 页。

西方寓言文体和理论及其现代转型

世界的欲望表达机制就是第三世界的文学，他们在这里找到了自己缺失的欲望内容。

詹姆逊对"民族寓言"的分析，一方面从文学领域进入社会、政治领域，表征出第三世界民族受压迫、被剥削的现实；另一方面也反映了第三世界文化的古老民风、民俗及顽强的文学形象中蕴含的民族精神。然而，这种具有东方情调的民族寓言，被西方文化作为"他者"的对象进行审美交流，满足了西方文化以"主人"自居的欲望要求，好像实现了他们对东方文化观淫和猎奇的审美追求。事实上，詹姆逊对"民族寓言"的论述，更重视第三世界文学作品中塑造的具有革命意义的形象，指出东方情调的神秘力量对西方文化而言虽然是"他者"，但其本身的神秘本质并未被西方人彻底领悟，由此产生了"异国异物恐惧"。也就是美国学者约翰·卡洛斯·罗说的："这样的边缘性和超量的存在得到了占支配地位的意识形态的允许，只要它们维护它们同中心的奇特的关系。如是，它们则可以在维护占支配地位的意识形态中，服务于非常具体的目的，将公众的注意力从该意识形态借以在'增值'和'发展'中自身再生产的那个基础剩余中转移开来。用这种方式，一个社会可以使得譬如异国异物恐惧（xenophobia）永久存在，通过这种方式，它将其内部矛盾加以投射和转移，使之呈现为'外部'侵略的形式。从异国异物恐惧的粗糙范式中，我们可能发展出对帝国主义的更加特殊的观念以及对待那些为其相对于社会规范的异体性辩护的少数民族和性别少数的态度。"[①] 正是这种恐惧表明西方文化存在某种审美缺失，使他们容易认同东方情调。被西方他者认同的东方文化，我们没有必要感到耻辱，而应该在审美交流中看到东方世界原始的文化意象，经过现代机制审美变形的表达对西方文化产生了强烈冲击，进而说明东西方文化是互为"他者"的。

我们以张艺谋导演的电影《红高粱》为例做出分析。电影中娶亲"颠轿"时嘹亮的歌声伴着尘土飞扬，"祭酒神"的豪气、以极其落后的武器反抗日本侵略者等颇具"东方情调"的场面，反对者认为其迎合西方人对

---

① [美] 约翰·卡洛斯·罗：《剩余经济：解构、意识形态和人文科学》，载《最新西方文论选》，漓江出版社 1991 年版，第 538 页。

中国民风民情的猎奇，满足了西方列强潜意识里对贫穷落后中国的殖民侵略的欲望要求。事实上，张艺谋通过其独特的艺术表达方式，凸显了中国农民身上精神昂扬的一面和顽强反抗的历史传统。与沉浸于"精神胜利法"的阿Q式的中国农民不同，《红高粱》展现的恰恰是中国农民可爱、可贵、可敬的一面。可以说，电影《红高粱》也是寓言式的中国本身。张艺谋这种与鲁迅异曲同工的犀利为现代国人难以接受，恰恰反映了我们不敢面对过去的苦难历史，或者说在现代文明生活中羞于向他人提起曾经的屈辱。我认为，这恰恰是现代社会中我们所缺乏的一种自我批判意识，现代艺术以审美的形式给我们提供了不断反思的机会，同时也是我们获得进一步发展的前提。因此，电影《红高粱》的成功之处在于，通过民族寓言与东方情调的成功结合，有效利用了中国特有的民风民俗进行审美变形地表达，给人美感的同时又击中我们灵魂深处的狭隘与虚伪，在狭小的屏幕空间展现中国历史的大问题。

"民族寓言"从审美表达方式和阅读方式角度，"东方情调"从审美经验、审美交流角度说明了后现代社会第一世界和第三世界之间的复杂关系，包括政治、经济、历史、文化等问题。当然，进行这样区分只是为了言说的方便，实际上二者不可分割。东方情调是暗含民族寓言的东方情调，民族寓言是暗含东方情调的民族寓言，它们作为第三世界文化或者说东方文化固有的本质特征，吸引着第一世界文化或者说西方文化，并成为他们言说的对象。但是从另一个角度看，第三世界文学寓言的表达方式中浓重的东方情调正是第一世界文化不能企及的，是第一世界文化不可能超越的审美风格，只有在互为"他者"的审美关系中才能确立彼此的文化价值与意义。正如黑格尔说的主奴，虽然进行殊死的搏斗，但又以对方的存在为前提的依存关系，从而决定双方都是这个社会关系中不可或缺的一部分。詹姆逊的分析提醒我们，在后现代文化和西方后殖民主义时期，应该看清后殖民主义对"东方情调"审美特征的盗用，不能简单地把罪责归于东方文化表达的过失。"民族寓言"与"东方情调"结合，应该是中国文学在世界文学的范围内占有一席之地，并发出自己最强音的最佳方式。

第五节　意识形态的寓言

詹姆逊对历史文本化、寓言化、民族寓言的分析，始终与他对意识形态的密切关注联系在一起；而且一切意识形态都是经过中介和文本化的，没有意识形态的文本是没有的，却有未文本化的历史。如德曼意识形态的寓言，就是通过对语言文本的阅读来暴露人类命运的悲剧和政治制度的虚伪。这些意识形态的文本在詹姆逊看来是为政治服务的，即使是第三世界的文本也是政治优先，甚至是有意为之的一种寓言文本。第一世界文学文本的寓意虽然是隐藏的，需要阐释行为的参与，然而其意识形态因素是必然存在的。"作为一部霸权主义作品，它的形式范畴和内容保证了这种或那种形式的统治阶级的合法化——这个文本何以能体现正当的乌托邦冲动，或与普遍价值形成共鸣？"① 要回答这个问题，我们应该回到詹姆逊把文本同时看成既是意识形态又是乌托邦的观点。他说："我们能够更好地理解甚至霸权的或统治阶级的文化和意识形态也何以是乌托邦的了，不是因为它们要保证和永久保持阶级特权和权力的功能，而恰恰是因为那种功能本身就证实了集体团结。"② 他认为二者都表达了一种集体的愿望和一致性，虽然性质不同，但至少达到了一种集体性。因此，詹姆逊意识形态的寓言也是乌托邦的寓言，寓言文本的存在模式是二者共存的辩证统一体，蕴含着肯定和否定，积极和消极，结构性和解构性，促进和压抑等多种阐释的可能性。

詹姆逊的寓言理论把德曼以语言为主符码的寓言式阅读，转换为以历史为主符码，用政治无意识来建构理论体系。如《政治无意识》第一章所言："本书将论证对文学文本进行政治阐释的优越性。它不把政治视角当作某种补充方法，不将其作为某种补充方法，不将其作为当下流行的其他阐释方法——精神分析或深化批评的、文体的、伦理的、结构的方法——

---

① [美] 弗雷德里克·詹姆逊：《政治无意识》，王逢振等译，中国社会科学出版社 1999 年版，第 275 页。
② 同上书，第 277—278 页。

中篇　理论篇

的选择性辅助，而是作为一切阅读和一切阐释的绝对视域。"[1] 他的阐释理论主要从政治视域出发，必然和统治集团的意识形态相联系，在文本中揭示意识形态和乌托邦的寓意。历史文本化的观点则说明了历史是叙述的，只能在叙述的重新阐释中存在。因此意识形态也是叙述，是寓言化的意识形态；和历史寓言化一样，意识形态具有永久性的魅力，因为叙事是"人类精神的核心功能或实例"[2]。

詹姆逊的文学文本就是个人政治欲望、阶级话语和文化革命等多重意识形态的表达，第三世界的文学文本还包含着整个民族的欲望和命运的寓意，是他者欲望的客体，其中意识形态和乌托邦幻想和文本的关系需要经过复杂的符码转换才能辨识。詹姆逊的符码转换问题事实上就是文本和意识形态之间的中介问题，他说："如果需要对中介性加以更加现代的描述的话，我们说这种运作被理解成符码转换的过程：作为术语的发明，对特定符码或语言的策略性选择，以便用相同的术语分析和表达两种相当不同的客体或'文本'，或现实的两个非常不同的结构层面。因此，中介是分析者的一个手段，借助这个手段，破碎性和自治化，社会生活不同区域的分隔化和特殊化（换言之，即意识形态从政治、宗教从经济的分离，日常生活与学术实践之间的鸿沟），至少在特定分析的场合得到局部克服。"[3] 詹姆逊的意识形态是经过政治无意识的中介，经过这样的转换，可以读出历史文本的深层寓意，即寓言式阐释所指涉的欲望。他的三个同心圆的阐释框架，就是从不同角度揭示意识形态问题，寻找祛除历史意识形态遮蔽的乌托邦理想，想象性地实现抵制资本主义抑制的功能，这与德曼对语言的修辞性阅读相类似。德曼从字面义和比喻义之间的差异来揭示意识形态的畸变，即隐藏在语言合法表象之下的不一致和政治的暴力；在语言指定意识形态的预设中，解构了意识形态的霸权，意识形态和语言一样具有虚伪性、欺骗性，通过寓言式的阐释阅读来抵制语法、逻辑的束缚，

---

[1] ［美］弗雷德里克·詹姆逊：《政治无意识》，王逢振等译，中国社会科学出版社1999年版，第8页。
[2] 同上书，第6页。
[3] 同上书，第30页。

抵制意识形态的虚假性。因此，德曼与詹姆逊不同，他的"意识形态"是贬义的，他的寓言理论则具有强烈的批判精神，具有解构一切逻格斯中心的要求。

而詹姆逊的寓言理论带有某种"历史乌托邦"色彩，他让历史先在现实意识形态的遮蔽中存在，接着在"寓言"中呈现，这种有意为之的乌托邦愿望，目的是使意识形态和历史乌托邦辩证地融合在"寓言精神"中，从而在文学文本中想象性地实现真实世界无法实现的乌托邦欲望，在变幻莫测的文学文本中指涉出多义的现实，在后现代社会再现深度的历史模式。然而，这种寓言式的阐释在特定领域具有话语霸权的性质。因为詹姆逊的寓言概念主要是针对第三世界而言的，主要用来分析第三世界的文学、社会现象，带有浓重的政治意识。肖恩·霍默也指出："'第三世界'这个术语与其说是一种'窘迫'，不如说是将文化的多样性化约于西方尤其是北美资本的单一历史视角的战略。"[①] 虽然，詹姆逊努力表达第三世界文学中的积极因素，但他的第一世界的身份，决定其潜意识中存在着身份优越感。如詹姆逊认为第三世界的文学都是民族寓言的观点，就是以第一世界知识分子的身份来观看第三世界的文学，这就不可避免地带有某种片面性和极端性。事实上，詹姆逊提出的第三世界文学作品的"民族寓言"特征，是特定历史的产物，并不具有普适性和概括性，可以说有许多第三世界的文学作品并没有如此强烈的寓意，甚至有些可以称为纯文学的文本，这也是其寓言理论缺乏开放性的原因之一。

但不可否认，詹姆逊的"民族寓言"直接把文学与政治、社会生活联系起来，把形式分析与意识形态分析结合起来，以中国现代文学的经典文本为例深入分析了第三世界文学的审美特质，提出了许多有待进一步深入思考的问题，使我们"当局者"在盲视中看到洞见之光。他的"民族寓言"的分析模式，在我国得到广泛的关注，虽然毁誉参半，但毕竟为我们提供了一种分析文本的新视野：在历史语境中，重视文本意象的解读与社会各种无意识的联系，展望人类的美好未来。同时启发理论家们在 20 世纪

[①] [英] 肖恩·霍默：《弗雷德里克·詹姆森》，孙斌等译，上海人民出版社 2004 年版，第 216—217 页。

语言学转向后，更注重文本语言的形式和内容及其与社会日常生活的联系，从封闭的文本走向了广阔的现实世界，注重文本的言外之意和作者的潜意识。詹姆逊寓言理论研究的转向与语言学转向是一致的。他赋予"寓言"新的现代特征，为文本的审美阅读提供新的视角，为在变幻莫测的图像时代中把握断裂现象的本质提供了理论支持。

小结　寓言理论的阐释学转向

　　本雅明、德曼和詹姆逊三人的寓言理论，是最典型的、最具有代表性的现代寓言理论。首先，他们都从象征和寓言的差异出发，对二者进行了详细比较，并以之为理论的逻辑起点来阐发自己的寓言理论。其次，他们直接用"寓言"一词来概括自己的理论特征，明确表明自己的寓言理论与传统寓言言此意彼的内在联系。再次，他们分别从不同的角度阐发寓言理论，展示了寓言理论的开放性。本雅明主要从寓言作为一种表达方式来分析资本主义社会废墟现实，德曼在文本阅读中论述了自己的寓言观，詹姆逊的"民族寓言"直接把文本、现实和政治勾连起来。即他们分别从社会学、阐释学、文化学等领域说明了寓言理论的生长潜力。最后，进入21世纪图像时代，寓言呈现了新的形态，在读图的阅读阐释中，寓言式读图成为新的理论内涵。总之，这些寓言理论都表现出阐释批判的审美现代性特征，主要批判了资本主义意识形态和工具理性的消极影响，承认了审美的拯救功能。通过对不同寓言理论的研究，以期更具体、更详细地说明寓言理论的现代特征及其未来发展的可能性。

　　本雅明第一个从现代意义来阐发寓言概念，德曼和詹姆逊的寓言理论则是对本雅明寓言理论的具体化和系统化。也就是说，不管是本雅明的救赎的寓言理论，还是德曼阅读的寓言理论，还是詹姆逊历史阐释的寓言理论，都重视了寓言批评的阐释学意义。这是一种具有创造性的，超越文本字面义或作者表述内容的、对文本的阐释行为，是一种能生成新意义的主观参与的阐释活动；它重视读者的创造力，承认在不同的阅读中获得不同的寓言阐释意义；它没有可以借鉴的参照物或者说没有意义场的限制，不

西方寓言文体和理论及其现代转型

再是传统的寓言阐释围绕《圣经》展开来解释上帝之言的话语，不再以道德说教为主要目的。这种阐释的开放性与20世纪语言学转向的哲学背景密切相关。"语言学转向"后，文学理论强调语言在文本中的结构功能和符号的自主性，影响了人们对特定语境中文本不同意义的阐释。多元化的社会发展方向，决定了确定意义的解读传统不适应社会的现实发展趋势，从而转向了与语境相联系的多重意义阅读的阐释学发展方向，在文本中的表现就是发生了阐释学（修辞学）转向。在这种背景下，寓言理论的阐释学传统也发生了相应的变化。现代寓言的阐释不同于古希腊、中世纪时期对上帝之言的解释和说明，不再从《圣经》中寻找意义的支撑。19世纪以来与象征表达相分离的寓言表达，广泛地描写了社会自然现实与意义之间的分裂，寓言的阐释就是在这种分裂中解读出意义的层层结构，驱除宗教神学的意识形态色彩，一切文本的意义都在阐释活动中生成和重写。现代社会，寓言理论的阐释学转向也就不言而喻了，这在本雅明、德曼、詹姆逊、罗兰·巴特等人的理论体系中表现得非常明显。

　　本雅明指出寓言作为一种表达方式和阐释方法的理论内涵，是以破碎现象的形式描绘出社会黑暗的、消极的一面及现代生活的问题，寓言式地表征和阐释出救赎的希望和力量。在这里，寓言的阐释学意义主要是对资本主义社会现象的再阅读，剔除幻象的蒙蔽，显现生活的本质内涵。德曼、詹姆逊对寓言的阐释学运用同样离不开对社会的评价，与本雅明的人类学、社会学的视角相异，德曼和詹姆逊主要从美学的、批评的角度对文学文本（包括各种各样的泛文本）进行寓言式阐释。德曼的寓言式阅读理论与修辞学关系密切。伽达默尔也指出了修辞学与阐释学之间的密切关系，"解释艺术依赖于讲话艺术和理解艺术的组成并以它们为前提……由此可见，修辞学和诠释学具有相互隶属关系，并且与辩证法有共同关系"[①]。他们都重视阐释学和修辞学之间的关系，看到了二者的非逻辑性和实践的可操作性，德曼对文本的阅读就是抓住语言的修辞性特征进行文本解构，在能指和所指的非一致性关系中看到文本意义具有无限生成的可能

---

① ［德］伽达默尔：《1819年诠释学讲演》，见洪汉鼎《诠释学——它的历史和当代发展》，人民出版社2001年版，第10页。

性，从而构建了独特的寓言式阅读理论。詹姆逊对寓言理论的典型运用，是通过对第三世界文学作品分析，提出了"民族寓言"的概念，同时把寓言范畴运用到政治无意识的论述中，对政治、历史、意识形态等概念进行了重新思考和表述。因此，德曼和詹姆逊的寓言理论可以说是对本雅明寓言理论的进一步丰富和发展。本雅明的寓言理论认为革命的力量存在于破碎的、废墟的现象中，这种碎片化的景象最有力地表现了生命的本质；他的寓言理论表述同样具有这种跳跃性、非连续性、非逻辑性。也就是说，本雅明的很多观点尚未得到充分展开，具有很强的开拓性。德曼通过在碎片看到整体的寓言式表达中，发展了一种寓言式阅读方法并深化为一种思维方式；詹姆逊则从政治意识形态的角度，具体地实践了寓言理论的社会批判功能。他们二人的寓言理论都从具体的文学现象出发，以马克思主义为理论的指导思想，驱除了本雅明寓言理论的神学犹太教气息，改善其理论表述晦涩难懂的弱点，从而使现代寓言理论具有更强的现实感和现代性。

现代寓言理论正是从寓言阐释传统的创造性出发，强化了寓言理论的阐释学意义，表征出审美现代性精神：批判现代技术文明对人的意识的控制和侵略，反思现代人精神危机等问题，认为通过文学艺术的审美活动能够实现某种程度的审美救赎，抵制工具理性合理化对现代人全方位的渗透。现代寓言理论试图在这种多元化语境中阐释出滑动能指的不确定所指，在意义生成瞬间颠覆意识形态的控制。可以看到，作为文体的传统寓言和作为现代理论范畴的寓言之间，古典的寓言概念和现代的寓言概念之间具有内在的、本质的联系，寓言的现代转型也是一种必然的历史选择。

本雅明、德曼和詹姆逊三个人的现代寓言理论正是适应历史发展趋势，深刻地揭示了现代社会的复杂性，现代人的精神困境；从马克思主义哲学高度，批判了现代化文明进程带来的消极影响，从现实出发提出了不同的审美批判方法。他们始终对现代文明中形成的幻象保持高度的警惕性，特别是在工具理性合理化的发展趋势下，对现代人的精神分裂症给予充分的重视，努力表征出现代破碎现象下隐藏的价值体系和人的丰富潜能。本雅明在发达资本主义时期，对下层人民悲惨境遇的描写，揭露了资

西方寓言文体和理论及其现代转型

本积累给社会带来的消极影响,用"星座化"概念整合现代社会的革命碎片,寓言式地批判了资本主义社会的弊端。他这种认知资产阶级积累财富的方式非常独特和敏锐。德曼在1968年"五月风暴"失败后,重新思考了抵抗统治阶级意识形态的蒙蔽问题,从革命暴力转向在文学文本中寻找批判的力量,在意义与符号的裂缝中解构意识形态权威。詹姆逊分析晚期资本主义社会状况,在意识形态和乌托邦的二元对立中看到二者的辩证关系,深入地研究了第三世界的社会状况,寓言式地看到抵制资本主义异化的力量存在于第三世界民族的寓言作品中。他们三人在资本主义不同的历史发展阶段,用寓言的批评方法表征出现代资本主义社会的多元化、碎片化和分裂的现实状况。可见,现代寓言理论的阐释学批评方法可以归纳为:

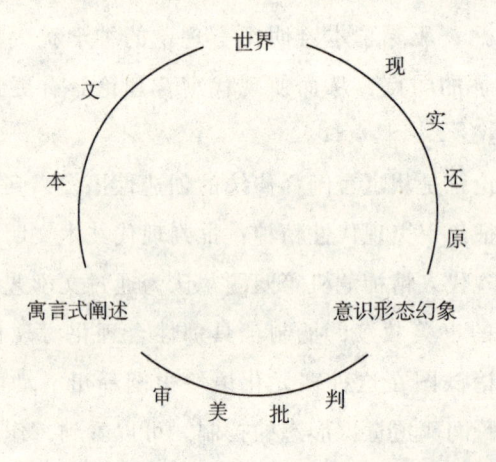

```
                        世界
                 文             现
                               实
                 本             还
                               原
           寓言式阐述      意识形态幻象
                    审  美  批  判
```

也就是说,艺术家和理论家们把世界的一切现象都看成文本(艺术作品、政治、经济、意识形态、梦境等),寓言式地审视现代多元化、多变性的流动现实,通过艺术的审美批判给现代人提供看世界的方式和思维方法,看到幻象背后的希望和昂扬的精神,还原现实世界的本来面目和价值体系,进而重塑现代人的崇高理想。这是一个既完整又开放的表达和认知过程,既表征出社会历史发展的流变,又从理论上概括了各时期的现实问题。这比艾布拉姆斯从艺术品四要素来说明西方美学两千多年的发展史向前推进了一步,艾氏把艺术和生活的关系表现为:

中篇　理论篇

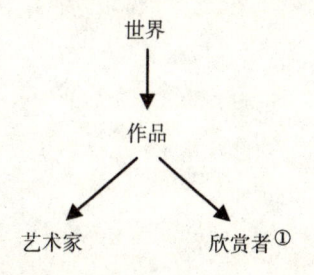

```
        世界
         ↓
        作品
       ↙    ↘
    艺术家   欣赏者[①]
```

艾氏的图式主要从作品与其中某一要素之间的关系对文本进行分析，是一个相对封闭的文本世界，对现代社会的瞬间性缺乏表现力。随着现代化社会发展，艺术和现实生活的关系发生变化，社会幻象遮蔽了生活真实；艺术的社会语境日益进入理论家的视野，这不是以往作为文学创作背景的世界，而是蕴含了各种意识形态的、复杂的现实。艾氏图式相对而言对文本外部复杂的社会关系不够重视，对艺术品各要素之间的能动关系表现得不够明显，即20世纪以来艺术理论的审美现代性已经溢出了这个图式的表达范围。因此，对这种状况的反映和批判必须用寓言理论来表述。寓言不仅表征出现代社会的多元化特征，而且实现了揭示意识形态幻象的目的。现代寓言理论超越了客观现象的描述，密切关注活生生的社会关系和人际关系，显现出强大的审美批判力和现实感。寓言理论的批判性阐释功能在现代社会超越了中世纪的神学阐释意义，侧重于对现代碎片化、断裂式、多变性和瞬间性社会现象的表征和批评，从语言、文化、社会的角度阐释文学艺术世界的深刻寓意及其对现代社会异化、物化和娱乐化现实的批判性认知，从而客观地面对现代文明与技术进步对人的影响，哲理性地表达现代、后现代社会人的生存与存在问题。正是寓言理论阐释学的现代转型，丰富了寓言作为一种文体和一种理论形态的意义，实现了寓言的再发展。

---

① [美] M. H. 艾布拉姆斯：《镜与灯——浪漫主义文论及批评传统》，郦稚牛等译，北京大学出版社1989年版，第6页。

下 篇

实践篇

对寓言文体和寓言理论及其现代变体的分析，我们可以深刻地体会到"寓言"是表达和认知世界的重要视角和理论基础。本篇通过对小说家卡夫卡、奥威尔、莫言的作品和卓别林电影及现代影像文本的图像阅读和比较研究，深入细致地展示"寓言"的审美批判性和阐释性；在对不同寓言类型的阅读中我们更能深刻体会到寓言的多义性、流变性、丰富性、包容性和生命力，更好地探寻寓言的奇妙世界。

第一章 卡夫卡的寓言世界

卡夫卡的创作是现代寓言性小说创作的一个高峰，他的大部分作品是典型的现代寓言。他以荒诞的形式呈现出资本主义社会中下层民众生活的困境、心路历程及现代资本主义社会的异化现实，深刻地揭露了资本主义繁荣现象下隐藏的矛盾冲突，在文本中构筑了一个完整的人类现实世界，开创了现代寓言新气象。迈德森（Deborah L. Madsen）就说："现代寓言方法是由弗兰茨·卡夫卡创造的——他的作品为从理论上说明美国寓言作出了重要贡献——他把重点放在个体试图参与秩序系统并在世界形成空间感。"[①] 即卡夫卡的创作扼住了资本主义社会的咽喉，以令人窒息的荒诞和变形、虚构的幻象和情节敲打着现代人的灵魂，本章从卡夫卡寓言性小说的寓言式人物形象塑造、寓言式表达出发，力图阐明现代寓言性小说的创作特点和审美特性。

一 卡夫卡小说的寓言式人物形象

资本主义工业文明带来了社会的巨变，机器生产加速了现代人生活的步伐，从而导致现代社会的一个重要特征就是一切事物都突如其来，根本无法预测、预知，现代人只能无助地面对现实突变。卡夫卡在作品中通过离奇的人物形象塑造，把这种人性的异化表现得淋漓尽致。如在《变形记》中，某天早上，主人公格里高尔·萨姆沙醒来发现自己变成了一只大

[①] Deborah L. Madsen, *Rereading Allegory: A Narrative Approach to Genre*, London: Macmillan, 1995, p. 129.

西方寓言文体和理论及其现代转型

甲虫，一开始他很惊慌失措，不久他就逐渐镇定甚至适应这种变形，开始重新反省自己的人生路途：过去是奔波辛苦的，现在是难以接受的，未来是未知的；《城堡》中的 K 看到了乡村的城堡，努力想进入城堡，费尽周折也没有真正见到城堡里的官员，他不知道城堡事实上就是海市蜃楼，可望而不可即，一切反抗都是白费力气和无意义的；《审判》中的约瑟夫·K莫名其妙地被判有罪，被法庭带走进行审判，罪名却一直无法说清楚；作者、读者及作品中的人物都知道 K 是无罪的，是银行的襄理，用现在的话说是一个颇有成就的高级白领，后来发生的一切事情对 K 的案情审判没有任何推进作用；《美国》中的主人翁卡尔·罗斯曼的命运更是离奇，从一无所有的避难者瞬间变成美国上流社会的一员，又在短短的两三个月内跌落到社会最困苦的底层，他的经历就像潮涨潮落一样无法捉摸。《乡村医生》《地洞》等作品展现的也是这种变幻莫测的现象。可见，卡夫卡作品中人物遭遇变幻莫测都身不由己，自身的命运仿佛都掌握在他者手中，仿佛被某种看不见摸不着又无时无刻不在的神秘力量所掌握，主人公在这种神秘力量的操控下丧失个性，痛苦地活着或死去。人们在卡夫卡怪诞的人物形象塑造中看到了其中的荒谬和可笑，却往往难以读出这种幻象后面隐含的深刻寓意，他们没有注意到卡夫卡作品中人物的变形就是社会万象的素描，是现代人自审的最好参照。而卡夫卡的挚友马克斯·布洛德早就指出了作品中人物形象的丰富内涵，他说："卡夫卡的《城堡》是世界的一个缩影；小说中对某一种类型的人对于世界做出的行为进行了详尽的描绘，其准确与细致达到了无可比拟的程度。由于每个人都能觉察到在自己身上也有这种类型的成分，正像他能在自己身上发现浮士德、唐吉诃德，或于连·索黑尔也是他的'自我'的一个组成部分一样，所以卡夫卡的《城堡》超越了书中所写人物的个性，成为一部对每个人都适合的认识自我的作品。"[1] 也就是说，卡夫卡作品中人物形象虽然难以在现实中找到客观对应物，但他却实践了陌生化的要求，实现了间离的审美效果。仔细分析作品中的人物，我们就可以深刻体会到卡夫卡细腻笔触下隐藏的现代人

---

[1] 转引自叶庭芳编《论卡夫卡》，中国社会科学出版社 1988 年版，第 80 页。

下篇 实践篇

内心世界的困窘,看到这些作品对于认知未来的远见;我们在人物表象的描述中就可以审美地把握住资本主义社会中人的真实境遇,这正是寓言式表达的特性,即在文学与现实间离的夹缝中再现现实真理。

因此,卡夫卡作品中塑造的人物形象虽不是对现实生活的摹仿,但每个人都可以在这里找到自己的影子。格里高尔这个推销员是全家的经济支柱,不但要负担一家的生活,还要偿还父母的债务,每天疲于奔命,害怕丢掉工作。即使变成甲虫,他仍然千方百计地拖延时间,希望幻觉很快结束,或使父母和秘书主任接受这个现实,让他可以继续为他们工作。格里高尔虽然想着上班不能迟到,不希望被老板解雇,但这种愿望不是发自真心的,只是为了父母和妹妹而不得不保住这份工作,不得不这样做。因此,格里高尔变成甲虫在某种程度上说是其潜意识愿望满足的一种表达,只有变成甲虫才能逃离人类现实社会关系的束缚,获得暂时的"自由",却仍逃脱不了被异化的命运。格里高尔的躯体变成了甲虫,但他的思想却属于人类世界,他能以人类的方式思考,能够听懂家人的交谈,却无法用语言来表达,发出一种人类无法听懂的怪声,让人更讨厌他,最后连善良的妹妹也把他抛弃了。可以说,格里高尔既是人也是虫,既是非人也是非虫,这种二元对立是现代寓言性小说的一个特性,永远是言意之间无法调和的意义生成结构。如《城堡》中索蒂尼对阿玛丽亚写道:"你面前只有两条路:是马上来,还是——!"[①] 阿玛丽亚要"活"着,就只能把自己变成妓女,否则只有不"活";巴纳巴斯的信使身份使他想证实不可证实的,"存在"与"不存在"的克拉姆。城堡中的一切人、事、物仿佛处于"有"与"非有"的中间状态,对于任何一种状态的选择似乎取决于个人的态度,但要努力打破这种稳固的结构又必然遭到毁灭性的打击,土地测量员 K 就是这样的牺牲品。他对自己身份和权力的追寻每每遭到挫败,根本无法抗衡城堡里牢如蛛网的统治机构,违反游戏规则的探询终究是以一无所有、一无所获而告终,最后他只能到女仆的地下室里讨生活。《审判》中约瑟夫·K 的命运表现出来的矛盾更是令人费解,"有

[①] [奥] 弗兰茨·卡夫卡:《卡夫卡全集》第四卷,赵蓉恒译,河北教育出版社 1996 年版,第 211 页。

罪"与"无罪","惩罚"与"不罚"的判定并不是由某个立法机构来裁定,而是当事人自身主观的选择,但如果没有意识到这一点就只能永远被动地受制于他人的意志。

卡夫卡就是善于在人物虚幻缥缈的、捉摸不定的命运中,在突如其来的、荒诞不经的创造性想象中,在真实与非真实的交替叙述中,显现现代社会的矛盾。现代社会不再是和谐完美的统一,而是在冲突与矛盾中发展前进。对这种现实的表达,就不能依靠追求完整统一表述的象征,本雅明认为显现这种分裂的最好方式就是寓言,它是"我们这个时代的得天独厚的思想方式","寓言在思想之中—如废墟在物体之中"。寓言不仅要说出人类生活的普遍实质,而且要"在最自然、最堕落的官能性质上说出个人的自传式的历史性"①。现代西方文学的特征和理论表述就是从象征到寓言的转换,卡夫卡正处于这个转型时代,他的创作则是完成这种转换的典型。

二 卡夫卡小说的寓言式表达

卡夫卡的作品在表征寓言结构意义的多义性、不确定性方面具有绝对的典型性。评论家瓦尔特·H. 索克尔在谈到《变形记》时指出:"卡夫卡深邃多变的艺术本质,决定了人和单独的研究都无法充分把握住这篇多层次的作品。每一研究仅能在索解其奥秘的道路上前进一步;这个奥秘的核心,也许永远也不能揭露无遗。"② 卡夫卡的其他作品如《城堡》《审判》《美国》等何尝不是如此,我们根本无法赋予它们一个确定的意义内涵和指称关系。甚至卡夫卡对自己的理解和阐释也只能是寓言式的,他早就指出他所说的、所想的、所写的都是不能同一的,具有很大的断裂。这与寓言式表达相一致,与象征有较大的差异。正如本雅明指出,象征呈现的是物质与精神契合的、完整的有机世界,即是说世界的表层意义都包含在一个完整的叙述里;与之相对,寓言表达的是一个分崩离析的无机世界,人性和历史的意义一起遭受被湮没的命运。人的价值并不体现在统治阶级的

---

① 张旭东:《寓言批评》,载《文学评论》1988 年第 4 期。
② 转引自叶庭芳编《论卡夫卡》,中国社会科学出版社 1988 年版,第 241 页。

下篇 实践篇

宏伟计划里,而是反映在小人物的艰辛奋斗史及其不可避免的失败中。寓言展现的就是衰败的、破碎的历史,进而瓦解了艺术形式本身的自足性、人类历史的统一性,而普遍性和具体性的关系成为现代社会的一个问题,成为必须在人的内在经验中重新加以思考的东西。因为,在寓言中,物质或对象从一个总体意义中分离出来,每一个对象都可以代表别的对象,或者被别的事物所代替,这种对象间松散的、可替代的寓言因素,割裂了物质与意义之间的必然联系,即象征所强调的完美和谐。寓言自身没有一个共同的意义世界作为参照,其阐释只能是主观的有效性,主体的能动性对寓言意义的生成具有重要作用。现代寓言的意义和符号之间的非直接性更加明显,它们的关系是模糊的,都可以意指任何其他的什么。寓言结构中永远没有绝对的意义存在,这也是保罗·德曼认为寓言的阅读是没有终极的阅读的原因之一。

卡夫卡的作品善于在断裂中展现存在的价值。如他采用变形方法描写了甲虫、鼹鼠和生活在地下的奇怪生物等,在这些以非人的躯体存在的动物身上折射出现代人精神领域的空虚与无助,他们整天忧心忡忡,居无定所,害怕明天可能会遇到各种意想不到的、难以应付的新情况。正如本雅明明确指出的:"卡夫卡的眼中满是变形,因而,他所描写——也就是研究的——事无不是变形的。换句话说,他所描写的一切都不是在表述对象自身,而是另有所指。卡夫卡将笔触汇集于他在这一唯一的描写对象:生存的变形,读者会感到他很偏执。其实,这种印象与作者目光中的伤心、严肃、绝望一样,只是一个迹象,表明卡夫卡已与纯文学性的散文决裂。"① 卡夫卡用荒诞的情节和真实的细节描写深刻地刻画了现代人的孤独感、恐惧感。他的主人翁基本上是社会底层的劳苦人民、小职员,或充满理想的奋斗者、探索者。这些小人物的人生历程在以权力和货币为通行证的资本主义社会,为了最基本的生存需要勤奋工作,努力奋斗改变现状,以实现并非遥不可及的目标。然而,这一切都变得非常困难和不可思议,会遇到或多或少的阻力,甚至是以主人公的牺牲和一无所获而告终,这种

---

① [德]瓦尔特·本雅明:《经验与贫乏》,王炳钧等译,百花文艺出版社 1999 年版,第 340—341 页。

不可克服的障碍，显现为梦魇的世界。如卡夫卡曾对雅诺赫说："我们不是生活在一个崩溃的世界里，而是生活在一个困惑的世界里，一切都像不能出海的帆船上的桅缆，吱吱扭扭地不停作响。"[①] 如格里高尔只想养家糊口，保住自己的职位，却异化成一只甲虫，遭到众人乃至亲人的唾弃，最后只能以死来减轻家人的负担。《城堡》里的K努力进入城堡确认自己的身份，实践自己的价值，但他的清醒和执着遭到了质疑、嘲讽，被视为不合群的异类，一生受挫。《审判》里约瑟夫·K莫名遭罪却迟迟得不到审判，从而开始了对法的追寻历程，终究还是成为法的祭品；这部寓言小说中有关"法门的寓言"故事，点睛式地说明了法在心中，人对自身命运还是有主动权的，但认清和把握这一点却是困难的，甚至是不可能的。《美国》中年轻的翁卡尔·罗斯曼跌宕起伏的命运，更形象说明了"变"与"不变"，"活"与"不活"都是一纸之隔。就连《地洞》中不知名的动物每天也生活在似乎是假象的危机中不得片刻安宁。卡夫卡一系列抑郁不得志的描写，多多少少渲染了一种悲情气氛，让我们在痛的反思中，在真与幻、似是而非的艺术世界中看到现代人困惑的真实本质；在审美交流中寻找现实交流的契机，满足现代人对真正心灵交流的渴望和自我表达的欲望，进而在一定距离之外认识自我，舒缓现实中遇到的困难和苦闷的心情，冷静地面对发达资本主义社会进步与衰败相伴随的现象，看到拯救的力量就存在于二者的不可调和中。

从这点来看，卡夫卡和波德莱尔的寓言精神具有内在一致性。他们都以沉重的笔触描写社会悲剧性的一面，并且在中性意义上来使用"阴暗""颓废""破碎"等词语。他们笔下的主人公身份卑微，甚至以动物的躯体存在，但他们顽强的、执着的进取精神感染着人们的情绪。他们的描写不是为了博得同情，而是在令人惊讶的悲惨中指引人们跳出资本主义社会异化怪圈，看清现代人存在的意义和价值，这也正是现代寓言文学创作的重要意义。

从以上分析中我们可以看到，巴尔扎克、陀思妥耶夫斯基、托尔斯

---

① 转引自张良村等编《世界文学历程》上卷，国际文化出版公司1997年版，第577页。

下篇　实践篇

泰、司汤达等大部分现实主义小说以表现资产阶级上升时期的景象为主要内容。即在现实主义小说叙事中主流意识形态的伟大成就、权力的欲望、金钱的力量、社会的文明与进步等,这一切仿佛是历史逻辑的必然。与之相对,卡夫卡的现代主义小说消解了宏大叙事模式,在偶然的、断裂的、非连续性的现象描写中,在貌似不起眼的事物和司空见惯的小人物叙事中,真实地展现了现代人生活境况和精神困惑,深刻地批判了现代文明进程中消极因素的影响;以审美变形的方式深入到历史现实另一个层面的叙述,从而表征出意义世界的丰富寓意。这种表达形式的特征就是现代主义小说的寓言性,或者说寓言性成为现代主义小说的本质内涵。除了卡夫卡这个典型外,在霍桑《红字》、威廉·戈尔丁《蝇王》,约翰·巴思《路的尽头》《烟草代理商》《羊孩贾尔斯》,乔伊斯《尤利西斯》,托马斯·曼《在威尼斯之死》《魔山》等仍然能看到这些作品丰富的寓意表达。如亨利·詹姆斯所言:"最富于人性的主题就是那些从杂乱的生活中为我们反映出极乐和不幸以及有益和有害事物间紧密联系的主题,它们永远在我们眼前晃动着一块闪亮的硬金属,这块奇异合金的一面代表了某个人的权利和安逸,而另一面则代表了某个另外的人的痛苦和冤屈。"[1] 也就是说,这些具有寓言性的小说,就像"贾纳斯"[2]的面孔,至少蕴含了两种以上的寓意,或者说矛盾性,即小说内部充满着张力。因此,现代文学作品的寓言性,指的是作品寓意的非直接呈现,通过虚构和想象的叙事来实现劝谕、讽刺、讽喻的审美效果;同时包含了可以进行合理阐释的因素,其中最关键的一点就是文本的想象性结构能够指涉文本外多样的社会关系、人际关系,进而批判社会不合理现象,人们又把具有这些特征的创作称为寓言性作品。

---

[1] [美]亨利·詹姆斯:《梅西所知道的》(1879)序言,见[英]马·布雷德伯里、詹·麦克法兰编《现代主义》,胡家峦等译,上海外语教育出版社1992年版,第414页。

[2] 贾纳斯(Janus)是古罗马神话的守门神,有正反两张面孔。

第二章　乔治·奥威尔的寓言式小说

乔治·奥威尔（George Orwell，1903—1950）是英国20世纪最有影响的作家之一。他一生短暂而坎坷，但著述颇丰，其作品主要是反映社会的贫困和政治问题。特别是第二次世界大战的灾难，让奥维尔对政治极权主义的罪恶有了更深刻的认识，他后期的作品就是对此进行反驳与批判，如他所言："一九三六年以来，我所写的每一行严肃作品都是直接或间接反对极权主义，支持我所理解的民主社会主义。"[①] 在小说中，奥威尔借鉴了寓言的表达形式，有意地寓政治讽刺、批评于故事叙述，形成了独特的寓言式小说创作风格。

本节主要以《动物庄园》和《一九八四》为研究对象，深入分析奥威尔后期小说的独特形式。由于这两部小说是在"二战"结束后，在东西方阵营互相对峙，世界上形成了社会主义和资本主义两大阵营的背景下完成和出版的，因此人们普遍认识到小说具体指向的时代意义，并公认这两部小说主旨在于批判极权主义统治。除此之外，笔者认为，在这两部小说中，奥维尔用寓言的形式表现人类生存危机和批判人性缺失的内容具有更大的现实性和普适性。下面主要从小说的叙事内容和叙事手法中探索奥威尔艺术地表达哲理的策略。

---

① ［美］杰弗里·迈耶斯：《奥威尔传》，孙仲旭译，东方出版社2003年版，第469页。

下篇　实践篇

一　时空的错位

小说是时间和空间的艺术，时间和空间对于故事的展开和人物形象塑造具有重要意义。一些小说家常常是通过戏剧性地利用时空因素来满足某种表达的需要，以获得独特的审美效果。奥威尔的《动物庄园》和《一九八四》通过打破物理时空限制，以时空错位的叙事视点营造了奇异的美学效果。

《动物庄园》秉承了西方几千年来寓言的创作传统，以猪、马、驴、羊等动物作为小说的主角，讲述了一个通俗易懂的寓言故事：曼诺农庄的动物们推翻了人的统治，建立了动物自己当家做主的"动物庄园"，想实现永远不为人劳动、不与人打交道和"所有动物一律平等"的理想。但事与愿违，动物们虽然摆脱了人的统治，却遭到以公猪拿破仑（Napoleon）为首的猪群更严厉的剥削和压迫。作为庄园的统治者——拿破仑猪高高在上，和其他猪一起违背动物的平等合约"七诫"，它不劳而获，纵情享乐，并对其他动物进行野蛮的强权统治和血腥屠杀。在现实中，读者肯定不相信猪能管理庄园，不相信猪会和人做生意，但会为小说中动物的无知而暗自发笑，也会为斯诺鲍（snowball）、鲍克瑟（boxer）等动物的悲惨命运而伤心，对猪的极端统治和虚伪的谎言感到愤怒。读者不会主动把动物的言行指向人的世界，但在潜意识中却无法摆脱对人类自我的反思：当无边的欲望无限膨胀时，人性就会发生意想不到的扭曲，而且在任何一个极权统治时期，人类社会的结构和这个动物庄园还会有区别吗？它们都一样有暴君的血腥统治（如拿破仑猪），有凶残者的帮凶（如九条狗、斯奎拉 Squealer），有趋炎附势者的阿谀奉承（如羊群），有幻想者的悲惨命运（如马鲍克瑟），有智者的淡漠（如驴子本杰明 Benjamin），有愚者的无知（如庄园里大部分动物），当然也有反对者的失败抗议（如斯诺鲍、母鸡等）。在现代社会，奥威尔用寓言故事的叙事方式巧妙地跨越人与兽之间的边界，在动物之间及人与动物之间的交往、对话中讽喻了人性丑陋、阴暗的一面。《一九八四》虽然没有借用动物寓言，但奥威尔运用寓言"言此意彼"的表达方式同样讲述了人类困境的故事。

西方寓言文体和理论及其现代转型

《一九八四》写于 1948 年，奥维尔却把故事发生的时间放在 40 年后的 1984 年，讲述了小人物温斯顿·史密斯在虚拟"大洋国"的悲惨命运。在高度集权的大洋国里，所有人都必须服从并服务于一个缺席的最高统治者"老大哥"，所有人都受到无处不在的"电屏"、窃听器的监控和"思想警察"的监视，所有人都监视他人同时又被其他人所监视却一无所知，任何被视为反抗"老大哥"的人随时都会莫名其妙地"被蒸发掉"，大洋国的人彻底丧失了尊严和自由，成为无自我意识的客体。良心未泯的史密斯曾经试图抵制各种荒唐的、不合理的、反常规的现象，但终究逃脱不了"老大哥"的掌控，最终被折磨至死。读者在这荒诞的故事里看到了黑暗极权社会的恐怖和人性的悲哀，在作者敏锐的洞察中对未来世界的发展有了更充分的思考与准备。读者不会认为小说是 1984 年历史的记载或预言，但"大洋国"的某些现象似乎曾经出现过，"思想警察"仿佛就是某些人内心深处的心魔，史密斯的命运就是极权统治带给人类的灾难。奥威尔把发生于 1948 年的历史时间，改写为 1984 年，这个有点随意性的调整让"1984"成为永远指向未来的隐喻。昨天、今天和明天的读者都不会真正去考证历史上 1984 年发生了什么，而是思考小说的深层意蕴。这就是奥威尔寓言式小说的特点，在故事叙事之外指向另一个让人深思的社会现实问题，对人类社会的政治现实进行了犀利的讽刺与反思。正如他在《我为何写作》中坚持说的："没有哪本书是真正摆脱了政治偏见的，所谓艺术应该与政治毫无瓜葛的观点本身就是一种政治态度。"[①]

可见，奥威尔正是运用时空背景的错位来实现其陌生化的表达，让读者在充满象征意味的时空中思考其意蕴。在《动物庄园》中，动物对人类的挑战，事实上是人类不同群体、利益集团之间斗争的写照，人类永远生活在这种充满纷争、压迫的环境中而不自知，自认为每天都在为自己而努力奋斗，实为一种盲目无知之举。在《一九八四》中，不管是 1948 年还是 1984 年，强权统治必然会抹杀人性，消解真、善、美的价值体系，人类也将会走向无底的深渊。因此，在小说中人们不去追求故事与现实的一致

---

① 董乐山编：《奥威尔文集》，中国广播电视出版社 1997 年版，第 94 页。

下篇 实践篇

性,恰恰相反,在这种无法确认的所指中,读者感受到的是一种前所未有的真实与逼真。如韦勒克所指出的,一部小说对现实的幻觉,主要是:"引诱读者进入一些不可能有或不能置信的情境之中,这样的情境比起那偶然意义的真实来具有更深一层的'现实的真实'。"[①]

二 语言的霸权

奥威尔时空错位的叙事视角让读者冷静地思考人性的困境,而人类思维与思想的表达离不开语言的使用,在小说中作家以隐蔽的方式告诉我们,语言的霸权是无限的,语言与统治阶级的意识形态可以亲密无间。语言可以成为工具,成为一种意识形态的工具,奥威尔在《动物庄园》和《一九八四》中对统治阶级语言游戏的深入描写,揭示了语言的霸权和意识形态性。

《动物庄园》的动物们在战胜人类时,宣布了七条口号即庄园的"七诫"[②],这是动物追求平等自由的表达与象征,它们一起朝着这个方向努力。但是,拿破仑猪要确立自己在农庄的统治地位,享受美食和掌握绝对权力,就必须把描述美好愿望的"七诫"从动物的记忆里逐渐抹去,进而掌控它们的思想。拿破仑猪在动物们对"七诫"的认同中意识到宣传的重要性和舆论的力量,因此,他慢慢地在不知不觉中彻底修改了庄园的标语,为猪群对其他动物的统治做出合理合法的表述。如在"所有动物一律平等"的口号后面加了一句"但有些动物比其他动物更平等"。同时,动物每天吟唱的、表达它们革命热情和对未来美好社会渴望的歌曲《英格兰的动物》被废止,代之以歌颂拿破仑猪"领导"的诗《拿破仑同志》。这首诗要动物们把一切感恩之情全部寄寓在拿破仑身上,并对他表示永远的忠诚。在标语口号的表达转换中,拿破仑猪实现了他意识形态的灌输,

---

① [美]勒内·韦勒克、奥斯汀·沃伦:《文学理论》,刘象愚等译,江苏教育出版社2005年版,第249页。
② "七诫"主要指"凡是有两条腿的都是敌人,凡是有四条腿的或是有翅膀的都是朋友,任何动物不准穿衣,任何动物不得睡在床铺上,任何动物不得饮酒,任何动物不得伤害同类,所有动物一律平等"。引自[英]乔治·奥威尔《动物农庄》,李立玮译,中国社会科学出版社2003年版,第24页。

西方寓言文体和理论及其现代转型

《拿破仑同志》成为农庄动物们所有精神状态的体现。最后,"四条腿的是好汉"后面又加了一句"两条腿的更是好汉!"猪完成了最终的蜕变,一切向人类看齐,恢复了人统治庄园时对动物的欺骗、压榨和屠杀。奥维尔在此表达了他对语言与权力关系的独到见解,动物们对语言的无知与无能,正是其对人类漠视语言所导致后果的讽刺。在《一九八四》中,奥维尔更直接尖锐地指出语言霸权的隐蔽性。小说开篇就写道"大洋国"到处都充斥着党的标语:"战争即和平,自由即奴役,无知即力量",这就是"大洋国"公民必须遵循的"真理"标准。这三句话明显是荒谬的、反人性的,但绝大部分人对此没有清醒的认识,日复一日地聆听"电屏"关于人们富足丰裕的报道,人人相信"老大哥"就是大救星,并尊其为偶像。然而,不管是普通公民还是党内人员,都要受到党的思想控制。虽然,他们处处小心翼翼唯恐有差错,但是"思想警察"无处不在、无孔不入,常常能寻找到一些所谓"罪证"的蛛丝马迹,让他们莫名其妙地消失。"大洋国"的公民和动物庄园的动物一样,生活在一个无形的牢狱中惶惶不可终日。

事实上,在奥维尔看来,不管是拿破仑猪还是"老大哥",他们都是通过支配语言来达到宣扬自我意识和掌控权力的目的。他们很清楚"最精微的、最不容易被人察觉的,因此也是最令人难以抗拒的对人实施压迫的方式,就是语言的控制与压迫"①。语言向来就是各种权力与利益激烈竞争的角逐场,而且"在人类长存的历史中,权力寄寓于其中的东西就是语言,或者再准确些说,是语言必不可少的部分:语言结构"②。语言就是一种工具,甚至等同于权力,它是极权政治对普通大众实践意识形态渗透的重要手段之一。

因此,在《动物庄园》和《一九八四》中,奥威尔从不同的角度描述了语言的霸权。首先,两部小说都塑造了擅长运用语言的"高手",他们颠倒黑白、是非不分、迷惑大众。在动物庄园里,猪群有绝对的话语权,斯奎拉是它们的代表,它传递着拿破仑猪的旨意,不断地重复拿破仑猪的

---

① 申小龙:《语言的文化阐释》,知识出版社1992年版,第23页。
② [法]罗兰·巴特:《符号学原理》,李幼蒸译,生活·读书·新知三联书店1988年版,第4页。

"丰功伟绩",制造斯诺鲍破坏庄园的假象,用庄园主琼斯可能会回来的谎言恐吓动物,以诱骗它们为对抗所谓的"敌人"而不得不忍受拿破仑猪的独裁统治。在斯奎拉无数次的重复中,动物们逐渐习惯于把所有的幸运和所得到的荣誉全部归功于"伟大"的拿破仑,并为之努力工作。就像"大洋国"里所有的人必须拥护"老大哥",必须深信在他的领导下人人富足、生活美满,否则就会遭到"老大哥"代言人奥布兰为首的集团的折磨。如他们通过种种极端残暴的手段强迫史密斯等人从思想深处相信并能随时说出1+1不等于2,而是等于3、4或其他什么,彻底抛弃自己的思维方式和话语系统,忠诚地热爱老大哥。其次,小说指出语言是强者的霸权,弱者的灾难。当动物们对拿破仑猪的言论有不同意见时,它们不可能有表达的机会,言说只会给它们带来死亡。如当鸡、鹅、羊说出所谓的"真相"时,遭到了无情的屠杀。此时,动物们不再敢言说,言说也是无力的,它们彻底失语了。"大洋国"的公民则丧失了真正言说的机会,他们生活、工作、休闲的任何地方有数不清看得见和看不见的窃听器和电屏,而且子女会揭发父母、夫妻或恋人会互相出卖、朋友之间会阳奉阴违,他们随时会掉入语言编织的牢笼直到最后"被蒸发掉",由此他们彻底沉默以求得暂时的安宁。此时,语言是加在普通人身上的一把无形枷锁,拥有真正话语权对他们而言永远是一种奢望。最后,语言不但能制造谎言,还能控制过去,重写历史,奥威尔在《一九八四》中对此进行了强烈的批判。史密斯在"真理部记录司"任职,他的工作不是讲事实、说真理,而是不断"修改"已经出版的报纸,篡改数据使其呈现出从未被改写过的样子,"全部历史都像一张不断刮干净重写的羊皮纸"。党正是在这里行使着最有力的权力,即"谁控制过去就控制未来;谁控制现在就控制过去"。在伪造的过去、现在和未来中,党就控制了一切。可见,"真理部"的名称与其实际工作形成了强烈的讽刺,语言与权力结成了同盟。在大洋国里,党的核心思想"双重思想"就是要人在思想中同时保持并接受两种互相矛盾的认识的能力。在这种信念的支持下,一切都是合理的、正确的和可以改变的,其途径还是通过语言创作一个更"合理"的思想世界。更为极端的是,"大洋国"的党通过不断修改语言规则,缩减词汇,改变语法规则等手段对话语系统进行大规模的改造，以达到让语言变得贫瘠乏味、无意义，从而愚昧大众和控制思想的目的。而新话对旧话系统的替代则完全割裂了历史的联系，新话对过去文学文本的改写将会使历史永远呈现出符合党所需要的意识形态内容。

无论是《动物庄园》还是《一九八四》，它们讨论的核心都不是语言，但读者却能在小说的字里行间切实地感受到语言的巨大力量，这就是奥维尔这两部小说的一个重要特征，艺术性的叙述话语表达出哲理的高度，这与20世纪初整个西方文论出现的"语言论转向"不谋而合。奥维尔和理论家一样开始关注"我们如何表述我们所知晓的世界的本质"。语言在社会关系中占有重要的位置，它是控制思想和掌握社会意识形态的基本形式，进而成为现代社会一种新型权力意志。特别是现代后现代社会，国与国之间、各利益集团之间的竞争已经不能仅靠拳头、大炮，思想领域的竞争更加重要。正如，罗兰·巴特指出："语言是一种立法，而语言结构则是一种法规。""语言按其结构本身包含着一种不可避免的异化关系。说话（parole），或更严格些说发生话语（discourse），这并非像人们经常强调的那样是交流，而是使人屈服：全部语言结构是一种普遍化的支配力量。"[①] 语言就是一种隐性的秩序，在社会结构中常常被作为一种交流的工具而模糊了其作为一种权力的表征。

三 讽喻的寓言

《动物庄园》和《一九八四》分别讲述了曼纳农庄里动物的造反和大洋国里的荒诞现象及史密斯的悲惨经历，但奥威尔的目的并不在于给我们虚构一个感人的故事，而是揭示现代战争和技术文明带来的负面影响，现代人的困境及社会病变的根源。正如他自己所言："我坐下来写一本书的时候，我并没有对自己说，'我要生产一部艺术作品。'我之所以写一本书，是因为我有一个谎言要揭露，我有一个事实要引起大家的注意。"[②] 也

[①] [法]罗兰·巴特：《符号学原理》，李幼蒸译，生活·读书·新知三联书店1988年版，第4页。

[②] 董乐山编：《奥威尔文集》，中国广播电视出版社1997年版，第95页。

下篇 实践篇

就是说，奥威尔的小说通过故事叙事来实现其讽喻现实的目的，故事的艺术呈现是为了揭示一个事实。

奥威尔对动物庄园和大洋国里残暴统治和罪恶人性的描写与揭露，令许多读者把这两部小说定义为反乌托邦小说。因为"当一部作品对未来世界的可怕幻想替代了美好理想时，这部作品就成了'反乌托邦'或'伪乌托邦'讽刺作品"[1]。《动物庄园》虽然没有明确地指向未来，但它却在空间转换的叙事中揭示了人性的罪恶。一开始，动物们为"所有动物一律平等"的美好理想奋斗，赶走人类，辛勤劳作。但是，它们却掉入另外一个由谎言编织的陷阱。在这里，动物们不管多么努力都实现不了歌曲《英格兰的动物》里描绘的金色未来，即使是劳苦功高的老马也逃脱不了临死前送宰马场为猪群换回一箱威士忌的悲惨命运。因为，处于统治地位的拿破仑猪终究无法摆脱利欲的诱惑，并对其他动物实施了暴政，其手段与人类如出一辙。在小说的结尾，奥威尔的一句话既精辟又深刻地阐明了这一点：已经分不出"谁是猪，谁是人了"。人如猪，抑或人不如猪。动物与人类的合谋，事实上就是讽刺了人类如动物一样受本能的支配，无法褪去身上贪婪的私欲，难以超越等级、身份的界限。《一九八四》则直接描绘了人类未来世界的黑暗。在大洋国里，党的统治集团通过四个部门（真理部、和平部、仁爱部和富裕部）"合理"分工实现对党内外人、事、物的掌管，似乎一切都井然有序，合情合理。然而，事实上真理部不讲真理，而是专门篡改历史，制造谎言；和平部不谈和平，而是不断制造战争，鼓动战争；仁爱部是最让人胆战心惊的地方，它不维持法律和秩序，而是通过非法的暴力手段对普通公民进行拷打和杀戮，认为这是对他们最好的拯救；富足部不研究促进经济发展的计划，而是制造饥饿，它一边缩减粮食配给，一边通过伪造的数字告诉公众国家很富裕，人们生活很美好。在这个国度里，人们只能生活在谎言中，真理是被禁止的，追求事实的下场就是死亡，恐怖气氛弥漫着整个大洋国，人人自危。奥威尔在小说里言说未来，事实上是以隐喻的方式揭示出失去人性的疯狂的极权统治将会把人类

---

[1] 侯维瑞：《现代英国小说史》，上海外语教育出版社1986年版，第327页。

引向绝境。

在荒诞的描写中，奥威尔还敏锐地观察到现代技术文明所承载的意识形态功能，它无形中成为极权统治的工具，给现代人造成了极大的伤害。在《动物庄园》里，斯诺鲍提出造福于动物的"风车计划"，从一开始就遭到拿破仑的反对并被赶出了农庄，接下来拿破仑则否认自己曾经反对过"风车计划"的事实，将之据为己有。然而，拿破仑的统治并没有实现让农庄所有动物的窝棚都用上电灯，每周三日工作制等目标。相反，在这个"风车计划"的诱惑下，拿破仑猪的统治变本加厉，动物们劳动时间越来越长，食物却越来越少，技术促进发展的口号成为奴役动物的伎俩。在《一九八四》中，奥威尔把技术对人的奴役描绘得更淋漓尽致。大洋国每一个公共场所、私人空间都装满了"电屏"，各种信息通过国家广播似乎可以随时随地方便有效地传递和接收，并给人以形象的视觉感受。然而，事实上这是党监视、控制人的意识形态工具，正如无处不在的"窃听器"让人失去了真实言说的可能性，说谎成为人们的生活常态。奥威尔在这里一方面指出了未来技术带来的便捷，任何人都可以通过高科技同步获得世界各地的最新信息，但另一方面他也揭露了技术对人类生存空间的挤压。大洋国里"老大哥"的言论随时出现在电屏上，无形的麦克风把公民的话语同步传递，思想警察时时刻刻在"关注"着人们思想的细微变化，现代人的自由被技术文明所吞噬，即使是精神世界也难逃被监视、被审判的命运。

可见，奥威尔通过对乌托邦的反写和机器技术的批判，让大众在荒诞、幽默和冷峻的嘲讽中重新审视曾经的对美好未来的构想和对机器技术的推崇，从而看清乌托邦幻想的假象和现代技术的暴力，警醒人们在享受技术带来财富增长的喜悦中还要意识到人类正走向另一种贫困——精神财富的极度匮乏，人正逐渐丧失言说的能力，人正沦落为机器的奴隶，为机器所操控。奥维尔的寓言式小说正是以沉重的笔触揭露了现代社会的悲剧性和人类的私欲，给人一种忧郁的痛感。但是，奥维尔不是一个悲观主义者，他只是善于用变形的表达方式指引人们跳出异化社会的怪圈，看清现代人存在的意义和价值。这就是寓言式表达所具有的寓指自身之外的意义

下篇 实践篇

功能,文本的意义存在于字面叙事之外。如伊格尔顿所说:"就像商品一样,寓言对象的意义总是在别处,偏离于它的物质存在。"[①]

从上面分析可以看到,《动物庄园》和《一九八四》两部小说都以时空错位的方法展开叙述,对语言与权力的共谋给予了深刻的揭露,进而在小说的叙事中隐蔽地实践了寓言式的批评方法,成功地实现了奥威尔的伟大理想,即"过去十年间我最想做的就是将政治性写作变为一门艺术"[②],从而使读者在虚构的文本中自觉地关注当下的现实及作为个体的人和群体的人类的困境以及世界的未来发展。这就是奥威尔寓言式小说的特点:从叙事方法、叙事策略到叙述内容等有意地寓讽刺、批评于故事中,这种创作方法与寓言故事"言此意彼"的叙述方式相似,都重视了故事叙事之外的讽喻功能。这也是现当代许多小说家乐于采用的一种写作方式,读者也应该学会在审美中批判,在批判中提升对寓言式小说的鉴赏能力。

---

① [英]特里·伊格尔顿:《审美意识形态》,王杰等译,广西师范大学出版社2001年版,第332—333页。
② [美]杰弗里·迈耶斯:《奥威尔传》,孙仲旭译,东方出版社2003年版,第469页。

第三章 卡夫卡和莫言的"变形"比较研究
——以《变形记》和《幽默与趣味》为例

弗朗茨·卡夫卡（Franz Kafka，1883—1924）是奥地利德语小说家，他善用寓言体，作品构思细腻，充满丰富奇诡的想象，文本寓意深远，其独特的创作风格为20世纪以来各写作流派极力推崇，对世界文学的创新和发展作出了重要贡献，如寓言体小说《变形记》《审判》《地洞》等作品的深刻寓意为研究者们津津乐道。我国的莫言就是其中一位深受其影响的作家，莫言在创作中也不讳言对卡夫卡的喜爱，如在《幽默与趣味》中就通过主人公王三研究卡夫卡《变形记》的细节描写，明确地表达了对卡夫卡的推崇。人们也常常把莫言的《幽默与趣味》（1992年）和卡夫卡的《变形记》（1915年）联系起来，认为这两部寓言体小说有着许多相同之处，或者说是莫言对卡夫卡的摹仿。本章从这两部寓言体小说的变形故事、变形方法和变形效果的比较研究中，分析卡夫卡和莫言作品中寓言世界的异同，进而阐明寓言创作成为中外文艺发展的重要方向，寓言的表达是现代生活的必然选择。

一　何为"变形"

"变形"一词来源于拉丁文 deformation，意为"歪曲"，改变原来的形态，或者是人变成某种动植物或者是动植物变成人形，以创造具有表现力的艺术形象的方法。寓言作品中的变形，主要是为故事叙事服务，是为了表达寓意、哲理和某种教育意义的表意方式。从短小精悍的寓言故事、长

下篇　实践篇

篇诗体寓言、寓言小说和寓言性作品的发展研究中，我们对于寓言文体的特征及其表达方法的多样性，已有深入的认识。寓言文体传统特征之一就是托物言志，借助动植物的言说来表达深层次的言外之意。只有变形故事叙事，却不是以表达字面义外的深层寓意为目的的叙事不是寓言。如神话中神话人物的变形和故事的想象性表达，只是为了讲述故事的生动性，和对未知世界的想象性展示；童话中动植物能说人的语言和具有人的思维表达能力的描写，则是从儿童的认知和理解水平需要的拟人化表达，以满足儿童对世界的美好想象和对事物的认知需求。因此，变形作为一种表现方法在寓言文学中的运用，主要是通过充满想象性的叙事，为作者表达某种寓意服务。卡夫卡《变形记》和莫言《幽默与趣味》这两部中篇小说都同样讲述了人的变形故事，是普通家庭中普通人的变形，是小说家对现代社会认知的一种审美表达。

《变形记》中格里高尔原来是一名普通的旅行推销员，他每天都要赶火车，长年累月在外奔跑，拼命地工作，但总担心会因自己的疏忽而丢掉工作。然而，某天早上一觉醒来，格里高尔发现自己变成了一只大甲虫，虽然他仍努力地想起床去上班，但一切都已经不可能了，他也永远不用担心上班的事情。因为，他已经不是人了，只是一只笨重的大甲虫，或者说即使仍有人类的思维能力，但没有了人形，也就永远不可能被人类所认同和关注。而《幽默与趣味》里的王三是一位大学老师，却没有体面的生活。他一家三口挤在一幢六层的筒子楼里，房间只有十二平方米，房外的走廊过道是各家各户的厨房，逼仄的楼道充斥着油烟与嘈杂的声音；屋内的王三伏案写作，还不时地会遭到妻子粗暴的训斥，这就是他的日常生活。他想逃避，最终在一次意外事件的误会中王三逃回家后变成了一只猴子，他日思夜想的逃跑计划终于实现了。

然而，不管是格里高尔还是王三，作为小说的主人公他们都褪掉了人形成为非人的物种，这就是艺术创作的变形，是主要角色形象外在形式形体的变异，这是现代文学艺术、影视作品乐于采用的构思方法。但他们仍与人类发生密切的联系，他们的故事也是在与人类的交往中继续展开，这也是寓言作品善于刻画描写的角色形象之一。即卡夫卡和莫言都不止于对变形故事的描述，而是力图在变形的荒诞中揭示现代人生存和存在的问题及与我们密切相关的话题。

二　如何"变形"

卡夫卡和莫言的小说都写了变形，但他们关于变形方式的描写是有区别的，正是在不同的变形方式中，我们看到两位作家创作手法和作品情绪的差异性。卡夫卡的变形是震撼的、恐惧的瞬间变形。格里高尔毫无征兆地完成变形，读者把目光聚焦在甲壳虫身上，这只笨重的甲壳虫，连移动身体都成问题，他只能倒挂在天花板上，或躲在沙发底下。这是作家的叙事焦点吗？人变成甲虫，确实是一件不可思议的事情，确实也勾起了读者阅读的欲望，努力地追寻格里高尔为何变形。但实际上，小说的重点并不在描写格里高尔变形为甲壳虫，而是关注了与格里高尔相关联的其他人身上，即甲壳虫眼中的他者变形：当他们看到格里高尔的甲壳虫身体后，秘书主任立刻逃跑，不愿多看一眼；父亲粗暴地把它赶回房间，还弄伤了它的一条腿；母亲却不敢踏入它的房间；最终就连一直照顾它的妹妹也厌恶了，成为抛弃格里高尔最坚定的执行者。变了，一切都变了，没有人再去关心格里高尔，因为他已经不能上班挣钱了。为什么，在变形之前格里高尔没有发现人性的冷漠呢？格里高尔长期以来任劳任怨为全家人服务，并为此感到自豪，"'我们这一家子过得多么平静啊。'格里高尔自言自语道，他一动不动地瞪视着黑暗，心里感到很自豪，因为他能够让他的父母和妹妹在这样一套挺好的房间里过着蛮不错的日子。"即使在变形之初，格里高尔还是想着只要有一定的时间歇息，他一定能解决目前的窘境，"所以他殷切地盼望今天早晨的幻觉会逐渐消逝。他也深信，他之所以声音变了，不是因为别的而仅仅是重感冒的征兆，这是旅行推销员的职业病"。但是，没有一个人相信或愿意帮助他摆脱目前的困境，全家人也都不愿养活曾经养活全家人的格里高尔，不愿喂养变形的格里高尔，哪怕是作为宠物，格里高尔最终被社会无情地抛弃了。社会变形，人的变形，在此表达得清清楚楚。有人形的人内心的变形速度和变形程度超越了想象，无人形的甲壳虫却饱受着人性的折磨。在整部小说中，读者几乎体会不到阳光的

下篇 实践篇

词语和明媚的色彩，小说充斥着恐惧、厌恶、烦躁和绝望的情绪，一切都在慢慢地扭曲变形了。卡夫卡重视震惊的变形，在充满神秘的变形中叙述着生命的无常与毁灭，人性的冷漠与残酷，正如本雅明所描述的只有在废墟中才能真正看到真实的人性和救赎的可能。

莫言《幽默与趣味》的变形则是循序渐进的，在纠缠与犹豫、幽默与反讽中变形，即变形线索或隐或现地呈现在整部小说中，王三变猴既有外因也有内因，读者在阅读过程中能预期到这种变形的可能性。首先，从外形到动作长着"猴相"的王三，实则隐喻了王三与猴的相关性。小说写道，"打眼罩远望时，他的腿罗圈着，背弓着，脖子前伸，下巴上扬，确实像只猴子"[①]。妻子多次讥笑他像《西游记》里的孙猴子。当王三由于在街上的一次意外事件被老太太误认为流氓被追赶时，老太太对他的描述是"瘦得像猴一样，戴着一副眼镜"[②]。在家人和他人的眼中，王三常常被嘲笑被比附为猴子，即使不变形，王三的猴子形象已经深入人心了。其次，小说多次暗示王三与猴之间沟通交流的可能性。从王三家里向外看，有一幅绿毛青脸大猴的广告，王三"曾经无数次地站在这广告牌下注视那只猴子，好像和它交流思想感情"[③]。在此，作者为王三的变形找到了客观对应物。而每当他受了妻子的痛打后，"便从注视猴眼中得到安慰。他幻想着自己变成猴子，在茂密的丛林中上蹿下跳着，渴了饮山间清冽的泉水，饿了吃树上新鲜的果实。不久前的一天，妻子骑着他的背，用大巴掌扇着他的屁股，他忍痛不住，一句妙语涌到嘴边：你再欺负我，我就变成猴子"[④]。因此，当王三在外逃避追赶，在家遭受妻子的拳头时，他已经无路可逃，只能变成猴子。再次，即使王三已经变成猴，作者仍然为他的变形寻找合理的依据。王三变成猴的那天，儿子王小三从动物园回来，念念不忘的是猴子，当看到变猴后的王三时表现出无限的兴奋。妻子汪小梅则鬼使神差地走进自然博物馆，终于对熟视无睹的人类进化史有了深入的领

[①] 莫言：《幽默与趣味》，载《怀抱鲜花的女人》，上海文艺出版社2010年版，第388页。
[②] 同上书，第404页。
[③] 同上书，第400页。
[④] 同上。

悟,"人是由猿猴进化而来","既然猴子能够变成人(尽管是极其缓慢的),那么人变成猴子就不是完全彻底的荒诞。这事虽然荒诞但有根据的变化。"她回想起曾经学过的哲学关于"猴子变成人,人变成猴子,然后再由猴子变成人。如此循环往复以至无穷"①,这个事物变化提升的过程,由此断定"丈夫的这次变化仅仅是一次对王三的否定——猴子否定了王三——随后而来的应该是王三再否定猴子"②。从科学到哲学,从现实到想象,汪小梅终于找到王三变猴的原因,同时她相信王三会再变回人形。最后,小说除了明确指出王三与猴相关的细节描写外,还常常以拼贴的方式来隐喻偶然中的必然变形。如小说一开始,王三写完了"诡异"的条目,解释为"奇异、怪诞,多表现离奇、荒诞的超脱现实的内容"③,暗示这就是一个荒诞离奇的故事。因为,王三所追求的"闲适"生活以及他常常怀念《钢铁是怎样炼成》中保尔·柯察金与林务官女儿冬妮娅的爱情,已经被焦虑的现实生活消磨殆尽,"气喘吁吁、筋疲力尽的大学教师王三从浪漫的少年梦中解脱出来,满身冒着热汗,跌在了这个腐臭城市的人行道上"④。王三再也难以忍受现实的纷扰,家里的拥挤,生活的乏味,决定逃避,去寻找自由的空间。因此,王三的变形不是离奇的,不是意外的,而是他预谋已久的,也正是在长期"内忧外患"情绪的积累与爆发中,王三最终变成了猴子。这个变形的过程就是一个隐喻和象征,是对外界的抗议、不满和逃避。可见,小说关于王三的变形已有诸多的铺垫和表征,套用阿尔都塞的话是一种"症候式"变形,我们就应该用"症候阅读法"来阐明其中的变形寓意,从而更好地把握小说的审美意识形态。

因此,不管是格里高尔变甲虫还是王三变猴子,不管是被动变形还是主动变形,这都不是卡夫卡和莫言小说的重点,其关键是对变形意义的剖析与认知。正如王三也在研究卡夫卡的《变形记》,莫言是在提示读者要从寓言的角度来解读《幽默与趣味》,即格里高尔和王三变形的

---

① 莫言:《幽默与趣味》,载《怀抱鲜花的女人》,上海文艺出版社 2010 年版,第 419 页。
② 同上。
③ 同上书,第 387 页。
④ 同上书,第 399 页。

下篇　实践篇

所指是什么？

三　为何"变形"

在变形的世界里一切不可能都成为可能，一切非人的行为都可以找到托词和借口，一切的不合理都合法化了。这也是许多人心中的梦想和幻想，希望能假借"他者"说出难以启齿的种种。因此，"变形"成为创作的想象性必然，是为了达到作者某种写作目的，表达某种意味和寓意的重要创作方法。这在以寓言为传统的写作中，我们可以找到变形的根源，寓言往往就是以动植物等非人类为主角的故事叙事来实现某种哲理表达和教育目的艺术形式。只有在变形后才能看到或者说表达出真实的情感，在现实的关系中，人们是有意识地言说，然而无意识层面是人们本真的自我，这就是小说变形的主旨。正如小说家亨利·詹姆斯所言："小说，在她看来，主要还不是可以从其形式中获取重大意义的生活画面，而是一个道德化的寓言，是一种努力示范喻人的哲学的最新发明。"[①] 那么，这两部小说如何在变形中实现"示范喻人"的目的？

格里高尔作为家里唯一的经济支柱，他不但要努力养家糊口，还要偿还家里的债务，他还有个愿望就是送妹妹到音乐学院读书。因此，即使在变甲虫后仍试图起床去上班，但这一切都不可改变地发生了，他没有能力再去上班。王三的变形则与格里高尔有所不同，王三首先感觉到或者说有变形的愿望。在现代城市文明的挤压中，他不知道怎样过马路，不知道如何表达内心的情感，甚至不知道如何与妻子交流，他丧失了最基本的行走能力和言说能力，只能寄希望于家对面广告牌上猴子带给他的安慰，终于在日复一日的焦虑和逃跑中变成了一只猴子。格里高尔和王三都变形了，他们脱离了人形，这又是为什么呢？格里高尔是资本主义社会下谋生活的小职员，王三是在社会主义环境下有身份的大学老师，虽然二者毫无交集，但他们都生活在工业文明大发展的现代社会，物质的极大丰富对他们有着强烈的冲击。在机械化时代他们都感到了种种不适，格里高尔永远都

---

① Gale, Robert L. *A Henry James Encyclopedia*, New York: Greenwood Press, 1989, p. 232.

在追赶火车的时间,王三在飞驰的豪车面前不知所措,现代工业文明阻断了他们的基本生活能力,他们要抗议与抱怨,然而,他们能阻隔现代技术前进的步伐和人性的变异吗?

　　他们在现实生活中都感觉不到幸福、快乐和自由,都面临着生活、工作各方面的压力,最痛苦的是得不到家人的关爱。可怜的格里高尔即使在变甲虫后仍在担心家里的经济状况,担心妹妹没法上学,但他的家人却想着赶快把这只"老屎壳郎"处理掉。生活的重压让格里高尔无处藏身、无处遁逃,也只有在变形后才发现家人是多么的虚伪,他们看重的是他所能带来的经济利益,如果没有了挣钱能力就立刻变得一文不值。变形后,格里高尔终于清醒了,也绝望了,他以自我的毁灭进行了无声的抗议,然而,这是多么微弱的一击。人在金钱面前是多么的渺小、孤独和无助。卡夫卡在这倒塌的废墟中揭示了资本主义社会的黑暗。格里高尔的变形是为生活所迫,社会所压制的变形,家庭的抛弃最终导致格里高尔走向毁灭。王三的变形则与之有一定的区别。王三在家里经常遭到妻子的粗暴突袭,走出家门身处高楼林立、车水马龙的城市,王三彻底迷失了,退化了,他已经不懂行走不能言说,最终"酝酿"已久的变形发生了,王三在妻子汪小梅面前变成了一只猴子。与格里高尔变形后的种种焦虑不同,变猴后的王三似乎是找到了解脱的方式。因为他曾经对妻子说:"你再欺负我,我就变成猴子。"一语成谶,王三变成了"一只瑟瑟发抖的绿毛青脸的雄性猿猴"。此刻,王三高兴了,戴红袖章的老太太再也找不到他,妻子也不再打他,而是不断地忏悔、认错、哀求他赶快变回来。王三是在逃避生活的压力,是在抵抗现代文明加速发展对人的挤压。但他仍有希望,他知道:"家是避难所,街上有惊涛骇浪,家是平静的港湾。"[①] 回归家庭这是一种隐喻和象征,家是人们获得拯救的最后空间。格里高尔的家不是平静的港湾和避难所,所以他只能毁灭。王三的幸运在于还有家,家里有彪悍却爱着他的妻子和活泼可爱的儿子,妻子向所有人编织了一个善意的谎言,她相信王三是能够变回来的。因此,她到博物馆了解人与猿猴的同源

---

① 莫言:《幽默与趣味》,载《怀抱鲜花的女人》,上海文艺出版社 2010 年版,第 399 页。

下篇 实践篇

关系,在《动物世界》中认知猴子的习性以更好地了解变形后的王三,她还努力寻医问药想办法让王三变回来。王三是幸运的、有希望的,所以最终作者没有让王三死去,而格里高尔活着没有了希望和意义,注定是要毁灭的。

因此,这两部小说的结尾呈现了不同的景象。《变形记》的结尾,在确认甲壳虫的死亡后,格里高尔的父亲,"萨姆沙先生说,'让我们感谢上帝吧。'他在身上画了个十字,那三个女人也照样做了"。格里高尔的家人彻底解脱了,他们高兴得感谢上帝,并做出立刻出游的决定。在途中,格里高尔的父母"打定主意,快给她(格里高尔的妹妹)找个好女婿了。仿佛要证实他们新的梦想和美好的打算似的,在旅途终结时,他们的女儿第一个跳起来,舒展了几下她那充满青春活力的身体"。在整篇小说中,卡夫卡唯有在此描写了明媚的色彩,但这道亮丽的风景却是以格里高尔的死亡为背景,一家人的幸福开始是格里高尔生命的终点,多么具有讽刺性的一幕,到底读者是应该开心还是应该悲伤?格里高尔被彻底地抛弃了,是被家人所抛弃吗?事实上,卡夫卡的叙事正如本雅明论述的废墟中的骷髅,他是要告诉我们物欲的资本主义社会对人的侵蚀,及在发达工业社会,平民的生存状态是一种被物化、被异化、被役使的过程。因此,卡夫卡的作品永远都充满了捉摸不定的、悲观的神秘意味,如《审判》中银行职员约瑟夫·K不知道何罪被捕,最终又莫名其妙地被杀害;《城堡》中土地丈量员K永远进入不了近在眼前的城堡,只能坐以待毙。这是一个怎样的社会,小人物的生活是如此的绝望与无望。这些悲剧性的情绪也许与卡夫卡的经历有关,现实中的卡夫卡经历了弟弟妹妹死亡的痛苦,他对情感恐惧与表达正如他一生对婚姻的恐惧一样,多次订婚多次悔婚,并终生未婚,他在保险公司的工作经历也让他对生活的艰辛有了更深入的体会。

与之相比,《幽默与趣味》的结尾则多了一些希望与安慰。汪小梅带着已变成猴的王三在火车站广场吃了早餐,碰上了带着猴子的男人时,"男人也在直着眼看着她。她感到与这男人似曾相识,却又想不起何时何地与这男人相识。这时,她身后的猴子已经冲到了男人的猴子面前,两只猴子没有撕咬,而是像它们的主人一样,两张猴脸正对,四只猴眼相接,猴脸上的表情生动如画。后来汪小梅的猴子主动地伸出一只手去摸了摸男人的猴子的脑袋,男人的猴子也伸出手回摸汪小梅的猴子。它们的动作极像幼儿园里的两个小朋友,但它们不是幼儿园的小朋友,所以便产生了幽默、产生了趣味,围观的人们都陶醉在这幽默趣味之中,暂时忘却了各自的烦心事。"[1] 王三的命运如何？莫言没有像卡夫卡那样明确示意,却又给了我们无限的暗示。在人与动物、人与自然、人与人的和谐中,所有的人都陶醉了,每个人心中的净土在此刻被触动了,正如海德格所言,"诗意地栖居"的美好现实出现了,这小县城没有了拥挤,没有了追赶,没有了嘈杂,人们享受着安宁的喜悦。也许只有回到本源,回到儿童时的天真,人才能找寻到那一片净土。这一幕我们似乎可以想象到人和猴从此幸福地生活在一起,因为他们找到了共同的语言。因此,小说结尾没有告诉我们王三是否变回了人,或者说在小说的第二章已经提到过王三变回来了,但此刻,王三是否真的再次变形已经不重要了。他也许如小说所言恢复了正常生活,也许如结尾所讲述的,陶醉在另一种梦境中,忘记了所有的烦恼。可见,卡夫卡的小说是毁灭性的展示,是无望的表达；莫言则喜欢在撕裂一个个伤口后,努力表达着拯救的希望,如莫言作品《蛙》讲述了姑姑作为一个妇产科医生的一生,拷问着我国的计划生育政策；《生死疲劳》中西门闹的六世轮回,则反思了半个世纪以来农村土地革命的发展,和农民的坚韧与乐观；《酒国》中吃人的故事仿佛让我们看到了鲁迅式的呐喊。

结　语

莫言以充满幽默和讽刺的变形叙事让我们看到了现代文明中的畸形,现代人心理的扭曲与变形,让人们在重新审视和反省中健全人格及社会关系和人际关系。因此,王三没有最终走向死亡,而是走向痛苦的涅槃之路,是一个否定肯定再否定的升华之路,汪小梅正是在悟出这个哲理后,对王三重返家庭充满了希望,并给予了最大的支持和帮助。而卡夫卡则以阴郁的心情笼罩着格里高尔的变形,认为人类的命运难以把握,人只能在

---

[1] 莫言:《幽默与趣味》,载《怀抱鲜花的女人》,上海文艺出版社2010年版,第431页。

下篇 实践篇

灾难中痛苦与绝望,人性的丑陋导致了悲剧的不可避免,这是一种更沉重的变形与命运。这何尝不是一种解脱,一种彻底的解脱方式。或者说,王三的逃避只是暂时的解脱,是一种妥协式的回归,要永远地解脱需要更大的勇气,像格里高尔那样走向死亡。也就说,莫言和卡夫卡一样选择了普通大众普通生活的不寻常事件来看世界,在小故事的讲述中深刻地揭示出现代工业文明以来,人类面临的异化和物化问题,如埃利希·弗洛姆所言:"在整个工业的世界中,异化到近似于精神病的地步,它动摇和摧毁着这个世界,宗教的、精神的、政治的传说,并且通过核战争,预示着普遍毁灭的危险性,正因为异化已达到这种程度,越多的人才更清楚地认识到,病态的人仍是马克思承认的现代的主要问题。"[①] 而这种"病态"的存在应该给予更深入的认知和批判。卡夫卡和莫言小说的变形叙事既是为了批判现实,更重要的是在超越性的所指中实现审美的意识形态表达。莫言就曾经说过:"我认为,没有象征和寓意的小说是清汤寡水,空灵美、朦胧美都难离象征而存在。"[②] 这也说明了 20 世纪后的文学艺术的叙事,在碎片化的现代生活中只有寓言叙事才能凝聚起文化的隐喻和批判的力量。

---

① [美] 弗洛姆:《在幻想锁链的彼岸》,张燕译,湖南出版社 1986 年版,第 234 页。
② 贺立华、杨守森:《莫言研究资料》,山东大学出版社 1992 年版,第 103 页。

第四章　本雅明寓言和卓别林喜剧之比较研究

瓦尔特·本雅明和查理·卓别林是分别在哲学和电影领域取得伟大成就的伟大人物，他们借助文字和影像两种不同传播符号展现了资本主义社会现实。虽然他们的审美主题、叙事内容和叙事方法等各有千秋，但不乏异曲同工之妙。本章拟分析本雅明和卓别林对发达资本主义社会的都市风景、都市文化和都市现代性的不同表现方式，进而阐明寓言和喜剧这两种表达方式在揭示发达资本主义异化本质时的独特性。

一　都市景观的万花筒

19世纪资本主义社会工业革命，给大都市带来了勃勃生机和都市生活的巨大改变。这在本雅明《发达资本主义社会的抒情诗人》和《机械复制时代的艺术作品》两篇论文中有精彩论述，在卓别林《淘金记》《马戏团》《城市之光》《摩登时代》和《大独裁者》等经典喜剧电影中有很好的表现。

具体而言，本雅明笔下的现代都市是巴黎城，他对资本主义社会的生产方式、现代人的生活状况、城市风光、城市建筑的描述都集中在这座"迷人"的梦幻之城。在19世纪的巴黎，本雅明敏锐地察觉到现代技术发明使玻璃、汽灯广泛运用于大城市建筑，构造了一种奇特的现代建筑风格——拱廊街。它现在是世界各国大都市流行的专供行人使用的市中心步行街。拱廊街既是室外建筑物，作为行人通向各个商店的街道，同时还是一个完美的室内居所，是闲逛者、拾垃圾者的理想卧室；它宽敞、明亮、装饰得美轮

下篇　实践篇

美丑，非常适合各种各样的行人进行各种各样的活动，因此每天都会有大量的人群涌来。街上的人流裹挟着个体向前流动，个体要在变幻莫测中适应新的情况找到自己的位置，以保证前进的步伐，而不至于被人流所吞没。事实是，在川流不息的人群中已经无暇区分是非、善恶与美丑，保持个体的独立性更是困难重重。即使是文人，也被物质利益所困，为衣食而奔波，文人的清高淹没在商品世界的物欲中，其写作的自由自觉性受到冲击；他们像拾垃圾者一样分类收集自己的材料，"像游手好闲之徒一样逛进市场，似乎只为四处瞧瞧，实际上却是想找一个买主"[①]，使自己的作品成为商品，像收藏者那样想办法保存自己个性体验痕迹的物品。因而妓女的卖淫也成为合法的劳动，她既是劳动者又作为商品出售，一切只要到资本主义市场中流通，就像川流在拱廊街上的人群，都成为合法的和可以接受的。也就是说，在商品流通领域，文人、赌徒、拾垃圾者和妓女都是作为无差别的商品存在，脱离了自身存在的本体意义，而附着了新的意义内涵。如本雅明指出的，资本主义社会寓言的能指就是作为商品而回归的，它和商品一样意义都指向别的地方，偏离了物的存在方式，用索绪尔的术语可以表述为能指和所指的分离，拉康则表述为能指的不断滑动。这就是以一种抽象化、概念化的表达来凸显出寓言的叙事功能和审美特性。

对于资本主义工业革命给人们带来进步与困窘的表达，卓别林的电影也向观众呈现了火车、百货商店、街道、城市建筑、机器、工厂、人群等都市现代化元素。他利用电影技巧，采用近景、中景、特写等镜头语言来突现城市的流动、瞬息万变和不安；他运用天才的表演和丰富的肢体语言塑造了各种各样的人物。特别是流浪汉——"夏尔洛"这一经典的小人物形象，通过他遭遇的种种意外与不幸，展现了资本主义社会下层人民的艰难困苦，进而批判了资本主义社会的不公，揭示了劳动人民被剥削、受压迫的命运。同时，卓别林将人道主义精神和社会批判宗旨融入喜剧，在滑稽的、充满噱头的表演中演绎了人物的艰辛与乐观、善良与真情以及当时资本主义社会的光怪陆离。如在《淘金记》《城市之光》和《寻子遇仙

[①] [德] 瓦尔特·本雅明：《发达资本主义时代的抒情诗人》，张旭东、魏文生译，生活·读书·新知三联书店1992年版，第51页。

记》等以夏尔洛为主角的系列喜剧影片中,卓别林主要以身穿肥大裤子、脚踏大头皮鞋、头戴破烂礼帽、留着硬毛刷胡子、手持细手杖、迈着企鹅步的流浪汉形象出现;以大众日常生活为素材,通过大胆的情节设计,如夏尔洛煮皮鞋充饥、溜冰、跳"面包舞",与醉汉时醒时醉的交往,与警察之间充满戏剧性的追逐,小丑般的人物却梦想富裕生活等,再配以夸张而滑稽的表演给观众呈现了一个既正直又老于世故,既纯朴忠厚又略带狡黠,既可怜巴巴又神气活现,既笨手笨脚、屡犯错误,又身怀绝技、常常化险为夷的、令人发笑的、让人怜惜的小人物形象。夏尔洛是一个集流浪汉、绅士、诗人、梦幻者特征于一身的人群中的一员。用本雅明的话来说,可称为"职业密谋家",他所到之处都是花在密谋活动上了。夏尔洛们,这些在资本主义社会底层的弱势群体,注定他们要到处谋生、对抗生活的压力和内心的恐惧,但也表现出一些美好的乌托邦理想。本雅明在当时环境下也表达了同样的愿望:"每个时代不仅梦想着下一个时代,而且还在梦想时推动了它的觉醒。它在自身孕育了它的结果。"[①] 他们都希望能改变资本主义制度的不合理,期待新生活的开始。

因此,本雅明是通过碎片化意象的整理来呈现现代都市景观,卓别林是通过对现实生活的浓缩、具体人物形象的精致刻画和表演来解读都市图像。同时,二人在繁荣的都市景观中清醒地看到资本主义工业技术的进步和弊端,并以各自的方式批判了资本主义社会的异化现实。

二 都市异化的审判

如果说本雅明和卓别林对资本主义社会现象的描述都略带诗人气质的话,那么他们对资本主义机器主义的批判则是一针见血、入木三分,但是各自思考问题的角度和侧重点却不尽相同。本雅明在对资本主义制度进行批判时,从马克思主义哲学的高度进行哲理批评;卓别林则更喜欢从劳动人民的现实境况来反观资本家的罪恶,使电影的内容和形式能真正实现大众化、普及化。

[①] [德] 瓦尔特·本雅明:《发达资本主义时代的抒情诗人》,张旭东、魏文生译,生活·读书·新知三联书店1992年版,第195页。

下篇 实践篇

本雅明在人们日常生活的现象中看到现代人的无奈和麻木。机械化时代生产力的发展,使一切复杂的劳动都简单化、程式化,新的产品不断涌现,现代人的生活呈现全面繁荣。但是,密谋家、闲逛者、拾垃圾者、醉酒者等波希米亚式生活的无家可归者反而增多,也就是马克思早已表述过的:"劳动为富人生产了奇迹般的东西,但是为工人生产了赤贫,劳动创造了宫殿,但是给工人创造了贫民窟。劳动创造了美,但是使工人变成畸形。劳动用机器代替了手工劳动,但是使一部分工人回到野蛮的劳动,并使另一部分工人变成机器。劳动创造了智慧但是给工人生产了愚钝和痴呆。"① 在资本主义社会,人被物所役使,物的异化被人的异化所代替,劳动者丧失了主动性,只能按照机器程序的要求进行劳动。换句话说,劳动者只是生产流水线上的一个开关或零件而已,人的丰富本质已经剥离出人的灵魂。例如,"在十九世纪公共汽车、有轨电车和无轨电车完全建立起来之前,人从来没有被放在这么一个地方,在其中他们竟能几分钟甚至数小时之久地相互盯视却彼此一言不发。"② 对此,我们也许感觉不到什么异样和不适,因为这是我们每个人的普遍经历,是一种越来越习惯的行为方式。但是,在 19 世纪以前,人与人联系密切,这种长时间相视无言的状态是不可想象的。本雅明从中看到了现代人的另一种异化形式,看到现代文明带给人们的是无意识的冷漠。在拱廊街中匆匆而过的都市人群更能反映这种异化的现实:拥挤的人群中,被撞的人向撞了他们的人鞠躬;人的感觉被机器主义磨平了,手突然一动就能引起一系列运动;"来往的车辆行人把个体卷进一系列惊恐与碰撞中,神经受到紧张而急速的刺激";"工人在机器旁的震颤的动作很像赌博中掷骰子的动作",两者的单调乏味是可以相提并论的;报纸上广告风行,内容与新闻不相关的大量信息铺天盖地,不断刺激人们的神经系统。③ 这些都是工业社会中人们体验的典型表现,人们无暇顾及想象、抒情、交流,每一个人都在追逐私人利益时更

---

① 马克思:《1844 年经济学哲学手稿》,人民出版社 1985 年版,第 49 页。
② [德] 瓦尔特·本雅明:《发达资本主义时代的抒情诗人》,张旭东、魏文生译,生活·读书·新知三联书店 1992 年版,第 165 页。
③ 参见本雅明《发达资本主义时代的抒情诗人》,张旭东、魏文生译,生活·读书·新知三联书店 1992 年版,第 44、146—149 页。

西方寓言文体和理论及其现代转型

冷漠、孤寂。

卓别林的电影把这种机器进步对人的奴役和掌控表现得更直观、更淋漓尽致。如在《摩登时代》里，有大量表现复杂机器设备高速运转，和机械厂工人在机器面前手忙脚乱地进行流水线作业的镜头。夏尔洛的工作就是从早到晚拧螺丝帽，这种重复性的机械动作让他的行为已经到了无法自控的地步，这是由"工人在机器旁的动作与前面的动作是毫不相关的，因为后者是前者的不折不扣的重复"[①]所造成的。当他离开机器，回到日常生活状态时，夏尔洛的手总还是做着拧螺丝的动作，见到女士裙子上的纽扣也会产生那种不由自主去拧的心态和行动，最后被当成疯子送进精神病院。而资本家为了谋取更多暴利，不断提高机器运转速度，甚至想方设法强占工人的休息时间，他们发明了"吃饭机"，企图让工人吃饭的时候还能继续工作。夏尔洛成为吃饭机器的试验品，机器主宰着工人饭菜的种类、吃饭的速度、次序。然而，吃饭机的失灵则让夏尔洛饱受折磨，他不但吃不到食物，还被吃饭机的各种零件打得鼻青脸肿。卓别林正是在这种认真的表演中营造了浓重的喜剧气氛，更重要的是他升华了影片的内涵，揭示了在资本主义工业化进程中，机械化带来了资本家的巨额利润和对工人劳动非人性的掠夺。人异化为机器，成为机器的附属品，最终失去了自身的价值。现代工业技术进步的发展被资本家利用，成为可怕的剥削工具和手段，资本主义社会制度使贫富两极分化现象愈演愈烈。

本雅明的文字表达和卓别林的影像叙事都深切认识到资本主义工业文明带来了大众经验的贫乏和震惊体验的丰富。本雅明明确地把这种状况与某些艺术类型逐渐衰落的现象结合起来进行阐发。他指出，经验的贬值，讲故事的人在逐渐消失，口头文学在减弱，笔头写作占据了主导地位，这都与机械复制时代艺术的特点紧密相连。机械复制艺术通常是大批量生产，产品逼真，流通范围不断扩大，一定程度上消解了传统艺术作品宗教仪式的膜拜价值，使艺术品更趋于大众化，从而带来传统艺术"韵味"的丧失。他还特别指出，电影艺术造成韵味的衰落，取而代之的是审美的新

---

① [德]瓦尔特·本雅明:《发达资本主义时代的抒情诗人》，张旭东、魏文生译，生活·读书·新知三联书店1992年版，第149页。

效应——震惊。因此，本雅明把机械复制时代的艺术视为艺术革命的力量，认为它粉碎了凝结在韵味之中的商品拜物教的意识，打破了剥削阶级独占艺术的一统天下。卓别林电影风靡全球的事实就很好地说明了电影工业带来的艺术大众化和化大众的新景观。在卓别林电影里，夏尔洛是最能深切体验现代都市震惊的人。走在大街上，他会经常遭遇一些莫名其妙的事情。如在《马戏团》里，夏尔洛没有偷钱包，而他人的钱包却在自己兜里，因而被警察追得满大街乱跑；为了躲避追捕无意闯入马戏团的表演场地，其阴错阳差的逃跑行为引来在场观众激动的欢呼，他也意外收获一份工作，但没多久就失业了。在这一连串意想不到的瞬息万变中，现代人得到的不是意外惊喜，而是一连串的打击、失望、无奈和恐惧。正如本雅明指出的："害怕、厌恶和恐怖是大城市的大众在那些最早观察它的人心中引起的感觉。"[①]

从本雅明的意象描绘到卓别林的影像表演，我们可以清楚地看到资本主义社会从物的世界到人的世界，从形而上的观念到形而下的具体事物展示都围绕私人利益运行，都在现代文明华美外衣下扭曲地发展；看到现代人处于抢夺的世界中，人与人之间，人与自然之间，人与物之间的较量与抗衡愈演愈烈。本雅明在剖析中对此一一给予了否定性的批判，实际上是在批判资本主义异化的现实；卓别林在表演中予以辛辣的讽刺，让人在影像消费的愉悦中思考各种残酷现实的内因，看到工业文明带来的便利与恐惧。可见，这两位伟人对工业资本主义社会的异化现实有着不谋而合的共识，并运用不同的叙述方式进行了深刻的揭露。

三　忧郁的寓言和含泪的喜剧

通过上面的分析，我们看到本雅明在流浪汉、密谋家、拾垃圾者、醉汉、妓女、人群、大众、商品、拱廊街、林荫大道、西洋景、世界博览会等碎片化意象的重组中勾勒出了一幅完整的现代都市图像。透过这一个个意象，本雅明把资本主义社会整体分解成碎片，然后再从碎片也就是意象

[①] [德] 瓦尔特·本雅明：《发达资本主义时代的抒情诗人》，张旭东、魏文生译，生活·读书·新知三联书店 1992 年版，第 145 页。

的丰富性中看到资本主义社会的本质:震惊体验的多样化代替了人们长期以来的经验生活,现代人在震惊兴奋之余面对的是经验的贫乏所带来的无助和记忆的缺失及大众对现代生活越来越恐惧、厌恶和反叛。正是通过对这些意象的进一步阐释,本雅明在发达资本主义社会独特的破碎现象中,在瞬间的灵光中看到整个资本主义社会在坍塌之前就已经是一片废墟,这是异化的结果。救赎力量只能从废墟中产生,而不是从现象的全貌去表述历史,这种方法就是他独特的寓言式表达。即在断裂、废墟、碎片的现象中,在绝望的表述中寻找希望,从而实现救赎的力量;在表面的混乱中看到事物的深层本质,是一种言在此而意在彼的表达与阐释。这种寓言化表达常常给人一种艰深晦涩的距离感。哈贝马斯则非常推崇本雅明从辩证意象来分析资本主义社会现代特征的寓言方法,他说:"这种解释学手段通过辩证意象的阐释展开对现代主义起源的研究是多么的合理,这个起源被披露的是那种令人震惊并可能被忘却的过程。"①

与本雅明的严肃、阴郁和哀愁不同,卓别林的喜剧电影带给观众的是含泪的笑,并以其特有的幽默与讽刺征服了全世界的观众。何谓"喜剧"?鲁迅先生说:"喜剧将那些无价值的撕破给人看。"② 即滑稽可笑的人事物披上了一件漂亮的外衣以掩饰自身的庸俗或丑陋,而当这件外衣被意外撕破或剥去时,不仅暴露出自己的原形本质,而且会遭到众人的嘲弄、讽刺和否定。与本雅明重视寓言的内容和形式之间的内在关联性不同,卓别林的喜剧重点表现在内容和形式的错位,现象与本质的不协调与不和谐。如卓别林在电影中与众不同的、长期不变的独特小丑扮相不但增强了视觉的喜剧气氛,而且在表演过程中充分运用道具来制造各种喜剧场面。夏尔洛的皮鞋可以煮了当肉吃,他穿在身上的破毛衣随时可以绕成毛线球,他的企鹅步跑得比兔子还快,他的紧身礼服和肥腿裤永远是那么不协调。夏尔洛经常在不经意之间遭受变故,走在大街上不小心就被当作小偷而被追赶,或被当作反动分子头目被投进监狱;有时候又会在一夜之间成为亿万

---

① 转引自本雅明《发达资本主义时代的抒情诗人》,江苏人民出版社 2005 年版,王才勇译,译者前言第 15 页。

② 鲁迅:《鲁迅全集》第 1 卷,人民出版社 1981 年版,第 297 页。

下篇　实践篇

富翁，或混入了上流社会的交际圈；有时候在工作时被机器卷进卷出，被流水线变成麻木机械的工具人……这一连串滑稽可笑的表演让观众在笑过之余深切体会到普通大众生活的艰辛，小人物的凄苦和无奈，从而认清资本主义社会的本质，思考自我存在的价值，这种含着泪水的笑就是卓别林特有的幽默。更重要的是，这种天才般的喜剧艺术还能够实现本雅明那样的哲理批判效果。这主要表现在卓别林的喜剧电影隐藏的悲剧意识以审美变形的方式呈现出来，在影片结束后给人无穷的回味，达到了"寓庄于谐"的美学效果。如在《城市之光》中，卖花女一直误以为给她钱治病的是一个英俊潇洒的百万富翁，等眼睛治好后才发现帮助自己的是一个乞丐式的穷人；在《大独裁者》中，犹太理发师被当作独裁者辛格尔受到隆重欢迎，于是他趁机作了一场维护民主主义的演说，最后喊出了"士兵们，以民主的名义，我们团结起来！"这些可笑误会的价值，就在于它们体现了当时人们的愿望和社会状况，在错置的场景设计中揭示出社会的真实。同时，卓别林还喜用梦境的美好与现实的残酷形成对比，把现实疏离出来，以一种陌生化的表达方式，把资本主义社会中熟视无睹的破败景象重新呈现，努力在表面的玩笑下隐藏内在的严肃性，并深入地揭露资本主义社会的种种幻象。

可见，本雅明善于在资本主义社会灰暗、沉闷、衰败、颓废意象的描述中揭露资本主义社会繁荣表面下隐藏的异化现实，并以一种寓言的观看方式启发人们在这些看似破碎的、废墟的意象中凝结起革命的力量，保持一种积极的、乐观的态度。然而，这种弥赛亚式[①]的救赎思想隐含在字里行间，需要用心去品味。卓别林电影的叙事思路则与之相异，他喜欢直接通过影像的造梦功能，以幽默的、喜剧的风格来表达人间百态，努力给观众带来快乐和笑声，让人的情感得到宣泄的满足。同时，卓别林喜剧电影的笑声是与眼泪同在，这种带有讽刺、反讽美学特征的影片，更有利于一部分被事实所麻醉的观众在无穷无尽的愉快后获得一种感触，进而反思影片的深意，鼓舞人们面对现实生活，这是一种快乐之后的阵痛。因

---

① 本雅明是一名犹太人，深受犹太教传统的影响，有很强的"弥赛亚"意识（"弥赛亚"是犹太教中的"救世主"）。

此，我们要看到这两位同时代但不同地域的伟人，都以他们特有的方式，通过细腻深刻的哲学思考以及形象生动的电影影像让现代人清醒地看到"人"永远是每个时代最核心的关键词。而这种批判及对人性的关怀已经超越了他们那个时代，对当今资本主义社会仍然存在的弊端具有持久的批判力。

结语　迈进21世纪

——图像时代寓言的现代转型

寓言文体和寓言理论从古至今的兴衰沉浮，让我们看到了"寓言"旺盛的生命力和强大的魅力，进入新世纪，寓言出现了新的转型。因为，20世纪初语言学转向，寓言运用语言的修辞性表征出深刻的审美批评功能；20世纪后半叶，语言的霸权遭遇图像的强烈冲击，语言与图像、文学与图像的关系成为当代文学艺术领域的热点话题，视觉、读图、图像转向成为本世纪各个领域的关键词，W. J. T. 米歇尔把这种转变描述为在"后现代"时代即20世纪后半叶发生的"图像转向"，是大量开发"视觉类像和幻象的新形式的时代"[1]。海德格尔在20世纪30年代就宣告了"世界图像时代"的到来。他说："从本质上看，世界图像并非意指一幅关于世界的图像，而是指世界被把握为图像。"[2] 如从绘画、图画、相片、影像、广告等图像形式的发展变化就是社会变化的真实写照，它们既是社会发展的产物，又表征着复杂的现实与现代人的欲望。在图像时代，寓言作为一种古老的文学样式伴随着社会的变迁必然与图像发生千丝万缕的联系。图像与寓言的关系是现代艺术研究的重要组成部分，是寓言现代发展的必然阶段。

从文学艺术发展史来看，寓言和图像不是进入21世纪后才联系起来

---

[1] ［美］W. J. T. 米歇尔：《图像理论》，陈永国、胡文征译，北京大学出版社2006年版，第6页。

[2] ［德］海德格尔：《林中路》，孙周兴译，上海译文出版社2004年版，第91页。

的，而是自古以来就存在千丝万缕的联系。古希腊时期的寓言，与神话具有相似乃至相同的叙事结构（参见前面第三章"神话原型和寓言原型之比较研究"），即神话图像蕴含着寓言的图像。在文字产生以前，寓言在口口相传中为人们所继承。特别是在社会生产力水平低下的原始社会、奴隶社会，文字阅读只是极少数人的专利，寓言的传播与发展就必然会借助于图像的表达来完成。从理论上看，柏拉图的"洞穴寓言"关于"光"的影子（火把投射在墙上的光）的认知指出了图像的虚指性与模糊性。洞穴上的影子是洞穴中囚徒关于世界认知的图像，他们深信自己看到的影子而拒绝相信看到洞穴外真实景象的同伴的言说。图像直观可视性确实具有优于语言口述的魅力，"眼见为实，耳听为虚"的思维方式很早就得到了确认。亚里士多德也说："求知是所有人的本性，对感觉的喜爱就是证明。人们甚至离开实用而喜爱感觉本身，喜爱视觉优胜于其他。"[①] 亚里士多德早就已经认识到视觉优势即图像的魅力。图像的诱惑是一个永恒的话题。而且，古希腊时期的寓言和神话主要通过拟人化来实现，如伯克所言："通过拟人化表达抽象概念的做法，如果不是更早的话，至少在古希腊已经开始了。正义、胜利、自由等抽象概念的化身通常为女性。"[②] 传统寓言故事叙事，也主要是以拟人化的手法来获得寓意的表达。

进入中世纪，随着阶级社会的出现和生产力的发展，基督教的盛行，图像、寓言都成为宣传教义的重要工具。马勒说："中世纪的艺术带有说教的性质。人们有必要了解的一切——创始以来的历史，宗教教义，圣人的榜样，美德的等级制度，科学的范围、艺术与手艺——都通过教堂的窗子和门廊上的图像进行传授。"[③] 普通民众在中世纪对文学艺术的认知与表达仍处于懵懂状态，对文字理解的障碍使宗教僧侣和牧师更愿意用宗教图像来阐经说理。"在13世纪，富人和穷人具有相同的艺术趣味。那时没有普通民众和所谓的鉴赏专家的区别。教堂是所有人的家，艺术改变了所有

[①] [古希腊] 亚里士多德：《形而上学》，苗力田译，中国人民大学出版社2003年版，第1页。
[②] [英] 彼得·伯克：《图像证史》，杨豫译，北京大学出版社2008年版，第81页。
[③] [法] 埃米尔·马勒：《哥特式图像：13世纪的法兰西宗教艺术》，严善錞、梅娜芳译，曾四凯校，中国美术学院出版社2008年版，序言第1页。

结语 迈进21世纪

人的思想。虽然16、17世纪的艺术几乎没有告诉我们当时的法国有哪些更深刻的思想，相反，13世纪的艺术充分表达了一种文明，一个历史的新纪元。中世纪的教堂取代了书籍的地位。"[1] "中世纪的基督教意识到艺术能控制天真、谦逊的灵魂，就力图通过雕塑和彩色玻璃画向信徒灌输全部的教义。大量不识字的人既看不懂诗篇歌集，也看不懂弥撒书，教堂是他们唯一的书籍，所以有必要为抽象的思想提供具体的形式。在12、13世纪，礼拜仪式和走廊上的雕塑都传达了基督教教义，基督教思想通过不可思议的内在力量创作了自己的媒介。维克多·雨果清楚地认识到了这点。大教堂是石制书籍，随着印刷书籍的到来，会越来越没有价值。他说：'哥特人的太阳在巨人的压力下会隐藏在美因茨后面。'"[2] 中世纪基督教的统治地位，教堂作为重要的公共领域，使图像与寓言（作为一种文字叙事的文体）在表达教义上都具有同样重要的作用。因为，图像和寓言在阅读方式上具有内在一致性，适合于宗教僧侣阐经释义。斯潘诺夫斯基和马诺关于中世纪图像的研究就很好地阐明了中世纪图像表征与寓言式阐释之间的关系，阐明了寓言和图像之间的异质同构，即图像和寓言对于中世纪的宗教发展的重要意义。

在绪论第二章我们已经论述过中世纪寓言式阐释的结构，主要是关于《圣经》的解说、注释以及各种演绎，经过奥利金、约翰·卡斯恩、比德、托马斯·阿奎那和圣奥古斯丁的发展，由中世纪和新时代之交的诗人但丁在《致斯加拉大亲王书》第七节中对寓言内涵作了详细的说明，这就是诗的阐释的四重意义说——字面的、寓言的、道德的、奥秘的即神学意义上的，后面三种统称为寓言义，即超越字面的象征意义，这是诗的真义所在，但丁的诗的寓言意义，已经是从宗教的观点为诗辩护。马勒说："到13世纪初……人们觉得圣经中的一切既是真实的，又是象征性的。人们普遍认为可以用四种不同的方法解释圣经，使它同时拥有历史意义、寓言意义、比喻意义和神秘意义。历史意义使人们了解真实存在的事实，寓言意

---

[1] [法] 埃米尔·马勒：《哥特式图像：13世纪的法兰西宗教艺术》，严善錞、梅娜芳译，曾四凯校，中国美术学院出版社2008年版，第471页。

[2] 同上书，第461页。

义表明《旧约》是《新约》的预兆,比喻意义揭示了隐藏在字面意义后的道德真理,神秘意义就像其名称所暗示的那样,预示了未来的神秘生活和永恒的至福。"① 潘诺夫斯基关于艺术作品阐释的三层意义,与寓言阐释有异曲同工之妙,都强调了寓意对于表达的重要性。特别是中世纪教义的宣传,通过对图像和《圣经》寓言的阐释使基督教在中世纪占据了强势的统治地位。潘诺夫斯基的《图像学研究》(1939年)就指出了图像阅读的三层意义,"1. 第一性或自然的主题……2. 第二性或程式主题……3. 内在意义或内容。"② 潘诺夫斯基通过对时间老人、盲目的丘比特等文字叙事和图像描绘变迁间的关系,阐明了文字与图像之间具有寓言式的象征,在特定的中世纪具有浓厚的宗教意味,或者说伴随着宗教的发展而发展;并讨论了图像的变迁对于图像解释的影响,说明了图像和寓言从古典时期经过中世纪进入文艺复兴时期都具有密切关系,在时间的推移中图像得到了丰富,寓言的寓意也有所增值。

在马勒看来,中世纪艺术的思想主要由图像表达出来,"所有这些被神学家、百科全书作者和圣经注释者作为要素规定下来的东西,都在雕塑和彩绘玻璃上得到了表现。我们应该试着表明工匠们是如何表现学者思想的,试着描绘13世纪大教堂提供给人民的普通常识教育的完整画面。"③ 马勒指出宗教画本身所具有的普遍的意义和常识教育的传播作用,由此概括了中世纪图像的一般特征:"中世纪图像是手绘本",④ "中世纪图像是一种演算;神秘的数字",⑤ "中世纪图像是象征性的代码;艺术和礼拜仪式"⑥。他从图像的载体、图像的构成和图像的寓意三方面阐明了中世纪图像的特殊性,不同于古典时期图像的朦胧性及其后的图像复杂性,深刻指

---

① [法] 埃米尔·马勒:《哥特式图像:13世纪的法兰西宗教艺术》,严善錞、梅娜芳译,曾四凯校,中国美术学院出版社2008年版,第169—170页。
② [美] 欧文·潘诺夫斯基:《图像学研究:文艺复兴时期艺术的人文主题》,戚印平、范景中译,上海三联书店2001年版,第3—5页。
③ [法] 埃米尔·马勒:《哥特式图像:13世纪的法兰西宗教艺术》,严善錞、梅娜芳译,曾四凯校,中国美术学院出版社2008年版,序言第3—4页。
④ 同上书,第2页。
⑤ 同上书,第6页。
⑥ 同上书,第17页。

结语 迈进 21 世纪

出了中世纪图像的宗教寓意。马勒还指出了动物寓言与中世纪艺术之间的密切关系，说明了古希腊时期的动物寓言故事在中世纪得到关注。他说："即使在动物的习性中也要写下对人类始祖堕落的训诫，以供人类世世代代传阅。诚如所见，在动物寓言集中，除了有令人怀疑的基督教注释，还有最令人怀疑的古代科学。"① 也就是说，寓言和图像的关系在关于基督教教义的宣传和阐释中已经紧密联系起来了。

但是，"到 16 世纪末，基督教失去了她的造型能力，只剩下纯粹的内在力量"②。寓言阐经释义方法也随之逐渐消减，却仍然活跃在文学艺术领域。18 世纪以来，寓言和象征艺术的博弈在图像中也有表达，并影响着浪漫主义诗学。18 世纪 60 年代，莱辛在《拉奥孔》中对文学与图像关系的研讨，为寓言和图像的探索提供了有意义的借鉴。莱辛讨论了诗与画即文与图不同的符号特征及其表现方式的差异，认为文与图是有高低优劣之分的，"生活高出图画有多么远，诗人在这里也就高出画家多么远"③。可见，当时人们对于图像表达的局限性过于担忧，而忽略了图像的审美优势。莱辛认为图像与语言相比具有明显的不足，"绘画由于所用的符号或摹仿媒介只能在空间中配合，就必须要完全抛开时间，所以持续的动作，正因为它是持续的，就不能成为绘画的题材。绘画只能满足于在空间中并列的动作或是单纯的物体，这些物体可以用姿态去暗示某一种动作。诗却不然……"④ 但事实上图像的魅力也在于此，它的暗示性增强了图像的想象空间。"看到图像和视觉常常在浪漫主义诗歌理论中起到消极作用。柯勒律治仅仅因为寓言是'图像语言'就把它打发掉了，济慈担心会受到描写的诱惑，而华兹华斯则称自己是'所有感官中最专制的。'"⑤ 可见，在浪漫主义时期，诗人、理论家都因为寓言和图像的透明性和直观性进行

---

① ［法］埃米尔·马勒：《哥特式图像：13 世纪的法兰西宗教艺术》，严善錞、梅娜芳译，曾四凯校，中国美术学院出版社 2008 年版，第 43 页。
② 同上书，第 461 页。
③ ［德］莱辛：《拉奥孔》，朱光潜译注，人民文学出版社 1979 年版，第 75 页。
④ 同上书，第 83 页。
⑤ ［美］W. J. T. 米歇尔：《图像理论》，陈永国、胡文征译，北京大学出版社 2006 年版，第 101 页。

了批判，从而肯定了象征的完满性。然而，随着技术的发展，图像和寓言的兴盛势不可当。

1839年，法国人路易·达盖尔（Louis Daguerre）发明了"达盖尔银版照相法"，英国人福克斯·塔尔博斯（Fox Talbot）也发明了"碘化银纸照相法"，这两项发明标志了现代摄影技术诞生，也是图像机械化的重要转折。机械复制方式生成的影像不同于前图像时代的美术画像和文学形象，成为现代图像的主导模式。从此，图像的形态与机械媒介紧紧地纠缠在一起。印刷术发明前，图像以绘画、雕塑等静态的、独一无二的"韵味"存在。复制时代和电子时代的到来，图像的存在方式发生了巨大变化，图像不再仅仅是静态的唯一存在，图像是动态的无限量的复制。本雅明对照相术的分析和机械复制艺术的研究，使越来越多的理论家关注到图像已成为20世纪末以来最重要的艺术表达形式。李格尔就深刻地指出图像视觉的冲击力及人们对图像的接受不再是"观看"而是转变为主动地"读解"，在图像的阅读中试图掌握深层意义。潘诺夫斯基的《图像学研究》（1939年）通过系统的研究发展成了图像解释的规范，即图像学，这都为以后的图像学研究打下了坚实的基础。

20世纪以来电子技术发展特别是进入21世纪数字技术、新媒体、自媒体的快速发展，图像的强势存在对其他艺术样式都产生了重要影响。寓言和图像的关系也随之复杂化。寓言与图像从开始表意和阅读的相似性，在图像时代走向了互渗和互文的发展。寓言通过图像来呈现，图像蕴含了寓言的叙事方式，即寓言在图像时代出现了新的转型。贝尔也指出："目前居'统治'地位的是视觉观念。声音和景象，尤其是后者，组织了美学，统率了观众。"[①] 现代人经历了从印刷时代、机械复制时代进入电子信息和数字时代，从模糊的印刷向逼真的复制到高清的数字成像，人们从"震惊"到"接受"到"内化"的图像认知和体验，充分表明了图像成功地改变了人们的生活方式。现在年青一代已经大大减少了阅读纸媒的时间，出生在21世纪伴随着电子传媒和图像成长的一代，即将成为挑战传统

[①] [美] 丹尼尔·贝尔：《资本主义文化的矛盾》，赵一凡译，上海三联书店1989年版，第154页。

结语 迈进21世纪

文字阅读方式的生力军。网络、手机、平板电脑等新媒体技术对传统媒体的优势，视觉狂欢超越了文字阅读的快感，读图的速度超越了读文的静思。寓言文学及其理论表达必然走向了图像的世界。高清、3D影像带来了视觉的狂欢盛宴，满足了受众的视觉需求，同时视觉意义丧失的表征危机也随之到来，影像的流变性、消费性、娱乐化消解了受众对意义的深度追问，寓言的深刻性在影像故事叙事中的运用，救赎了快餐化的消费性。那么，在寓言遭遇图像时，寓言的传承、创作、传播等是转型期的重要问题。

从古希腊、中世纪、文艺复兴到21世纪，在寓言和图像关系的梳理中可以看到，寓言和图像的关系不是现代社会的新问题，一直以来寓言和图像在各自发展史中彼此关注。我们今天生活在充斥着各种各样的图像或影像的世界里，极大地改变了传统文学阅读习惯。图像在现代社会以绝对优势凌驾于文字之上，成为现代人日常生活消费的主体。图像时代重要的表征不仅是媒介变化带来的图像形式的变化，更重要的是图像话语的意识形态批判的丰富性，米歇尔也说："不管图像转向是什么，应该清楚的是，它不是回归到天真的摹仿、拷贝或再现的对应理论，也不是更新的图像'在场'的形而上学，它反倒是对图像的一种后语言学的、后符号学的重新发现，将其看作是视觉、机器、制度、话语、身体和比喻之间复杂的互动。它认识到观看（看、凝视、扫视、观察实践、监督以及视觉快感）可能是与各种阅读形式（破译、解码、阐释等）同样深刻的一个问题，视觉经验或'视觉读写'可能不能完全用文本的模式来解释。最重要的是，它认识到，我们始终没有解决图像再现的问题，现在它以前所未有的理论从文化的每一个层面向我们压来，从最精华的哲学理论到最庸俗的大众媒体的生产，使我们无法逃避。"[①] 米歇尔看到了图像"在场"的"不在场"，它是诸多意识形态话语的集合。寓言作为一种意识形态话语的表达与图像的融合就具有多层次的寓意。彼得·伯克重新阐释了潘诺夫斯基的图像三层解释，指出图像的寓言式表达及其审美意识形态批判的路径。他说：

---

① [美] W. J. T. 米歇尔：《图像理论》，陈永国、胡文征译，北京大学出版社2006年版，第7页。

"他(潘诺夫斯基)把图像的解释分为三个层次,分别对应于艺术作品的三层意义。第一个层次是前图像学的描述,主要关注于绘画的'自然意义',并由可识别出来的物品(例如树、建筑物、动物、人)和事件(餐饮、战役、队列行进等)构成。第二个层次是严格意义上的图像学分析,主要关注于'常规意义'(将图像中晚餐识别为最后的晚餐,或把战役识别为滑铁卢战役)。第三个层次,也是最后一个层次,是图像研究的解释,它不同于图像学,因为它所关注的是'本质意义',换句话说就是'解释决定一个民族、时代、阶级、宗教或哲学倾向基本态度的那些根本原则'。"[1] 图像的阐释和寓意的表达,与民族的意识形态关系密切,即在图像的表达中民族文化的差异性表现对图像的寓意阐释具有重要意义。因此,寓言不管在任何时候都是充满活力和包容性的文学样式和理论形态,不管如何变化,寓言表意的深刻性和阐释的多义性始终不会改变,图像可以在寓言的世界里获得新的视野和拓展,寓言也终将走向新的繁荣,寓言的图像及其传播研究必然是一个新的现代课题。

---

[1] [英]彼得·伯克:《图像证史》,杨豫译,北京大学出版社2008年版,第41页。

参考文献

一 译著

［奥］弗兰茨·卡夫卡：《卡夫卡全集》，河北教育出版社1996年版。

［奥］弗兰茨·卡夫卡：《卡夫卡随笔集》，叶廷芳编，海天出版社1993年版。

［波］沃拉德斯拉维·塔塔科维兹：《中世纪美学》，褚朔维、李国武等译，中国社会科学出版社1991年版。

［德］阿多诺：《美学理论》，王柯平译，四川人民出版社1998年版。

［德］本雅明：《启迪》，汉娜·阿伦特编，张旭东、王斑译，生活·读书·新知三联书店2012年版。

［德］恩斯特·卡西尔：《符号·神话·文化》，李小兵译，东方出版社1988年版。

［德］恩斯特·卡西尔：《国家神话》，范进等译，华夏出版社1999年版。

［德］恩斯特·卡西尔：《人论》，甘阳译，上海译文出版社1985年版。

［德］恩斯特·卡西尔：《神话思维》，黄龙保等译，中国社会科学出版社1992年版。

［德］古茨塔克·勒内·豪克：《绝望与信心》，李永平译，中国社会科学出版社1992年版。

［德］汉斯·布鲁门伯格：《神话研究》，胡继华译，上海人民出版社2012年版。

[德] 黑格尔:《精神现象学》(上下卷),贺麟等译,上海人民出版社 2013 年版。

[德] 黑格尔:《美学》第一卷,朱光潜译,商务印书馆 1996 年版。

[德] 黑格尔:《美学》第二卷,朱光潜译,商务印书馆 1997 年版。

[德] 康德:《判断力批判》,邓晓芒译,人民出版社 2002 年版。

[德] 康德:《实践理性批判》,邓晓芒译,杨祖陶校,人民出版社 2003 年版。

[德] 莱辛:《拉奥孔》,朱光潜译注,商务印书馆 2013 年版。

[德] 马丁·海德格尔:《林中路》,孙周兴译,上海译文出版社 2004 年版。

[德] 马克思、恩格斯:《马克思恩格斯选集》(第一、二、三、四卷),中共中央马克思恩格斯列宁斯大林著作编译局编译(第 3 版),人民出版社 2012 年版。

[德] 马克思:《1844 年经济学哲学手稿》,刘丕坤译,人民出版社 2000 年版。

[德] 施莱格尔·席勒:《审美教育书简》,冯至等译,上海人民出版社 2003 年版。

[德] 叔本华:《作为意志和表象的世界》,石冲白译,商务印书馆 2009 年版。

[德] 瓦尔特·本雅明:《德国悲剧的起源》,陈永国译,文化艺术出版社 2001 年版。

[德] 瓦尔特·本雅明:《发达资本主义时代的抒情诗人》,张旭东等译,生活·读书·新知三联书店 1992 年版。

[德] 瓦尔特·本雅明:《机械复制时代的艺术作品》,王才勇译,中国城市出版社 2002 年版。

[德] 瓦尔特·本雅明:《经验与贫乏》,王炳钧等译,百花文艺出版社 1999 年版。

[俄] 别林斯基:《别林斯基选集》第二卷,满涛译,上海译文出版社 1979 年版。

[法] 埃米尔·马勒:《哥特式图像:13 世纪的法兰西宗教艺术》,严善錞、梅娜芳译,曾四凯校,中国美术学院出版社 2008 年版。

参考文献

[法]保兰·帕里编著：《列那狐的故事》，陈伟译，上海译文出版社2009年版。

[法]保罗·里克尔：《恶的象征》，公车译，上海人民出版社2003年版。

[法]保罗·莉可：《活的隐喻》，汪堂家译，上海译文出版社2004年版。

[法]鲍德里亚：《象征交换与死亡》，车槿山译，译林出版社2006年版。

[法]波德莱尔：《波德莱尔美学论文选》，郭宏安译，人民文学出版社1987年版。

[法]克洛德·列维—斯特劳斯：《结构人类学》（1）（2），张祖建译，中国人民大学出版社2006年版。

[法]列维—布留尔：《原始思维》，丁田译，商务印书馆1981年版。

[法]克洛德·列维—斯特劳斯：《野性的思维》，李幼蒸译，商务印书馆1997年版。

[法]路易·阿尔都塞、[法]艾蒂安·巴里巴尔：《读〈资本论〉》，李庆奇等译，中央编译出版社2001年版。

[法]路易·阿尔都塞：《保卫马克思》，顾良译，商务印书馆1984年版。

[法]罗兰·巴特：《神话修辞术：批评与真实》，屠友祥、温晋仪译，上海人民出版社2009年版。

[法]罗兰·巴特：《符号学原理》，李幼蒸译，生活·读书·新知三联书店1988年版。

[法]马塞尔·莫斯：《礼物》，汲喆译，陈瑞桦校，上海人民出版社2002年版。

[法]夏尔·波德莱尔：《恶之花》，郭宏安译评，漓江出版社1992年版。

[法]约瑟·皮埃尔：《象征主义艺术》，狄玉明、江振霄译，人民美术出版社1988年版。

[古罗马]阿普列乌斯：《金驴记》，刘黎亭译，上海译文出版社1988年版。

[古希腊]亚里士多德：《形而上学》，苗力田译，中国人民大学出版社2003年版。

[古希腊]亚里士多德：《修辞学》，罗念生译，生活·读书·新知三联书店1991年版。

［荷］F.R. 安克施密特：《历史与转义：隐喻的兴衰》，韩震译，文津出版社 2005 年版。

［荷］约翰·赫伊津哈：《游戏的人》，多人译，中国美术学院出版社 1998 年版。

［荷］约翰·赫伊津哈：《中世纪的衰落》，刘军译，中国美术学院出版社 1997 年版。

［加］弗莱：《诺思洛普·弗莱文论选集》，吴持哲编，中国社会科学出版社 1997 年版。

［加］高辛勇：《修辞学与文学阅读》，北京大学出版社 1997 年版。

［加］诺思洛普·弗莱：《伟大的代码——圣经与文学》，郝振益译，北京大学出版社 1998 年版。

［加］谢少波：《抵抗的文化政治学》，陈永国、汪民安译，中国社会科学出版社 1998 年版。

［美］D. 利明、E. 贝尔德：《神话学》，李培茱等译，上海人民出版社 1990 年版。

［美］J. 希利斯·米勒：《重申解构主义》，郭英剑译，中国社会科学出版社 1998 年版。

［美］M.H. 艾布拉姆斯：《镜与灯——浪漫主义文论及批评传统》，郦稚牛等译，北京大学出版社 1989 年版。

［美］W.J.T. 米歇尔：《图像理论》，陈永国、胡文征译，北京大学出版社 2006 年版。

［美］W.J.T. 米歇尔：《图像学》，陈永国译，北京大学出版社 2012 年版。

［美］阿兰·邓迪斯编：《西方神话学论文选》，朝戈金、尹伊等译，上海文艺出版社 1994 年版。

［美］M.H. 艾布拉姆斯：《欧美文学术语词典》，朱金鹏、朱荔译，北京大学出版社 1990 年版。

［美］爱德华·W. 萨义德：《东方学》，王宇根译，生活·读书·新知三联书店 1999 年版。

［美］丹尼尔·贝尔：《资本主义文化矛盾》，赵一凡译，上海三联书店

1989年版。

［美］弗雷德里克·詹姆逊：《布莱希特与方法》，陈永国译，中国社会科学出版社1998年版。

［美］弗雷德里克·詹姆逊：《快感：文化与政治》，王逢振译，中国社会科学出版社1998年版。

［美］弗雷德里克·詹姆逊：《马克思主义与形式》，李自修译，百花洲文艺出版社1995年版。

［美］弗雷德里克·詹姆逊：《政治无意识》，王逢振等译，中国社会科学出版社1998年版。

［美］霍桑：《红字》，胡允恒译，人民文学出版社2012年版。

［美］杰弗里·迈耶斯：《奥威尔传》，孙仲旭译，东方出版社2003年版。

［美］杰姆逊：《后现代主义与文化理论》，唐小兵译，北京大学出版社1997年版。

［美］勒内·韦勒克、奥斯汀·沃伦：《文学理论》，刘象愚等译，江苏教育出版社2005年版。

［美］雷纳·韦勒克：《近代文学批评史》第一卷，杨自伍译，上海译文出版社1997年版。

［美］雷纳·韦勒克：《近代文学批评史》第二卷，杨岂深、杨自伍译，上海译文出版社1997年版。

［美］雷纳·韦勒克：《近代文学批评史》第三卷，杨岂深、杨自伍译，上海译文出版社1997年版。

［美］雷纳·维勒克：《近代文学批评史》第四卷，杨自伍译，上海译文出版社1997年版。

［美］林赛·沃斯特：《美学权威主义批判》，昂智慧译，北京大学出版社2000年版。

［美］马克·埃德蒙森：《文学对抗哲学》，王柏华等译，中央编译出版社2000年版。

［美］马泰·卡林内斯库：《现代性的五副面孔》，顾爱彬等译，商务印书馆2002年版。

[美]麦尔维尔:《白鲸》,张庆注释,文化艺术出版社2001年版。

[美]尼古拉斯·米尔佐夫:《视觉文化导论》,倪伟译,江苏人民出版社2006年版。

[美]尼尔·波兹曼:《娱乐至死》,章艳译,广西师范大学出版社2004年版。

[美]欧文·潘诺夫斯基:《图像学研究:文艺复兴时期艺术的人文主题》,戚印平、范景中译,上海三联书店2001年版。

[美]乔纳森·卡勒:《结构主义诗学》,盛宁译,中国社会科学出版社1991年版。

[美]乔纳森·卡勒:《论解构》,陆扬译,中国社会科学出版社1998年版。

[美]韦恩·布斯:《小说修辞学》,付礼军译,广西人民出版社1987年版。

[美]希利斯·米勒:《解读叙事》,申丹译,北京大学出版社2002年版。

[美]伊恩·P.瓦特:《小说的兴起》,高原、董红钧译,生活·读书·新知三联书店1992年版。

[美]伊迪丝·汉米尔顿:《神话:希腊、罗马及北欧的神话故事和英雄传说》,刘一南译,华夏出版社2010年版。

[美]约翰·菲斯克:《理解大众文化》,王晓玉、宋伟杰译,中央编译出版社2001年版。

[美]约瑟夫·坎贝尔、比尔·莫耶斯:《神话的力量》,朱侃如译,浙江人民出版社2013年版。

[美]詹明信:《晚期资本主义的文化逻辑》,张旭东编,陈清侨等译,生活·读书·新知三联书店1997年版。

[美]詹姆逊:《单一的现代性》,王逢振、王丽亚译,天津人民出版社2005年版。

[日]三岛宪一:《本雅明:破坏·收集·记忆》,贾倞译,河北教育出版社2001年版。

[瑞士]卡尔·古斯塔夫·荣格:《原型与集体无意识》,徐德林译,国际文化出版公司2011年版。

[瑞士]索绪尔:《普通语言学教程》,高名凯译,商务印书馆1999年版。

参考文献

[斯洛文尼亚] 斯拉热沃·齐泽克等：《图绘意识形态》，方杰译，南京大学出版社 2002 年版。

[苏] 列·谢·维戈茨基：《艺术心理学》，周新译，上海译文出版社 1985 年版。

[苏] 叶·莫·梅列金斯基：《神话的诗学》，魏庆征译，商务印书馆 1990 年版。

[苏] 叶·潘诺夫：《信号·符号·语言》，王仲宣等译，生活·读书·新知三联书店 1991 年版。

[苏] 伊斯特林：《文字的产生和发展》，北京大学出版社 1987 年版。

[匈] 卢卡奇：《历史与阶级意识》，杜章智等译，商务印书馆 1996 年版。

[匈] 伊芙特·皮洛：《世俗神话——电影的野性思维》，崔君衍译，中国电影出版社 1991 年版。

[意] 薄伽丘：《十日谈》，肖天佑译，漓江出版社 2012 年版。

[意] 贝内代托·克罗奇：《美学或艺术和语言哲学》，黄文捷译，中国社会科学出版社 1992 年版。

[意] 维柯：《新科学》，朱光潜译，商务印书馆 1997 年版。

[意] 伊塔洛·卡尔维诺：《不存在的骑士》，吴正仪译，译林出版社 2012 年版。

[意] 伊塔洛·卡尔维诺：《分成两半的子爵》，吴正仪译，译林出版社 2012 年版。

[意] 伊塔洛·卡尔维诺：《树上的男爵》，吴正仪译，译林出版社 2012 年版。

[英] 爱·摩·佛斯特：《小说面面观》，苏炳文译，花城出版社 1981 年版。

[英] 安东尼·吉登斯：《现代性的后果》，田禾译，译林出版社 2000 年版。

[英] 班扬：《天路历程》，苏欲晓译，译林出版社 2001 年版。

[英] 鲍桑葵：《美学史》，张今译，商务印书馆 1986 年版。

[英] 彼得·伯克：《图像证史》，杨豫译，北京大学出版社 2008 年版。

[英] 戴维·弗里斯比：《现代性的碎片》，卢晖临等译，商务印书馆 2003 年版。

［英］凯伦·阿姆斯特朗：《神话简史》，胡亚豳译，重庆出版社 2005 年版。

［英］雷蒙·威廉斯：《关键词》，刘建基译，生活·读书·新知三联书店 2005 年版。

［英］马·布雷德伯里、詹·麦克法兰编：《现代主义》，胡家峦等译，上海外语教育出版社 1992 年版。

［英］迈克·费瑟斯通：《消费文化与后现代主义》，刘精明译，译林出版社 2000 年版。

［英］迈克尔·伍德：《沉默之子——论当代小说》，顾钧译，生活·读书·新知三联书店 2003 年版。

［英］培根：《论古人的智慧》，李长春译，华夏出版社 2006 年版。

［英］汤林森：《文化帝国主义》，冯建三译，上海人民出版社 1999 年版。

［英］汤因比：《历史研究》（上、下），上海人民出版社 1997 年版。

［英］特雷·伊格尔顿：《二十世纪西方文学理论》，伍晓明译，陕西师范大学出版社 1986 年版。

［英］特里·伊格尔顿：《审美意识形态》，王杰等译，广西师范大学出版社 2001 年版。

［英］威廉·戈尔丁：《蝇王》，龚志成译，上海译文出版社 2009 年版。

［英］肖恩·霍默：《弗雷德里克·詹姆森》，孙斌等译，上海人民出版社 2004 年版。

二 中文专著

《古典文艺理论译丛》(7)，《古典文艺理论译丛》编辑委员会编，人民文学出版社 1964 年版。

《简明不列颠百科全书》第 9 卷，中国大百科全书出版社 1986 年版。

鲍延毅主编：《寓言辞典》，明天出版社 1988 年版。

陈蒲清：《世界寓言通论》，湖南教育出版社 1990 年版。

陈蒲清：《寓言文学理论》，骆驼出版社 1992 年版。

陈蒲清：《中国古代童话鉴赏》，岳麓书社 2007 年版。

陈蒲清：《中国古代寓言选》，湖南教育出版社 1983 年版。

参考文献

陈蒲清：《中国现代寓言史纲》，湖南教育出版社 2000 年版。

邓启耀：《中国神话的思维结构》，重庆出版社 1992 年版。

董乐山编：《奥威尔文集》，中国广播电视出版社 1997 年版。

段宝林编：《西方古典作家谈文艺创作》，春风文艺出版社 1980 年版。

耿占春：《隐喻》，河南大学出版社 2007 年版。

公木：《公木文集》第四卷，吉林大学出版社 2001 年版。

顾建华：《寓言：哲理的诗篇》，北京大学出版社 1994 年版。

郭军、曹雷雨编：《论瓦尔特·本雅明现代性、寓言和语言的种子》，吉林人民出版社 2003 年版。

洪汉鼎：《诠释学》，人民文学出版社 2001 年版。

侯维瑞：《现代英国小说史》，上海外语教育出版社 1986 年版。

蒋孔阳、朱立元主编：《西方美学通史》第二卷，本卷陆扬著，上海译文出版社 1999 年版。

蒋孔阳主编：《19 世纪西方美学名著选》，复旦大学出版社 1990 年版。

季广茂：《隐喻理论与文学传统》，北京师范大学出版社 2002 年版。

季广茂：《隐喻视野中的诗性传统》，北京师范大学出版社 2002 年版。

李松樟：《寓言的核心》，东方出版社 1997 年版。

李兴武：《丑陋论》，辽宁人民出版社 1994 年版。

茅盾：《神话研究》，百花文艺出版社 1997 年版。

莫言：《白狗秋千架》，作家出版社 2012 年版。

莫言：《红高粱家族》，人民文学出版社 2007 年版。

莫言：《怀抱鲜花的女人》，作家出版社 2012 年版。

莫言：《莫言作品》，长江文艺出版社 2012 年版。

莫言：《生死疲劳》，作家出版社 2012 年版。

莫言：《师傅越来越幽默》，作家出版社 2012 年版。

莫言：《天堂蒜薹之歌》，作家出版社 2012 年版。

莫言：《蛙》，作家出版社 2012 年版。

潜明兹：《中国神话学》，宁夏人民出版社 1994 年版。

申小龙：《语言的文化阐释》，知识出版社 1992 年版。

盛宁:《二十世纪美学文论》,北京大学出版社1994年版。
苏宏斌:《现代小说的伟大传统》,浙江文艺出版社2004年版。
束定芳:《隐喻与转喻研究》,上海外语教育出版社2011年版。
束定芳:《隐喻学研究》,上海外语教育出版社2000年版。
孙冰编:《本雅明:作品与画像》,文汇出版社1999年版。
唐兰:《古文字学导论》(增订本),齐鲁书社1987年版。
王逢振主编:《最新西方文论选》,漓江出版社1991年版。
王焕镳:《先秦寓言研究》,古典文学出版社1957年版。
王杰:《马克思主义与现代美学问题》,人民文学出版社2000年版。
王杰主编:《马克思主义美学研究》第4辑,广西师范大学出版社2001年版。
王姝编译:《寓言世界》,外文出版社2000年版。
王文斌:《隐喻的认知构建与解读》,上海外语教育出版社2007年版。
闻一多:《神话与诗》,湖南人民出版社2010年版。
吴琼、杜予编:《形象的修辞》,中国人民大学出版社2005年版。
吴琼编:《视觉文化的奇观》,中国人民大学出版社2005年版。
吴元迈主编:《外国文学史话·西方19世纪中期卷》,吉林人民出版社2001年版。
阎国忠:《基督教与美学》,辽宁人民出版社1989年版。
叶舒宪编选:《结构主义神话学》,陕西师范大学出版总社有限公司2011年版。
叶庭芳编:《论卡夫卡》,中国社会科学出版社1988年版。
叶秀山:《思·史·诗——现象学和存在哲学研究》,上海译文出版社1997年版。
袁珂:《前万物有灵论时期的神话》,《民间文学论坛》1985年第5期。
张德兴本卷主编:《二十世纪西方美学经典文本·第一卷·世纪初的新声》,复旦大学出版社2000年版。
张良村等编:《世界文学历程》上卷,国际文化出版公司1997年版。
张远山:《寓言的密码:轴心时代的中国思想探源》,复旦大学出版社2005

年版。

章安琪编:《缪灵珠美学译文集》第1卷,中国人民大学出版社1987年版。

赵宪章、包兆会:《文学变体与形式》,南京大学出版社2010年版。

赵宪章、顾华明主编:《文学与图像》,江苏教育出版社2012年版。

赵宪章、王汶成主编:《艺术与语言的关系研究》,人民出版社2013年版。

赵宪章、张辉、王雄:《西方形式美学》,南京大学出版社2008年版。

赵宪章:《文体与形式》,人民文学出版社2004年版。

郑振铎:《印度寓言》,商务印书馆1925年版。

朱大可:《神话》,东方出版社2012年版。

朱靖华:《朱靖华古典文学论集》,吉林文史出版社2003年版。

三 中文期刊

[美]麦地娜·萨丽芭:《故事语言:一种神圣的治疗空间》,叶舒宪、黄悦译,《广西民族学院学报》2003年第5期。

[斯洛文尼亚]热拉沃耶·齐泽克:《欢迎到现实的废墟来》,《读书》2001年第11期。

昂智慧:《阅读的危险与语言的寓言性——论保尔·德曼对卢梭〈新爱洛伊斯〉的解读》,《外国文学研究》2005年第1期。

白爱宏:《后现代寓言:马丁·艾米斯的〈时间之箭〉》,《当代外国文学》2004年第2期。

曹雷雨:《本雅明的寓言理论》,《外国文学》2004年第1期。

曾艳兵:《一个捏着生命痛处的寓言——解读卡夫卡》,《国外文学》1999年第2期。

查振华、朱全国:《寓言的形成及其意义理解》,《东北师大学报》(哲学社会科学版)2011年第1期。

常森:《中国寓言研究反思及传统寓言视野》,《文学遗产》2011年第1期。

车晓勤:《寓言、意识:生产——解读戴维·洛奇的小说〈美好的工作〉》,《外国文学》2001年第5期。

陈林侠:《从启蒙理性、寓言化到商业叙事——对大陆、台湾、香港电影中风俗叙事的比较研究》,《戏剧》(中央戏剧学院学报) 2004 年第 3 期。

陈墨:《寓言的世界与世界的寓言——〈金牧场〉主题阐释》,《文学评论》1987 年第 6 期。

陈蒲清、曹日升:《试论中国古代寓言的发展及其特色》,《求索》1981 年第 4 期。

陈蒲清:《中国古代寓言的范畴、起源、分期新探》,《求索》1994 年第 4 期。

陈勤:《理想主义者为什么要爱岛?——论劳伦斯寓言书写转向的意义、现代寓言如何表征历史及反讽的自由性》,《暨南学报》(哲学社会科学版) 2013 年第 6 期。

陈旭光:《"铁屋子"或"家"的民族寓言——论中国电影的一个原型叙事结构及其变形》,《文艺争鸣》2007 年第 9 期。

程亚丽:《民族生存的寓言——解读赵本夫〈地母〉的隐喻叙事》,《当代作家评论》2006 年第 2 期。

崔宜明:《论庄子的言说方式——重释"卮言、寓言、重言"》,《江苏社会科学》1994 年第 3 期。

但汉松、刘海平:《现代寓言的舞台呈现:重解桑顿·怀尔德的〈我们的小镇〉》,《戏剧》(中央戏剧学院学报) 2011 年第 1 期。

但汉松:《寻找罗马:论怀尔德早期小说〈卡巴拉〉中的寓言叙事》,《外语与外语教学》2011 年第 4 期。

邓联合:《技术活动中的超越向度:庄子技术寓言解读》,《江海学刊》2008 年第 1 期。

董华:《论庄子寓言文学的艺术技巧》,《陕西师范大学学报》(哲学社会科学版) 2004 年第 S1 期。

董连忠:《寓言中的讽喻——霍桑〈年轻人古德曼·布朗〉中的人性困境解析》,《内蒙古大学学报》(哲学社会科学版) 2013 年第 3 期。

杜彩:《布莱希特"史诗剧"的"此在—彼在"寓言结构》,《文艺理论研究》2010 年第 2 期。

杜华、黄丹:《"家"的寓言:李安电影对中国传统文化的隐形书写》,

《当代文坛》2011年第1期。

段君：《忧郁与残缺："70后"艺术中的寓言意识》，《文艺研究》2006年第3期。

段祥贵：《日常生活中的寓言——读本雅明的〈单行道〉》，《小说评论》2013年第1期。

方爱武：《生存与死亡的寓言诉指——余华与卡夫卡比较研究》，《外国文学研究》2006年第3期。

方汉文、许文：《世界文学视域中的莫言本土文化寓言》，《池州学院学报》2013年第1期。

房伟：《另类的乌托邦——张炜〈九月寓言〉的新民族文化想象》，《文艺争鸣》2010年第19期。

冯尚：《当代寓言叙事的伦理观点》，《学术研究》2006年第6期。

弗雷德里克·詹姆逊、孙盛涛、徐良：《鲁迅：一个中国文化的民族寓言——第三世界文本新解》，《鲁迅研究月刊》1993年第4期。

干天全：《中国古代寓言述论》，《四川大学学报》（哲学社会科学版）1996年第4期。

皋于厚：《论古代小说的"寓言化"特征》，《明清小说研究》2000年第2期。

高晶：《〈庄子〉和〈韩非子〉寓言对后世文学的影响》，《文学教育》（上）2013年第2期。

高乾、钟守满：《本雅明翻译思想的寓言视角解读》，《中国翻译》2012年第2期。

郜元宝：《"意识形态"与"大地"的二元转化——略说张炜的〈古船〉和〈九月寓言〉》，《社会科学》1994年第7期。

格非：《白色的寓言》，《读书》2001年第7期。

耿传明：《"父"之缺位与"时代孤儿"的道德困境——东西的〈耳光响亮〉、〈后悔录〉与后传统时代的寓言化写作》，《天津师范大学学报》（社会科学版）2011年第2期。

郭丹：《中国古代寓言的艺术审美特征》，《福建论坛》（人文社会科学版）

2002 年第 4 期。

郭培筠：《从历史寓言走向文化寓言——新世纪内蒙古草原电影创作的审美转型》，《内蒙古大学学报》（哲学社会科学版）2011 年第 5 期。

郭亚娟：《略论后现代主义寓言的叙事特征——评唐纳德·巴塞尔姆的〈亡夫〉》，《国外文学》2010 年第 4 期。

过常宝：《先秦寓言源流及其修辞功能》，《中国文学研究》2007 年第 3 期。

韩桂良：《"克雷洛夫寓言是诗"——读辛译〈克雷洛夫寓言集〉的几点感想》，《外国语（上海外国语学院学报）》1994 年第 1 期。

韩加明：《〈蜜蜂的寓言〉与 18 世纪英国文学》，《国外文学》2005 年第 2 期。

何红一：《动物故事与动物寓言比较谈——兼评〈中国少数民族寓言故事选〉》，《中南民族学院学报》（哲学社会科学版）1988 年第 3 期。

洪安瑞、张清华：《20 世纪的一个文化寓言——对 4 部新历史主义小说的讨论》，《文艺争鸣》2003 年第 1 期。

黄东花：《中西寓言语类结构的评价对比研究——以〈伊索寓言〉和〈庄子〉寓言为例》，《求索》2013 年第 11 期。

姜礼幅：《寓言叙事与戏剧叙事中的动物政治》，《当代外国文学》2010 年第 1 期。

蒋振华：《〈庄子〉寓言的双重承负》，《中州学刊》2004 年第 4 期。

雷文彪：《电影〈刘三姐〉的"民族寓言"品质》，《电影文学》2013 年第 7 期。

李包靖：《人类文明审美化道路之寓言——以〈神话研究〉中普罗米修斯"神话创作"为例的述评》，《现代哲学》2006 年第 2 期。

李道新：《阶层的寓言与电影的社会学——影片〈农民工〉里的个人梦想与国家意愿》，《当代电影》2009 年第 2 期。

李鸿渊：《胡怀琛〈中国寓言研究〉的学术史意义》，《民族文学研究》2010 年第 4 期。

李华强：《盲人的寓言 艺术之悲悯——纪录电影〈东〉中的个体生存影像》，《新闻大学》2009 年第 3 期。

李建伟：《先秦寓言与伊索寓言的寓意构筑差异及言语功用》，《管子学刊》2008年第3期。

李洁非：《回到寓言——论莫言及其近作》，《当代作家评论》1993年第2期。

李明彦：《诗性图式与隐喻真实：寻根文学中的寓言叙事》，《文艺争鸣》2012年第12期。

李松岳：《论斯坦倍克〈珍珠〉对人类生存境遇的寓言化书写》，《外国文学研究》2010年第4期。

李小江：《〈狼图腾〉是一部"后"时代寓言》，《中国图书评论》2009年第1期。

李鑫：《〈庄子〉、〈列子〉梦寓言对古代梦小说创作的影响》，《求索》2010年第1期。

李学武：《空间和女性的寓言——解读彭小莲"上海三部曲"》，《当代电影》2006年第4期。

李阳春：《由本相走向寓言的新写实小说》，《中国文学研究》1998年第1期。

李洋：《〈电影寓言〉中的概念与方法》，《电影艺术》2012年第5期。

李永毅：《上帝、圣经与阅读的寓言：德里达与奥古斯丁》，《国外文学》2013年第2期。

李长中：《城市空间的寓言性想象与"反城市"书写——以当代少数民族文学为中心的考察》，《中南民族大学学报》（人文社会科学版）2012年第5期。

李秩汇：《〈庄子〉与印度的寓言譬喻相似性研究》，《船山学刊》2013年第2期。

李宗刚：《父权疆域的寓言化书写——鲁迅散文〈五猖会〉新解》，《鲁迅研究月刊》2011年第2期。

林斌：《寓言、身体与时间》，《外国文学评论》2009年第4期。

林美强：《游走在梦与美之间——〈庄子〉中四个寓言与梦境精神》，《名作欣赏》2013年第8期。

林文锜：《先秦寓言的文体形态及其审美结构——对先秦文学史上一个重要创作

现象的再考察》,《福州大学学报》(哲学社会科学版) 2006 年第 2 期。

刘丹:《美籍华裔作家任碧莲文学叙事中的身份书写与思考——走出"寓言式"写作》,《海南大学学报》(人文社会科学版) 2006 年第 2 期。

刘国清:《人类成长的寓言史诗——生态批评视域下的〈古舟子咏〉》,《东北师大学报》2006 年第 6 期。

刘宏伟:《转喻与寓言故事格局》,《外语与外语教学》2012 年第 4 期。

刘建军:《〈老人与海〉:一部表现存在主义哲学的现代寓言》,《东北师大学报》1991 年第 1 期。

刘茂增:《宽恕与和解的寓言》,《外国文学》2006 年第 1 期。

刘松来、颜思齐:《"寓言十九,籍外论之"——〈庄子〉寓言论"道"刍议》,《江西师范大学学报》(哲学社会科学版) 2013 年第 3 期。

刘文瑾:《一个话语的寓言——市场逻辑与 90 年代中国大众传媒话语空间的构造》,《新闻与传播研究》1999 年第 2 期。

刘亚丁:《文化试错的民族寓言:〈罪与罚〉的一种解读》,《外国文学研究》2008 年第 5 期。

柳鸣九:《色彩缤纷的睿智——"新寓言"派作家图尔尼埃及其短篇小说》,《当代外国文学》1998 年第 1 期。

陆超华:《寓言体儿童故事〈小鸟与大熊〉的概念功能分析》,《科技信息》2013 年第 14 期。

陆嘉宁:《一则关于时间的寓言——解读美国影片〈本杰明·巴顿奇事〉》,《北京电影学院学报》2009 年第 2 期。

马友平:《否定的美学——瓦尔特·本雅明的寓言理论研究》,《西北师大学报》(社会科学版) 2005 年第 4 期。

梅新林:《〈红楼梦〉——作为"寓言"文本的解读》,《红楼梦学刊》1999 年第 1 期。

孟繁华:《东方风情与生活寓言——80 年代的文学想象与文化批判》,《文艺争鸣》1997 年第 4 期。

南帆:《魔幻与现实的寓言》,《当代作家评论》2013 年第 1 期。

聂伟:《"前现代"寓言、类型拼贴与泛亚语境建构——当代韩国宗教题材电影的主题学分析》,《上海大学学报》(社会科学版) 2010 年第 6 期。

牛婉若:《寻根文学:民族寓言的现代性叙事》,《名作欣赏》2013 年第 18 期。

彭娇雪:《狂欢化的社会寓言:韩国恐怖片的症候式阅读》,《北京电影学院学报》2006 年第 2 期。

彭恺奇:《寓言浅论》,《中国文学研究》1987 年第 2 期。

钱锺书:《一节历史掌故,一个宗教寓言,一篇小说》,《文艺研究》1983 年第 4 期。

乔国强:《一部寓言犹太民族历史的启示录》,《当代外国文学》2007 年第 2 期。

冉雪:《〈韩非子〉寓言研究综述》,《西南农业大学学报》(社会科学版) 2013 年第 6 期。

尚建飞:《寓言化的孔子形象与庄子哲学主题》,《西北大学学报》(哲学社会科学版) 2007 年第 3 期。

申富英:《论〈尤利西斯〉中作为爱尔兰形象寓言的女性》,《国外文学》2010 年第 4 期。

宋金华:《先秦寓言文学的发展与繁荣》,《中州学刊》2001 年第 5 期。

孙彩霞:《最后审判的寓言——卡夫卡小说"在流放地"的"圣经"解读》,《外国文学研究》2005 年第 4 期。

孙纲:《文化寓言:〈故事新编〉文类研究》,《文艺理论研究》2003 年第 5 期。

孙海婴:《从寓言插图的特点看董克俊〈雪峰寓言〉(续编)插图》,《新美术》2012 年第 1 期。

孙强:《个人主义、民族寓言与国民性批判——重读 1920 年代乡土小说》,《文艺争鸣》2012 年第 5 期。

孙盛涛:《民族寓言:第三世界文本的解读视域——论弗·詹姆逊的世界文学观》,《外国文学评论》1993 年第 4 期。

孙秀兰、吴斌:《人与自然关系的生态寓言——生态伦理视域下的〈古舟子咏〉》,《东北师大学报》(哲学社会科学版) 2008 年第 3 期。

覃虹、舒邦泉：《空灵的东方寓言　诗化的本体象征》，《西南民族学院学报》（哲学社会科学版）1999年第1期。

唐锡光：《浅谈30年代左翼电影的寓言化倾向》，《山东大学学报》（哲学社会科学版）2003年第3期。

陶东风：《〈受活〉：当代中国政治寓言小说的杰作》，《当代作家评论》2013年第5期。

王彬彬：《悲悯与慨叹——重读〈古船〉与初读〈九月寓言〉》，《当代作家评论》1993年第1期。

王博：《从〈米〉到〈大鸿米店〉——浅析历史寓言意蕴的消解》，《电影文学》2013年第1期。

王德领：《〈钢琴教师〉：女性生存的寓言》，《南方文坛》2005年第4期。

王德领：《不能承受的寓言化之重——对80年代以来寓言化写作的反思》，《当代文坛》2007年第3期。

王光东：《民间的当代价值——重读〈九月寓言〉》，《文艺争鸣》1999年第6期。

王辉：《伊索寓言的中国化——论其汉译本〈意拾喻言〉》，《外语研究》2008年第3期。

王慧青：《废墟上的救赎——瓦尔特·本雅明"寓言"理论探析》，《河北大学学报》（哲学社会科学版）2005年第6期。

王景琳：《庄子对寓言艺术的贡献》，《北京大学学报》（哲学社会科学版）1986年第1期。

王磊：《概念合成理论与〈圣经·新约〉中寓言比喻的阐释》，《外语学刊》2008年第4期。

王丽丽：《寓言和符号：莱辛对人类后现代状况的诠释》，《当代外国文学》2008年第1期。

王庆华、杜慧敏：《"寓言"考》，《求是学刊》2011年第4期。

王新球：《试析罗伯特·弗罗斯特的寓言诗》，《上海师范大学学报》（哲学社会科学版）2004年第3期。

王一川：《历史化与寓言——杰姆逊美学理论评析》，《当代电影》1996年第 2 期。

王一川：《张艺谋神话与超寓言战略——面对西方"容纳"的 90 年代中国话语》，《天津社会科学》1993 年第 5 期。

王宇：《空间与性别的世纪预言：20 世纪中国电影中的"外来者故事"》，《江苏社会科学》2012 年第 3 期。

王锺陵：《略论庄子表述的三种方法：寓言、比喻、类比》，《文学遗产》2009 年第 2 期。

魏本亚：《用寓言的方式学习寓言——以黄厚江〈黔之驴〉教学为例》，《语文建设》2013 年第 10 期。

魏朝勇：《修辞的意味：晚清政治小说中的"寓言"和"言说"》，《中国现代文学研究丛刊》2012 年第 3 期。

魏鹏举：《时装：消费社会的身体寓言》，《天津社会科学》2004 年第 3 期。

魏祥奇：《寓言·异象：曾健勇的绘画》，《东方艺术》2013 年第 5 期。

温潘亚：《象征行为与民族寓言——十七年历史剧创作话语形态》，《清华大学学报》（哲学社会科学版）2009 年第 3 期。

吴海清、张建珍：《民族寓言的现代困境——黑泽明电影的文化分析》，《电影艺术》2003 年第 5 期。

夏莹：《从寓言式批判到意象辩证法：本雅明的拜物教思想研究》，《马克思主义与现实》2012 年第 3 期。

谢少波：《意识形态的寓言：詹姆逊与德曼解构的对话》，《外国文学研究》2007 年第 1 期。

徐宏勋、张懿红：《20 世纪 90 年代以来乡土寓言小说的现代性反思》，《甘肃社会科学》2007 年第 4 期。

徐明：《一部匠心独运的现代寓言——评威廉·戈尔丁的小说〈蝇王〉》，《东北师大学报》2000 年第 3 期。

薛毅：《论〈故事新编〉的寓言性》，《鲁迅研究月刊》1993 年第 12 期。

闫俊：《〈伊索寓言〉叙事结构的语篇分析》，《文学教育》（中）2013 年第 2 期。

阎真：《人类的寓言与民族的寓言——中西荒诞文学价值取向评析》，《北京大学学报》（哲学社会科学版）2004年第5期。

杨国政、蒋振华：《作为寓言的自传》，《外国文学评论》2009年第2期。

杨健：《爱的拯救——从古老童话到荒诞寓言》，《戏剧》2001年第4期。

杨扬：《〈伊索寓言〉的明代译义抄本——〈况义〉》，《文献》1985年第2期。

杨漪柳：《论〈列子〉对〈庄子〉寓言的应用》，《四川师范大学学报》（社会科学版）2004年第4期。

姚睿：《民族寓言的类型化改写——〈狄仁杰之神都龙王〉的叙事分析》，《当代电影》2013年第11期。

姚晓雷：《故乡寓言中的权力质询——刘震云故乡系列小说的主题解读》，《文学评论》2002年第1期。

尤力：《柳宗元寓言与先秦寓言的比较研究》，《云南社会科学》1988年第6期。

于丽娜：《迷惘与冷酷的都市寓言——王家卫与杨德昌电影对比》，《电影艺术》2002年第1期。

余凝冰：《〈马丁·德赛勒〉：时空体形式的资本寓言》，《当代外国文学》2013年第4期。

袁筱一：《探索人性的寓言世界——论勒克莱奇奥的作品》，《当代外国文学》2009年第2期。

臧运峰、王颖吉：《破碎的寓言：试论品特的威胁喜剧》，《当代文坛》2006年第2期。

詹丹：《与共形象的寓言式解读与现代主体的建构》，《上海师范大学学报》（哲学社会科学版）2012年第1期。

张国龙：《历史寓言书写及对德国成长小说宏大叙事传统的超越》，《外国文学》2007年第5期。

张闳：《拱廊街：资本主义的空间寓言——读本雅明〈拱廊街计划〉》，《中国图书评论》2006年第7期。

张慧瑜：《"铁屋子"的寓言与"棺木里的木乃伊"——重读鲁迅的"铁

屋子"寓言》,《中国图书评论》2012 年第 4 期。

张丽华:《从"故事"到"小说":作为文类寓言的〈怀旧〉》,《鲁迅研究月刊》2010 年第 9 期。

张琦、张炳成:《试论庄子寓言个性》,《兰州大学学报》1996 年第 4 期。

张荣兴、夏凤军、姜深洁:《晚期资本主义时期的"民族寓言"——詹姆逊的第三世界文学观评析》,《重庆文理学院学报》(社会科学版) 2013 年第 2 期。

张文安:《道家寓言与"夸父逐日"神话》,《求是学刊》2004 年第 3 期。

张旭东:《寓言批评——本雅明"辩证"批评理论的主题与形式》,《文学评论》1988 年第 4 期。

张学昕:《当代小说创作的寓言诗性特征》,《文艺研究》2002 年第 5 期。

张颐武:《反寓言/新状态:后新时期文学新趋势》,《天津社会科学》1994 年第 4 期。

赵白生:《民众寓言的内在逻辑》,《外国文学评论》1997 年第 2 期。

赵白生:《身份的寓言——〈富兰克林自传〉的结构分析》,《外国文学》2004 年第 1 期。

赵佳:《寓言、反讽和末世书写——评艾瑞克·什维亚的〈堕落〉》,《外国文学》2012 年第 5 期。

赵逵夫:《论先秦寓言的成就》,《陕西师范大学学报》(哲学社会科学版) 2006 年第 4 期。

赵伟:《寓言·历史·现实——2013 年当代文坛名家新作》,《中国图书评论》2014 年第 1 期。

赵宪章、曾军:《现实关怀及其问题》,《学术月刊》2012 年第 6 期。

赵宪章:《语图符号的实指和虚指》,《文学评论》2012 年第 2 期。

周霞:《〈手机〉:都市生活的后现代寓言》,《当代电影》2006 年第 6 期。

周夭、许春辉:《寓言比较论——〈世界文学金库·寓言卷〉序》,《文艺理论研究》1994 年第 5 期。

周颖:《辨析解构关键词:"延异"与"寓言"》,《外国文学》2007 年第 4 期。

周志强：《社会叙事危机中的总体性批判——谈"震惊体寓言批评"的文体政治》，《文艺理论研究》2012 年第 2 期。

朱立立：《女性话语·国族寓言·华人文化英雄——从文化研究视角重读当代华语经典〈桑青与桃红〉》，《台湾研究集刊》2006 年第 3 期。

朱立元：《"寓言式批评"理论的创立与成熟——本雅明文艺美学思想探讨之一》，《外国文学研究》1996 年第 1 期。

朱任飞：《灵幻的梦想与苍凉的现实——上古神话与〈庄子〉寓言有关鸟意象的文化考察》，《东北师大学报》1997 年第 6 期。

朱任飞：《上古神话传说中的"混沌母题"与〈庄子〉寓言》，《社会科学战线》1998 年第 1 期。

祝普文：《从〈物感〉一书看〈伊索寓言〉对中国寓言的影响》，《文献》1988 年第 2 期。

四 英文专著

A. G. Lehmann, *The Symbolist Aesthetic in France*: 1885 – 1895. Basill Blackwell, 1974.

Bloomfield, Morton, ed. *Allegory, Myth, and Symbol.* Harvard English Studies 9. Cambridge: Harvard UP, 1981.

C. S. Lewis, *The Allegory of Love: A Study in Medieval tradition*, New York: Oxford University Press, 1958.

Christopher Norris, *Paul de Man*, New York: Routledge, 1988.

David Adams Leeming and Kathleen Morgan Drowne, *Encyclopedia of Allegorical Literature*, ABC-CLIO, Inc, 1996.

De Man, Paul. *Aesthetic Ideology*, Minneapolis, University of Minnesota, 1996.

De Man, Paul. *Allegories of Reading: Figural Language in Rousseau, Nietzsche, Rilke, and Proust.* New Haven: Yale UP, 1979.

De Man, Paul. *Blindness and Insight: Essays in the Rhetoric of Contemporary Criticism.* Minneapolis: U of Minnesota P, 1971.

参考文献

De Man, Paul. *Resistance to Theory*, Minneapolis, University of Minnesota, 1986.

Deborah L. Madsen, *Allegory in American: From Puritanism to Postmodernism*, Macmillan Press, 1996.

Deborah L. Madsen, *Rereading Allegory: A Narrative Approach to Genre*, London: Macmillan, 1995.

Doniger, Wendy, *The Implied Spider-Politics & Theology in Myth*, New York: Columbia University Press, 1988.

Editor by David S. Ferris, *Walter Benjamin: Theoretical Question*, Stanford University Press, Stanford, California, 1996.

Fleming, John V, *The Roman de la Rose: A Study in Allegory and Iconography.* Princeton: Princeton UP, 1969.

Fletcher, Angus, *Allegory: The Theory of a Symbolic Mode.* Ithaca: Cornell UP, 1964.

Fredric Jameson, *Fables of Aggression: Wyndham Lewis, the Modernist as Fascist*, Berkeley: University of California Press, 1979.

Fredric Jameson, *Postmodernism, or, The Cultural Logic of Late Capitalism*, Durham: Duke University Press, 1991.

Greenblatt, Stephen J., ed. *Allegories of Representation: Selected Papers from the English Institute*, 1979–80. New Series 5. Baltimore: Johns Hopkins UP, 1981.

Honing, Edwin, *Dark Conceit: The Making of Allegory*, New York: Galaxy-Oxford Up, 1996.

Hutcheon, Linda., *Irony's Edge: The Theory and Politics of Irony.* London: Routledge, 1994.

Jameson, Fredric., *Postmodernism, Or the Logic of Late Capitalism.* Durham: Duke UP, 1993.

Kelley, Theresa., *Reinventing Allegory.* Cambridge Studies in Romanticism 22. Cambridge: Cambridge UP, 1997.

Lewis, C. S., *The Allegory of Love: A Study in Medieval Tradition*. 1936. London: Oxford UP, 1959.

Lyons, John., *Introduction to Theoretical Linguistics*, Cambridge University Press, 1968.

MacQueen, John., *Allegory*, Methuen, London and New York, 1981.

Madsen, Deboranh., *Rereading Allegory: A Narrative Approach to Genre*. New York: St. Martin's, 1994.

Martin McQuilla, *Paul de Man*, New York, Taylor and Francis Group, 2001.

Michael Sprinker, *Imaginary Relations: Aesthetics and Ideology inthe Theory of Historical Materialism*, London: Verso, 1987.

Oxford Concise Dictionary of Literary Terms, 上海外语教育出版社 2000 年版。

Quilligan, Maureen., *The Language of Allegory: Defining the Genre*. Ithaca: Cornell UP, 1979.

Rodolph Gasche, *The Wild Card of Reading: on Paul de Man*, Harvard University Press, 1998.

Russell, Stephen J., ed. *Allegoresis: The Craft of Allegory in Medieval Literature*. Garland Reference Lib. Of the Humanities 664. New York: Garland, 1988.

Steen, Gerard., *Understanding Metaphor in Literature: An Empirical Approach*. Studies in Lang. and Linguistics. London: Longman, 1994.

Todorov, Tzvetan., *Symbolism and Interpretation*, Cornell University Press, 1982.

五 英文期刊

Campe, Rudiger., "Continuing forms: Allegory and translation imperii in Caspar von Lohenstein and Johann Wolfgang von Goethe." *The Germanic Review* 77.2 (Spring 2002): 128–145.

Cope, Kevin L., ed. "Direction to Signify: Exploring the Emblems of Enlightenment Allegory." *Enlightening Allegory: Theory, Practice, and Contexts*

参考文献

of *Allegory in the Late Seventeenth and Eighteenth Centuries*. Ed. Kevin L. Cope. AMS Studies in the Eighteenth Century 18. New York: AMS, 1993. 171 – 218.

Crisp, Peter. "Allegory: Conceptual Metaphor in History." *Language and Literature* 10. 1 (2001): 5 – 19.

Fowler, Alastair. "The Future of Genre Theory: Functions and Constructional Types." Gellrich, Jesse M. "Allegory and Materiality: Medieval Foundations of the Modern Debate." *The Germanic Review*; Spring 2002; 77, 2.

Geoffrey Hartman, "Looking back on Paul de Man," in *Reading de Man Reading*, ed. Lindsay Waters and Wlad Godzich (Minneapolis: University of Minnesota Press, 1989), 9.

Grabam M. Schweig, "Sparks from God: A Phenomenological Sketch of Symbol", In *Psychoanalysis and Religion*, edited by Joseph H. Smith and Susan A. Handelman. Baltimore: Johns Hopkins University, 1990.

Gross, Sabine. "Cognitive Readings; or, The Disappearance of Literature in the Mind." Rev. of *Reading Minds: The Study of English in the Age of Cognitive Science*, by Mark Turner. Poetics Today 18. 2 (1997): 271 – 97.

Hansen, Bradley A. "The Fable of The Allegory: The Wizard of Oz in Economics." *Journal of Economic Education*; Summer 2002; 33, 3.

Hills Miller, J. "The Two Allegories." *Allegory, Myth, and Symbol*. Ed. Morton Bloomfield. Harvard English Studies 9. Cambridge: Harvard UP, 1981. 355 – 70.

Jackendoff, Ray, and David Aaron. Rev. of *More Than Cool Reason: A Field Guide to Poetic Metaphor*, by George Lakoff and Mark Turner. Language 67. 2 (1991): 320 – 38.

Jean-Pierre Mileur, "Allegory and Irony: 'The Rhetoric of Temporality' Re-examined." *Comparative Literature* 38. 4 (1986): 329 – 36.

Jean-Pierre Milleur. "Allegory and Irony: *The Rhetoric of Temporality* Re-examined." *Comparative Literature* 38, no. 4 (1986): 332.

Jesse M. Gellrich. "Allegory and Materiality: Medieval Foundations of the Modern Debate." *Germanic Review* 77, no. 2 (2002): 150.

Johnson, Barbara E., "Allegory and Psychoanalysis." *The Journal of African History*; Winter 2003; 88, 1.

Kellner, "Jameson, Marxism, and Postmodernism", in Kellner, Douglas (ed.), *Postmodernism, Jameson, Critique*, Washington: Mashington: Maisonneuve Press, 1989.

King, John., "Mystery Science Theater 3000, Media Consciousness, and the Postmodern Allegory of the Captive Audience." *Journal of Film and Video*; Winter 2007; 59, 4.

Knaller, Susanne., "A Theory of Allegory Beyond Walter Benjamin and Paul de Man." *The Germanic Review*; Spring 2002; 77, 2.

Mirabile, Andrea., "Allegory, Pathos, and Irony: The Resistance to Benjamin in Paul de Man." *German Studies Review* 35.2 (2012): 463-464.

Morris, Christopher D., "Psycho's Allegory Of Seeing." *Literature/Film Quarterly*; 1996; 24, 1.

Morris, Christopher D., "The Allegory of Seeing in Hitchcock's Silent Film." *Film Criticism*; Winter 1997/1998; 22, 2.

Piper, Karen. "Reading Whites: Allegory in D'Arcy McNickle's Wind From an Enemy Sky." *MELUS*; Fall 1999; 24, 3.

Robert Moynihan. "An Interview with Paul de Man." introduction by J. Hillis Miller, *The Yale Review* (1984): 586.

Shen, Yeshayahu, ed. Aspects of Metaphor Comprehension. Spec. issue of *Poetics Today* 13.4 (1992): 567-811.

Sinding, Michael. "Assembling spaces: The conceptual structure of allegory." *Style* 36.3 (Fall 2002): 503-523.

Watkins, John. "Allegory and Epic in English Renaissance Literature: Heroic From in." *Renaissance Quarterly*; Spring 2002; 55, 1.

West, Patrick. "Theoretical Allegory/ Allegorical Theory: (Post-) Colonial

参考文献

Spatializations in Janet Frame's The Carpathians and Julia Kristeva's The Old Man and the Wolves." *Journal of New Zealand Literature*; 2008; 26.

http://en.wikipedia.org/wiki/My_Wife_and_My_Mother-in-Law.

http://explore.renren.com/item/516262e2c8f2f732be9f23d2.

后　记

　　书稿出版终于尘埃落定，回首过往，从书稿写作到出版将近十年，梳理这些年匆忙的写作过程，一切都历历在目。选择"寓言"作为研究对象源于我的导师赵宪章教授的建议，当老师看到我的硕士论文研究了美国解构主义者保罗·德曼寓言的阐释理论时，就敏锐地意识到"寓言"问题是一个重要的课题，由此我的博士论文进入了对寓言的系统探索。在资料搜集整理过程中，我发现"寓言"内涵丰富，语意多元，在文学、哲学、美学、图像学等领域都是重要的概念术语和理论形态。而且，中西方的"寓言"概念有重要的差异，作为文体概念和作为理论范畴的寓言也有重要区别，因此我的博士论文主要研究了西方的寓言理论及其相关问题。博士毕业之后，我继续关注寓言问题，并于 2008 年获得了全国哲学社会科学青年基金立项和资助，同时获得 2015 年中央高校基本科研业务费专项资金资助，继续完善和拓展寓言研究，在博士论文的基础上从寓言文体、寓言理论和寓言实践三方面更系统地研究寓言课题，阐明寓言作为文体的形态变迁，寓言作为概念范畴的理论内涵，寓言的审美批评实践的意义等。但我目前所进行的研究仅仅是以西方的寓言为对象，关于寓言的图像呈现与传播、中国寓言文体及理论表达等问题，只能等以后再做深入研究。

　　书稿的写作与出版，首先要非常感谢我的导师赵宪章教授一直以来对我的支持，给予的启发和灵感，并在百忙之中审阅书稿和赐序。感谢师母的慈祥与微笑，让身处异乡的我备感温暖。感谢汪正龙、朱全国、李森等师友的关心和启发。感谢编辑为本书出版付出的辛勤劳动。感谢《暨南学

后 记

报》《南京社会科学》《湘潭大学学报》《当代文坛》《新疆大学学报》《齐鲁学刊》等期刊的编辑刊发我的研究成果。最后要感谢我的先生对我任性的宽容和包容,我的女儿带给我的快乐,还有我的家人给予我的帮助,你们永远是我前进的动力。

罗良清

2015 年夏